HEYNE <

HANNE PAULSEN

DAS KONTOR DER DÜFTE

Eine Prise Hoffnung

Roman

WILHELM HEYNE VERLAG
MÜNCHEN

Sollte diese Publikation Links auf Webseiten Dritter enthalten, so übernehmen wir für deren Inhalte keine Haftung, da wir uns diese nicht zu eigen machen, sondern lediglich auf deren Stand zum Zeitpunkt der Erstveröffentlichung verweisen.

Penguin Random House Verlagsgruppe FSC® N001967

Originalausgabe 10/2022

Redaktion: Michelle Stöger
Printed in Germany
Umschlaggestaltung: t.mutzenbach design unter Verwendung von Trevillion Images (Ildiko Neer, Lee Avison); Getty Images (Gu); Shutterstock.com (metamorworks, Tartila, alb2018)
Satz: Satzwerk Huber, Germering
Druck und Bindung: GGP Media GmbH, Pößneck
ISBN: 978-3-453-42599-6

www.heyne.de

Für Marie, Max, Joshua, Fynn, Jorid und Greta.
Ihr seid alles für mich.

TEIL I

In kleinen Säckchen sind die guten Gewürze.

Kapitel 1

Hamburg, April 1919

»Ich mache mich jetzt auf den Weg. Ist im Geschäft alles in Ordnung?«

Greta hörte die melodische Stimme ihres Vaters und lief die enge Wendeltreppe hinunter, die die Wohnung mit den Geschäftsräumen verband. »Ja, Papa. Geh ruhig. Ich nehme mir schon mal die Buchhaltung vor, solange kein Kunde im Laden ist«, erklärte sie lächelnd.

Er war ein stattlicher Mann von dreiundfünfzig Jahren. Etwas klein vielleicht, Greta war fast genauso groß wie er, aber gutaussehend mit dem gedrehten Schnauzbart, der immer ein wenig kitzelte, wenn er ihr einen Gutenachtkuss auf die Stirn gab. Er war schlank und drahtig, gut in Form, würde er über sich selbst sagen, und einer der wenigen, die unversehrt waren. Das Hamburger Stadtbild war von verletzten Männern geprägt, die im Krieg gekämpft und einen Teil von sich dort gelassen hatten. Nicht immer war es ein Bein, ein Arm oder das Augenlicht. Oft war es der Verstand, der nicht mehr tadellos arbeitete, weil das Grauen in den Köpfen der Männer diesen Platz eingenommen hatte. Levi Rosenthal war Österreicher, daher war die Einberufung an ihm vorbeigegangen. Er war kein Mann des Krieges. Doch wer war das schon?

»Ich bleibe nicht zu lange weg.« Er zog an den weißen Manschetten seines Hemds, die unter dem Frack hervorlugten, nahm seinen Zylinder und Gehstock zur Hand.

»Amüsier dich gut«, rief Greta hinter ihm her und winkte zum Abschied.

Ihr Vater besuchte zweimal in der Woche einen exklusiven Herrenklub. Diese Abende waren ihm wichtig, das wusste Greta. Seit er vor mehr als fünfundzwanzig Jahren aus Wien nach Hamburg gezogen war, um Gretas Mutter zu heiraten, und den Gemischtwarenladen eröffnet hatte, hatte sich einiges getan, was seine Stellung in der Hamburger Gesellschaft anging. Damals hatte er niemanden gekannt, was es ihm sehr erschwert hatte, hier Fuß zu fassen. Während des Krieges hatte er viele Familien mit Nahrung versorgen können, das hatte ihm zahlreiche Freunde eingebracht, besonders in der jüdischen Gemeinde. Schließlich hatte ein Großhändler, mit dem er Geschäfte machte, ihn im Klub eingeführt und dafür gesorgt, dass er dort Mitglied wurde. Dafür standen diese Klubbesuche für Levi Rosenthal: angekommen zu sein, akzeptiert zu werden. Ja, mittlerweile war er ein angesehenes Mitglied der Gesellschaft. Er hatte sich seinen guten Ruf als fairer Händler hart erarbeitet.

Sein Laden auf der Paulstraße, nahe der St. Petri Kirche, war bereits zweimal vergrößert worden, damit das Sortiment erweitert werden konnte. Neben Kurzwaren gab es Haushalts- und Schreibwaren, Putzmittel, Lebensmittel, Getränke, Bedarf für die tägliche Hygiene sowie Obst und Gemüse. Natürlich fehlte es nicht an Süßigkeiten für die Kinder – ein großes

Sammelsurium an den unterschiedlichsten Produkten, die es zu kaufen gab. Hinter einem langen Verkaufstresen standen hohe Holzregale. Für diese benötigte Greta eine Leiter, um ganz nach oben zu kommen. Dort lagerten die Waren, die nicht so häufig verlangt wurden, wie Töpfe, Geschirr, Bestecke, Striegel, Bürsten, Aufnehmer und dergleichen. Zusätzlich gab es zwei Tische, auf denen zahlreiche Produkte für den alltäglichen Bedarf ausgestellt waren. In den Auslagen der Schaufenster wurden die neusten Haushaltshelfer bestaunt, und auf dem Gehsteig vor den Fenstern wurde tagfrisches Gemüse und Obst angeboten, meist aus dem Alten Land. Viele Stammkundinnen kamen täglich zu einem Einkauf vorbei. Besondere Kunden wurden direkt nach Hause beliefert.

»Bis später, mein Mädchen.«

Als die Tür des Gemischtwarenladens geöffnet und wieder geschlossen wurde, bimmelte die Türglocke, und Greta nahm hinter dem Schreibtisch in dem kleinen Büro Platz. Ihr Vater war ein hervorragender Verkäufer, aber leider ein schlechter Buchhalter. Er konnte einfach keine Ordnung halten. Ein Glück, dass Greta Freude daran fand, die Belege sorgfältig abzuheften und in das Journal einzutragen. So hatte sie einen guten Überblick über die Einnahmen und Ausgaben des jeweiligen Monats und Quartals. Die Buchungen tätigte sie auf T-Konten, deren Blätter sie in die Schreibmaschine einspannen konnte, das erleichterte die Übersicht. Sie war ausgezeichnet im Kopfrechnen, war eine fleißige Schülerin gewesen, und ihr Vater war froh, dass sie ihm hilfreich zur Seite stand. Den Besuch eines Mädchenpensionats hatte sie strikt abgelehnt. Kochen und Bügeln konnte ihr auch Lore beibringen, die Köchin des Haushalts der Rosenthals. Tadellose Manieren besaß sie bereits, was sollte sie also dort? Wie man Buch führte, hatte ihr Vater ihr gezeigt, so gut es ging, und Greta hatte sich eine Menge angelesen.

Sie würde den Laden eines Tages weiterführen, das war klar, denn es gab keine weiteren männlichen Angehörigen, die in das Geschäft einsteigen konnten, wenn Vater einmal nicht mehr in der Lage dazu sein würde. Greta hoffte natürlich, dass es bis dahin noch einige Zeit hin war. Vielleicht würde sie ja einen Ehemann mit Geschäftssinn finden, um sie dabei zu unterstützen. Und wenn nicht, wäre das auch keine Katastrophe. Sie würde schon alleine zurechtkommen.

Das laute ungeduldige Räuspern einer Frauenstimme ließ sie erschrocken zusammenfahren. Es hatte wohl jemand den Laden betreten, als Levi gegangen war, und Greta war es unbemerkt geblieben. Oder hatte sie bei ihrer Begeisterung für die Buchführung die Türglocke überhört? Das kam öfter vor, als ihr lieb war. Wenn sie sich mit Zahlen beschäftigte, sah und hörte sie nichts. Schnell sprang sie auf die Beine und durchquerte den kleinen Flur, der in den Verkaufsraum führte.

»Gnädige Frau! Was kann ich für Sie tun?«, fragte Greta freundlich, als sie eine Kundin vor dem Tresen stehen sah.

»Ich hätte gerne vier gleiche Knöpfe, wenn Sie so etwas überhaupt führen.« Die Dame sah sich neugierig im Laden um. »Ich weiß nicht, was die Lütten mit ihren Hosen anstellen. Ständig verlieren sie die Knöpfe an den Buxen.« Sie verdrehte die Augen. Die Kundin war gut gekleidet, vermutlich die Frau eines Lehrers oder eines Mitarbeiters, der in einem der Hamburger Zollkontoren tätig war. Sie wirkte gehetzt und in Zeitnot.

»Ja, so sind Jungs, immer wild und unberechenbar.« Greta lächelte, zog eine Schublade auf, in der die Utensilien nach Farbe und Größe sortiert lagen, und hob die Lade auf den Tresen. »Bitte suchen Sie sich etwas Passendes aus.«

»Sie haben noch keine Kinder?«

»Nein, dafür bin ich wohl noch zu jung.« Greta schmunzelte verlegen.

»Als ob Sie nicht den jungen Kerlen hinterherschauen würden.« Die Kundin blickte sie lächelnd an, als erinnerte sie sich daran, wie es war, als sie jung gewesen war. »Früher hat man zu Hause die Handarbeit erledigt und sich um den Haushalt gekümmert, heute steht man hinterm Tresen. Das hätte es früher nicht gegeben.« Sie schüttelte den Kopf. »Zum Glück ist dieser sinnlose Krieg endlich vorbei.«

»Ich ziehe es vor, einen Beruf zu erlernen, um mir meine Unabhängigkeit zu sichern«, erklärte Greta liebenswürdig, woraufhin die Kundin sie verwundert anblickte.

»Und das duldet Ihr Herr Vater? Wo soll uns das noch hinführen?«

Greta deutete auf das Schubfach. »Welche dürfen es denn nun sein?«

Das Gesuchte war schnell gefunden, Greta gab die vier Knöpfe in eine kleine Papiertüte und reichte sie der Dame. »Das macht fünfzig Pfennig.«

Die Kundin zahlte und verstaute die Ware in ihrer Tasche. Dann nickte sie Greta missbilligend zu und verließ den Laden ohne einen Abschiedsgruß.

»Vielen Dank und einen schönen Tag noch«, rief Greta hinter ihr her. Sie schüttelte den Kopf. Man konnte sich die Kundinnen eben nicht aussuchen. Die Menschen hatten es nach dem verlorenen Krieg nicht leicht, da die Wirtschaft am Boden lag und sich nur langsam von dem Tiefpunkt erholte. Es gab unzählige Arbeitslose und Kriegsversehrte, die hungerten, denn Brot war rar, das erhielt man nur mit Lebensmittelkarten. Einige ließen ihren Groll an denen aus, die vermeintlich mehr hatten. Was diese dafür opferten oder wie viel sie arbeiteten, danach wurde nicht gefragt. Dennoch konnte Greta die Menschen verstehen. Das Leben war nicht leicht in diesen Zeiten, und sie übte Nachsicht, denn sie gehörte zu den wenigen, denen es besser ging als vielen anderen. Sie hatte auch keinen Verlust zu beklagen. Niemand ihrer Verwandten war im Krieg geblieben, hatte sein Leben für die Freiheit verloren. Dafür musste man dankbar sein.

Greta drückte die Tasten der Registrierkasse, drehte an der Kurbel und legte das Geld in die dafür vorgesehenen Fächer. Das Geräusch, das die Kasse beim Öffnen machte, war für sie einer der schönsten Laute der Welt. Er zeugte davon, dass sie etwas verkauft hatte, dass sie gut in dem war, was sie tat. Nichts war schlimmer als eine Kasse, die unberührt blieb, was bedeutete, dass man auf seiner Ware sitzen blieb. Das wollte Greta auf keinen Fall. Vielleicht war ihr Vater nicht der geborene Buchhalter, aber er war ein guter Geschäftsmann mit einem feinen Näschen für lohnende Unternehmungen. Dieses feine Näschen hatte Greta geerbt, da war sie sich sicher.

Sie wollte sich gerade abwenden, um sich wieder der Buchhaltung zu widmen, da klopfte es an dem großen Schaufenster, hinter dem die Auslagen sorgfältig präsentiert wurden. *Die Kunden müssen wissen, was wir alles im Angebot haben*, sagte ihr Vater immer, und er hatte recht. Denn nur wenn die

Menschen wussten, was der Laden anzubieten hatte, betraten sie auch das Geschäft, und es kam selten vor, dass es jemand wieder verließ, ohne etwas zu kaufen. Dennoch war das Angebot begrenzt, was an den Reparationszahlungen lag, die man Deutschland nach dem Krieg abverlangte. Als Verlierer konnte man keine großen Ansprüche stellen. In dieser Woche hatten sie ein neues Gerät dort ausgestellt. Es diente dazu, Staub vom Boden aufzusaugen und das ganz ohne viel Kraftanstrengung. Staubsauger wurde es genannt.

Greta winkte aufgeregt, als sie das Gesicht von Dörte hinter der Scheibe erkannte. Dörte von Aspern war ihre beste Freundin seit Schultagen. Sie hatten gemeinsam das Gymnasium in Harvestehude an der Außenalster besucht. Diese Schule konnte auf eine weitreichende Geschichte zurückblicken und trug seit 1883 den Namen Wilhelm Gymnasium, zu Ehren des ehemaligen Kaisers Wilhelm I. Es war so fortschrittlich, dass Levi stolz an der ersten Elternratssitzung hatte teilnehmen können. Greta vermisste ihre Schulzeit schmerzlich. Zumindest war ihr Dörte erhalten geblieben. Alle anderen Mädchen waren ins Pensionat gegangen, einige unternahmen mit ihren Eltern längere Reisen, und es gab sogar welche, die sofort nach der Schule geheiratet hatten. Das wäre Greta nicht im Traum eingefallen. Nicht nur, dass es an dem passenden Kandidaten fehlte, auch wollte sie ihre Selbstständigkeit auf keinen Fall so einfach aufgeben. Ihre Freiheit war ihr wichtig, so schnell würde sie nicht darauf verzichten.

»Greta!«, rief Dörte ausgelassen, als sie in den Laden stürmte und dabei beinahe über den Sonnenschirm fiel, den sie in der Hand hielt. Sie zog Greta so fest in eine Umarmung, dass dieser für einen kurzen Moment die Luft zum Atmen fehlte. Obwohl sie kleiner als Greta war, verfügte Dörte über eine erstaunliche Kraft.

»Du bist wieder da, Dörte! Mein Gott, ist das schön. Aber ich dachte, du würdest viel länger in diesem Pensionat bleiben.« Greta hielt ihre Freundin ein wenig auf Abstand, betrachtete sie ausgiebig.

Ihre Freundin war wie immer modisch chic gekleidet. Sie trug ein grünes Mantelkleid aus Seidenkaschmir, dessen Rock an den Knöcheln enger wurde, und darüber eine Tunika, die locker an den Hüften geknöpft wurde. Dörte wusste, was gerade in Mode war, vor allem, wie man an die Stoffe kam, die wegen des Krieges weiterhin rationiert waren. Ihre Eltern waren Stoffhändler in der dritten Generation. Somit saß sie direkt an der Quelle und verbrachte einen Großteil ihrer Zeit damit, in den Illustrierten zu blättern.

Greta selbst hatte vor einigen Tagen die neue Ausgabe der Zeitschrift *Die Dame* am Kiosk entdeckt, es sich aber verkniffen, sie zu kaufen, weil der Preis ihr einfach zu hoch war. In diesen Zeiten gab es wichtigere Ausgaben als ein Frauenjournal, in dem über die neueste Mode berichtet wurde.

Dörte lachte ihr lautes Lachen und schüttelte den Kopf. »Da bringen mich keine zehn Pferde wieder hin. Du hast keine Ahnung, was dort für ein Drill herrscht. Als wäre ich der Armee beigetreten. Ich konnte Vater davon überzeugen, dass meine Chancen, einen Mann zu finden, in Hamburg wesentlich größer sind als auf dem Lande. Er würde doch wohl nicht wollen, dass ich einem Bauern das Jawort gebe. Er ist natürlich nicht begeistert, dass ich alles hingeschmissen habe. Aber er musste ja auch nicht lernen, wie man korrekt eine Serviette faltet. Als ob es dafür kein Personal gibt.« Sie verdrehte ihre katzenhaften grünen Augen, die so im Kontrast zu ihren roten Haaren standen, die sie in Wasserwellen gelegt trug, dass sie wie ein farbenreiches Porträt wirkte.

Dörte sah wirklich aus, als wäre sie einem Modemagazin entsprungen, während Greta mit ihrer weißen Schürze über dem einfachen grauen Kleid ein wenig bieder wirkte. Ihr brünettes Haar hatte sie zu einem Zopf zusammengefasst, der nun elegant über ihren Rücken fiel. Sie hatte es noch nicht fertiggebracht, den Schopf kürzen zu lassen, so wie viele Frauen, die nun einen Bubikopf trugen. Obwohl ihr diese Frisur sehr gut gefiel und bestimmt auch einfach zu pflegen war. Doch Greta gehörte nicht zu der mutigen Sorte Frauen, zumindest nicht, wenn es um ihr Aussehen ging.

»Wann hast du Feierabend? Wollen wir gemeinsam ein Eis essen gehen?«, schlug Dörte vor. »Dann erzähle ich dir alles ganz genau.«

Greta schüttelte bedauernd den Kopf. »Es tut mir leid. Papa ist heute Abend schon eher in den Herrenklub gegangen, ich muss den Laden abschließen.«

Dörte blickte auf die große Uhr, die hinter Greta an der Wand hing.

»Das ist ja erst in einer Stunde. Papa hat mich gebeten, pünktlich zum Abendessen zu Hause zu sein. Das ist wirklich schade. Kann Hans sich nicht darum kümmern?« Sie zog einen Schmollmund.

»Hans hat heute seinen freien Tag. Aber vielleicht können wir uns morgen treffen?«

Die Köpfe der beiden flogen herum zur Tür, als die Glocke hell anschlug. Ein Mann betrat das Geschäft. Seinem feinen Aufzug sah man an, dass er nicht oft solch einen Laden beehrte. Suchend sah er sich um, als sein Blick an Greta hängen blieb. Sich räuspernd trat er näher.

»Wie darf ich Ihnen behilflich sein, gnädiger Herr?« Greta wandte sich ihm zu und ließ Dörte für einen Augenblick stehen. Kundschaft kam bei ihr immer an erster Stelle.

Der Herr musterte sie eingehend. »Ist das hier der Laden von Levi Rosenthal?«, fragte er mit sonorer Stimme.

»Ja, das ist er. Ich bin seine Tochter, Greta Rosenthal«, erklärte Greta mit einem Lächeln. Obwohl der Kunde noch sehr jung war, wirkte er seriös und erfahren.

»Der Name steht doch am Schaufenster«, mischte Dörte sich leise murmelnd ein.

Der Herr warf ihr einen kurzen, keinesfalls unfreundlichen, aber bestimmten Blick zu, dann wandte er sich wieder an Greta. »Carl von Löwenstein, sehr erfreut.« Er deutete eine leichte Verbeugung an. »Ich hätte gern Ihren Vater gesprochen.«

»Es tut mir leid, er ist nicht da.« Greta schob sich eine Haarsträhne hinters Ohr, die sich aus dem Pferdeschwanz gelöst hatte. Sie musterte den Mann aufmerksam. Er trug wie ihr Vater einen schwarzen Frack und dazu ein gestärktes weißes Hemd. Es sah aus, als wolle er die Oper besuchen oder ebenfalls den Herrenklub.

»Tatsächlich? Wir sind doch aber hier verabredet.« Er sah sie eindringlich an.

»Mein Vater ist in den Herrenklub am Neuer Wall, direkt am Stadthaus, gegangen. Möglicherweise sind Sie ja dort verabredet. Oder er hat Sie falsch verstanden?«

»Man kann mich gar nicht falsch verstehen«, erklärte er im Brustton der Überzeugung.

»Davon gehe ich aus«, sagte Dörte und klimperte mit ihren Wimpern.

»Dörte«, flüsterte Greta beschämt.

Carl von Löwenstein wandte sich mit hochgezogenen Augenbrauen Dörte zu. »Junges Fräulein. Wenn ich mit Ihnen spräche, würde ich Sie adressieren.«

»Mein lieber Herr, das tun Sie doch gerade.« Dörte lächelte süffisant.

»Nun, notgedrungen, aber Sie können mir glauben, es ist nicht mein vordergründiges Anliegen.« Er lächelte ebenfalls, doch es erreichte seine Augen nicht, wie Greta feststellte.

Dieser Satz ließ Dörte verstummen. Ihre Wangen färbten sich leicht rot.

Greta hielt für einen Augenblick die Luft an. Dann wandte sie sich an Dörte. »Wie wäre es, wenn wir morgen ein Eis essen gehen? Sagen wir um die gleiche Zeit?« Sie sah ihre Freundin auffordernd an.

Dörte nickte. »Gut, dann sehen wir uns morgen. Und ich kann dich hier alleine lassen?« Ihr Blick streifte Herrn von Löwenstein, der ungeduldig neben ihr stand.

»Natürlich können Sie das«, sagte dieser an Gretas statt.

Dörte sah ihn pikiert an. »Bis morgen, Greta«, brachte sie schließlich hervor und stolzierte mit erhobenem Kinn aus dem Laden.

»Ich hoffe, dass ich Ihre Freundin nicht beleidigt habe.« Er blickte Dörte hinterher, wie sie auf den Bürgersteig trat, den Sonnenschirm öffnete und die Straße entlanglief.

»Das ist schon in Ordnung. Dörte ist hart im Nehmen.« Greta kicherte leise über den Abgang ihrer Freundin. »Es tut mir leid, ich kann Ihnen wirklich nicht weiterhelfen. Mein

Vater hat nichts von einem Treffen hier im Laden erwähnt. Er wird auch erst spät aus dem Klub zurückkommen«, nahm sie den Grund seines Besuchs wieder auf.

»Das ist wirklich schade, dass wir uns verpasst haben«, murmelte er und sah sich neugierig um.

»Ich richte meinem Vater gerne aus, dass Sie hier waren und ihn sprechen wollten.«

Er blickte sie nachdenklich an, was Greta aus einem unerfindlichen Grund nervös machte. Lag es an den dunkelblauen Augen, die sie so aufmerksam musterten? An der großen schlanken Gestalt? Mit einer Hand fuhr er sich über sein schwarzes Haar, dass sich leicht wellte. Er wirkte auf Greta ein wenig verwegen, wie der Held eines Abenteuerromans. Sie schüttelte den Kopf, um sich von diesem Gedanken zu befreien. Wo kam dieser nur plötzlich her?

»Das ist sehr liebenswürdig von Ihnen.«

»Gehen Sie heute noch aus? Sie sind so fein gemacht«, fragte Greta neugierig. Sie biss sich auf die Unterlippe. Manchmal flogen die Worte schneller aus ihrem Mund, als gut für sie war.

Er sah amüsiert an sich herunter. »Ich gehe ins Konzert. Drei Stunden Langeweile. Aber was tut man nicht alles, um seine Mutter glücklich zu machen?«

»Ein Konzert«, rief Greta und zog begeistert die Augenbrauen in die Höhe. »Es soll Menschen geben, die daran Freude finden.«

»Sie scheinen so ein Mensch zu sein«, urteilte Carl von Löwenstein und schenkte ihr ein warmes Lächeln. Dieses Lächeln machte etwas mit seinem Gesicht. Es brachte seine Augen zum Strahlen und zauberte sympathische Lachfalten um sie herum. Seine ebenmäßigen Zähne ließen diesen Mann vollkommen erscheinen. Er war nicht nur ein gutaussehender, sondern auch ein ausgesprochen charmanter Herr. Dabei trug er noch nicht die so modischen Bärte, seine Wangen waren glattrasiert. Einzig die Koteletten waren breit, der Zeit angemessen. Seine schwarzen Haare trug er ordentlich nach hinten gekämmt. Ja, er war ein faszinierend aussehender Mann, das musste Greta zugeben, galant noch dazu.

»Was wird denn gespielt?«, fragte sie interessiert.

»Egon Pollack dirigiert irgendetwas, ich habe meiner Mutter nicht so genau zugehört«, erklärte er nicht gerade begeistert.

»Sie sind wohl kein Musikfreund?«

Carl von Löwenstein schüttelte den Kopf. »Nein, meine Welt besteht eher aus Aromen und Geschmacksstoffen.«

Greta sah ihn fragend an.

»Meine Familie handelt mit Gewürzen. Wir sind einer der größten Importeure hier in Hamburg«, erklärte er nicht ohne Stolz in der Stimme. »Zumindest waren wir das bis vor dem Krieg, ehe die Seeblockade unser aller Leben auf den Kopf stellte.«

»Ich verstehe. Wollen Sie deshalb mit meinem Vater sprechen? Vielleicht können wir das Thema vertiefen.«

Er schüttelte den Kopf, als wäre es ein Unding, sich mit Greta über das Geschäft zu unterhalten. Ihr Vater trug sich schon länger mit dem Gedanken, seltene Gewürze ins Angebot aufzunehmen. Aber natürlich würde kein Geschäftspartner mit ihr vorliebnehmen. Einer jungen Frau, gerade der Schulbank entsprungen. Greta lächelte milde. Wie sollte Carl von Löwenstein denn auch ahnen, dass sie mehr von dem

Betrieb verstand als so mancher Mann? Er war eben ein Unwissender, wie so viele. Frauen, die sich fürs Geschäft interessierten, kamen in seiner Welt wohl nicht vor. Doch davon ließ Greta sich nicht verunsichern. Sie wusste, was sie konnte, und würde ihm zeigen, dass mit ihr zu rechnen war.

»Ich führe übrigens gemeinsam mit meinem Vater den Laden. Es ist mehr, als nur hinter dem Tresen die Kunden zu bedienen.« Greta reckte ihr Kinn ein wenig in die Höhe.

»Aha, und was genau soll das sein?« Die Frage klang eher interessiert als despektierlich.

»Ich kümmere mich um die Bestellungen, die Reklamationen, führe die Lohnkonten und pflege die Bücher. Zahlen sind meine Leidenschaft.« Greta verstummte. Er sollte nicht denken, dass sie sich hervortun wollte, doch es entsprach nun einmal der Wahrheit.

»Eine Frau, die mit Zahlen umgehen kann und sich für Buchführung interessiert. Sehr außergewöhnlich.« Er lächelte.

»Fragen Sie meinen Vater, er wird es Ihnen bestätigen. Aber ich will Sie nicht unnötig aufhalten. Ich richte ihm aus, dass Sie nach ihm gefragt haben.«

»Vielen Dank, junges Fräulein. Ihnen noch einen schönen Tag.« Carl von Löwenstein wandte ihr den Rücken zu und schritt auf die Tür zu.

Junges Fräulein. Greta kicherte.

Mit der Hand auf der Türklinke, drehte er sich noch einmal zu ihr um. »Darf ich erfahren, was so lustig ist?«

»Ich denke nicht, dass Sie wesentlich älter sind, als ich es bin. ›Junges‹ Fräulein hat mich schon lange niemand genannt. Doch, warten Sie, es war mein Vater, als ich ungezogen war.« Sie schenkte ihm ein Lächeln.

Von Löwenstein überlegte einen kurzen Augenblick, dann lachte er auf. »Sie haben recht. Wann man Sie so reden hört, könnte man meinen, ich habe es mit Ihrem Vater zu tun, der um einen guten Preis feilscht.«

»Allerdings irren Sie sich, wenn Sie glauben, dass mein Vater sich mit Chili, Curry oder Ingwer auskennt.«

»Und Sie kennen sich damit aus?« Neugierig zog er eine Augenbraue elegant in die Höhe.

Ob er das wohl vor dem Spiegel übt? Greta wäre bei der Vorstellung beinahe erneut ein Kichern über die Lippen gekommen. Doch sie riss sich zusammen und hielt seinem Blick stand. »Ingwer wird aus einer indischen Knolle gewonnen. Es ist ein Küchengewürz, das auch in der Medizin verwendet wird. Es schmeckt brennend scharf und würzig, passt wunderbar zu Fisch, Lamm und Geflügel. Currypulver stammt hingegen aus Großbritannien und ist eine Gewürzmischung. Chilischoten kommen aus Amerika, es gibt sie in unterschiedlichen Formen, Farben und Schärfen.«

Von Löwenstein nickte anerkennend. »Beeindruckend. Ich habe das Gefühl, in einem Brockhaus zu blättern. Wirklich sehr eindrucksvoll. Sagen Sie bitte Ihrem Vater Bescheid, dass ich nach ihm gefragt habe.« Damit grüßte er sie ein weiteres Mal, machte auf dem Absatz kehrt und verließ das Geschäft.

Greta bemerkte, dass er sein linkes Bein ein wenig nachzog. Nur unwesentlich, aber trotzdem hatte sie es wahrgenommen.

Kapitel 2

»Wohin mit den Äpfeln, Fräulein Greta?«

Hans Matthiesen trug eine Kiste mit grünem Obst auf der rechten Schulter und sah Greta fragend an. Bei ihm wirkte es, als würde die Kiste nichts wiegen. Hans war der stärkste Mann, den Greta kannte.

Seine Schiebermütze war ein wenig verrutscht. Er trug dieses Ding Tag ein, Tag aus. Greta fragte sich, ob er damit wohl schlief. Die Ärmel seines gestreiften Hemdes hatte er bis zu den Ellenbogen aufgekrempelt, darüber trug er eine blaue Weste. Seine langen Beine steckten in einer dunkelblauen Cordhose. Er war ein großer Mann, dessen blondes Haar ihm in die Augen fiel. *Es müsste mal wieder geschnitten werden*, überlegte Greta.

»Stell sie bitte nach draußen zu den Erdbeeren«, wies sie ihn an und strich die Äpfel auf einer Liste ab.

Heute war eine kleine Fuhre an Obst und Gemüse eingetroffen, was gut für das Geschäft war. Frische Lieferungen waren immer noch eine Seltenheit, die man nur mit einem Bezugsschein erhielt.

»Hans, wenn du mit dem Obst und Gemüse fertig bist, müsstest du eine Fuhre Kartoffeln ausliefern«, rief sie ihm aus dem Lager zu.

»Jawoll, Fräulein Greta! Wird gemacht.«

»Wie oft habe ich dir schon gesagt, dass du mich Greta nennen sollst, ohne das alberne ›Fräulein‹?«

»Jawoll, Fräulein Greta!«, erhielt sie zur Antwort, was sie schmunzeln ließ. Er war einfach unverbesserlich, ein blonder Dickschädel, dem man nicht böse sein konnte.

»Ich habe dir die Adresse an den Sack geheftet. Ich schreibe noch schnell die Rechnung.« Sie ging ins Büro und füllte mit flinken Fingern das Rechnungsformular aus.

Als sie aufblickte, stand Hans wartend in der Tür. Er war ein junger Mann von einunddreißig, zum Glück unversehrt aus dem Krieg heimgekommen. Das Haar hing ihm feucht in die Stirn, und er pustete es sich aus dem Gesicht, um sie mit seinen hellblauen Augen anzusehen.

»So, hier die Rechnung. Sie muss sofort bezahlt werden.«

Hans nickte lächelnd. »Ich bin in einer halben Stunde wieder da, Fräulein Greta.« Dann schulterte er den Sack mit den Knollen über seine Schulter, als wäre er mit Luft gefüllt.

Gretas Lächeln verfolgte ihn, bis er zur Hintertür hinaus war. Sie würde ihn schon dazu bekommen, sie beim Vornamen zu nennen. Auch wenn er ein Dickkopf war, sie konnte ebenso hartnäckig sein, das würde er schon sehen.

Greta ordnete die Papiere auf dem Schreibtisch. Ihr Vater hatte gestern Abend ein Chaos hinterlassen, bevor er aufgebrochen war und heute war er noch nicht im Laden erschienen. Sie wusste nicht, wann er zurück sein würde, hatte ihn jedoch informiert, dass sie mit Dörte ein Eis essen wollte. Zur Not musste Hans eben abschließen. Er wohnte in einer Einzimmerwohnung hinter dem Büro, sprang oft ein, wenn er nichts anderes vorhatte. Die Wohnung war klein, mit einem

Wohnschlafraum, der kleinen Küche und einem Badezimmer, inklusive Wanne und WC. Sie reichte Hans allemal aus, er war dankbar, ein Dach über dem Kopf zu haben, dass er sein Eigen nennen konnte. Hans stammte aus Lübeck, war noch vor dem Krieg wegen der Arbeit nach Hamburg gekommen. Wie so viele andere versuchte er, im Hafen etwas zu finden, aber die ganze Stadt schien auf der Suche nach Arbeit zu sein. Als er ein kleines Schild im Fenster des Gemischtwarenhandels entdeckt hatte, dass man eine kräftige Hilfe suche, hatte er spontan vorgesprochen. Dass sogar eine Unterkunft dazugehörte, war für ihn ein Glücksfall. So war er in Hamburg geblieben und nach dem Krieg hierher zurückgekehrt.

Das Büro, das vor seiner Wohnung lag, war nur ein kleiner Raum mit einem winzigen Fenster, durch das das Licht des Tages fiel. Eine Adler-Schreibmaschine stand zu ihrer linken Seite auf dem Tisch, womit Greta die Geschäftspost erledigte. Ihr machte das Tippen Spaß, es ging ihr flink von der Hand. In einem Buffetschrank an der Wand gab es ein Register mit den Adressen der Kunden, in denen die Monatsrechnungen abgeheftet wurden. Greta hatte sich ein sorgfältiges System ausgedacht, das nur ihr Vater hin und wieder durcheinanderbrachte. Sie lächelte bei dem Gedanken.

Das helle Bimmeln der kleinen Türglocke zeigte an, dass jemand den Laden betrat, und Greta sprang auf. Sie lief hinter den Tresen und beobachtete den feinen Herrn aufmerksam, der sich bei den Auslagen umschaute. Als sie sein Halbprofil sah, erkannte Greta Carl von Löwenstein wieder.

Mit der Hand überprüfte Greta, ob der geflochtene Zopf auch noch saß, wie er sollte, und trat entschlossen hinter dem Ladentisch hervor. »Moin, Herr von Löwenstein. Wie kann ich Ihnen behilflich sein?«, fragte sie, ließ ihn aber erst gar nicht zu Wort kommen. »Ich hoffe nicht, dass Sie wieder zu meinem Vater wollen, der ist auch heute leider nicht da.«

Von Löwenstein zuckte zusammen, drehte sich abrupt zu ihr um und sah ihr fest in die Augen. Verlegen senkte Greta den Blick. »Entschuldigung, ich wollte Sie nicht verschrecken.«

Der Mann musterte sie unverhohlen, dann schlich sich ein feines Lächeln über seine ernsten Züge. »Sie haben mich nicht verschreckt, liebes Fräulein Rosenthal. Ich hatte nur nicht mit Ihnen gerechnet. Ihr Vater ist also nicht da?«

Greta schüttelte den Kopf. »Nein, es tut mir leid. Ich habe ihm aber heute Morgen von Ihrem Besuch erzählt, und er war untröstlich, dass er Sie verpasst hat. Mein Vater konnte sich gar nicht erklären, wie er Ihre Verabredung vergessen konnte. Es tut ihm wirklich leid.« Sie sah ihn entschuldigend an. »Und mir natürlich auch.«

»Nun, das macht ja nichts. Heute komme ich unangekündigt. So kann ich mit Ihnen vorliebnehmen.« Seine Worte klangen schmeichelnd, ohne aufdringlich zu sein.

»Ihr Vater erwähnte in der letzten Woche ein Gerät, das er mir vorführen wollte, da ich ein Geburtstagsgeschenk suche. Er erzählte von etwas Neuartigem, das dazu dient, die Teppiche von Staub und Schmutz zu befreien. Sowas wie ein elektrischer Teppichkehrer. Wissen Sie vielleicht, wovon die Rede ist?«

Er sprach mit so tiefer, wohlklingender Stimme, dass Greta ein Schauer über den Rücken lief und sie so ablenkte, dass sie vergaß zu antworten. Erst als Carl eine fein geschwungene Augenbraue in die Höhe hob, wurde ihr klar, dass er auf eine Erwiderung wartete.

»Ja, natürlich. Ich weiß, wovon Sie sprechen. Ich könnte Ihnen das Gerät auch vorführen, wenn Sie es wünschen. Nur fürchte ich, dass ein Staubsauger nicht das passende Geburtstagsgeschenk für Ihre Frau darstellt.« Sie knetete nervös die Hände, da sie mal wieder einmal zu vorlaut war. Allerdings, wenn er eine Frau hatte, waren ihre Bemühungen, ihn zu beeindrucken, eh vergebens.

»Nein, das Geschenk ist nicht für meine Frau, ich bin nicht verheiratet. Das Geschenk ist für meine Mutter.«

Diese Mitteilung zauberte Greta ein Lächeln auf die Lippen. »Das ist schön zu hören ... Ich meine ... ein Geschenk für Ihre Mutter«, stammelte sie verlegen. Röte überzog ihren Hals, Wärme kroch ihre Wangen hinauf, derer sie sich nur zu bewusst war. Trotzdem konnte sie es nicht verhindern.

»Ja, das ist es.« Carl von Löwenstein blickte sie weiter unumwunden an. Einen kurzen Augenblick standen sie sich gegenüber, und niemand sagte ein Wort. Stille legte sich über den Raum, hüllte beide in einen Kokon, der die Anziehungskraft der Erde auszuhebeln schien. Greta entdeckte die vielen verschiedenen Blautöne in seiner Iris. Es war ihr, als würde sie Vogelgezwitscher hören, dabei war das gar nicht möglich.

Erst das Quietschen der Straßenbahn draußen riss sie aus ihrer kleinen geheimen Welt und brachte sie ins Jetzt zurück.

Das Türglöckchen bimmelte, und ein kleines Mädchen kam hereingestürmt. Ihr Gesicht war dreckverschmiert, die Kleidung abgetragen.

»Moin, Greta!«, rief das Kind, kaum älter als sechs Jahre.

»Guten Morgen, Elsa. Kommst du dein Frühstück abholen?«, fragte Greta freundlich und ging hinter den Tresen.

Die Kleine grinste nickend, entblößte dabei zwei fehlende Schneidezähne.

»Mal schauen, was ich heute für dich habe. Wie wäre es heute mit einer weichen Birne? Ich habe auch eine Banane. Und zum Nachtisch einen Lutscher, der nach Lakritz schmeckt. Wäre das in Ordnung?«

»O ja.« Die Augen des Mädchens begannen zu leuchten.

»Aber alles schön aufessen. Die Vitamine werden dir guttun.«

»Klar doch. Bis übermorgen.« Elsa nahm die braune Tüte entgegen, die Greta ihr über den Ladentisch reichte und winkte ihr zu. Schnell rannte sie aus dem Laden.

Kopfschüttelnd sah Greta ihr nach. »Sie hat keine Eltern mehr und lebt auf der Straße. Alle zwei Tage kommt sie vorbei und holt sich ein kleines Frühstück ab. Es ist eine Schande, dass unsere Kinder im Müll nach Essen suchen müssen.«

»Umso beeindruckender, dass Sie sich um Kinder wie Elsa kümmern. Das finde ich sehr lobenswert. Sie machen mir ein schlechtes Gewissen.«

Greta lächelte verlegen und suchte nach einem Faden, den sie wieder aufgreifen konnte. Sie blickte zum Schaufenster. »Wenn Sie einen Augenblick warten, führe ich Ihnen das gewünschte Gerät vor. Es ist ein Staubsauger von Electrolux, eine neue schwedische Firma ...«

»Das wird nicht notwendig sein. Wenn Sie der Meinung sind, dass es das richtige Geschenk für meine Mutter ist, werde ich ihn kaufen. Wenn Sie ihn mir nur einpacken würden.«

»Ja, natürlich. Wir können das Gerät auch liefern.« Greta ging wieder hinter den Tresen. Sie musste dringend Abstand bekommen. Ihre Gedanken und ihr Herz rasten.

Carl von Löwenstein folgte ihr, und Greta fiel erneut auf, dass er das linke Bein ein wenig nachzog. Sicher eine Kriegsverletzung.

»Wie hat Ihnen gestern das Konzert gefallen?«

»Meine Mutter war begeistert. Von mir allerdings weniger, ich bin eingeschlafen und erst beim großen Paukenschlag wieder aufgewacht.« Er erzählte es mit ernster Miene, obwohl er bestimmt nur einen Scherz machen wollte, doch sicher war sich Greta nicht darüber, daher ließ sie es unkommentiert und grinste nur verschmitzt. »Ich finde Konzerte äußerst langweilig. Die Oper hingegen liebe ich. Waren Sie schon einmal in der Oper, Fräulein Rosenthal?«

»Nein, noch nie, leider.«

»Wie schade. Es würde Ihnen gefallen. Es ist, als würde man eine neue Welt betreten. Das Schlimme, was uns in den letzten Jahren widerfahren ist, kann man dort einfach vergessen.«

»Ja, das sollte ich vielleicht einmal ausprobieren. Jetzt, wo der Krieg endlich zu Ende ist, wird sich unser Leben hoffentlich wieder normalisieren«, sinnierte Greta. Sie und Carl von Löwenstein blickten sich in vollkommenem Einverständnis an. Nach einigen Sekunden räusperte Greta sich und zwang sich, wieder übers Geschäft zu sprechen. »Wohin dürfen wir das Gerät liefern?«

»In den Harvestehuder Weg. Die Residenz der von Löwensteins«, erklärte er mit einer Überzeugung, als müsste die ganze Welt wissen, wo diese Familie lebte.

Und er hatte recht, denn es gab wohl niemanden in Hamburg, der nicht wusste, wer in diesem palastähnlichen Gebäude residierte. »Die große weiße Villa, mit dem halbrunden

Balkon, der von zwei Säulen getragen wird. Ich bin schon oft daran vorbeigefahren. Das Haus ist eines der größten in der Straße, ich erinnere mich.«

»Sie kennen sich gut aus. Stammen Sie von hier?«, erkundigte sich von Löwenstein

»Mein Vater stammt aus Wien, ich wurde in Hamburg geboren. Er lernte meine Mutter kennen, als er sich hier auf einer Geschäftsreise befand. Nach ihrer Heirat zog er dann zu ihr. Leider ist sie kurz nach meiner Geburt verstorben.«

»Ihr Verlust tut mir unendlich leid.«

»Es ist nicht einfach, ohne Mutter aufzuwachsen. Doch ich komme mit meinem Vater gut zurecht.« Greta blickte in seine verständnisvollen blauen Augen und schenkte ihm ein scheues Lächeln. Es fiel ihr immer noch schwer, darüber zu sprechen, obwohl sie es nicht anders kannte. Es hatte nie eine Mutter gegeben, trotzdem vermisste sie sie schmerzlich. All ihre Freundinnen hatten eine. Nur für Greta hatte es immer nur ihren Vater gegeben, der stets versucht hatte, ihr die Mutter zu ersetzen. Sie fingerte an ihrer Halskette, an dem ein Kreuz hing.

»Sind Sie nicht auch jüdischen Glaubens wie ihr Vater?«, fragte Carl überrascht, als sein Blick auf das Kreuz fiel.

»Nein, ich wurde katholisch getauft. Es war der Wille meiner Mutter.«

»Verstehe.« Damit schien das Thema für ihn erledigt. Neugierig ließ Carl seinen Blick durch den Laden schweifen, bis er sie erneut musterte. »Ich sehe, dass Sie gut zurechtkommen, wenn Ihr Vater Ihnen sogar zeitweilig den Laden überlässt.«

»Ich helfe ihm, seit ich denken kann. Ich gehöre weiß Gott nicht zu den Frauen, die sich nur mit Hausarbeit zufriedengeben.«

»Nein, gewiss nicht. Diesen Anschein machen Sie ganz und gar nicht auf mich.« Carl von Löwenstein verneigte sich leicht. »Fräulein Rosenthal, ich darf mich empfehlen und wünsche Ihnen noch einen schönen Tag. Ich bin wirklich entzückt, Ihnen erneut begegnet zu sein. Sie haben mich gestern sehr beeindruckt mit Ihrem Wissen über Gewürze und Ihrem Geschäftssinn.«

Greta freute sich über seine Worte. »Das ist sehr freundlich von Ihnen, Herr von Löwenstein. Sie sind als Kunde immer wieder gerne gesehen. Männer lassen sich hier sonst eher seltener blicken.« Sie biss sich auf die Unterlippe. Was redete sie da bloß?

Doch er lachte nur charmant. »Wenn Sie mehr über unser Angebot erfahren wollen, müssen Sie mich unbedingt einmal in unserem Kontor besuchen. Sie werden begeistert sein! Wir vertreiben mehr als hundertfünfzig Gewürzsorten.«

»Hundertfünfzig!«, rief Greta aufgeregt.

»Ganz recht. Der Duft hängt überall in den Räumen, es ist, als wäre man auf einem Basar im Orient. Haben Sie bitte keine Hemmungen, sich an mich zu wenden, wenn Sie etwas Besonderes suchen. Unsere Lager füllen sich langsam wieder. Vielleicht kommen wir ja sogar ins Geschäft.«

»Vielen Dank, Herr von Löwenstein, das klingt sehr spannend. Zudem war ich noch nie in der Speicherstadt.«

»Ja, der Zutritt wird nicht allen Menschen gewährt. Immerhin ist es ein Freihafengebiet. Aber als Geschäftspartner kann ich Sie dort empfangen. Es gibt eine Menge zu sehen. Ich werde eine persönliche Führung für Sie arrangieren. Doch nun muss ich mich beeilen. Die Pflicht ruft, man erwartet mich im Kontor. Bitte grüßen Sie Ihren Vater von mir, Fräulein

Rosenthal. Einen schönen Tag.« Er nickte ihr lächelnd zu, lüftete seinen Hut und machte sich auf den Weg zur Tür.

»Ihnen auch einen schönen Tag, Herr von Löwenstein«, rief Greta ihm hinterher, doch da hatte sich die Tür bereits hinter ihm geschlossen

Greta stand noch einige Minuten hinter dem Tresen, nachdem der junge Mann das Geschäft verlassen hatte, und starrte durch das große Schaufenster hinaus. Er hatte ihr Herz berührt. Diese freundliche Einladung, seine angenehme Art, eine Unterhaltung zu führen. Er war ganz anders als all die Männer, denen sie bisher begegnet war. So erwachsen und ernst, gleichzeitig warmherzig und von einer Begeisterungsfähigkeit, von der Greta sich angesteckt fühlte. Er machte sie neugierig auf die Welt, in der er sich bewegte.

Greta ging hinüber ins Büro, schrieb schnell die Rechnung und packte den Staubsauger mit zittrigen Händen ein, damit Hans ihn ausliefern konnte.

»Hans!«, rief sie nach ihm, als sie hörte, wie sich die Hintertür öffnete.

»Jo!« Er tauchte im Türrahmen auf.

»Ich habe heute unseren ersten Staubsauger verkauft. Lieferst du ihn bitte direkt aus? Er muss zum Harvestehuder Weg, zum Haus der von Löwensteins. Weißt du, wo das ist?«

»Und ob! Die sind steinreich und in der Stadt bekannt wie ein bunter Hund«, erklärte Hans und schob seine Mütze aus der Stirn. »Ich nehme den Lieferwagen.«

»Ja, in Ordnung.«

Greta wusste, dass ihr Vater eigen mit seinen Fahrzeugen war. Hans durfte den kleinen dreirädrigen Lieferwagen benutzen, sie hingegen nicht, obwohl Hans ihr das Fahren längst beigebracht hatte. Ihr Vater selbst fuhr seit wenigen Tagen einen separaten Wagen, den ihm ein Kunde überlassen hatte, der seine Rechnung nicht begleichen konnte. Levi Rosenthal war bekannt dafür, dass man bei ihm anschreiben lassen konnte, doch nach einem Jahr war es Zeit geworden, dass der besagte Kunde seine Schulden beglich. So hatte der weiße Opel seinen Besitzer gewechselt. Keine Ahnung, woher er diesen Wagen hatte, doch nun war er Levis ganzer Stolz. Er hütete ihn wie seinen Augapfel, ließ niemanden damit fahren, setzte sich nur selbst hinters Steuer.

Nachdem Greta Hans losgeschickt hatte, schloss sie den Laden für die Mittagspause. Sie wusste nicht, ob ihr Vater pünktlich zum Essen zurückkommen würde, da er einen Freund in der jüdischen Gemeinde besuchte und dies manchmal länger dauern konnte als geplant.

Mit leichten Schritten nahm sie die engen Stufen der Wendeltreppe in die Wohnung hinauf. Das Haus in der Paulstraße war schmal, wie die anderen Gebäude auch. Der helle Sandstein war schon lange nicht mehr schön, allerdings brachte die rot-weiß gestreifte Markise einen angenehmen Farbtupfer in die sonst so eintönige Fassadengalerie der Straße. Hier reihte sich Haus an Haus. Im Erdgeschoss waren jeweils noch weitere Läden zu finden, ein Schuster, die Bäckerei und der Barbier, den ihr Vater regelmäßig aufsuchte. Die oberen Geschosse waren alle vermietet, weil Wohnraum rar war. Kinder spielten auf der Straße, suchten im Müll nach Essbarem. Männer und Frauen liefen geschäftig umher, immerzu auf der Suche nach Arbeit oder Lebensmitteln für die nächste Mahlzeit der Familie.

Ihr Vater hatte das Haus vor einigen Jahren gekauft, nachdem er hier den Laden eröffnet hatte. Der Krieg war damals gerade ausgebrochen. Der Mann und der Sohn von Frau Huber, der ehemaligen Besitzerin, waren direkt in den ersten Wochen dem Krieg zum Opfer gefallen, woraufhin sie beschloss, zurück zu ihrer Familie nach München zu ziehen. Levi hatte der Frau ein faires Angebot gemacht, das sie nicht hatte ausschlagen können, höher als das, was die Bank ihr anbot. Er hatte nun mal ein untrügliches Gespür für gute Geschäfte. Mittlerweile hatten sie den Laden nach hinten hinaus erweitert. Hans war ein äußerst geschickter Handwerker und hatte allerhand Holz angeschleppt, Böden verlegt, die Türrahmen abgeschmirgelt, sodass sie mehr Fläche hatten, auf der sie ihre Ware ausstellen konnten.

Oben in der Wohnung angekommen, schritt Greta den langen Flur entlang und nahm die hintere Tür, die geradewegs in die gute Stube führte. Ein runder Tisch stand mitten im Raum mit vier Stühlen, ein fünfter war direkt neben dem Fenster platziert. Ihre Schritte wurden von einem rechteckigen Perserteppich gedämpft, der bis hin zu dem grünen Samtsofa reichte, das an der hinteren Wand stand. Der Zweisitzer war eher ein Ziermöbel, da es eher Platz wegnahm, mit seinen ausladenden Armlehnen, als dass es tatsächlich bequeme Sitzgelegenheit bot. In der Vitrine, die an der gegenüberliegenden Wand stand, wurde das gute Geschirr aufbewahrt, dass sie nur sonntags benutzten oder zu Feierlichkeiten. Das große Möbelstück bedeckte fast die gesamte Raumbreite. Es war aus Mahagonieholz geschnitzt, mit Öl aufpoliert. Die Scharniere aus Messing mussten regelmäßig poliert werden. Über dem Tisch hing eine fünfflammige Gaslampe mit grünen Milchglasschirmen.

Gretas Blick wanderte zu den Wänden, wo in regelmäßigen Abständen Gemälde mit Landschaftsmotiven in unterschiedlichen Größen hingen. Ihr Vater sammelte Bilder von Karl Kaufmann, dem er in Wien einmal persönlich begegnet war. Der Maler war bereits verstorben, und Levi hielt immer Ausschau, ob eines der Werke Kaufmanns zum Verkauf stand. Da Greta zu wenig von Kunst verstand, beurteilte sie die Bilder nur danach, ob sie ihr gefielen oder nicht. Die Gemälde, die Venedig zeigten, mochte sie besonders. Irgendwann wollte sie persönlich in die Lagunenstadt reisen, um sich davon zu überzeugen, ob es dort wirklich so wunderschöne Sonnenuntergänge gab, wie sie Kaufmann immer zeichnete.

Sie nahm auf dem Stuhl am Fenster Platz und blickte in den Garten hinaus. Essen würde sie später, wenn ihr Vater wieder zu Hause war. Dann konnte sie ihm auch erzählen, dass sie den ersten Staubsauger verkauft hatte, worüber er sich bestimmt ebenso freute wie sie.

Der Garten war nicht mehr als ein verschwindend kleines Stück Wiese, an dessen hinterem Ende es einen kleinen Kirschbaum gab, der gerade in voller Blüte stand. Die feinen rosa Blütenblätter stellten einen schönen Kontrast zu dem Hellgrün des Rasens dar. Ihr Vater hatte ihn von einem Freund zu ihrer Geburt geschenkt bekommen. Er war, genau wie sie, mittlerweile einundzwanzig Jahre alt. Ein wenig klein für sein Alter, vermutlich lag es daran, dass er nur die Abendsonne zu sehen bekam, da die gegenüberliegende Hausreihe tagsüber das Licht abschirmte. Greta lenkte ihre Aufmerksamkeit auf die vielen Gänseblümchen, die im Schatten der umliegenden Häuser wuchsen. Sie waren unverwüstlich. Jedes Jahr aufs Neue wurden es mehr. Greta liebte diese Pflanzen.

Sie strahlten so viel Freude aus, sahen aus, als würden sie immerzu lächeln. Und Freude war etwas, was die Menschen gebrauchen konnten. Sie hatten harte Kriegsjahre hinter sich, viele Entbehrungen erleiden müssen, und so, wie es aussah, wurde es nicht besser. Greta verstand nicht viel von Politik, auch wenn ihr Vater meinte, dass es wichtig sei, den Nachrichten zu folgen. Er hatte ihr erzählt, dass dieser Entwurf des Versailler Vertrags für Deutschland nicht akzeptabel sei. Die Friedensverhandlungen seien niederschmetternd für die deutsche Bevölkerung und dürften auf keinen Fall angenommen werden. Sie seufzte tief.

In den benachbarten Gärten, die durch niedrige Jägerzäune getrennt waren, spielten kleine Kinder. Zwei Mädchen stritten sich um einen Holzroller. Ihre Schürzenkleider waren ganz schmutzig, das würde sicherlich Ärger zu Hause geben. Greta grinste, als sie sich an ihre eigene Kindheit erinnerte.

Nicht jeder der Gärten war mit Rasen bewachsen. Es gab auch einige, die als Nutzgarten dienten, wo Kartoffeln, Lauch, Bohnen, Salatköpfe und Tomaten angebaut wurden. So einen Garten zu besitzen hatte viele Vorteile, auch wenn es sich nur um eine kleine Fläche handelte. Aber es benötigte auch viel Pflege und Zeit, die Greta nicht hatte. Als sie noch zur Schule ging, hatte sie es versucht, doch das Unkraut war ein übermächtiger Gegner gewesen und hatte sie letztlich besiegt.

»Gnädiges Fräulein, möchten Sie nicht zu Mittag essen?«, fragte Hedwig, die Hausangestellte, als sie Greta im Salon sitzen sah.

Hedwig war früher ein Nachbarskind gewesen, mit dem Greta gern gespielt hatte, als sie noch klein gewesen waren. Nachdem Hedwigs Mutter an der Cholera gestorben war, hatte

Levi Rosenthal sie als Hausmädchen aufgenommen, um ihr das Obdachlosenasyl zu ersparen, da sie sonst keine Verwandten hatte. Ihren Vater hatte Hedwig nie kennengelernt. Nun bewohnte sie eine kleine Dachkammer im Haus der Rosenthals und kümmerte sich um alle dort anfallenden Aufgaben mit großer Sorgfalt, da ihr sehr wohl bewusst war, was sie Gretas Vater zu verdanken hatte. Sie war ein wenig älter als Greta, aber bei Weitem nicht so selbstsicher, sondern eher eine scheue, zurückhaltende junge Frau.

»Nein, danke, Hedwig. Ich esse zusammen mit meinem Vater. Was gibt es denn?«

»Lore hat eine Kartoffelsuppe gekocht, mit echtem Speck.«

Wusste sie es doch!

»Deswegen riecht es so wunderbar im ganzen Haus! Lieben Dank, Hedwig, ich denke, mein Vater wird bald zurück sein.«

Ihre Hände lagen unruhig in ihrem Schoß, weil die Gedanken an Carl von Löwenstein nicht vergehen wollten. Die von Löwensteins waren Hamburgs wohlhabendste Familie und in aller Munde. Und sie hatten einen gutaussehenden jungen Erben. Seine stattliche Größe, die schlanke Figur, diese wissenden blauen Augen, alles an ihm war beeindruckend. Sie schloss ihre Lider und stellte sich ihn bildlich vor. Dieses Lächeln, sein Charisma, wenn er einen Raum betrat. Dabei bewegte er sich geschmeidig, ohne viel Aufsehen zu erregen. Sein leichtes Hinken machte ihn noch interessanter. Er war eine imposante Erscheinung. Wie er ihre Hand berührt hatte … Ein angenehmes Schaudern durchfuhr Gretas Körper, und sie wünschte sich, er hätte sich nicht so schnell verabschiedet. Sie hätte sich so gerne noch einen Augenblick länger mit ihm unterhalten, seiner samtweichen Stimme gelauscht.

Entschlossen sprang sie auf. Diese Art von Männern musste sie sich aus dem Kopf schlagen. Auch wenn Gretas Vater als Kaufmann hoch angesehen war, gehörte sie nicht zu den Frauen, denen reiche Männer ihr Interesse schenkten. Dafür war sie zu selbstständig, zu belesen, zu freigeistig. Eine gebildete junge Frau mit guten Manieren und einem einfachen Wesen, die sich nicht dafür interessierte, wie das Geld verdient wurde, das ihre Kleider und das Essen bezahlte, danach hielten die meisten Männer Ausschau.

Greta war eben nicht bereit sich zu ändern, für keinen Mann. Zum einem konnte sie ihren gescheiten Verstand nicht abschalten, und Männer hatten nun einmal Angst vor klugen Frauen. Zum anderen war Greta nicht wohlhabend genug, dass man darüber hinwegsah. Sie lebte nicht in einer der Villen am Alsterufer, sie besuchte weder das Theater oder die Oper, noch verkehrte sie in den richtigen Kreisen und wurde nicht zu den wichtigen Gesellschaften eingeladen. Die Chance, einen Mann kennenzulernen, der sie als Frau schätzte, ohne dass sie ihr wahres Ich verleugnen musste, und der ihre manchmal sehr modernen Ansichten teilte, war daher äußerst gering. Ihre Träumereien brachten nichts. Sie sollte der Realität ins Auge sehen, auch wenn Carl von Löwenstein ein Mann war, der für Greta eine Versuchung darstellte. Er war eben anders, als sie vermutet hatte. Die meisten Männer der Oberschicht wirkten stets überheblich gegenüber Frauen, sahen nur Nutzen darin, dass diese sich um Haus und Kinder kümmerten. Doch Carl von Löwenstein hatte auf eine ganz andere Weise Interesse an ihr gezeigt. Er hatte sich für sie als Mensch interessiert. Das war erstaunlich und bemerkenswert. Wie der ganze Mann.

Das Klappern von Geschirr war zu hören und riss Greta aus ihren Gedanken. Ihr Vater war zurückgekehrt, sie hörte seine Stimme. Da erschien er bereits im Türrahmen.

»Papa! Du bist wieder da!« Sie erhob sich und umarmte ihn.

»Komm, lass uns essen, ich habe Hunger, mein Kind.« Sie gingen zurück in den Flur und betraten das Esszimmer auf der linken Seite. Es war wesentlich kleiner als der Salon, aber ähnlich eingerichtet. Auf einer Kommode standen kleine Porzellanfiguren, die noch von Gretas Mutter stammten. Sie hatte sie so gern gesammelt. Eine Fotografie, die ihr Porträt zeigte, stand in der Mitte. Es war kurz nach ihrer Hochzeit aufgenommen worden und zeigte eine schöne junge Frau, deren Züge in Gretas Gesicht wiederzufinden waren.

Der Buffetschrank hielt Porzellan und Gläser für die täglichen Mahlzeiten bereit. Ein Salz- und ein Pfefferstreuer in Form von Tauben standen in der Mitte des Tisches, der mit einer weißen Damasttischdecke bedeckt war.

Hedwig stellte eine Suppenschüssel zusammen mit einem Brotkorb ab.

»Danke, Hedwig. Wir bedienen uns selbst.« Greta erhob sich und öffnete den Deckel. Der feine Duft von Gemüse und Speck stieg ihr entgegen. »Mhm, Kartoffelsuppe. Die hatten wir schon lange nicht mehr.« Mit der Suppenkelle schöpfte sie ihrem Vater und sich selbst auf.

»Kannst du gleich den Laden übernehmen? Ich bin mit Dörte zum Eisessen verabredet. Aber wenn du keine Zeit hast, sage ich es ab.«

Levi Rosenthal schüttelte den Kopf. »Nein, geh ruhig. Ich bin erst am Abend im Herrenklub zum Schach verabredet.«

»Ach, übrigens soll ich dich von Herrn von Löwenstein grüßen.« Greta schob sich einen Löffel Suppe in den Mund. »Du warst ja bereits gestern mit ihm verabredet.«

»War er heute erneut da?« Rosenthal war überrascht.

»Ja, er hat einen Staubsauger gekauft. Ist das nicht wunderbar? Ich glaube, dieses Gerät wird die Haushalte erobern.« Mit spitzen Fingern tunkte Greta ein Stück Brot in die Suppe, schob es schnell in den Mund und kaute genüsslich.

»Das ist großartig, mein Kind. Dein Verkaufstalent ist wirklich bemerkenswert. Wie hast du es ihm denn schmackhaft gemacht?«

»Das musste ich gar nicht, Herr von Löwenstein hat selbst danach gefragt. Er meinte, du hättest es ihm empfohlen, als Geschenk für seine Mutter.«

»So? Habe ich das? Ich kann mich gar nicht daran erinnern. Ich habe mit Aaron Goldberg, unserem Rabbiner, darüber gesprochen, als ich ihn letzte Woche im Klub traf. Das ist wirklich merkwürdig, denn ich kann mich beim besten Willen nicht daran erinnern, dass ich gestern mit Herrn von Löwenstein verabredet war.« Levi schüttelte irritiert den Kopf.

Langsam kam Greta ein Verdacht. Hatte Carl von Löwenstein ihr die Wahrheit gesagt? War er vielleicht erneut ins Geschäft gekommen, um sie zu sehen? Um mit ihr ein paar Worte zu wechseln? Nein, dieser Gedanke war zu abwegig. Vielleicht war ihr Vater nur etwas zerstreut.

»Ich lade dich ein. Such dir zwei Sorten aus.« Dörte blickte gut gelaunt zu dem Kellner auf, der an ihren Tisch im Alsterpavillon getreten war. »Ich nehme Vanille und Schokolade.«

»Sehr wohl, gnädiges Fräulein. Und Sie?« Als der Mann Greta ansah, war sein Blick nicht mehr ganz so freundlich. Sie wusste nicht, ob es daran lag, dass sie bei Weitem nicht so gut gekleidet war wie Dörte, oder nicht so aufgeschlossen.

»Ich nehme Vanille und Erdbeere.«

Der Kellner nickte und machte sich auf den Weg.

»Weißt du eigentlich etwas über Carl von Löwenstein?«, platzte Dörte heraus.

»Was soll ich denn über ihn wissen?«

»Na, ob er schon verheiratet ist. Was er so treibt. Mein Vater kennt die Familie von Löwenstein gut, aus dem Kontor. Das sind *die* Gewürzhändler im Norden. Sie sind steinreich und haben nur diesen einen Erben.« Dörte grinste verschmitzt. »Zum Glück hat er den Krieg überlebt, er wurde in Riga verletzt. Ist dir aufgefallen, dass er sein Bein nachzieht? Das wäre ja nichts für mich, ein Mann, der versehrt ist.« Sie rümpfte die Nase.

»Das wird schwierig werden, heutzutage gibt es doch kaum noch Männer, die nicht durch den Krieg lädiert sind. Ich finde, es fällt kaum auf, dass er verletzt ist, er war doch recht freundlich.«

Sofort wurde Dörte hellhörig. »Das hört sich ja an, als würdest du diesen eingebildeten Kerl verteidigen.«

Greta ließ ihren Blick über die anderen Tische gleiten. Sie waren zu dieser Tageszeit nur spärlich besetzt. Die Gäste des Pavillons waren alle sehr gut gekleidet, Kinder trugen Spitzenkleider oder Matrosenanzüge, ihre Mütter und Väter waren in feine Stoffe gewandet. Nur wenige Straßen weiter sah es schon anders aus. Dort suchten Menschen im Müll nach Nahrung. Sie konnten von einem Eis nur träumen.

»Sag schon«, bohrte Dörte weiter.

»Er ist heute Vormittag erneut im Laden aufgetaucht«, gab Gerta nach kurzem Zögern zu.

»Was?«, rief Dörte so laut, dass andere Gäste zu ihnen hinüberblickten.

»Psst«, zischte Greta. »Sei doch nicht so laut. Es muss ja nicht gleich jeder hören.«

Der Kellner brachte die Eisbecher und wandte sich mit einem Nicken anderen Gästen zu.

»Was wollte er denn?«, fragte Dörte mit vollem Mund, nachdem sie sich sofort einen Löffel mit Schokoeis in den Mund geschoben hatte.

Greta schmunzelte über Dörtes fehlende Manieren. Sie wurde wirklich nicht erwachsen, da konnte auch ein Mädchenpensionat nichts ausrichten. »Er hat etwas gekauft.«

»Was denn? Mensch, Greta, nun lass dir doch nicht alles aus der Nase ziehen. Er ist bestimmt gekommen, um dich noch einmal zu sehen. Oder vielleicht auch mich? Er wusste ja, dass wir uns heute treffen wollten.«

»Er war am Morgen da und hat einen Staubsauger zum Geburtstag seiner Mutter gekauft. Das hat er vermutlich nicht getan, um dich oder mich wiederzusehen.« Greta nahm einen Löffel Vanilleeis und ließ ihn langsam auf der Zunge zergehen. Es war lange her, dass sie Zeit für ein Eis gehabt hatte.

Dörte blickte nachdenklich über die Binnenalster. Leise seufzte sie. »Gott, ist das schön hier. Du hast keine Vorstellung, wie öde es in diesem Pensionat war.« Das Wetter lud dazu ein zu verweilen. Die Sonne war angenehm warm, der Himmel wolkenlos.

»Was hast du denn jetzt vor?«, wollte Greta von ihrer Freundin wissen.

»Na, einen Mann zum Heiraten finden. Vielleicht wäre Carl von Löwenstein genau der Richtige für mich.«

»Ich dachte, er wäre wegen seiner Versehrung nichts für dich?« Greta war verwirrt. Ihre Freundin war so sprunghaft, wie niemand sonst, den sie kannte. Dass Dörte Carl als Ehemann in Betracht zog, versetzte ihr einen Stich. Er war der erste Mann, der ihre Aufmerksamkeit weckte. Es störte sie, dass Dörte ihn nun auch ins Auge fasste. Die Chancen ihrer Freundin standen allemal besser, da sie zu den Kreisen gehörte, in denen auch Carl sich bewegte.

»Papa würde das sehr gefallen. Eine Verbindung zu einer der reichsten Familien in Hamburg wäre genau richtig. Schade, dass du keine Gelegenheit hast, in diese Kreise einzuheiraten. Die bleiben lieber unter sich.«

»Aber du gehörst doch auch dazu, und wir sind befreundet.« Greta ließ den Löffel sinken. Das waren ja ganz neue Töne. Seit wann war Dörte so ein Snob?

»Das ist etwas anderes.« Dörte steckte sich einen weiteren Löffel Schokoladeneis in den Mund.

»Du hast getropft.« Greta konnte sich ein Lächeln nicht verkneifen, als sich ein dunkler Fleck auf Dörtes kostbarem Kleid ausbreitete.

»Oh Gott! Meine Mutter bringt mich um. Das ist reine Seide. Der Fleck wird niemals rausgehen. Das Kleid ist ruiniert.« Sie holte ein sauberes Taschentuch aus der Handtasche und versuchte den Fleck auszureiben, doch dadurch trieb sie ihn nur tiefer ins Gewebe und vergrößerte ihn zudem.

»Glaubst du, dass die Leute heutzutage immer noch so denken? Dass die Liebe egal ist und nur der Stand und das Geld zählen?«, wollte Greta wissen.

»Dann findest du also Gefallen an Carl von Löwenstein?« Dörte ließ nicht locker. »Bist du am Ende etwa verliebt in ihn?«

»Natürlich nicht. Wie kommst du nur auf solche Ideen? Ich kenn ihn doch gar nicht. Für so etwas habe ich überhaupt keine Zeit. Schließlich kann ich meinen Vater nicht allein lassen. « Greta sagte das sehr bestimmt und glaubte auch selbst daran. Sie würde nicht alles für eine Liebelei aufgeben. Dafür hatte ihr Vater zu hart gearbeitet, um ihrer beider Existenz aufzubauen und über den Krieg hinweg zu erhalten. »Außerdem habe ich nicht die Reifeprüfung abgelegt, um als Ehefrau zu enden, die sich nur um Haus und Kinder kümmert. So habe ich mir mein Leben nicht vorgestellt.«

»Nur Ehefrau ist ja nicht richtig«, gab Dörte zu bedenken. »Meine Mutter hat eine Menge zu tun. Sie führt das Personal, kümmert sich um den Garten, veranstaltet Teesalons und Empfänge. Sie ist Vorsitzende eines Vereins, der sich um Kriegswaisen bemüht, und sie sammelt Spenden für eine Suppenküche. Also, ich finde, das ist schon eine ganze Menge mehr als nur Haus und Kinder.«

Greta nickte. Sie musste zugeben, das war wirklich enorm. »Ja, aber sie verdient kein Geld damit.« Sie kratzte den Rest Eis aus dem Becher und leckte den Löffel ab.

»Natürlich nicht. Dafür ist mein Vater zuständig. Er würde niemals wollen, dass meine Mutter etwas dazuverdient. Was würden denn die Leute von uns denken? Du hast wirklich sehr moderne Ansichten, ich glaube nicht, dass die sich durchsetzen werden. Das wird kein Mann zulassen.« Dörte schüttelte verstört den Kopf. Sie sah aus, als hätte Greta vorgeschlagen, nach Amerika auszuwandern.

Verlegen blickte Greta auf ihre kleine Armbanduhr, die sie von ihrem Vater zum Schulabschluss erhalten hatte. »Oh, schon so spät! Ich muss leider los. Mein Vater wollte heute noch in den Klub. Ich muss ihn im Laden vertreten, damit er sich fertig machen kann, und wir essen zeitig zu Abend.«

Dörte winkte dem Kellner und bezahlte das Eis, wobei sie ein großzügiges Trinkgeld gab. Der Kellner dankte es mit einer tiefen Verbeugung.

Mit einem Kuss auf beide Wangen verabschiedete sich Greta. »Vielen Dank, meine Liebe, für das Eis. Das nächste Mal bezahle ich.«

»Schon gut. Ein Geschenk von meinem Vater«, erklärte Dörte mit einem Lächeln, und beeilte sich, die elektrische Straßenbahn zu erreichen.

Kapitel 3

Carl von Löwenstein ließ die hellbraune Flüssigkeit in dem Kristallglas kreisen. Der Brandy hatte ein angenehmes Aroma, und er zog genüsslich an seiner Zigarre, blies kleine Rauchwolken in die Luft. Der Herrenklub war heute nur spärlich besucht, die Schar der Gäste, die aus den Männern der besseren Gesellschaft Hamburgs bestand, war überschaubar, und so machte er Gretas Vater schnell aus. Der drahtige kleine Mann mit den grauen Haaren und einem schmalen Lippenbart bewegte sich geschmeidig wie eine Raubkatze. Seine wachen Augen sondierten stets die Umgebung, als wäre er ständig auf der Hut.

»Herr Rosenthal, darf ich Sie zu einem Glas einladen?«, hielt er den älteren Herren auf, der sich bereits dem Ausgang zugewandt hatte.

»Herr von Löwenstein, welche Freude, Ihnen zu begegnen!« Levi Rosenthal schien überrascht, aber sichtlich angetan.

»Bitte, setzen Sie sich doch einen Augenblick zu mir.« Carl gab dem Kellner ein Zeichen, damit er ein weiteres Glas an den Tisch brachte.

»Vielen Dank, sehr freundlich von Ihnen«, bedankte sich Rosenthal und setzte sich in einen der schweren ledernen Sessel.

Der große holzvertäfelte Klubraum war mit Tischen ausgestattet, an denen man Schach oder Dame spielen konnte, dazwischen standen etliche Marmorstatuetten, große Pflanzen sorgten für die nötige Diskretion. Man führte politische Gespräche, an der Bar erzählte man sich Kriegsgeschichten oder schloss Verträge. Einige der Mitglieder gönnten sich auch nur in Ruhe ein Gläschen. Man kannte sich und war unter sich. Frauen war der Zutritt untersagt.

»Ich war heute in Ihrem Geschäft, um mich nach dem neumodischen Gerät zu erkundigen, diesem Staubsauger, von dem sie berichtet hatten, und habe einen für meine Mutter erstanden. Dabei traf ich auf Ihre reizende Tochter.«

Der Kellner servierte den Brandy, und Rosenthal bedankte sich mit einem Nicken.

»Ja, meine wundervolle Greta. Sie erzählte mir, dass Sie bereits gestern da waren. Es tut mir leid, dass wir uns verpasst haben.«

»Greta hat mich heute wieder bedient und war sehr zuvorkommend. Ich muss mich bei Ihnen entschuldigen. Ich habe quasi eine Notlüge benutzt, denn ich habe ihre Unterhaltung mit Herrn Goldberg mitbekommen, in der Sie den Staubsauger angepriesen haben. Meine Mutter ist schon länger auf der Suche nach diesem Gerät, und ich wollte meine Chance nutzen. Es ist gar nicht einfach, solch ein Gerät zu ergattern. Dadurch hatte ich Gelegenheit, Ihre charmante Tochter kennenzulernen.« Carl lächelte bei der Erinnerung an ihre Begegnung. Diese junge Frau war wirklich etwas ganz Besonderes. Sie gehörte nicht zu den üblichen Fräuleins, die nur darauf aus waren, eine gute Partie zu machen. Nein, sie wollte selbst etwas darstellen und nicht nur das Anhängsel eines reichen Mannes sein. Das hatte Carl in der kurzen Zeit erkannt, die er mit Greta Rosenthal verbracht hatte. Sie war eine Frau, mit der man ein anregendes Gespräch führen konnte. Er brauchte ja nicht erzählen, dass er Rosenthal vor einigen Tagen mit seiner Tochter auf der anderen Straßenseite entdeckt hatte. Die hochgewachsene junge Greta war ihm auf Anhieb aufgefallen. An Rosenthals Arm hatte er sie im ersten Augenblick für seine Frau gehalten. Sie hatten herzlich über etwas gelacht. Doch als er Rosenthals Gespräch mit seinem Freund Goldberg belauscht hatte, war klar geworden, dass es sich bei dieser Frau um seine Tochter handelte. Seit diesem Tag war sie ihm nicht mehr aus dem Kopf gegangen. Er hatte sie einfach kennenlernen müssen.

»Dann haben Sie also das Schöne mit dem Nützlichen verbunden.« Levi lächelte milde. »Greta ist ein gutes Kind, äußerst intelligent und mir eine große Hilfe. Sie ist alles, was mir geblieben ist.« Für einen Augenblick wirkte Rosenthal betrübt, dann hellte sich seine Miene wieder auf. »Die Reifeprüfung hat sie mit Auszeichnung bestanden«, erklärte er stolz.

Carl hob eine Augenbraue. »Ist das so! Beachtlich, mein lieber Rosenthal, beachtlich. Sie können wirklich stolz auf Fräulein Greta sein. Aber sagen Sie, haben Sie keine Bedenken, wenn sie Ihnen im Laden zur Hand geht? Immerhin ist sie die Tochter des Hauses.« Carl nippte an seinem Glas. »Nicht, dass man sie am Ende noch für eine Suffragette hält. Ist sie denn nicht auf der Suche nach einem geeigneten Ehemann?«

Rosenthal griff zu dem Glas, hob es dankend in Carls Richtung und trank einen Schluck. »Doch, natürlich. Sie soll nicht ihr Leben lang mit ihrem alten Vater verbringen. Nur hat Greta keine Augen für die Männer. Sie ist immer so beschäftigt. Ich will ihr Interesse an der Politik wecken, dem Weltgeschehen. Mit dem Geschäft kennt sie sich bestens aus, sie führt mir die Bücher. Glauben Sie mir, die Frauen werden irgendwann die Welt regieren.«

»Eine gewagte Ansicht, Rosenthal. Das sollten Sie nicht zu laut sagen. Es scheint, all diese Interessen würden auch einem Sohn gut zu Gesichte stehen«, entgegnete Carl, zog an seiner Zigarre und paffte eine Rauchwolke in die Luft. Er beugte sich vor und hielt Rosenthal die Zigarrenkiste entgegen.

Dankend nahm dieser eine heraus und schnitt sie mit dem auf dem Tisch bereit liegenden Zigarrenschneider an. Carl gab ihm Feuer. Es dauerte eine Weile, bis der Tabak zu glimmen begann. Ein angenehmer Tabakduft verbreitete sich im Raum, die Rauchschwaden hingen schwer in der Luft.

»Das sind die echten aus Havanna.« Carls Augen leuchteten.

»Trotz der Seeblockade? Sie verfügen über gute Kontakte, Herr von Löwenstein.« Rosenthal nickte anerkennend und paffte genüsslich, sodass ihn flüchtig eine dichte Rauchwolke umgab.

»Im Gewürzkontor ist immer etwas möglich«, erklärte Carl zustimmend, wollte aber wieder die Sprache auf Greta bringen. »Wie gedenken Sie also Ihre Nachfolge zu regeln, wenn ich fragen darf? Werden Sie Ihr Unternehmen eines Tages verkaufen oder einen Geschäftsführer einstellen?«

»Greta wird das Haus und das Geschäft erben. Es ist ihr Wunsch, das Unternehmen weiterzuführen. Ich halte das für eine gute, fortschrittliche Idee. Aber so schnell werde ich hoffentlich nicht das Zeitliche segnen.« Levi Rosenthal zwinkerte Carl verschwörerisch zu. »Bis dahin wird sich ein geeigneter Heiratskandidat finden lassen, der meiner Greta beisteht.«

Carl nickte gedankenverloren. »Meine Familie gibt am Wochenende ein kleines Fest zu Ehren des Geburtstags meiner Mutter. Ich würde mich freuen, lieber Rosenthal, Sie und Ihre wunderschöne Tochter als Gäste begrüßen zu dürfen.«

Rosenthal drehte die Zigarre zwischen Daumen und Zeigefinger, blickte Carl erstaunt über die Einladung an. »Das ist sehr liebenswürdig. Darf ich fragen, was Sie dazu veranlasst, uns mit dieser Einladung zu beehren?« Es klang, als wäre er auf der Hut vor etwas.

Nachdenklich streifte Carl die Zigarre am Rand des Aschenbechers ab. »Nun, wir handeln mit Gewürzen, Sie haben einen Gemischtwarenladen. Ich denke, es ist an der Zeit, dass wir gemeinsam ins Geschäft kommen.«

»Sehr gern. An guten Abschlüssen bin ich immer interessiert. Greta liegt mir schon länger damit in den Ohren, dass wir exotische Gewürze ins Sortiment aufnehmen sollten. Sie will es exklusiver gestalten.«

»Dann sollte ich darüber wohl mit Ihrer Tochter sprechen.« Carl lachte. »Sie hat mir schon einen kleinen Einblick in ihre Kenntnisse gegeben.«

»Nun, wenn Sie mich so fragen, denke ich schon, dass Greta die richtige Ansprechpartnerin dafür ist. Die Konditionen können wir beide später aushandeln, wenn feststeht, an welchen Gewürzen sie interessiert ist.«

Freundlich nickte Carl und hob sein Glas. »Dann lassen Sie uns auf das kommende Geschäft anstoßen, mein lieber Rosenthal. Ich erwarte Sie bei der Feier übermorgen Abend gegen neunzehn Uhr im Harvestehuder Weg.«

»Vielen Dank für Ihre Einladung, die ich hiermit gerne annehme. Auch im Namen meiner Tochter.« Rosenthal prostete ihm zu und trank einen Schluck, bevor er wieder an der Zigarre zog.

»Wie denken Sie über den Versailler Vertrag? Ist es nicht eine Unverschämtheit, was man uns damit zumutet?«, brachte Carl das Gespräch auf eine politische Ebene.

Rosenthal nickte zustimmend. »Die Zeitungen beschäftigen sich mit nichts anderem. Die Aufgabe aller Kolonien mit zusätzlichen Gebietsabtretungen und den Einzug des Auslandsvermögens halte ich für einen Diebstahl erster Klasse. Uns als alleinigen Verlierer dieses Krieges abzustempeln ist ein Unrecht. Die Regierung sollte diesen Vertrag auf keinen Fall akzeptieren. Das müssen wir zu verhindern wissen.« Aufgeregt zog Rosenthal an der Zigarre, dass die Glut nur so aufglomm.

»Da haben Sie vollkommen recht, lieber Rosenthal. Allein die Auslieferung der Kriegsverbrecher zu fordern halte ich für grenzwertig, von unserem Kaiser einmal abzusehen. Das ist völlig absurd.«

Darüber waren sich die Männer einig. Als eine kleine Uhr auf dem Kaminsims anschlug, zog Rosenthal seine goldene Taschenuhr an der Kette aus seiner Jacke und glich die Zeit ab. »Schon so spät! Ich fürchte, ich muss Sie nun verlassen, lieber von Löwenstein. Greta wird sich bereits fragen, wo ich so lange bleibe.« Er drückte die Glut der Zigarre aus, steckte den Stummel in ein Zigarrenetui. »Für später«, erklärte er mit einem verschmitzten Grinsen und verabschiedete sich.

»Ich werde Ihnen die offizielle Geburtstagseinladung zukommen lassen«, rief Carl ihm hinterher.

Rosenthal winkte zum Abschied.

Mit den Ereignissen zufrieden, lehnte sich Carl im Sessel zurück und lächelte gewinnend. Das lief genau nach seinen Vorstellungen. Er wusste zwar noch nicht, was seine Mutter dazu sagen würde, doch darüber konnte er sich Gedanken machen, wenn es so weit war. Jetzt würde er hier in Ruhe seinen Brandy genießen und die Zigarre zu Ende rauchen. Er genoss diese Zeit. Vor einem Jahr hatte es nicht danach ausgesehen, dass ihm das je wieder möglich sein würde. Damals lag er in einem Lazarett in der Nähe von Spa in Belgien, und die Ärzte berieten darüber, ob er sein linkes Bein verlieren würde oder nicht.

Durch einen Glücksfall war er kurz darauf nach Hamburg verlegt worden, und seine Mutter hatte sich dafür eingesetzt, dass er sein Bein behielt, gegen den Rat der Ärzte. Sie hatte wie eine Löwin für ihn gekämpft und am Ende recht behalten. Er war genesen und konnte sein Knie wieder belasten, sogar tanzen. Nur wenn er zu lange am Stück zu Fuß ging, schmerzte es noch, und er zog es ein wenig nach. Aber das war nichts gegen die Blessuren, die zahlreiche seiner Kameraden erlitten hatten. Carl war davongekommen, viele andere nicht. Dafür war er unendlich dankbar. Mochte seine Mutter ihn auch etwas zu oft beeinflussen wollen, hier musste er ihr für ihre Hartnäckigkeit dankbar sein.

Nachdenklich reichte er dem Kellner, der zwischen den Tischen entlanglief, um sich um das Wohl der Gäste zu kümmern, sein Glas, damit er ihm nachschenkte. Er überlegte, wie seine Mutter wohl auf Greta reagieren würde. In gewisser Weise glichen sie sich. Beide frei und unabhängig, starke Persönlichkeiten. Er wusste nicht, wie seine Mutter in jungen

Jahren gewesen war, aber er vermutete, dass sie Greta nicht unähnlich gewesen war. Gerade wegen dieser Gemeinsamkeiten war zu befürchten, dass Greta keine Gnade unter den strengen Augen seiner Mutter finden würde. Sie lag ihm seit Monaten damit in den Ohren, dass er für einen Erben zu sorgen hatte, der das Gewürzimperium einmal übernehmen sollte. Nun endlich hatte er eine Frau gefunden, die sein Interesse weckte, wie keine es bisher geschafft hatte. Seine Mutter hatte ihm diverse junge Frauen vorgestellt, auf ihren Soireen, die sie regelmäßig gab. Selbst bei dem Konzert, das sie gemeinsam besucht hatten, hatte sie keine Möglichkeit ausgelassen, ihn wie ein preisgekröntes Rennpferd zur Schau zur stellen. Es war peinlich und herabwürdigend. Daher hatte Carl beschlossen, diese Angelegenheit selbst in die Hand zu nehmen. Seinen Vater würde er überzeugen können, dass Greta die richtige Frau für ihn war. Doch Vera von Löwenstein war da eine ganz andere Hürde. Cornelius, sein Vater, hatte seiner Frau die Kindererziehung überlassen, und diese hatte für ihren Sohn die höchsten Ansprüche. Dass Greta nicht aus einer der ersten Familien Hamburgs stammte, war daher ein Makel, den sie wohl nicht übersehen konnte. Carl verstand nicht, woher dieser Standesdünkel rührte, denn seine Mutter kam selbst aus einer Handelsfamilie aus Lübeck. Nur dem Geschäftsgeschick seiner Vorfahren war es zu verdanken, dass sie zu den reichsten Familien Hamburgs aufgestiegen waren. Vera von Löwenstein hatte damit nichts zu tun, sie war durch die Heirat mit Cornelius eine angesehene Frau geworden. Dies schien seine Mutter allerdings längst vergessen zu haben.

Entschlossen löschte Carl seine Zigarre und trank den Brandy in einem Zug aus. Es war ihm egal, was seine Mutter sagen würde. Greta Rosenthal näher kennenzulernen würde er sich von niemandem verbieten lassen. Schließlich musste er mit seiner Auserwählten den Rest seines Lebens verbringen, daher würde er selbst bestimmen, wer diese Frau war. Die Frage war nur, ob auch er bei Greta ganz oben auf der Liste stand. Ob sie in ihm einen möglichen Ehemann sah. Bisher hatte er keinen Gedanken an Ehe verschwendet, doch diese Frau weckte ungeahnte Gefühle in ihm. Er würde sie ordentlich beeindrucken müssen. Denn Greta würde sich niemals mit einer arrangierten Ehe zufriedengeben. Da war Carl sich sicher.

Kapitel 4

Die Nachricht, dass sie zu einer Abendgesellschaft bei den von Löwensteins eingeladen waren, versetzte Greta geradezu in Panik. Was sollte sie nur anziehen? Diese Familie war eine der feinsten in ganz Hamburg, dort konnte sie nicht einfach in einem Kleid erscheinen, das sie hinter der Ladentheke trug. Was würde nur Carl von Löwenstein von ihr denken? Oder dessen gnädige Frau Mutter? Gleichzeitig erschien es ihr nicht erstrebenswert, sich Gedanken darüber zu machen, was diese Familie über sie dachte. Die Einladung, mochte ihr auch die Bedeutung noch nicht klar sein, war vermutlich nur aus Höflichkeit ausgesprochen worden. Dass sich Carl von Löwenstein näher für sie interessieren sollte, war absurd. Dafür war ihre Stellung in der Gesellschaft nicht angesehen genug.

»Du solltest dir ein neues Kleid kaufen«, beschloss Gretas Vater am Morgen, als sie gemeinsam das Frühstück einnahmen. Er blickte seine Tochter aufmunternd an.

»Das wird nicht so einfach sein, wo doch noch alles rationiert ist. Vielleicht sollte ich gar nicht mitgehen.« Seufzend stützte sie ihr Kinn auf einer Hand ab.

»Auf der Einladung steht explizit, dass du und ich eingeladen sind. Wir werden Geschäfte mit den von Löwensteins machen, da können wir sie nicht vor den Kopf stoßen.«

Greta schnappte sich die Karte, die ihr Vater die ganze Zeit in der Hand hielt – handgeschrieben auf feinem cremefarbenem Büttenpapier. Der Rand glänzte golden. Greta schnupperte daran und nahm einen feinen Duft nach Lavendel wahr.

»Ich kenne eine Schneiderin, die bestimmt etwas im Angebot hat, was dir gefallen wird.«

Greta blickte erstaunt auf. »Du kennst eine Schneiderin? Das ist ja etwas ganz Neues. Woher denn?« Ihr Vater war doch immer für eine Überraschung gut.

»Sie hat schon öfter bei uns eingekauft. Ich kenne sie über die jüdische Gemeinde. Sie war früher eine Freundin deiner Mutter. Frau Frank hat einige ihrer Kleider genäht. Eine nette Frau, aber mir ein wenig zu selbstständig. Wenn du willst, fahre ich dich heute dorthin.«

»Das ist doch nicht nötig, ich kann ruhig alleine fahren.«

Ihr Vater lächelte über den subtilen Versuch, sich das Auto unter den Nagel zu reißen. »Das wirst du ganz bestimmt nicht, mein junges Fräulein.« *Junges Fräulein!* Sogleich war die Erinnerung an Carl von Löwenstein wieder präsent.

»Dann kann Hans mich fahren«, schlug Greta vor. Der Gedanke, dass ihr Vater sie zu einer Anprobe begleitete, war ihr nicht recht. Sie war sehr wohl in der Lage, sich selbst ein Kleid auszusuchen. Sie wollte etwas ganz Besonderes und befürchtete, dass ihr Vater auf das Altbewährte zurückgreifen würde.

»Gut, wenn ich nicht mitdarf, soll Hans dich fahren.« Gretas Vater wirkte eingeschnappt.

»Ach, Papa, jetzt sei nicht beleidigt.« Greta sprang auf, ging um den Tisch herum und legte ihre Arme um seinen Hals. »Ich möchte dich doch nur überraschen. Aber ich muss sagen, dass diese Einladung wirklich ein wenig kurzfristig kommt.«

Levi hob die Schultern. »Herr von Löwenstein hat sie erst gestern Abend ausgesprochen. Er will uns ausgewählte Gewürze liefern und sich mit dir darüber unterhalten. So ein Geburtstag ist da ein passender Rahmen.«

Greta, die inzwischen wieder Platz genommen hatte, blickte ihren Vater überrascht an. »Mit mir? Das hat er gesagt?«

»Das waren seine Worte. Gestern Abend habe ich ihm erklärt, dass für die Auswahl der Gewürze allein du zuständig bist, und er war hocherfreut. Ich denke, wir haben dir diese Einladung zu verdanken.« Er fuhr sich mit Daumen und Zeigefinger über seinen Oberlippenbart, was ein leises knisterndes Geräusch verursachte.

Greta konnte die Neuigkeit kaum glauben. Sie schenkte sich eine weitere Tasse Tee ein. »Na, dann werde ich mir wirklich ein neues Kleid zulegen müssen, um ihm damit zu imponieren.«

»Ich habe den Eindruck, das hast du bereits. Jetzt muss dir das nur noch bei seinen Eltern gelingen.« Rosenthal rührte nachdenklich in der Tasse.

»Ich hoffe nicht, dass er uns übers Ohr hauen will.«

Ihr Vater lachte laut auf. »Greta, was denkst du immer nur von den Menschen?«

»Die meisten sind doppelt so schlecht, wie man annimmt. Ich werde auf jeden Fall auf der Hut sein. Aber ich freue mich, dass du so viel Vertrauen in mich setzt.«

Levi Rosenthal nickte lächelnd und vertiefte sich in die Morgenlektüre. »Die Reparationszahlungen werden unser Land in noch größere Armut stürzen«, brummte er hinter der Zeitung hervor.

»Warum müssen wir die bezahlen?«

»Weil man Deutschland die alleinige Schuld am Ausbruch des Krieges geben will. Man will uns zu Kriegsverlierern abstempeln«, klärte ihr Vater sie auf.

»Das finde ich sehr ungerecht.«

»Da bist du nicht allein mit deiner Meinung. Nur wird uns nichts anderes übrigbleiben. Wir können keine Besetzung riskieren, die unweigerlich folgen würde, wenn der Vertrag nicht zustande käme. Der Frieden steht auf sehr wackligen Beinen. Wir sind nicht in der Lage, Forderungen zu stellen. Reichsministerpräsident Scheidemann sieht das auch so. Nicht einmal verhandeln konnten wir, man hat uns einen fertigen Vertrag unter die Nase gehalten. So stehen wir auf verlorenem Posten und müssen es hinnehmen.« Er faltete die Zeitung zusammen und trank seine Tasse leer.

»Genau genommen bist du ja Österreicher. Siehst du Deutschland als deine Heimat an?«, wollte Greta neugierig wissen.

»Ich bin in Österreich geboren worden. Doch Heimat ist für mich kein fester Ort, es ist dort, wofür dein Herz schlägt. Mein Herz schlägt nun mal für Deutschland und natürlich für dich.« Er lächelte. »So, ich muss den Laden öffnen, solange wir noch etwas zu verkaufen haben.«

Greta stand vor ihrem Schrank und sah die Kleider durch. Durch die Rationierung von Stoffen in den letzten Jahren gab dieser nicht viel her. Alles Stücke, die sie schon oft getragen hatte und die bereits geflickt worden waren, wenn auch fachmännisch. Hedwig hatte wirklich ein gutes Händchen dafür. Ihr Vater hatte recht. Sie besaß nichts, was man bei einer eleganten Abendgesellschaft tragen konnte. Es musste ein neues

Kleid her, da half nichts. Laut seufzend schloss Greta die Tür ihres Kleiderschranks und zog ihren Mantel über.

Die Adresse der Schneiderin lag in der Lutherstraße, in einer kleinen Gasse nahe dem Michel. Da Greta nicht selbst fahren durfte, ihr Vater hatte es ihr strikt untersagt, hatte sie sich gefügt und Hans gebeten, sie mit dem Automobil hinzubringen. Schmollend hatte sie neben ihm gesessen, denn die kurze Strecke hätte sie auch allein geschafft. Jedoch wollte sie ihren Vater nicht gegen sich aufbringen, wo er ihr doch ein neues Kleid spendierte.

Zwei Stufen führten in das Kellergeschäft der Schneiderin, das gut ausgeleuchtet war. Sauber und ordentlich waren Stoffballen aufgereiht, an einem Ständer hingen halbfertige Kleider. Obwohl die Werkstatt unterhalb des Bürgersteigs lag, ließen die Fenster genug Licht herein, dass der Raum hell und freundlich wirkte.

»Guten Morgen, gnä...« Die Schneiderin, die aus einem Hinterzimmer kam, hielt erstaunt inne, als sie Greta erblickte. »Oh, Sie sind die Tochter von Levi Rosenthal, nicht wahr?«

»Ja, ich bin Greta Rosenthal. Mein Vater schickt mich, weil ich für morgen Abend ein neues Kleid brauche. Es tut mir leid, dass es so kurzfristig ist.«

»Greta. Was für ein schöner Name«, erklärte die Schneiderin, musterte sie, als nehme sie bereits im Kopf Maß. Die Frau war schon etwas älter, aber doch jünger, als ihr Vater es war, nahm Greta an. Ihr brünettes Haar war an einigen Stellen ergraut. Sie trug es zu einem Dutt aufgesteckt, wobei einige Strähnen sich schon wieder gelöst hatten. Die Frau war schlank und ein wenig kleiner als Greta und machte auf jeden Fall einen sympathischen Eindruck.

»Mein Name ist Caroline Frank«, erklärte die Schneiderin. »Ich war schon einige Male in Ihrem Geschäft und habe frisches Obst gekauft, wenn es welches gab.«

Greta kam das Gesicht der Frau bekannt vor. Sie hatte sie schon einige Male im Laden bedient. Da war sie sich nun sicher. »Ja, ich erinnere mich. Die Zeiten sind schwierig, aber man darf die Hoffnung nicht aufgeben. Es muss ja endlich besser werden.«

»Das wäre uns wirklich zu wünschen. Haben Sie schon über eine Farbe nachgedacht?« Die Schneiderin deutete auf den Garderobenständer.

»Nein, eigentlich mache ich mir nicht viel aus Kleidern. Ich nehme das, was Sie haben«, erklärte Greta mit einem Lächeln.

»Wie wäre es mit Rot?«

»O nein, bitte. Das ist viel zu auffällig. Wie wäre es mit Dunkelblau?«

»Aber Mädchen, Sie sind doch keine alte Jungfer. Wir brauchen etwas Frisches für Sie. Wie wäre es mit einem Grünton? Ich habe hier ein sehr raffiniertes Kleid, das sogar fast fertig ist. Die Kundin konnte es nicht bezahlen und hat die Bestellung storniert. Das kommt in letzter Zeit immer häufiger vor. Ich könnte es mit wenigen Änderungen für Sie umarbeiten. Das Kleid ist aus grüner Spitze und das Unterkleid aus elfenbeinfarbener Atlasseide. Es würde wundervoll zu ihren brünetten Haaren passen.« Caroline Frank zog das Kleid von dem Ständer und hielt es in die Höhe. »Das hier ist es. Wie gefällt es Ihnen, gnädiges Fräulein?«

»Oh bitte, nennen Sie mich ruhig Greta, sonst komme ich mir so erwachsen vor.« Greta nahm den Stoff zur Hand, um ihn zu prüfen. An Dörte hatte sie schon oft wunderschöne

Modelle gesehen, doch dieses Kleid stellte alle in den Schatten. Die Spitze der Tunika war eine Handbreit kürzer als das Seidenkleid darunter. Der Rock war schmal geschnitten, die Hüfte etwas tiefer angesetzt und ein wenig gerafft. Der Halsausschnitt war u-bootförmig und die enganliegenden Ärmel bestanden nur aus dem Spitzenmaterial und waren an den Handgelenken mit jeweils drei stoffbezogenen Knöpfen verziert.

»Es ist ein Traum«, erklärte Greta leise. »Wunderschön.« Sie wünschte, Dörte könnte sie so sehen. Hatte ihre beste Freundin nicht behauptet, sie hätte keine Gelegenheit, in die oberen Kreise einzuheiraten? So, wie sie jetzt aussah, gab es keinen Unterschied. Wenn sie ehrlich war, sah sie sogar hübscher als Dörte aus. Die Behauptung war sicherlich nicht böse gemeint gewesen, dennoch hatte sie ihr einen Stich versetzt. Wenn sie ihrem Spiegelbild trauen konnte, gab es keinen Grund, sich Sorgen zu machen.

»Ich habe den Schnitt aus einem französischen Modemagazin. Möchten Sie es vielleicht einmal anprobieren, dann kann ich die Änderungen direkt vornehmen.« Caroline Frank sah sie aufmunternd an. »Dort hinter dem Vorhang können Sie sich umziehen.« Sie deutete zum Ende des Raums, wo ein Teil mit einem Stück Stoff abgetrennt war.

Greta hing ihren Mantel an einen Haken und zog das Tageskleid aus. Den Büstenhalter behielt sie an, war sich aber sicher, dass sie ihn für dieses Kleid nicht benötigen würde. Vorsichtig stieg sie in die edlen Stoffe. Es dauerte einen Augenblick, bis sie hinter dem Vorhang hervortrat und sich im Spiegel erblickte.

Die Schneiderin schlug die Hände vor den Mund. »Mein Gott, Kind! Sie sehen wunderschön aus. Damit werden Sie jedem jungen Mann den Kopf verdrehen.« Sie begutachtete

Greta von allen Seiten, drehte sie mal nach links, dann wieder nach rechts.

Greta lächelte ihrem Spiegelbild entgegen. »Ja, es sieht wirklich wunderschön aus. Sie sind eine richtige Künstlerin.«

Verlegen lächelte Caroline Frank, trat hinter Greta und zupfte ein wenig an dem Kleid herum. »Ich könnte es im Rücken noch ein wenig enger machen, das würde ihre schmale Taille stärker hervorheben. Sie haben so eine schöne Figur.« Sie lächelte Greta über den Spiegel hinweg an.

»Ich weiß nicht genau.« Greta war unsicher. Sie wollte es nicht übertreiben. »Im Augenblick wird die Taille ja nicht so betont«, überlegte sie laut.

»Warten Sie, ich stecke es Ihnen ab, dann bekommen Sie eine genaue Vorstellung.«

Geschwind holte Caroline Frank ein paar Stecknadeln hervor und machte sich an die Arbeit. »Es wird gar nicht lange dauern, das Kleid ein wenig abzunähen. Sie können darauf warten ... So, wie gefällt es Ihnen jetzt?«

Nun saß die Tunika ein wenig enger auf ihren schmalen Hüften. Greta musste zugeben, dass es jetzt noch besser aussah. Es war ausgesprochen chic, und sie wirkte wie eines der Mannequins, deren Plakate an den Litfaßsäulen prangten.

»Mit etwas Rouge und einem dezenten Lippenstift werden Sie die schönste Frau des Abends sein. Ich würde an Ihrer Stelle die Haare aufstecken.« Die Schneiderin hob Gretas Zopf am Hinterkopf an. »Sehen Sie: Ihr Hals ist schön schmal und kommt so gut zur Geltung. Wenn Sie jetzt noch ein paar tropfenförmigen Ohrringe tragen, ist es perfekt.«

»Perfekt ... Ich war noch nie perfekt«, flüsterte Greta.

»Morgen Abend werden Sie es sein. Vertrauen Sie mir.«

»Was kostet das Kleid?«, Greta sah Caroline fragend an, doch die winkte ab.

»Das bespreche ich mit Ihrem Vater, machen Sie sich darüber keine Gedanken. Wir werden uns schon einig.«

Skeptisch blickte Greta die Frau an, doch sie machte nicht den Eindruck, als würde man mit ihr verhandeln können. Da hatte doch bestimmt ihr Vater die Hände im Spiel. Sie ließ den Blick zu den Stoffballen wandern, aber es gab keinen, der es mit diesem Smaragdgrün aufnehmen konnte. Das war wirklich ihre Farbe.

»Soll ich das Kleid schnell abnähen?«

Greta nickte ganz automatisch. Für sie würde kein anderes Kleid mehr infrage kommen. Es war genau das, wonach sie gesucht hatte. Schnell zog sie es aus und schlüpfte wieder in ihr graues Alltagskleid. »Sie haben keine Ahnung, welche Freude Sie mir damit machen. Ich werde Sie meiner Freundin weiterempfehlen.«

»Sie tun *mir* einen Gefallen, Greta, wenn Sie morgen Abend dieses Kleid tragen. Sogar einen sehr großen.« Caroline Frank lächelte Greta glücklich an und setzte sich hinter die Nähmaschine. Mit wenigen Stichen hatte sie die Tunika so abgenäht, dass sie enger saß, ohne dass man eine Naht sah.

»Sie sind wirklich eine Künstlerin«, bekräftigte Greta noch einmal, als sie zusah, wie das Kleid in einen Karton gepackt wurde.

»Vielleicht erzählen Sie mir ja mal, wie das Kleid angekommen ist. Sind Sie auf einen Ball eingeladen, wenn ich fragen darf?«

Greta schüttelte den Kopf. »Es ist die Geburtstagsfeier von Frau von Löwenstein. Ich bin ein wenig aufgeregt.«

»Mit diesem Kleid besteht kein Grund zur Aufregung. Sie werden alle anderen Frauen ausstechen. Selbst Frau von Löwenstein.«

Vor Verlegenheit schoss Greta Hitze in die Wangen. »Das hätte ich dann Ihnen zu verdanken. Ich werde meinem Vater Bescheid geben, dass er morgen vorbeikommt, um die Rechnung zu begleichen. Vielen Dank, Frau Frank.« Greta nahm das Paket unter den Arm und reichte ihr die Hand. Mit einem letzten Gruß verließ sie glücklich den Laden.

Als Greta sich noch einmal umdrehte, sah sie Caroline Frank an der Tür stehen und ihr nachwinken.

Hans nahm Greta das Paket ab und half ihr in den kleinen Lieferwagen.

»Und, hast du was gefunden?«, fragte er neugierig, als sie losfuhren.

»Ja, ein wunderschönes Kleid. Es hing dort, wie für mich gemacht.« Greta zögerte kurz. »Hör mal, Hans. Weißt du, ob eine Frau Frank schon mal nach meinem Vater gefragt hat?«

Hans sah sie rasch von der Seite an, achtete aber sofort wieder auf die Straße. »Wie meinst du das?«

»Ob im Laden schon mal eine Frau nach meinem Vater gefragt hat. Oder hast du meinen Vater schon mal zu dieser Adresse gefahren?«

Hans schüttelte den Kopf. »Nicht, dass ich wüsste. Warum fragst du?«

»Ach, nur so. Ich hatte das Gefühl, als würde die Schneiderin meinen Vater kennen.«

»Aber er kennt sie doch, sonst hätte er dich heute nicht hierhergeschickt.«

Greta lachte und verdrehte die Augen. »Das meine ich nicht. Du verstehst mich nicht.«

Er schüttelte den Kopf. »Nee, das versteh ich wirklich nicht.«

»Männer!«, stöhnte Greta auf, mit einem Lächeln im Gesicht. Dieser Tag war ein ganz wundervoller, den würde ihr niemand mehr vermiesen können. Und das, obwohl sie sich überhaupt nichts aus Kleidern machte.

Kapitel 5

»Gnädiges Fräulein, Ihr Vater erwartet Sie unten im Salon.«

»Vielen Dank, Hedwig, richte meinem Vater bitte aus, dass ich sofort komme.«

Hedwig zog sich mit einem Knicks zurück. Neben ihr und Hans gab es noch Lore, die Köchin. Sie kam nur an den Vormittagen ins Haus, lebte mit ihrem Mann in der Neustadt. An den Wochentagen kochte sie für die Familie Rosenthal, am Sonntag übernahm das Greta selbst. Mehr Personal konnten sie sich nicht leisten, mehr war aber auch nicht vonnöten. Greta war froh, dass sie diese lieb gewonnenen Personen in den harten Kriegsjahren nicht hatten entlassen müssen. Alle hatten zusammengehalten, und weder Greta noch ihr Vater würden es übers Herz bringen, sich auch nur von einem zu trennen, obwohl die Zeiten nicht besser, sondern eher schlechter wurden. Levi Rosenthal war sich seiner Verantwortung für Hans, Hedwig und Lore durchaus bewusst.

Greta lief mit beschwingten Schritten die Treppe hinunter.

»Da bist du ja, mein Kind. Hast du ein Kleid gefunden?«

»Ja, habe ich. Ich werde dir keine Schande machen, das Kleid ist wundervoll. Du wirst es morgen sehen. Ich hoffe, es war nicht zu teuer.« Es war nicht so, dass sie sich diese Ausgaben nicht leisten konnten. Doch Greta verabscheute es, Geld aus dem Fenster zu werfen. Sie war ein sparsamer Mensch, das hatte ihr Vater sie gelehrt, aber nicht geizig. Darin bestand für Greta der feine Unterschied. Geizige Menschen genossen das Leben nicht. Sie waren ständig von Sorgen um ihr Geld getrieben, während sparsame Menschen sich daran erfreuten, für eine Sache weniger auszugeben, als man im Vorhinein geplant hatte.

»Ich möchte, dass du die schönste Frau morgen Abend bist. Die von Löwensteins sind sehr angesehene Leute. Es werden einer Menge wichtiger Gäste anwesend sein. Daher sollst du wie ein Edelstein strahlen«, erklärte er wichtig.

»Ach, Papa, als ob wir in dieser piekfeinen Gesellschaft überhaupt gesehen werden. Die laden doch Hinz und Kunz ein, da fallen wir gar nicht auf.« Greta verdrehte die Augen.

Ihr Vater umfasste Gretas Kinn mit Daumen und Zeigefinger. »Mein kleines unabhängiges Mädchen. Du solltest deine Zunge hüten. Es ist nicht immer vorteilhaft, alles laut auszusprechen. So wirst du nie einen Mann finden, du machst ihnen Angst, wenn du so vorlaut auftrittst«, tadelte er sie, grinste aber dabei.

Greta schlug die Augen nieder und sortierte die Falten ihres Kleides. »Du weißt sehr genau, dass ich das niemals in Gesellschaft sagen würde, Vater. Ich freue mich, dass du mir ein neues Kleid gekauft hast. Vielen Dank dafür.«

»Das ist der Satz, den ich von dir hören möchte, meine Kleine. Lass mir doch den Spaß, mit dir ein wenig anzugeben. Ich bin nun mal wahnsinnig stolz, so eine kluge und hübsche Tochter zu haben. Ich werde dann mal Frau Frank besuchen und die Rechnung begleichen.« Levi Rosenthal entließ seine Tochter und machte sich auf den Weg.

Am späten Nachmittag des nächsten Tages kleidete Greta sich an. Hedwig war ihr mit dem Haar behilflich und steckte es kunstvoll auf. Dabei ließ sie kurze Strähnen an den Ohren aus, die sich darum kringelten. Ihre Wangen betupfte sie mit ein wenig Rouge. Auf die Lippen gab sie etwas Lippenstift, den ihr Dörte zu ihrem einundzwanzigsten Geburtstag geschenkt hatte. Die Farbe war intensiv, doch wenn man ihn leicht mit dem Finger auftrug, sah er hübsch aus und betonte ihre vollen Lippen.

Als sie in das elfenbeinfarbene Kleid aus Atlasseide stieg, dann die smaragdgrüne Spitzentunika darüber zog, fühlte sie sich wirklich als etwas Besonderes. Die Farbe des Kleides spiegelte das Grün ihrer Augen wider und ließ diese außergewöhnlich leuchten. Selbst das haselnussbraune Haar schimmerte noch intensiver. Der Schnitt des Kleides war sehr raffiniert, wirkte fast wie Haute Couture.

»Sie sehen wunderschön aus, Fräulein Greta.« Hedwig stand hinter ihr und bewunderte ihr Spiegelbild. »Das Kleid ist wie für Sie gemacht. Grün ist Ihre Farbe. Sie schimmern wie ein edler Smaragd.« Vor Begeisterung klatschte sie in die Hände.

»Ja, das ist sie wohl«, gestand Greta. Geradezu königlich kam sie sich in ihrem neuen Kleid vor. Dazu trug sie ein Paar Ohrringe, die ihr ihre Mutter hinterlassen hatte. Es waren kleine Smaragde in Tropfenform. Eine goldene Kette mit dem passenden Anhänger, dessen Farbe sich in dem Stoff des Kleides wiederfand, rundete das Bild ab. Im Spiegel blickte ihr eine fremde Person entgegen. Sie hatte Probleme damit, diese Frau dort mit ihrem Ich in Verbindung zu bringen. Würde sie so in die Welt passen, in der Carl von Löwenstein sich bewegte?

Vorsichtig schritt sie die Treppe in die erste Etage hinunter. Die Schlafzimmer lagen im zweiten Stock, und Greta achtete auf ihre Schritte, damit sie auf der Treppe nicht stürzte. Sie hatte die Schuhe geschont, daher noch nicht oft getragen, dafür waren sie viel zu schade – und zu unpraktisch, mit den hohen Absätzen. Doch heute war genau der passende Anlass, sie auszuführen.

Am letzten Absatz der Treppe wartete ihr Vater bereits auf sie.

»Du siehst wunderschön aus, mein Kind. Verblüffend, wie sehr du deiner Mutter ähnelst, als sie in deinem Alter war.« Seine Augen glänzten wehmütig.

»Vielen Dank, Vater.« Greta lächelte liebevoll.

»Ich habe hier noch etwas für dich.« Hinter seinem Rücken zauberte er den passenden Mantel zu ihrem Kleid hervor. Er war ebenfalls aus Atlasseide geschneidert, in einem dunkleren Grün und ergänzte das Kleid zu einem wundervollen Ensemble. Die Ärmel waren weit geschnitten, der Schnitt des Mantels weit, wirkte fast wie ein Cape.

»O mein Gott, Papa! Ich weiß gar nicht, was ich sagen soll.« Greta schlug sich beide Hände vor den Mund.

»Ich muss doch dafür sorgen, dass meine Tochter bei ihrer ersten Abendeinladung glänzt wie ein neuer Diamant. Komm, ich helfe dir hinein.« Er hielt ihr den Mantel, damit sie mit den Armen hineinschlüpfen konnte, und richtete ihr den Kragen. »Ich denke, so können wir uns sehen lassen.« Levi Rosenthal lächelte zufrieden, während Greta in ihre Handschuhe schlüpfte, die bis zu den Ellenbogen reichten.

Das laute Getöse, das der weiße Opel 5/14 PS mit offenem Verdeck vor der Villa der von Löwensteins verursachte, erregte enormes Aufsehen. Der Wagen war in einem äußerst guten Zustand, und Levi hatte Glück gehabt, ihn in seinen Besitz zu bringen. Autos waren nun mal sein Steckenpferd. Ihm bot sich nicht oft die Gelegenheit, das Prachtstück auszuführen.

Andere Gäste, die zur gleichen Zeit eintrafen oder zu Fuß kamen, flüsterten hinter vorgehaltener Hand und starrten Greta ungeniert an. Durch ihren Laden waren die Rosenthals bekannt in der Stadt, doch als zugezogene Juden betrachtete man sie immer mit etwas Abstand. Nicht dass sich Levi Rosenthal etwas anmerken ließ. Er trug seinen Kopf hoch erhoben und drückte ermutigend die Hand seiner Tochter. Er war ihr ein Vorbild an Stolz und Integrität. »Ruhig Blut, mein Mädchen. Du bist die schönste Frau hier, vergiss das nicht.«

Greta nickte. »Gewiss, Vater.« Nervös hakte sie sich bei ihm unter, und zusammen schritten sie die Treppe zum Haus empor.

Vor dem imposanten Eingang gab es einen Wendekreis, in dessen Mitte eine kleine Steinstatue thronte. Ein Balkon überdachte den Eingang, der von zwei Säulen getragen wurde. Heute war die Eingangstür aus schwarzem Ebenholz mit eingelassenen Glasscheiben weit geöffnet. Unter dem Balkon hing ein großer Metalllüster, in dem eine Gaslampe brannte, deren Licht für eine angenehme Atmosphäre sorgte.

»Mein lieber Rosenthal, was für eine Ehre, Sie und Ihre Tochter im Haus meiner Eltern begrüßen zu dürfen.« Carl von Löwenstein kam mit ausgebreiteten Armen auf sie zu. Er sah umwerfend aus in seinem edlen Smoking. Das strahlend weiße Hemd brachte seine gebräunte Haut und die stolze

Haltung zur Geltung. »Fräulein Rosenthal, schön, Sie wiederzusehen.« Er nahm Gretas rechte Hand und deutete einen Handkuss an. Dabei blickte er ihr tief in die Augen.

»Herr von Löwenstein, ich freue mich ebenfalls.« Gretas Stimme war kaum zu hören, ihre Wangen glühten unter von Löwensteins eindringlichem Blick. Ihr Herz schlug schneller, als Carl ihre Hand berührte. Selbst durch den Stoff ihres Handschuhs spürte sie seine Körperwärme. Ihr zitterten die Knie. Schon den ganzen Tag fieberte sie diesem Auftreten entgegen. Sie versuchte, ihren Puls zu beruhigen, indem sie tief durch den Mund einatmete. Sie sah die Bewunderung in Carls Augen, was sie ein wenig beruhigte. Er war zumindest nicht enttäuscht, wenn man seine Blicke richtig deutete.

»Vielen Dank für Ihre Einladung, Herr von Löwenstein.«

Die Worte ihres Vaters rissen Greta und Carl aus ihrer Bewunderung füreinander, verlegen ließ er ihre Hand los und räusperte sich. »Der Dank ist ganz meinerseits. Darf ich Ihnen meine Eltern vorstellen? Meine Mutter, Vera von Löwenstein und Cornelius von Löwenstein, mein Vater. Liebe Eltern, das sind Herr Levi Rosenthal und seine Tochter Greta.«

Mit klopfendem Herzen stand Greta neben ihrem Vater und sah Carls Eltern entgegen. Vera von Löwenstein war eine sehr elegante Frau. Sie war recht klein, aber ihre Ausstrahlung machte sie um einiges größer. Das ergraute Haar trug sie in Wasserwellen gelegt. Auf einer Seite zierte ein glitzerndes Kämmchen das Haar und hielt es hinter dem Ohr zurück. Um den Hals und an den Ohren trug sie Perlen, die zu ihrem champagnerfarbenen Seidenkleid passten. Es war gerade geschnitten und betonte ihre schlanke Figur. Die Perlenkette war doppelreihig und hing ihr fast bis zum Bauchnabel. An ihrer rechten Hand trug sie neben dem Ehering auch einen Siegelring, der zierlich gearbeitet war, passend für eine zarte Frauenhand. Die Hausherrin blickte sie reserviert an. Das Grau ihrer Iris passte zu dem grauen Haar und der kühlen Fassade. Es war nicht auszumachen, ob sie es guthieß, dass Greta und ihr Vater von Carl eingeladen worden waren.

Ihr Mann hingegen nickte ihnen wohlwollend zu. Er war fast so groß wie sein Sohn. Allerdings war er eher als vollschlank zu bezeichnen, aber nicht weniger gut gekleidet, wie der Rest seiner Familie. Sein gutmütiges Lächeln stand allerdings im Gegensatz zu dem seiner Frau. Sein Haar war dunkel, mit einzelnen silbrigen Fäden durchzogen. Das Gesicht war rund, die Nase groß. Sein gutes Aussehen hatte Carl von seiner Mutter geerbt, sein freundliches Wesen eher von seinem Vater, das erkannte Greta auf Anhieb. Cornelius von Löwenstein war ihr sogleich sympathisch, er war ein ausgesprochen aufgeschlossener und netter Mensch.

»Guten Abend! Rosenthal? Sie stammen wohl nicht aus Hamburg?«, fragte Cornelius von Löwenstein mit sonorer Stimme.

»Nein, ich stamme aus Österreich, lebe aber seit über zwanzig Jahren in Hamburg, da ich meine Frau hier kennengelernt habe. Meine Tochter wurde ebenfalls hier geboren.« Levi Rosenthal schenkte beiden ein freundliches Lächeln.

»Und wo ist Ihre werte Frau Gemahlin?«, erkundigte sich Vera von Löwenstein und musterte Gerta auffällig.

»Meine Frau starb bei Gretas Geburt.« Gretas Vater räusperte sich diskret, seine Stimme klang belegt. Nach all den Jahren war er immer noch nicht darüber hinweggekommen, seine geliebte Frau verloren zu haben. Er sprach selten über sie, erzählten Fremden nur das, was unumgänglich war.

»Oh, das tut mir wirklich leid«, erklärte Vera von Löwenstein, auch wenn ihr Ton für diese mitleidvollen Worte ein wenig zu kühl klang, doch sie legte kurz die Hand auf den Arm von Gretas Vater.

Während der aufkommenden Stille kramte dieser in seiner Jackentasche und holte eine braune Papiertüte hervor, die von einem roten Samtband verschlossen war.

»Alles Gute zu Ihrem Geburtstag, Frau von Löwenstein. Ich habe hier ein kleines Präsent für Sie. Ein Freund aus Österreich hat es zum Patent angemeldet und mir einige Muster zur Verfügung gestellt. Ich denke, sie werden die Welt verändern. Man nennt sie Büroklammern.«

»Herr Rosenthal betreibt einen Gemischtwarenladen«, fügte Carl erklärend hinzu.

Dessen Mutter nahm das mitgebrachte Geschenk mit spitzen Fingern entgegen, als würde es sich um eine tote Katze handeln. »Vielen Dank.« Sie reichte es an ihren Mann weiter, ohne es zu öffnen.

»Darf ich Sie weiter ins Haus bitten?« Carl von Löwenstein wies ihnen den Weg.

Eine der Angestellten nahm ihnen die Mäntel ab. Greta öffnete die Knöpfe und das elegante Kleid kam darunter zum Vorschein. Als sie Carls bewundernde Blicke sah, beruhigte sich ihr hektischer Puls ein wenig. Sie war sich nicht sicher gewesen, ob es eine gute Idee war, der Einladung Folge zu leisten, doch langsam wallte Hoffnung in ihr auf, dass dies ein netter Abend werden würde.

Carl schenkte Greta ein vertrautes Lächeln. »Zum Salon geht es hier entlang. Bitte folgen Sie mir.« Er führte sie die Halle entlang, deren Boden aus weiß-schwarzem Marmor bestand. Eine breite einseitige Treppe führte hinauf in die oberen Etagen. An dessen unterem Ende stand eine Säule, die mit einem mächtigen Rosenstrauß in einer großen chinesischen Vase geschmückt war. Von der Decke hing ein riesiger Lüster, der elektrisch betrieben wurde. Die Wände waren mit kostbaren Gemälden bestückt. Greta trat auf eines zu und staunte. »Das ist ein echter William Turner. Mein Gott! Was für ein wunderbares Werk.«

»Sie interessieren sich für Malerei?« Carl war zu ihr getreten.

»Interessieren wäre zu viel gesagt. Aber die Werke von William Turner sind mir bekannt. Er soll ein schwieriger Mann gewesen sein, dafür sind seine Werke umso klarer und einfach wunderschön, finden Sie nicht auch?«

Carl räusperte sich. »So habe ich das Gemälde ehrlich gesagt noch nie betrachtet.«

Langsam drehte sich Greta um ihre eigene Achse, um die wertvolle Einrichtung in Augenschein zu nehmen. Die Gemälde fand sie besonders beeindruckend. Darunter war auch ein kleineres von Claude Monet. »Kathedrale von Rouen«, murmelte Greta. »Ist das etwa ein Original?«, fragte sie fassungslos.

»Sie verstehen ja doch etwas von Kunst«, erwiderte Carl und lächelte geheimnisvoll.

»Nun, vielleicht ein wenig«, gab Greta zu. »Mein Vater sammelt auch Künstler, die aber bei Weitem nicht so bekannt sind wie die Werke, die ich hier sehe.«

»Ich befürchte, dass meinem Vater weniger die Bilder selbst am Herzen liegen, als vielmehr der Wert, den sie darstellen«, flüsterte er ihr zu und kam Greta dabei sehr nah.

»Das glaube ich Ihnen nicht. Ihr Vater macht auf den ersten Blick nicht diesen oberflächlichen Eindruck. Ich glaube, ihm liegt auch etwas an der Kunst. Manchmal versteckt sich ein feiner Geist hinter einer rauen Schale.«

Carl blickte sie an, als sähe er sie zum ersten Mal. Schnell wandte Greta sich ab, weil ihr diese Nähe zu viel wurde.

Immer mehr Gäste strömten ins Haus, und Greta hakte sich bei ihrem Vater ein, wusste gar nicht, wohin sie zuerst blicken sollte. So einen Luxus hatte sie bisher noch nicht gesehen, und sie fragte sich, ob das wirklich alles notwendig war, um glücklich zu sein? Dies schien in der Tat ein interessanter Abend zu werden.

Kapitel 6

Der feine Duft, der über dem Raum lag, war das Erste, was Greta beim Betreten des Salons auffiel. Es war kein bestimmtes Aroma, sondern ein Sammelsurium aus verschiedenen Richtungen. Da war ein feiner Zimtduft, süßlich, der sich mit der orientalischen Muskatnuss und mit Kreuzkümmel mischte. Dann gab es da noch Thymian und einen Hauch von Vanille. Es roch so angenehm, und Greta hatte eine feine Nase, um die einzelnen Sorten zu erkennen.

»Was haben Sie, Fräulein Rosenthal? Sie schauen so verwundert.« Carl von Löwenstein blickte sie lächelnd an, als er sich zu ihnen umdrehte.

»Ein feiner Geruch liegt in der Luft. Eine Komposition aus Gewürzen. Ich rieche Zimt, Muskatnuss und noch einige andere.«

»Andere? Welche anderen Gewürze erkennen Sie noch?«

»Ich rieche Vanille und Kreuzkümmel. Ich mag diese Düfte. Gewürze sind wichtig, sie machen unser Leben bunter, bringen Freude auf unseren Gaumen.«

»Sie reden wie eine richtige Gewürzhändlerin. Ich bin beeindruckt.« Von Löwenstein winkte einem Angestellten zu, der ihnen ein Tablett mit Gläsern reichte. »Darf ich Ihnen ein Glas Champagner anbieten?«

Greta und ihr Vater nahmen sich beide je ein Glas, Carl von Löwenstein tat es ihnen gleich. Das perlende Getränk in den funkelnden Kristallgläsern erinnerte Greta an Silvester, wenn am Himmel Leuchtraketen explodierten. Sie sah sich neugierig im Raum um, der voller Menschen war, die sich angeregt unterhielten.

In der Mitte des Salons war eine edle Sitzgruppe um einen Tisch herum gruppiert, auf dem Gläser und mehrere Karaffen mit unterschiedlichen Flüssigkeiten standen.

»Wenn Sie mich kurz entschuldigen wollen. Ich habe einen guten Freund entdeckt.« Levi lächelte aufmunternd.

»Natürlich, Ihre Tochter ist bei mir in den besten Händen.« Von Löwenstein nickte ihm freundlich zu.

»Nicht, dass ich mich in diesem riesigen Haus noch verlaufe.« Greta trank amüsiert einen kleinen Schluck von ihrem Champagner. Es prickelte aufregend auf ihrer Zunge, und sie hob prüfend ihr Glas, ob damit auch alles in Ordnung war.

Von Löwenstein lachte leise auf. »Sie trinken wohl nicht oft Champagner?«

Greta schüttelte den Kopf. »Das ist mein erstes Mal, muss ich zugeben. Ich halte nicht viel von Alkohol.«

»Im Allgemeinen nicht?«

»Ich halte nichts von Menschen, die ihre Sinne betäuben.«

»Darf ich Ihnen dann das Glas lieber wieder abnehmen?«

»Unterstehen Sie sich. Ich brauche doch etwas, woran ich mich festhalten kann«, scherzte sie und schenkte ihrem Gegenüber ein charmantes Lächeln.

»Dafür kann ich Ihnen gerne meinen Arm anbieten.«

»Wie schön, dass Sie alle so zahlreich erschienen sind!« Eine Stimme an der Tür unterbrach ihr Gespräch, und Carl ging ein wenig auf Abstand zu Greta. Am Eingang erblickte sie Vera von Löwenstein, die ihren Sohn missbilligend ansah. »Das Essen kann serviert werden, ich bitte alle zu Tisch.« In diesem Moment wurden die Türen am anderen Ende des Raums auseinandergeschoben, die den Salon vom Esszimmer trennten. Die schweren dunkelbraunen Holztüren rollten leise in die kleinen Spalten, die in den Wänden dafür vorgesehen waren. Die Gäste machten sich daran, die Räumlichkeiten zu wechseln.

»Wollen wir?«, fragte Carl von Löwenstein und hielt Greta den Arm entgegen. »Vielleicht haben Sie ja Lust, sich das Haus nach dem Essen anzusehen.«

»Mit dem größten Vergnügen.« Greta hakte sich ein und ließ sich von ihm ins Speisezimmer führen.

Die lange Tafel war festlich gedeckt. Das weiße Geschirr und die Kristallgläser mit Goldrand strahlten förmlich. Greta und ihr Vater nahmen weit am Ende des Tisches Platz, was wohl ihrem Ansehen in den Augen von Vera von Löwenstein entsprach. Carl saß neben seiner Mutter am Kopf der in T-Form aufgebauten Tafel, und obwohl sie weit voneinander entfernt waren, hatte Greta einen direkten Blick auf ihn. Ob er das möglicherweise arrangiert hatte, als die Tischkarten verteilt worden waren? Greta konnte sich ein Schmunzeln nicht verkneifen. Als er ihren Blick auffing, erwiderte er ihr Lächeln. Es war, als hätte er ihre Gedanken gelesen. Verlegen schlug sie die Augen nieder und hoffte, dass niemand ihren Blickkontakt bemerkt hatte.

Sie wandte sich ihrem Vater zu, der sich angeregt mit seinen Tischnachbarn unterhielt. Es war Bankier Wartburg mit seiner Gattin.

»Ist das Ihre Tochter, lieber Rosenthal?« Ella Wartburg sah Greta aufmerksam an. »Sie ist wirklich eine Schönheit. Kein Wunder, dass Sie sie verstecken. Sie wird sich vor Verehrern kaum retten können. Wie alt sind Sie, mein Kind?«

Bevor Greta etwas erwidern konnte, ergriff ihr Vater das Wort. »Ja, das ist meine Greta, sie ist vor Kurzem einundzwanzig Jahre alt geworden. Volljährig! Sie ist ihrer Mutter wie aus dem Gesicht geschnitten. Auch hat sie die Reifeprüfung bestanden. Und tüchtig ist sie allemal, im Laden ist sie mir eine große Hilfe. Eines Tages wird Greta das Geschäft übernehmen.« Er schaffte es gar nicht, all ihre Vorzüge in diesem kurzen Dialog unterzubringen.

Peinlich berührt, wurden ihren Wangen ganz heiß. Warum musste ihr Vater sie auch anpreisen, als stünde sie zum Verkauf?

»Oh, dann haben Sie also keinen männlichen Erben, Rosenthal?«, erkundigte sich Bankier Wartburg.

Levi schüttelte den Kopf. »Nein, es war uns leider nicht vergönnt, ein weiteres Kind zu bekommen. Meine Frau starb im Kindbett.« Er hatte seine Stimme gesenkt und schaute verstohlen zu Greta, die seine Hand drückte.

»Ich werde Papa jedoch so schnell nicht verlassen«, verkündete Greta selbstbewusst und lächelte ihn aufmunternd an.

»Aber Kindchen, Sie wollen doch sicherlich einmal heiraten. Und wie ich sehe, gibt es auch schon einen Interessenten.« Frau Wartburg sah in Richtung Carl von Löwensteins, der sich mit einem der Gäste unterhielt und Greta dabei kaum aus den Augen ließ.

»Da wird Frau von Rosenthal aber noch ein Wörtchen mitzureden haben. Sie prüft jede junge Dame auf Herz und

Nieren, bevor diese ihren geliebten Sohn kennenlernen darf.« Bankier Wartburg strich sich amüsiert über seinen grauen Bart. Er war Mitte fünfzig, seine Frau um einiges jünger, doch durch ihre schwarze Kleidung wirkten beide gleich alt. Sie waren einander sehr zugetan, das sah man an der liebevollen Art, wie sie miteinander umgingen. Greta wünschte sich, dass sie auch einmal so eine Beziehung führen würde. Ihr Blick ging wieder zu Carl. Wie routiniert er sich gab. Sie musste sich eingestehen, dass er sie beeindruckte auf seine subtile Art und Weise.

Nachdem auch der letzte Gast seinen Platz gefunden hatte, die Gläser mit Getränken gefüllt waren, wurde das Essen vom Personal aufgetragen. Auf großen silbernen Tabletts trugen sie Terrinen, Schüsseln, Platten und Saucieren herein.

Das Menü bestand aus einer klaren Hühnersuppe mit Eierstich und Petersilie, danach wurde Braten mit einer Gewürzkruste und dunklen Soße serviert. Dazu gab es Herzoginkartoffeln und Möhrengemüse mit feinem Bohnenkraut. Selbst ein Nachtisch wurde serviert, Herrencreme mit echten Schokoladenstückchen. Greta traute ihren Augen nicht und alles schmeckte himmlisch. Die von Löwensteins tischten ordentlich auf, um den Gästen ihren Wohlstand unter die Nase zu reiben, den sie selbst in dieser schwierigen Zeit bewahrt hatten. Nach dem Krieg war noch alles rationiert und eine Vielzahl von Lebensmitteln im Handel nicht erhältlich, außer vielleicht auf dem Schwarzmarkt. Man musste nur die richtigen Verbindungen haben. Die von Löwensteins schienen diese zu besitzen, wie Greta aufmerksam feststellte. All diese Speisen haben sie niemals mit Lebensmittelmarken erstehen können. Wie unterschiedlich Carl und sie doch waren. Es war eine willkommene Abwechslung, Einblick in die Welt der reichen Leute zu bekommen. Doch schon bald würde sie wieder in ihr Leben zurückkehren, in das wahre Leben. In dem es nicht jeden Tag solch üppige Mahlzeiten gab. Es war interessant und auch eine Abwechslung, doch Greta konnte sich nicht vorstellen, dass sie auf Dauer Gefallen an dem Prunk und dem zur Schau gestellten Reichtum finden würde, wenn sie wusste, wie die Suppenküchen auf Spenden angewiesen waren, um die Menschen sattzubekommen, die das Schicksal hart getroffen hatte. Greta seufzte leise. Dieser Abend war wahrlich schön, aber er war nur ein Traum und bald würde sie die Augen öffnen und sich in ihrer Welt wiederfinden.

Kapitel 7

Carl von Löwenstein ließ Greta kaum aus den Augen. Immer wieder wandte er seinen Kopf in ihre Richtung, als würde er von ihr magisch angezogen. Sie wusste sich in Gesellschaft zu benehmen. Führte eine lockere Unterhaltung mit den Wartburgs, die sich scheinbar gut amüsierten, ebenso mühelos, wie sie ein obdachloses Kind mit Essen versorgte. Greta faszinierte ihn, das konnte er nicht leugnen. Ihre Schönheit blendete ihn geradezu. Sie sah zauberhaft in diesem dunkelgrünen Kleid aus, das so hervorragend zu ihrem brünetten Haar passte, ihre grünen Augen schimmern ließ. Heute Abend trug sie das glänzende Haar hochgesteckt, nicht wie sonst zu einem Zopf geflochten, was sie wesentlich älter erscheinen ließ. Erwachsener. Es brachte ihren schlanken Hals zur Geltung ebenso wie ihre makellose elfenbeinweiße Haut. Greta Rosenthal hatte ausgezeichnete gesellschaftliche Umgangsformen, genau wie er erwartet hatte. Und doch war er überrascht. Sie war eine außergewöhnliche junge Dame. Auch wenn seine Mutter sie mit Nichtachtung strafte. Was eine gegenteilige Wirkung auf ihn hatte: Dies weckte sein Interesse an Greta umso mehr. Er durchschaute das Gebaren seiner Mutter nur zu gut. Doch eigentlich war es nicht ihr Aussehen, das ihn in ihren Bann zog. Es war die Art und Weise, wie sie mit Menschen umging.

Ihre soziale Ader und ihr offensichtliches Feingefühl hatten ihn tief beeindruckt.

Nach dem Essen zogen sich die Herren ins Raucherzimmer zurück, um sich einen Branntwein zu genehmigen und zusammen mit einer anständigen Zigarre über Politik und das Weltgeschehen zu sinnieren. Carl nahm das zum Anlass, Rosenthal einigen wichtigen Geschäftsleuten vorzustellen. Er tat das nicht ohne Hintergedanken. Rosenthal sollte in der gehobenen Gesellschaft Fuß fassen. Je angesehener Levi Rosenthal in Hamburg war, umso größer war die Möglichkeit, dass seine Mutter Greta als Ehefrau für ihn in Betracht zog. Wenn alles gut ging, würde sein Plan aufgehen.

Nachdem sie ihren französischen Cognac getrunken hatten, schlossen sie sich den Frauen im Salon wieder an. Es hatte ohnehin nur ein betrübliches Gesprächsthema gegeben. Der Versailler Vertrag und die Last, die man Deutschland damit aufbürdete.

Die Frauen saßen im Salon verteilt, tranken echten Mokka, nicht die wässrigen Bohnen, die man sonst nur bekam, und unterhielten sich – allerdings nicht über Politik, wie Carl zu seiner Zufriedenheit feststellte. Greta saß mit Frau Wartburg auf einem Sofa, als Bankier Wartburg und Rosenthal gemeinsam mit Carl zu ihnen traten.

»Darf ich die Damen vielleicht zur Abwechslung in den Wintergarten bitten? Es gibt dort eine Vielzahl an schönen Blumen zu bestaunen.«

»Eine ausgezeichnete Idee, mein lieber Carl. Ein wenig Bewegung kann einem nach dem üppigen Mahl nur guttun.« Frau Wartburg erhob sich begeistert, während ihr Mann abwinkte.

»Solchen Frauenkram könnt ihr gern unter euch bestaunen. Rosenthal, nehmen Sie Platz und lassen Sie uns in Ruhe noch ein Gläschen genießen. Ich habe Ihnen ein lukratives Geschäft zu unterbreiten«, lud der Bankier Gretas Vater ein, der der Aufforderung lächelnd Folge leistete.

»Gut, dann begleite ich die Damen alleine. Bitte hier entlang.«

Sie gingen hinüber in die gute Stube, deren Decke mit weißem Stuck üppig verziert war, durchschritten den Raum und gelangten letztendlich in den Wintergarten.

»Das ist der Lieblingsraum meiner Mutter«, erklärte Carl nicht ganz ohne Stolz. »Sie vergöttert ihre Blumen. Besonders die Orchideen, darum kümmert sie sich sogar selbst, überlässt das nicht dem Personal. Man muss ein gutes Händchen dafür haben, sagt sie immer.«

»So, Ihre werte Frau Mutter legt selbst Hand an? Das hätte ich ihr gar nicht zugetraut«, sagte Greta mit spitzem Unterton.

Carl lachte und beugte sich näher zu Greta, die vor einem sehr schönen Exemplar verharrte. »Sie werden auch *Königin der Blumen* genannt«, erklärte er und, sah ihr dabei tief in die Augen.

»Sie sind wirklich wunderschön«, rief Frau Wartburg, die weitergewandert war und sich für ein Exemplar mit weißen Blüten interessierte.

»Ja, wirklich wunderschön«, stimmte Greta zu und ließ ihren Blick durch den Wintergarten schweifen. Die Vielzahl der Blumen schien sie zu beeindrucken.

»So wie Sie, Greta. Wären Sie eine Blume, dann eine Orchidee.« Er sah, wie ihre Wangen sich röteten. Sie wagte nicht, ihn anzublicken, sondern sah zu Frau Wartburg, die ihre

Sehhilfe zur Hand genommen hatte, um die Blätter genauer zu begutachten.

»Ob Ihre Mutter mir wohl ihr Geheimnis verrät, wie man diese Blumen vermehrt?«, fragte sie und steckte die Augengläser zurück in ihre kleine Handtasche. »Ich werde sie gleich mal fragen.« Und schon machte sie auf dem Absatz kehrt.

»Wir kommen sofort nach«, rief Carl ihr hinterher und hielt Greta sanft am Arm fest, als sie der Bankiersfrau folgen wollte. »Unser Garten ist ebenfalls bemerkenswert. Darf ich ihn Ihnen kurz zeigen?«

»Glauben Sie, dass dies eine gute Idee ist? Man erwartet uns im Salon zurück.«

»Nur einen kurzen Moment. Ich könnte ein wenig frische Luft vertragen.«

Greta nickte, ohne etwas zu erwidern, sah ihn nur an.

Er öffnete die Tür des Wintergartens, durch die sie in die laue Nacht hinaustraten. Er hielt ihr den Arm entgegen, und Greta hakte sich unter. Ihr feiner Duft nach Veilchen stieg ihm in die Nase. Carl war wie verzaubert. Er hatte ein empfindsames Gespür für Düfte, und Gretas hätte er überall wiedererkannt.

Der Mond war bereits aufgegangen, der Himmel sternenklar. Im Garten waren Fackeln aufgestellt worden, die den Weg ein wenig erhellten und eine einladende Atmosphäre schufen. Der Kiesweg war gut zu erkennen, jedoch war es Greta nicht gewohnt, mit hohen Schuhen auf den feinen Steinen zu laufen. Ganz der Gentleman, der er war, zog Carl seine Smokingjacke aus, legte sie Greta um die Schultern, die ihn dankbar anlächelte, und bot ihr seinen Arm erneut an.

»Ich hoffe, es ist nicht zu kalt. Soll ich lieber Ihren Mantel bringen lassen?«

Sie schenkte ihm ein Lächeln. »Danke, Herr von Löwenstein, sehr aufmerksam von Ihnen, jedoch bin ich keine Mimose. Für den kurzen Moment wird es auch ohne gehen. Die frische Luft tut wirklich gut. Ihre Mutter scheint sehr beliebt zu sein, wenn so viele Menschen zu ihrem Geburtstag kommen.«

»Lassen Sie sich nicht täuschen. Die meisten sind Geschäftskunden, die mein Vater eingeladen hat.«

»So wie Sie meinen Vater und mich eingeladen haben? Wir sind also auch nur wegen des Geschäfts hier«, stellte Greta klar.

Carl sah sie überrascht an, gab aber keine Antwort.

»Dieses Anwesen ist wirklich ein Traum. Sie können sich glücklich schätzen, hier zu leben«, bemerkte Greta anerkennend, während sie langsam den Kiesweg entlangschritten.

»Ich bin hier geboren worden. Ich könnte mir nicht vorstellen, woanders zu leben.«

»Zum Glück ist dieser schreckliche Krieg zu Ende und hat Sie verschont, lieber Herr von Löwenstein ...«

»Bitte, nennen Sie mich Carl, das klingt weniger förmlich«, bat er eindringlich.

Sie überlegte einen Augenblick, dann nickte sie. »Aber nur, wenn Sie mich Greta nennen.« Sie war stehen geblieben und blickte zu ihm auf. Ihre grünen Augen hatten eine intensive Farbe, die er selbst hier im Halbdunkeln erkennen konnte: hellgrün, durchzogen von goldenen Sprenkeln. Diese außergewöhnliche Kombination war ihm so noch nie untergekommen.

»Es wird mir eine Ehre sein, Greta.« Er räusperte sich, weil seine Stimme ihm plötzlich zu versagen drohte.

»Habe ich mich eigentlich schon für die Einladung bedankt?«

»Das ist nicht notwendig. Ich freue mich, dass Sie uns mit Ihrer Anwesenheit beehren. Sie glauben nicht, wie glücklich ich bin, Ihnen begegnet zu sein.« Er konnte sich dieses Kompliments nicht erwehren. Sie war eine so schöne Frau, die man täglich damit überschütten sollte.

»Sie sind ein Charmeur, Carl, aber es gefällt mir.« Greta lächelte milde. Obwohl sie noch so jung war, wirkte sie reif und ausgeglichen. »Es ist wirklich ein sehr schöner Garten, aber ich denke, wir sollten wieder hineingehen, bevor man uns vermisst. Im Dunkeln sehe ich ohnehin nichts von der Farbenpracht.«

Sie wandte sich zum Gehen, doch Carl hielt sie auf.

»Warten Sie, Greta. Ich habe noch eine Frage: Dürfte ich Sie morgen auf einen Nachmittagstee einladen? Wir könnten an der Außenalster spazieren gehen und ein Picknick veranstalten.«

Sie standen sich in der Nähe einer Fackel gegenüber und sahen sich in die Augen. Die Sicht auf das Haus wurde von einem Eibischstrauch verdeckt, der bereits Knospen trug.

»Ich weiß nicht genau.« Greta zögerte. »Ich werde meinem Vater bei den Büchern helfen müssen.«

»Können Sie diesen Sonntag nicht eine Ausnahme machen? Mir zuliebe?« Carl bemühte sich, so charmant wie möglich zu klingen, und blickte Greta eindringlich an. Sie musste doch erkennen, dass er ihr den Hof machte, wie sehr er sich nach ihr verzehrte. Er musste sie einfach wiedersehen. Gleich morgen schon.

Schmunzelnd legte Greta den Kopf ein wenig schräg. »Ich habe eine bessere Idee. Sie könnten mich am Montag in Ihr Kontor einladen. Dann sprechen wir übers Geschäft. Jetzt sollten wir aber wirklich wieder zu den anderen gehen, sonst kommt uns noch Ihre Mutter persönlich suchen. Nicht dass Gerüchte entstehen. Ich denke, das würde Ihrer Frau Mama bestimmt nicht gefallen.«

»Ich würde nie etwas tun, was Sie in Verruf bringt, gnädiges Fräulein.«

»Tun Sie das denn nicht gerade, mein lieber Carl?« Sie blickte ihn keck an und brachte damit sein Herz zum Schmelzen. Wie forsch sie doch war. Er konnte ein feines Lachen nicht unterdrücken, während sie den Weg zurück in die Villa antraten.

Kapitel 8

Greta betrat den Salon, und der Blick Vera von Löwensteins verfolgte sie. Sofort wusste sie ihn zu deuten. Er besagte: Lass die Finger von meinem Sohn!

Diese Blicke kannte sie. Man hatte sie ihr schon öfter zugeworfen, immer dann, wenn bekannt wurde, dass ihr Vater Jude und dazu noch Geschäftsmann war. Wie sie dieses Schubladendenken hasste. Hoffentlich bemerkte niemand im Raum, wie feindselig die Hausherrin sie beäugte. Frau von Löwenstein löste sich aus einer Gruppe von Gästen, die zusammenstanden und sich über Politik austauschten, kam auf Carl und Greta zu. »Da seid ihr ja. Ich dachte schon, ich müsse einen Suchtrupp losschicken, um dich zu finden, Carl.« Ihre Worte klangen keineswegs freundlich, eher, als würde sie zwei ungezogene Kinder tadeln. Greta fragte sich, ob diese Frau jemals lachte, frei aus ihrem Herzen heraus. Nicht dieses maskenhafte Lächeln, das niemals ihre Augen erreichte. Sie schätzte wohl nicht.

Greta war es unbegreiflich, wie Carl bei diesen Worten so gelassen bleiben konnte.

»Fräulein Rosenthal hat deine wunderbaren Orchideen bewundert, liebe Mutter.« Er strahlte seine Mutter an, als würde sie Greta nicht mustern, als begutachtete sie eine kleine Küchenschabe.

Greta selbst versuchte sich an einem Lächeln, das ihr nur zögerlich gelang. »Ja, die Blumen sind sehr beeindruckend.«

Frau von Löwenstein nickte ihr zu, dann wandte sie sich an Carl. »Kommst du bitte, du hast Fräulein von Eichstätten noch gar nicht begrüßt. Sie wartet schon den ganzen Abend darauf, dich kennenzulernen.« Vera von Löwenstein hatte eine besondere Art, ihre Augenbrauen einzusetzen, um ihren Worten Nachdruck zu verleihen, die sie bewusst betont aussprach. Man wagte kaum, ihr zu widersprechen.

»Sofort, Mama. Ich werde Fräulein Rosenthal erst zu ihrem Vater bringen.«

»Ich denke, das junge Fräulein wird den Weg auch ohne dich finden. Nicht wahr, meine Liebe?« Vera von Löwenstein blickte Greta so herausfordernd an, dass sie nur nickte. Wo war nur Gretas Selbstbewusstsein geblieben, ihr Rückgrat? Sie verstand sich selbst nicht mehr. So kannte sie sich nicht. Doch diese Frau schüchterte sie dermaßen ein, dass sie sich auf der Stelle umwandte und zu ihrem Vater lief, der immer noch mit den Eheleuten Wartburg in ein Gespräch vertieft war. Sie wagte auch keinen Blick zurück zu Carl. Aber da er sie einfach gehen ließ, nahm sie an, dass er sich ebenso dem Willen seiner Mutter fügte, wie Greta es tat.

»Ah, da bist du ja wieder, mein Kind. Hast du mit Carl über die Gewürze gesprochen?«, erkundigte sich Levi Rosenthal und legte eine Hand auf die Schulter seiner Tochter.

»Gewürze? Ja, natürlich«, murmelte Greta. Was hätte sie auch anderes sagen sollen. Dass er sie um eine Verabredung gebeten hatte? Nein, das sollte lieber niemand mitbekommen.

»Ich denke, wir sollten uns verabschieden, es ist schon spät.« Rosenthal sah seine Tochter fragend an, die nickte.

»Dann freue ich mich, dass wir ins Geschäft kommen, mein lieber Rosenthal.« Wartburg reichte Levi die Hand, die dieser begeistert ergriff.

»Ich bin Ihnen zu Dank verpflichtet.«

Wartburg lachte sein sonores Lachen und winkte ab.

Greta verabschiedete sich ebenfalls von Frau Wartburg, knickste höflich.

»Sie sind so ein nettes Fräulein und werden es weit bringen. Lassen Sie sich nicht ins Boxhorn jagen«, flüsterte Frau Wartburg und zwinkerte ihr aufmunternd zu. »Da hat jemand angebissen, den Sie nicht von der Angel lassen sollten.«

»Aber ich fische doch gar nicht«, erwiderte Greta leise.

»Ach, mein Mädchen, wir fischen alle, nur gehört Geschick dazu, die glitschigen Aale von den Goldfischen zu unterscheiden.« Frau Wartburg lachte laut auf, winkte ihr aufmunternd hinterher.

»Wir müssen uns noch von unseren Gastgebern verabschieden.« Rosenthal dirigierte Greta auf das Ehepaar von Löwenstein zu, das in einer Gruppe von Gästen stand.

»Wir möchten uns für den schönen Abend und das vorzügliche Essen bedanken.« Levi Rosenthal verbeugte sich vor Frau von Löwenstein.

»Sehr gern. Kommen Sie gut nach Hause.« Vera von Löwenstein nickte den beiden höflich zu und wandte sich dann sofort wieder ab, sprach mit ihren Gästen weiter, als hätte es diese kurze Unterhaltung nicht gegeben.

Greta schnaubte innerlich. Das Verhalten dieser Frau fand sie einfach nur ungehörig. Sie musste sich mittlerweile sehr zusammenreißen, damit ihr nicht ein paar unpassende Worte über die Lippen kamen.

»Das ist wirklich schade, dass Sie uns schon verlassen«, erklärte Cornelius von Löwenstein. »Mein Sohn wird Sie noch zur Tür begleiten. Carl! Kommst du bitte!«, rief er seinem Sohn zu, der sich mit der jungen Frau unterhielt, dessen Gespräch Frau von Löwenstein eingefädelt hatte. Wahrscheinlich hat sie auch das Thema des Gesprächs vorgegeben. »Die Rosenthals möchten gehen.«

Carl nickte, entschuldigte sich kurz, führte sie in den Flur. Ein Zimmermädchen reichte ihnen die Mäntel. Carl war so freundlich, Greta in ihr Cape zu helfen, dabei berührte er ihren Nacken. Sie wusste nicht, ob es mit Vorsatz geschah, vermutlich, denn es fühlte sich wie pure Absicht an. Ihr gefiel diese flüchtige Berührung, die so heimlich stattfand, dass niemand Notiz davon nahm. Es kam dem Flattern eines Schmetterlings gleich. Sanft, kaum merklich, jedoch spürbar.

»Ich werde Sie dann morgen Nachmittag abholen. Sagen wir gegen fünfzehn Uhr?«, fragte Carl laut.

Greta sah ihn verwirrt an.

»Wir wollen doch einen kleinen Ausflug machen, an die Außenalster. Dann können wir über die Gewürze sprechen. Es ist Ihnen doch recht, Herr Rosenthal?« Er blickte Levi nonchalant an, wartete auf seine Zustimmung.

»Wenn Greta einverstanden ist, bin ich es auch.«

Nun schauten beide Männer Greta erwartungsvoll an. Das war ein kluger Schachzug von Carl, sie in der Gegenwart ihres Vaters darauf anzusprechen. Wie konnte sie jetzt noch absagen? Ihr Vater würde es für eine gute Gelegenheit halten, schließlich ging es ums Geschäft.

»Sehr gern, Herr von Löwenstein. Ich werde versuchen, pünktlich zu sein.« Sie schenkte ihm ein Lächeln, mit hochgezogener Augenbraue. Sie würde noch ein ernstes Wort mit ihm reden müssen. Morgen, bei ihrem Treffen. Oder am besten gleich. Sie würde ihm erklären, dass man sie nicht so einfach aufs Glatteis führen konnte. Sie durchschaute ihn.

»Ich komme sofort, Papa. Lass bitte schon mal den Wagen an.«

Levi verabschiedete sich und lief die Treppe am Eingang hinunter. Carl begleitete Greta nach draußen.

»Das haben Sie geschickt angestellt, von Löwenstein. Aber glauben Sie nicht, dass ich mit Ihnen ausgehen würde, wenn ich es nicht wirklich wollte«, zischte sie ihm zu.

Ein verschmitztes Lächeln zeigte sich auf Carls Gesicht. »Das heißt im Umkehrschluss, dass Sie sehr wohl mit mir ausgehen möchten.«

Am liebsten hätte Greta mit einem Fuß aufgestampft. Sie kam einfach nicht gegen ihn an. »Gut, wir werden aber nur über das Geschäft sprechen. Über die Gewürze, die wir von Ihnen beziehen werden. In Ordnung?«

»Natürlich, ganz wie Ihnen beliebt. Ich werde nicht wagen, über andere Dinge zu sprechen, um Sie vielleicht ein wenig besser kennenzulernen, liebes Fräulein Greta. Ich werde uns etwas Leckeres zu essen mitbringen. Es wird sich also für Sie auf alle Fälle lohnen.«

»So oder so muss ich jetzt gehen, mein Vater wartet auf mich. Ihnen noch einen schönen Abend mit Fräulein von Eichstätten.« Sie wandte sich ab.

»Wenn ich es nicht besser wüsste, würde ich annehmen, dass Sie eifersüchtig sind.« Carl sah sie ernst an.

»Da ist wohl eher der Wunsch der Vater des Gedankens. Gute Nacht, von Löwenstein.«

»Oh, Shakespeare. Sie sind also auch noch belesen.« Er lachte herzlich, doch Greta drehte sich nicht mehr um.

Das Gespräch über die Gewürze war nur vorgeschoben, doch er würde noch sein blaues Wunder erleben. Sie war keine junge Frau, die sich wie eine leblose Puppe dirigieren ließ.

Kapitel 9

An diesem Sonntag ging Greta die Führung der Bücher leicht von der Hand. Das Eintragen der Zahlenkolonnen ins Journal war recht schnell erledigt, ebenso das Ablegen der Rechnungen. Durch den Verkauf des Staubsaugers hatten sie in dieser Woche ein erstaunliches Plus gemacht. Die Summe in der Haben-Spalte konnte sie mit schwarzer Tinte eintragen. Verluste wurden dagegen in Rot verzeichnet. Doch von Rot war weit und breit nichts zu sehen, was Greta in beste Laune versetzte.

Sie war bereits fertig, als Hedwig einen Hasenbraten servierte. Ein Kunde hatte damit seine Rechnung bezahlt, und der feine Duft von Gebratenem zog verführerisch durch das ganze Haus. Greta hatte den Braten schon morgens vorbereitet, da sie am Nachmittag ja verabredet war, und die Bücher erledigt werden mussten.

Unschlüssig schob Greta eine Kartoffel auf ihrem Teller hin und her.

»Was ist los, Kind?« Ihr Vater sah ihr an, dass etwas nicht stimmte.

»Wenn ich ehrlich bin, habe ich der Verabredung mit Herrn von Löwenstein nicht zustimmen wollen«, gab sie zögerlich von sich. Levi legte Messer und Gabel zur Seite und sah seine Tochter aufmerksam an.

»Carl hatte mich zu einem Picknick eingeladen, doch ich hatte abgelehnt.« Die Worte kamen leise, aber gut verständlich über ihre Lippen.

»Aber warum denn?«

»Hast du nicht bemerkt, wie seine Mutter uns behandelt hat? Es war ihr förmlich anzusehen, dass sie uns nicht dabeihaben wollte. Sie denkt vermutlich, wir wären nicht gut genug ... ich wäre nicht gut genug für ihren Sohn. Ich habe der heutigen Verabredung letztendlich nur zugestimmt, weil er ein Kunde ist.«

»Hättest du auch zugesagt, wenn er kein Kunde wäre?« Levi Rosenthal musterte seine Tochter eindringlich, als würde er sie plötzlich mit anderen Augen sehen.

»Ich ... ich weiß nicht. Nein, vermutlich nicht. Ich meine, er ist ein netter, zuvorkommender Mann.«

»Dir ist bewusst, aus welcher Familie er stammt. Frau von Löwenstein war uns nicht sehr wohlgesinnt, Greta, da hast du recht. Ich denke jedoch, dass das weder für ihren Mann noch für ihren Sohn gilt, doch beide scheinen nicht viel in dem Haus zu sagen zu haben.« Seine Stimme war immer noch ruhig, doch Greta spürte leichten Groll dahinter.

»Aber Carl ist nicht so.«

»Carl? Du nennst Herrn von Löwenstein bereits beim Vornamen? Nun gut. Nein, vielleicht ist Carl von Löwenstein nicht so. Aber er ist es nicht, der in der Familie das Regiment führt. Das ist wohl eher Frau von Löwenstein, und ich denke nicht, dass ihr Sohn stark genug ist, sich gegen sie aufzulehnen. Blut ist nun mal dicker als Wasser, mein Kind, das war schon immer so. Das solltest du nicht vergessen. Also wenn du dich auf dieses Treffen einlässt, dann musst du dir darüber im Klaren sein. Ich zwinge dich zu nichts, das weißt du.«

»Er wird ja nicht sofort um meine Hand anhalten wollen. Ich weiß auch nicht, warum er so hartnäckig ist.« Greta seufzte. »Es geht nur um ein Picknick, und ich werde dafür sorgen, dass dabei ein gutes Geschäft rauskommt.«

»Ich weiß nicht, ob diese Geschäftsverbindung erstrebenswert ist, mein Mädchen. Carl von Löwenstein wird dich niemals heiraten, das ist mir gestern klar geworden, als ich seine Familie kennenlernte. Sie sind Juden gegenüber nicht sehr höflich, auch wenn du nur Halbjüdin bist. Wir gehören nicht ihrem Stand an. Sie machen Geschäfte mit uns, um Geld zu verdienen, aber in ihren Kreisen sind wir nicht willkommen. Carl von Löwenstein hat nur ein Interesse an dir ...« Er ließ den Rest des Satzes offen.

»Was meinst du, Papa?« Greta sah ihn ratlos an.

Ihr Vater seufzte tief. »Das ist kein Gesprächsthema zwischen einem Vater und seiner Tochter. Ich wünschte, deine Mutter wäre hier, um dich vor Männern wie von Löwenstein zu warnen.«

Da wurde Greta bewusst, worauf ihr Vater hinauswollte. »Oh ... ich verstehe. Du brauchst dir in dieser Beziehung keine Sorgen zu machen, Papa. Ich werde auf der Hut sein. Mein Ruf ist mir wichtig, und ich würde ihn niemals für einen Mann aufs Spiel setzen, der mich nicht zu einer ehrbaren Frau machen würde. Ich verspreche dir, dass ich nichts tun werde, wegen dessen ich mich schämen müsste. Und du natürlich auch nicht.«

»Dann ist ja gut, mein Kind. Ich weiß, dass ich mich auf dich verlassen kann. Wir werden schon einen guten Mann für dich finden, der das Geschäft übernehmen wird.«

Greta sah ihren Vater liebevoll an. »Ich werde das Geschäft übernehmen, Vater. Dazu brauche ich keinen Mann. Du erzählst doch den Leuten immer, dass Frauen einmal die Welt regieren werden, und ich werde eine davon sein.« Sie lächelte selbstbewusst.

»Das weiß ich doch, Greta.« Langsam strich Levi über die Hand seiner Tochter und sah aus, als glaubte er ihr jedes Wort.

»Welche Geschäfte machst du eigentlich mit Direktor Wartburg?«

»Wir werden seine Bank einmal in der Woche mit frischem Obst beliefern, und sie benötigen Gerätschaften, die die Bank demnächst über uns beziehen wird. Sie haben drei der Staubsauger bestellt«, erzählte Levi nicht ganz ohne Stolz in der Stimme.

»Wirklich? Das ist ja eine frohe Botschaft. Dann hat sich dieser Abend für uns gelohnt.«

Levi nickte zustimmend. »Ja, das hat er. Und ich habe noch eine Überraschung, von der ich aber erst berichten werde, wenn es an der Zeit ist. Das ist jetzt noch nicht spruchreif.«

»Sie ist eine Jüdin.« Vera von Löwensteins Stimme klang geschliffen scharf, als würde eine Rasierklinge durch Papier schneiden. Sie nahm den Suppenlöffel mit einer schnellen Bewegung auf und stieß versehentlich an den Teller, sodass die beiden Männer am Tisch erschrocken zusammenzuckten.

»Halbjüdin«, erklärte Carl und trotzte dem Blick seiner Mutter.

»Wie auch immer, du wirst dich nicht mit dieser jungen Frau treffen. Sie würde sich nur unnötig Hoffnungen machen, die sich niemals erfüllen werden. Eine Frau ihres Standes wird nicht zu unserer Familie gehören. Hörst du denn nicht, was draußen auf den Straßen gerufen wird? Die ganze Welt gibt den Juden Schuld an allem. Sie sollen sich gegen die Welt verschworen, am Krieg bereichert haben. Ich hoffe nicht, dass dieser Rosenthal seinen Laden auf der Elbstraße hat. Dort wimmelt es doch nur so von ihnen. Früher haben sie noch nicht einmal ein Ladenlokal betreiben dürfen, da mussten sie ihre Waren auf den Straßen verkaufen.«

»Das war aber vor achtzehnhundertvierundsechzig, liegt also schon mehrere Jahrzehnte zurück, meine liebe Vera«, brummte Cornelius.

»Mutter, ich verstehe deine Bedenken nicht. Ich will lediglich einen Ausflug mit Fräulein Rosenthal machen, um die Geschäftsbeziehungen ein wenig zu vertiefen. Und ihr Geschäft befindet sich nicht auf der Elbstraße, sondern in der Paulstraße, nahe der St. Petri Kirche.« Carl lehnte sich selbstbewusst auf seinem Stuhl zurück, schlug ein Bein über das andere. Er trug bereits seinen dreiteiligen, dunkelgrauen Sonntagsanzug, mit der passenden Weste und seine Taschenuhr. Die Schuhe waren blank poliert, das Hemd gestärkt und weiß wie Schnee. »Wenn wir demnächst keine Geschäfte mehr mit Juden machen, verlieren wir einen wichtigen Kundenkreis.«

»So weit sind wir noch lange nicht«, warf Cornelius von Löwenstein ein und trank einen Schluck Wein, der zum Mittagessen gereicht wurde.

»Ich gebe zu, dass Greta Rosenthal eine äußerst attraktive und charmante junge Frau ist, doch wohl eher eine, um sich die Zeit zu vertreiben, keine, die man zu ehelichen in Betracht zieht.« Vera von Löwenstein versuchte ihre Worte ein wenig abzumildern, wenn auch nur dem äußeren Anschein nach.

Insgeheim hegte sie einen Groll gegen Greta, da war Carl sich sicher. Woher diese Abneigung kam, war ihm unverständlich. Sie kannte sie ja kaum. Greta war jung und gesund, sie würde für reichlich Nachkommen sorgen. Sie kam aus vernünftigen Verhältnissen, konnte sich in der Gesellschaft bewegen und war dazu noch wunderschön. Sie brachte alles mit, was eine zukünftige Ehefrau mitbringen sollte. Natürlich war ihre Familie nicht so reich wie seine, aber er suchte ja keine Frau, die eine große Mitgift besaß, sondern er hegte ganz andere Hoffnungen. Er wollte aus Liebe heiraten, eine Frau an seiner Seite wissen, die seine Ideen teilte. Und heute würde er beginnen herauszufinden, ob Greta eine solche Frau war. Es war ja nicht so, dass er schon nächste Woche mit ihr vor den Traualtar treten wollte. Hinzu kam, dass sie an seiner Behinderung offenbar keinen Anstoß nahm.

Seine Mutter sah ihn skeptisch an, während sein Vater sich wie immer hinter dem Wirtschaftsjournal versteckte, das er gern nach dem Essen las, und sich aus allem heraushielt. Es war feige, aber sich gegen Vera von Löwenstein zu stellen war niemals eine gute Idee, und verlangte eine Menge Mut. Nach außen hin schien es, als würde sein Vater die Zügel der Firma in den Händen halten, doch nicht nur Carl wusste, dass es eigentlich Vera war, die die Geschicke lenkte. Und das mit harter Hand, denn sonst wären sie niemals so unbeschadet durch den Krieg gekommen. Cornelius holte bei allen wichtigen Entscheidungen die Meinung seiner Frau ein, der er ausnahmslos folgte. Dabei ließ er sich immer weniger im Kontor sehen, überließ Carl die Arbeit des Tagesgeschäfts.

Carl bewunderte seine Mutter für ihre Stärke, doch sie rechnete nicht mit seinem Eigensinn. Er würde sich nicht vorschreiben lassen, in welche Frau er sich verliebte und wen er zu heiraten beabsichtigte. Auf das bevorstehende Kräftemessen mit ihr ließ er sich gerne ein. Denn wofür sollte ein Mann sonst kämpfen, wenn nicht für sein Lebensglück? Und je mehr er an Greta dachte, umso sicherer wurde er, dass sie zu seinem Glück beitrug.

»Warum triffst du dich nicht mit Fräulein von Eichstätten? Sie hat einen hervorragenden Leumund, ist sehr belesen, kommt aus einer kinderreichen Familie und ist entfernt mit dem deutschen Kaiser verwandt. Zwar sehr weit entfernt, aber immerhin.« Seine Mutter blickte ihn würdevoll an, hob ihr Glas und trank einen Schluck Wasser. Anders als ihr Mann, hatte sie heute dem Wasser den Vorzug gegeben.

»Du vergisst, dass sie ein Jahr älter ist, als ich es bin, und lacht, als würde eine Gewehrsalve abgefeuert. Ich glaube nicht, dass du mit dieser Person lange unter einem Dach leben willst.« Carl faltete die Stoffserviette sorgfältig zusammen, ihm war die Lust auf ein gemeinsames Mahl mit seinen Eltern vergangen. Warum hatte er überhaupt erwähnt, dass er sich mit Greta zu einem Picknick verabredet hatte?

Er hatte Tilda, das Hausmädchen, gebeten, in der Küche Bescheid zu geben, dass man ihm einen kleinen Picknickkorb zusammenstellte. Seine Mutter hatte davon Wind bekommen und ihn zur Rede gestellt. Wie erwartet, war sie nicht begeistert und machte auch keinen Hehl daraus. »Ich werde jetzt meine Verabredung einhalten und wünsche euch einen schönen Sonntag. Wartet nicht mit dem Abendessen auf mich.« Carl nickte seiner Mutter zu, während sein Vater weiterhin in seine Lektüre vertieft war, und verließ das Esszimmer.

Er hatte mit Widerstand gerechnet, weil ihm sofort klar war, dass sie Greta für jemanden hielt, die weit unter ihnen stand. Aber warum konnte seine Mutter sich nicht darüber freuen, dass es endlich eine Frau gab, die sein Interesse geweckt hatte? Warum konnte sie nicht darüber hinwegsehen, dass ihr Vater Jude war? Lange Zeit gab es niemanden, der seine Neugier entfachte. Das hatte sich jetzt geändert, und doch war seine Mutter unzufrieden.

Vermutlich würde es nie eine Frau geben, mit der Vera von Löwenstein einverstanden war, die gleichzeitig auch ihm gefiel. Ihre beiden Vorstellungen von der passenden Partie gingen sehr weit auseinander. Zu weit.

Ein tiefes Seufzen entfuhr Carl. Er bat Tilda, dass sie ihm den Korb aus der Küche brachte, verstaute ihn dann in seinem Wagen und machte sich auf den Weg. Je näher er der Paulstraße kam, umso besser wurde seine Laune. Dies würde ein schöner Nachmittag werden.

Kapitel 10

Greta blickte neugierig aus dem Fenster und sah, wie Carl mit einem roten Bugatti Typ 13 vorfuhr. Er hatte das Verdeck des auf Hochglanz polierten Wagens geöffnet. Das Auto passte zu Carl. Greta war stolz, dass er trotz seiner Versehrtheit in der Lage war, es zu steuern. Wie gerne würde sie auch so einen Wagen fahren können, doch ihr Vater hielt es für viel zu gefährlich. Für Greta war das Auto die größte Erfindung ihrer Zeit. Sie teilte die Liebe zum Fahren mit ihrem Vater.

Mit schnellen Schritten lief sie die Treppe ins Erdgeschoss hinunter, zog ihren neuen Mantel über und setzte einen Hut auf. Zusätzlich legte sie noch eine Stola über ihre Schultern. Auch wenn die Sonne schien und die Temperaturen angenehm waren, in Hamburg wehte immer eine frische Brise, und eine Fahrt in einem offenen Wagen konnte schnell zu einer Unterkühlung führen. Zum Schluss griff sie noch nach ihrem Sonnenschirm.

Bevor Carl an die Tür klopfen konnte, öffnete Greta sie und eilte hinaus. Sie wollte verhindern, dass ihr Vater mitbekam, wie sie das Haus verließ. Er hielt noch seinen Mittagsschlaf. Greta schickte ein Dankgebet gen Himmel, dass er noch nicht erwacht war, die Tür zu seinem Schlafzimmer war geschlossen, als sie daran vorbeilief.

»Greta! Sie sehen …«, Carl machte eine kunstvolle Pause, musterte sie von oben bis unten, »… wunderschön aus.«

Greta bedankte sich mit einem Lächeln, das nicht ernst gemeint war. Ihr kamen die Worte ihres Vaters wieder in den Sinn. Hatte er am Ende recht? Wollte Carl sich nur die Zeit mit ihr vertreiben? Hielt er sie für ein leichtes Mädchen, das sich schnell auf einen Mann einließ?

»Carl, ich freue mich, dass Sie Ihr Versprechen zu einem Spaziergang einhalten.«

Sie sah ihn ein wenig herausfordernd an, und Carl hob fragend eine Augenbraue. Als er ihr die Tür des Wagens aufhielt, fragte er: »Habe ich Sie in irgendeiner Weise verärgert? Wenn ich mich richtig erinnere, sprachen wir über ein Picknick.«

Greta nahm seine dargebotene Hand, ließ sich ins Auto helfen. »Haben wir das? Ich kann mich nicht erinnern. Aber wir wissen beide, dass ihre Mutter dieses Treffen mit Sicherheit nicht gutheißt.«

An seinem Gesichtsausdruck war abzulesen, dass sie ins Schwarze getroffen hatte.

Carl kletterte auf den Fahrersitz. »Halten Sie mich für einen Mann, der noch darauf hört, was seine Mutter sagt? Ich denke, diesem Alter bin ich wohl bereits entwachsen.«

»Gebieten das nicht der Anstand und die gute Erziehung, die Sie unweigerlich genossen haben?«

Lachend startete Carl das Auto und gab Gas. Sicher lenkte er den Wagen durch die Straßen Hamburgs, um zur Außenalster zu gelangen. Der große See war gerade an den Wochenenden ein beliebter Ort, um gesehen zu werden. Greta fragte sich, warum er sie genau hierher einlud, wo sie von vielen

Menschen umgeben waren? Sie parkten den Wagen in Uhlenhorst, in der Nähe des Fährhauses, liefen dann Richtung Schöne Aussicht. Gemächlich spazierten sie nebeneinanderher, ohne einander zu berühren. Carl trug den Korb, während Greta eine Decke und ihren Sonnenschirm hielt.

»Wollen wir uns hier niederlassen?«, fragte Carl, als sie ein Stück Wiese erblickten, dass durch Sträucher geschützt ein wenig abseits des Gehwegs lag und einen schönen Blick auf den See bot.

Als Antwort breitete Greta die karierte Decke aus und ließ sich darauf nieder. Sie achtete penibel darauf, dass man nicht zu viel Bein sah, und strich ihren grauen Rock glatt, den sie zu einer weißen Bluse trug. Ihren Mantel hatte sie im Wagen gelassen, denn die Sonne schien und es war angenehm warm.

»Ich hoffe, es ist Ihnen nicht zu kalt«, bemerkte Carl besorgt. »Zur Not kann ich Ihnen meine Jacke anbieten.«

»Nein, danke. Es ist alles in Ordnung. Was haben Sie denn alles in diesem riesigen Korb?«

»Ich habe uns ein paar Kleinigkeiten einpacken lassen«, erklärte er geheimnisvoll und schob den Korb zur Seite, um ihr die Sicht darauf zu verwehren. »Aber vorher erzählen Sie mir etwas über sich, Greta. Was sind Ihre Pläne für die Zukunft? Wofür können Sie sich begeistern? Neben Kunst und Buchführung.« Er ließ sich neben ihr nieder, die langen Beine von sich gestreckt, legte seinen Hut ab und knöpfte seine Jacke auf.

Greta musterte sein Profil. Es gefiel ihr, dass er keinen Bart oder Schnäuzer trug, wie es bei den Männern Mode war. Sie mochte sein fein geschnittenes Gesicht, die klugen Augen und wusste, dass sie ihre Faszination für diesen Mann im Zaum halten musste. Je länger sie sich in seiner Gesellschaft befand, umso lauter hallten die Worte ihres Vaters in ihrem Kopf nach. Er hatte recht. Sie musste sich damit abfinden, dass dies ein einmaliges Treffen war und es keine Wiederholung geben konnte. Er war ein Kunde, dem sie einen Gefallen tat.

»Meine Pläne? Die dürften Ihnen doch bekannt sein. Ich werde mich wie jede Frau nach meiner Heirat um die Kinder und den Haushalt kümmern.« Greta richtete ihren Blick auf den See.

»Sie haben vor zu heiraten? Bisher hatte ich einen anderen Eindruck von Ihnen. Haben Sie mir nicht erzählt, dass Sie das Geschäft Ihres Vaters übernehmen möchten?« Carls Stimme war es anzumerken, dass er von dieser Neuigkeit überfahren war.

»Nun ja, in nächster Zukunft wird mein Vater den Laden noch weiterführen, aber irgendwann einmal werde ich ihn wohl übernehmen müssen. Natürlich will ich auch heiraten, dennoch möchte ich auch weiterarbeiten. Ich bin der Meinung, dass man beides vereinen kann. Wir leben doch nicht mehr im Mittelalter. Ich werde mir einen Mann suchen, der meine Ansichten teilt«, nun blickte sie Carl doch an und sah, dass er lächelte.

»Ich gebe zu, dass ich im ersten Augenblick Angst bekam, Sie könnten vergeben sein. Sie haben sicherlich eine Menge Verehrer …«

»Ich habe keine Zeit für derlei Ablenkung. Ich möchte erst einmal vorankommen und etwas aus meinem Leben machen. Eine Ehefrau zu sein, die nur zu ihrem Mann aufsieht, steht mir nicht gut zu Gesicht. Ich suche einen Mann, der eine Frau als ebenbürtig ansieht, nicht als Untergebene. Der einverstanden ist, dass ich auch nach der Hochzeit weiter in dem Geschäft meines Vaters arbeite. Schließlich werde ich den Betrieb einmal erben und zusammen mit meinem Ehemann führen. Falls ich keinen finde, bin ich in der Lage, das auch allein zu schaffen.« Sie reckte ihr Kinn und nahm ihren Hut ab, spannte den Sonnenschirm auf.

Carl beugte sich vor, sah Greta geradewegs in die Augen. »Meine liebe Greta, Sie vertreten einige gewagte Ansichten, aber ich müsste lügen, wenn ich behaupten würde, dass es mir nicht gefiele. Ich mag mutige Frauen, und Sie sind die mutigste, die ich kenne. Wenn ich auch nur annähernd so couragiert wäre wie Sie, würde ich Sie jetzt küssen.«

Nur leicht zuckte Gretas rechter Mundwinkel. *Schade, dass er es nicht ist*, ging es ihr durch den Kopf. Sie deutete auf den Korb. »Sagen Sie mir jetzt, was da drin ist?«

»Das werde ich für einen Kuss verraten«, erklärte Carl geheimnisvoll, doch Greta schüttelte den Kopf.

»So eine Frau bin ich nicht, Carl. Vielleicht sollten wir diesen Ausflug lieber abbrechen, wenn Sie glauben, dass ich so leicht zu haben bin. Ich denke, Sie haben ein ganz falsches Bild von mir.«

»Nein, bitte entschuldigen Sie, ich wollte Sie nicht so überfallen. Verzeihen Sie mir, aber ich möchte unser Treffen nicht einfach so beenden.« Er blickte sie mit seinen dunkelblauen Augen so bittend an, dass sie es nicht übers Herz brachte, dieses Picknick über Bord zu werfen.

»Gut, ich verzeihe Ihnen«, gestattete sie gnädig, und er schenkte ihr ein dankbares Lächeln, öffnete den Korb und holte eine Dose hervor, zusammen mit zwei Gabeln. Carl reichte ihr eine, die andere behielt er selbst.

»Was ist da drin?«, wollte Greta neugierig wissen.

»Schauen Sie nach. Ich lasse mich überraschen.«

Vorsichtig löste Greta den Deckel und lächelte. »Eingekochte Birnen«, rief sie freudig. Sofort teilte sie die weichen Birnen mit der Gabel in kleine Stücke und probierte. »Mhm! Die schmecken köstlich. Bitte, probieren Sie.« Sie hielt ihm auffordernd die Dose entgegen. Carl nahm ein Stück und steckte die Gabel in den Mund. Er nickte verhalten.

»Ja, vorzüglich.«

Greta lachte. »Sie sind ein ungemein schlechter Lügner, Carl. Geben Sie es zu, Birnen sind nicht nach Ihrem Geschmack.«

Er grinste. »Bin ich so leicht zu durchschauen? Sie sind ein wenig süß.«

»Das haben gekochte Birnen so an sich. Schmecken Sie nicht dieses wunderbare Zimtaroma?« Während sie die Schultern hob, steckte sie sich erneut ein Stück Birne in den Mund und kaute genüsslich. Sie mochte den fein süßlichen Geschmack, das feine Bouquet, das sich an ihrem Gaumen ausbreitete. Dabei schaute sie den Schwänen zu, wie sie ihre Kurven auf der Alster zogen, gefolgt von dem Boot des Schwanenwärters, der auf die Tiere achtete und sie kontrollierte. Mit Kraft zog er die Ruder durch, glitt durch das seichte Wasser. Geschickt wich er anderen Booten aus, die sich ebenfalls auf der Außenalster befanden. An so einem schönen Tag wie heute waren alle Kähne ausgeliehen. Die Sonnenstrahlen brachen sich auf der Oberfläche des Wassers, ließen es wie Edelsteine funkeln. Kinder liefen laut rufend durcheinander, ihre Ausgelassenheit machte schon beim Zuschauen Spaß. Die leichte Brise kühlte die Haut auf eine angenehme Weise. Es war weder zu warm noch zu kalt. Ein perfekter Tag für ein Picknick.

»Erzählen Sie mir etwas von Ihren Gewürzen. Was würden Sie uns empfehlen, was in unser Sortiment aufgenommen werden sollte?«, brachte Greta das Gespräch auf ein unverfängliches Thema, nachdem sie den Wärter aus den Augen verloren hatte. Es war so voll, dass die kleinen Bötchen sich gegenseitig ins Gehege kamen.

Carl stützte sich auf beide Ellenbogen auf und ließ seinen Blick über den See gleiten. Er brauchte einen Moment, um genauer darüber nachzudenken. Dann fixierte er einen Punkt und lächelte. Sie fragte sich, wen er wohl entdeckt hatte oder wohin seine Gedanken gewandert waren.

»Auf jeden Fall Anis«, sagte er unvermittelt. »Ich mag seine Würzkraft. Man kann es in Brot und Kuchen verwenden, auch für die Fertigung von Bonbons wird es benutzt. Aber vielleicht ist es doch etwas zu ausgefallen für den allgemeinen Haushalt. Anis wird eher von der Industrie geordert. Wie wäre es mit …« Er legte den Kopf in den Nacken und überlegte, schloss die Augen.

»Wie wäre es mit Kurkuma? Ich habe kürzlich in der Tageszeitung darüber gelesen. Es soll dem Ingwer sehr ähnlich sein und wird Brautpaaren in Indien zur Hochzeit geschenkt, damit ihre Liebe wächst.« Ihre Wangen wurden heiß. Sie hatte einfach so drauflos geplappert und erst jetzt wurde ihr bewusst, worüber sie da sprach.

Carl öffnete die Augen und blickte sie an. »Sehr interessant. Erzählen Sie mehr.«

Greta räusperte sich verlegen. »Vielleicht sollten wir es mit gängigen Gewürzen versuchen. Pfeffer, Zimt, vielleicht Majoran, Liebstöckel und … Salz?«

»Ich schlage vor, Sie besuchen mich morgen im Kontor und dann werde ich Ihnen einige Kostproben der verschiedenen Gewürze zeigen. Ich weiß, Sie werden begeistert sein. Aber jetzt wollen wir uns diesen schönen Tag nicht verderben, indem wir über die Arbeit sprechen, liebe Greta.«

»Aber ist das nicht der Grund, warum wir uns heute treffen?« Sie aß weiter von der Birne und hielt ihm erneut die Dose entgegen, doch er lehnte ab.

»Mal schauen, was wir noch so in dem Korb finden ... ah, haben Sie Durst?« Er förderte zwei kleine Flaschen Sinalco hervor. Selbst einen Öffner fand er, um den Kronkorken zu lösen. Er reichte Greta eine geöffnete Flasche, rückte ein wenig näher.

Obwohl Greta es registrierte, sagte sie nichts dazu, ließ es geschehen. Sie trank einen Schluck der Brause, die angenehm prickelte.

Carl tat es ihr gleich, nahm von seiner Flasche einen großen Schluck.

Da fragte sie ganz unvermittelt: »Warum mag Ihre Mutter mich nicht?« Die Frage kam so plötzlich aus ihrem Mund gepurzelt, dass Carl sich prompt an seiner Brause verschluckte.

»Bitte entschuldigen Sie, ich wollte Sie nicht vor den Kopf stoßen. Hier, nehmen Sie.« Greta reichte Carl ein Taschentuch, das ihre Initialen trug. Sie waren in einem zarten Lindgrün mit feinen Stichen aufgestickt. Der hochwertige Leinenstoff war tadellos gebügelt.

»Vielen Dank, Verzeihung, wie ungeschickt von mir.« Er wischte sich verlegen über seinen Mund und steckte das Tuch ein. »Sie bekommen Ihr Taschentuch sauber und gebügelt zurück. Versprochen.«

»Wenn Sie meine Frage beantworten, dürfen Sie es sogar behalten.« Greta lächelte verschmitzt und nahm erneut einen Schluck, wobei sie sich wesentlich geschickter anstellte als Carl.

»Wie kommen Sie darauf, dass meine Mutter Sie nicht mag?«, versuchte er Zeit zu gewinnen. Dieses kleine Fräulein war weitaus klüger, als er gedacht hatte. Ungeniert musterte er sie.

Heute trug sie das Haar zu einem Zopf geflochten. Zwei silberne Spangen mit verzierten Blüten darauf, an jeder Seite eine, hielten die Frisur fest. Ihr brünettes Haar schimmerte in der Sonne leicht rötlich und brachte ihre grünen Augen zum Strahlen. Sie war äußerst adrett gekleidet. Nicht aufgetakelt, sondern dem Anlass angemessen. Das mochte Carl so an Greta, dass sie ohne Schnörkel war.

»Herr von Löwenstein, das war doch gestern offensichtlich.«

»Carl bitte«, forderte er ein.

»Das macht es auch nicht besser. Ihre Mutter möchte, dass Sie die bestmögliche Partie machen, die Hamburg zu bieten hat, und soll ich Ihnen etwas sagen? Genau das würde ich für meinen Sohn auch wollen, wenn ich einen hätte.«

Nachdenklich sah Carl sie an, schüttelte dann den Kopf. »Nein, Greta. Sie würden wollen, dass Ihr Sohn die Frau heiratet, die er liebt und mit der er glücklich wird.«

Sie lächelte. »Ja, vermutlich haben Sie recht. Aber mein Wesen ist ein anderes als das Ihrer Mutter.«

Carl kramte in dem Korb und förderte zwei Franzbrötchen hervor. »Bitte schön.« Er reichte eines weiter.

»Ich glaube, ich werde morgen nicht mehr in meine Kleider passen.« Dennoch biss sie in das Brötchen und stöhnte leise auf. Er mochte die Geräusche, die sie machte, wenn ihr etwas gefiel oder, so wie jetzt, es ihr schmeckte. Mit der Zunge strich sie sich einen Krümel aus dem Mundwinkel. Er biss ebenfalls in das Gebäck und musste zugeben, dass Greta recht hatte. Es schmeichelte dem Gaumen, dass man genüsslich aufstöhnen musste. In stiller Zweisamkeit aßen sie, tranken und blickten auf dem See den Booten nach, die langsam ihre Runden drehten.

»Sie haben recht, Greta. Meine Mutter ist eine harte Frau, doch ich werde mein Leben nicht danach richten, wie es ihr gefällt. Ich bestimme selbst, ob und wann ich heirate und vor allem, in wen ich mich verliebe. Meine Mutter hat darauf keinen Einfluss. Früher war sie anders. Vielleicht kam es mir als Kind auch nur so vor. Wenn man selbst erwachsen wird, ändert sich die Perspektive, aus denen man die Dinge betrachtet. Jetzt bin ich alt genug, für mich allein zu sprechen.« Er sah sie sehr ernst an. Sie musste ihm einfach Glauben schenken.

Es dauerte einen Augenblick, dann nickte sie und beugte sich vor. »Sie haben da etwas.« Sanft strich sie ihm einen Krümel von der Lippe. Als sie ihre Hand wegziehen wollte, hielt er sie fest und drückte einen Kuss darauf. »Begleiten Sie mich nächstes Wochenende in die Oper, Greta.« Sein Blick war sehr eindringlich und der Ton leise, als hätte er etwas Unanständiges eingefordert. Greta zog sehr langsam ihre Hand aus seiner, gab ihm jedoch keine Antwort auf seine Bitte.

Nachdem sie die Sachen zusammengepackt hatten, schlenderten sie ein Stück weiter bis zum Feenteich, fütterten dort die Enten mit den Resten der Franzbrötchen und traten dann den Rückweg an. Greta war ihm eine Antwort schuldig und wusste nicht, was sie sagen sollte. Sie würde liebend gerne die Oper besuchen, doch würde Carl nicht zu viel von ihr erwarten? Würde er es vielleicht fehlinterpretieren, wenn sie mitginge?

Sie hatte Angst davor, dass ihr Vater am Ende recht behielt. Dass Carl sich mit ihr nur seine Zeit vertrieb, während er sich parallel nach standesgemäßen Frauen zum Ehelichen umsah. Würde es ihrem Ruf schaden, wenn sie einige Zeit mit ihm ausging, er sie jedoch dann irgendwann fallen ließ wie eine heiße Kartoffel?

Carl schloss das Verdeck des Autos, weil Wolken am Himmel aufgezogen waren und das Wetter in Hamburg schnell umschlug. Es war mit Regen zu rechnen, obwohl es vor einigen Stunden noch so schön gewesen war.

»Sie sind so schweigsam. Hat Ihnen der Nachmittag etwa nicht gefallen?« Fragend sah er sie von der Seite an und startete den Wagen. Das laute Motorengeräusch erlöste Greta von einer Antwort. Erst als sie in der Paulstraße ankamen, fand sie ihre Stimme wieder, während Carl sie zur Tür brachte.

»Vielen Dank, es war sehr schön.« Sie reichte ihm förmlich die Hand.

»Ich habe zu danken, Greta. Es war der schönste Sonntag seit sehr langer Zeit. Ich erwarte Sie morgen gegen zehn Uhr an der Brooksbrücke. Ich nehme Sie dort am Eingang in Empfang. Dann werden wir über Gewürze und das Geschäft sprechen.«

Greta nickte zustimmend. »Das ist sehr freundlich. Ich freue mich schon darauf, Ihr Kontor zu sehen, mein lieber Carl. Sie werden verstehen, dass mein Vater mich begleitet. Auch wenn er mir freie Hand lässt, so muss doch er die Verträge unterzeichnen.«

Carl nickte zustimmend, schüttelte ihre Hand, führte sie an seine Lippen, drückte einen sanften Kuss darauf. Seine Lippen berührten ihre Haut, er deutete den Kuss, wie eigentlich üblich, nicht nur an. Sein Blick traf sie dabei, in dieser Geste lag etwas Intimes. »Und am Wochenende werde ich Sie in die Welt der Oper entführen. Ich werde kein Nein akzeptieren. Dieses Erlebnis müssen Sie mit mir teilen.« Damit machte er auf dem Absatz kehrt, nachdem er ihre Hand losgelassen hatte und ging zu seinem Wagen. Während er davonfuhr, starrte Greta ihm noch für einen Moment gedankenverloren hinterher.

Kapitel 11

Carl saß an seinem Schreibtisch und blickte immer wieder auf die kleine Uhr, die auf dem breiten Tisch aus Eichenholz stand. Das Ticken schien mit jeder Minute lauter zu werden. Noch eine halbe Stunde, dann würden Greta und ihr Vater endlich eintreffen. Ein Klopfen an der Tür, die daraufhin geöffnet wurde, unterbrach seine Gedanken. Jan Karven, der Prokurist der Firma, trat mit einem Stapel Papiere unter dem Arm ein.

»Guten Morgen, Carl. Ich habe hier den Quartalsbericht und ein paar Aufträge, die du unterschreiben müsstest.«

»Guten Morgen. Ist gut, ich erledige es sofort.«

Diese Äußerung nahm Karven mit Verwunderung zur Kenntnis. »Was ist passiert? Sonst ergreifst du immer die Flucht, sobald der Papierkram an deine Tür klopft.« Er grinste breit.

Carl lachte auf und musterte ihn aufmerksam. »Darf ich fragen, was du an einem Sonntagnachmittag auf der Außenalster so treibst? Dazu in Begleitung einer jungen Dame.«

Jan Karven nahm unaufgefordert in dem Sessel vor Carls Schreibtisch Platz und schlug die Beine übereinander. Die beiden Männer waren seit ihrer Studienzeit befreundet, und Jan war vor einigen Jahren als Mitarbeiter in die Firma eingestiegen.

Aufgrund eines Herzleidens war er für den Krieg als untauglich eingestuft worden und hatte Carl hier vertreten, während dieser das Vaterland verteidigt hatte. Er stammte aus dem Rheinland, war ein hochgewachsener dunkelblonder Mann. Sein Oberkörper war kräftig, die Hüften hingegen schmal. Der Rheinländer besaß einen offensiven Charme, der der Frauenwelt selten verborgen blieb. Die warmen braunen Augen blitzten amüsiert. »Und woher weißt du das so genau, wenn ich fragen darf?«

»Ich habe dich gesehen, zwar nur aus einiger Entfernung, dennoch habe ich dich bei deinen ungelenken Ruderversuchen beobachten können. Wer war denn die unbekannte Dame?« Carl lachte gut gelaunt.

»Ich habe meiner Mutter einen Gefallen getan und die Tochter einer ihrer Freundinnen ausgeführt. Ein ziemlich vorlautes junges Ding. Dörte von Aspern. Ich weiß nicht, ob du die Familie kennst? Sie handeln mit Stoffen. Ihr Kontor liegt am anderen Ende des Gebäudes.«

»O ja, ich hatte das Vergnügen, das gnädige Fräulein erst kürzlich kennenzulernen. Das Wort *vorlaut* trifft es haargenau.« Ein feines Lächeln glitt über seine Züge, als er an das Zusammentreffen in Rosenthals Gemischtwarenladen dachte. »Darf ich dich im Gegenzug fragen, was du an einem Sonntag an der Alster gemacht hast?«

»Geschäfte«, kam es Carl über die Lippen, und es war noch nicht einmal gelogen. »Ich brauche dich übrigens gleich. Wir bekommen Besuch und ich möchte, dass du dich um unseren neuen *Kunden* Levi Rosenthal kümmerst.«

Jan zog die Stirn kraus. »Während du was tust?« Er sah Carl aufmerksam an, schien zu wittern, dass dieser andere Pläne verfolgte.

»Ich werde mich in der Zwischenzeit um seine reizende Tochter kümmern.«

Jan nickte. »Darf ich vermuten, dass diese reizende Tochter der Grund ist, warum du deinen Sonntag an der frischen Luft verbracht hast?«

»So ist es. Ich kann dir sogar verraten, dass *deine* vorlaute Freundin und *meine* reizende Begleitung sich sehr gut kennen, um nicht zu sagen Freundinnen sind.« Carl grinste wissend.

»Wirklich? Wenn das kein Zufall ist. Na, da bin ich ja mal gespannt auf das werte Fräulein, dass dir so offenkundig den Kopf verdreht hat.«

Natürlich hatte Greta die Statuen am Eingang der Brooksbrücke schon oft bewundert. Die majestätische Germania und die elegante Hammonia. Sie streckten sich die Hände entgegen, als wollten sie jeden Augenblick loslaufen und die Welt erobern. Greta erinnerten diese beiden Figuren immer an Dörte und sie selbst. Zwei junge Frauen, die ihrem Leben einen Sinn geben möchten. Bei Dörte war sich Greta nun nicht mehr so sicher. Aber sie selbst, sie würde die Welt erobern, ganz bestimmt. Sie hatte große Vorbilder, wie Marie Curie, Rosa Luxemburg, Clara Schumann und Jeanne d'Arc. Wobei sie bei der Letzteren bezweifelte, ob diese Figur wirklich gelebt hatte.

»Bist du sicher, dass Herr von Löwenstein uns hier treffen wollte?« Levi Rosenthal sah sich suchend um. Es war eine Menge los. Ein ständiges Kommen und Gehen. Die Menschen hatten es eilig.

»Guten Morgen! Wie schön Sie zu sehen, mein lieber Rosenthal. Fräulein Greta! Ich hoffe, Sie warten noch nicht allzu lange. Bitte entschuldigen Sie, ich wurde kurz aufgehalten.« Carl von Löwenstein stand plötzlich hinter ihnen. Als Greta seine Stimme hörte, schlug ihr Herz unversehens schneller. Sie wandte sich um und blickte in seine sagenhaft blauen Augen. Ihr wurde ganz schwindelig, und sie war froh, dass ihr Vater das Reden übernahm.

»Von Löwenstein, was für eine Freude. Vielen Dank für die Einladung. Ich muss sagen, die Speicherstadt wächst und wächst. Ich kann mich noch genau an die Eröffnung durch den Kaiser erinnern, damals traf ich deine Mutter zum ersten Mal, Greta. Das war achtundachtzig.« Levi blickte ins Leere, als erinnerte er sich genau an diesen Moment, schien ihn quasi noch einmal zu erleben.

»Achtzehnhundertachtundachtzig – das ist mein Geburtsjahr.« Carl hob überrascht die Augenbrauen.

»Das heißt ja, Sie sind genauso alt wie die Speicherstadt, also einunddreißig Jahre«, schlussfolgerte Greta flink, und Levi lachte auf.

»Mein Mädchen und ihre Liebe für Zahlen.«

»Ich hoffe, Sie halten mich jetzt nicht für alt?«, fragte Carl mit einem Zwinkern.

»Kommt ganz darauf an, an was Sie denken. Als Freund der Familie sicherlich nicht«, erklärte sie mit einem Schmunzeln.

»Aha«, erwiderte Carl darauf und zog die Stirn kraus. Er wagte nicht, zu erläutern, als was er noch infrage kommen könnte. »Wollen wir?«, forderte er Greta und ihren Vater stattdessen auf und deutete auf die Brücke.

Greta schritt hinter den beiden Herren her und blickte an dem imposanten Eingang hinauf, auf den sie zuliefen. Sie entdeckte das Hamburger Wappen, das im Giebel des Block E eingelassen war. Die Vielzahl der Dächer und Ecktürme erinnerten sie an ein Märchenschloss, so wie man es sich als kleines Mädchen vorstellte. Die Trutzburg – ein passender Begriff für dieses gigantische Vorhaben, das immer noch nicht abgeschlossen war. Der Zeitpunkt seiner Fertigstellung stand in den Sternen. Vielleicht würde er nie beendet werden, wenn die Rohstoffe weiterhin so knapp waren.

»Und, sind Sie beeindruckt, Fräulein Rosenthal? Sie sollten es sein. Die neun Gebäudeblöcke wurden auf dreieinhalb Millionen Eichenpfählen errichtet, die bis zu zwölf Meter lang sind. Ich finde, dass dies gewaltige Zahlen sind. Aber das Gelände ist sumpfig, und das Erdreich hat eine enorme Last zu tragen. Wir wollen ja nicht, dass die Gebäude absacken.« Carl sah Greta erwartungsvoll an.

»Das klingt ja geradezu, als wären Sie der Architekt«, bemerkte Greta verblüfft.

Carl lächelte. »Das nicht, aber Sie sind auch nicht die Einzige, die sich für Zahlen interessiert, verehrtes Fräulein.«

»Das ist Jan Karven, der Prokurist für die Firma *Löwenstein Im- und Exporte*«, stellte Carl seinen Angestellten vor. »Jan, das sind Levi Rosenthal und seine Tochter Greta. Sie betreiben in Hamburg einen Gemischtwarenhandel. Sie sind hier, um das Kontor zu besichtigen und mit uns über die Lieferung von Gewürzen zu sprechen.«

»Herr Rosenthal, Fräulein Rosenthal.« Jan verneigte sich ergeben.

»Vielleicht möchten Sie sich die Verwaltung gerne ansehen. Unsere Büroräume liegen hier im Erdgeschoss«, schlug Jan vor.

»Oh, mich interessieren mehr die Gewürze selbst«, erklärte Greta schnell, während sie die Geschäftsräume der von Löwensteins betraten.

»Gut, dann teilen wir uns auf. Jan, du besprichst mit Herrn Rosenthal die Konditionen und zeigst ihm die Verwaltung. Sei bitte nachsichtig mit den Rabatten, die Rosenthals sind ganz besondere Kunden. Ich werde mit Fräulein Rosenthal die Auswahl der Gewürze bestimmen. Nicht wahr, Herr Rosenthal, das hatten Sie mir doch vorgeschlagen, dass Ihre Tochter das übernimmt.« Er sah Levi fragend an und wartete auf dessen Zustimmung.

»Ja, natürlich. Greta wird die richtigen Entscheidungen schon treffen.«

Carl wies ihr den Weg zu den Lagern und führte sie die Treppe hinauf. Er reichte ihr die Hand, damit sie nicht stolperte. »Passen Sie auf, die Stufen können rutschig sein.« Sie schritten die Gänge entlang.

Verwundert blickte Greta nach oben und sah, dass das Licht von der Decke schien.

»Gibt es hier kein Gaslicht oder Öllampen?«, fragte sie neugierig.

»Nein, das Speicherhaus wurde mit den neuesten Errungenschaften der Technik ausgestattet. Es gibt elektrisches Licht. Die Gefahr, dass ein Feuer durch die Öllampen oder das Gas ausbricht, wäre viel zu groß.« Er öffnete eine Tür, und sie betraten einen Raum, der einem Dachboden gleichkam. Verwundert schaute Greta aus einem der großen Fenster.

»O mein Gott, ist das hoch«, rief sie erschrocken.

Carl lachte auf. »Wir sind im sechsten Stockwerk. Natürlich ist es hoch. Ich hoffe, Sie sind schwindelfrei. Ansonsten reiche ich Ihnen gerne meinen Arm.« Er machte einen Schritt auf Greta zu. Sie standen abseits der Arbeiter, die sich laut Kommandos zuriefen.

»Ich freue mich sehr, dass Sie heute gekommen sind«, sagte er leise und ließ seinen Blick über ihr Gesicht wandern. »Sie sehen wunderschön aus.«

Greta spürte Hitze in ihren Wangen aufsteigen. »Vielen Dank. Sie auch.« Carl schmunzelte bei ihrem Kommentar. Verlegen blickte sie zu Boden und atmete tief ein, dann schaute sie überrascht auf. »Was riecht hier so gut?« Sie machte sich von ihm los und ging tiefer in den Raum hinein.

Obwohl sie sich ganz oben befanden und das Dach dem Raum Schrägen verlieh, waren die Balken hoch oben angebracht. Es gab eine Menge Platz, um die neu ankommende Ware zwischenzulagern.

»Das ist der frische Lavendel, der heute angeliefert wurde. Sehen Sie die Säcke, die dort gestapelt werden. Das ist Lavendel aus der Provence, das liegt in Frankreich.«

»Ich weiß, wo die Provence liegt. Wie kommen die Säcke in die sechste Etage?« Gretas Neugier war geweckt. Sie hatte tausend Fragen im Kopf, die alle dort umherschwirrten, wie ein Schwarm Bienen, der ihr keine Zeit zum Denken ließ.

»Die Säcke werden über Winden hier hinaufgezogen.«

»Über Winden? Ziehen die Männer sie bis in den sechsten Stock?«

»Nein, die Winden werden mit Druckwasser betrieben. Die Speicherstadt verfügt über ein eigenes Kraftwerk, das die Elektrizität erzeugt.«

»Das ist ja wirklich äußerst interessant.« Sie trat näher an eine der Luken, wo die Säcke ankamen.

»Vorsicht, junges Fräulein! Nicht zu nah an die Kante, sonst fallen Sie noch ins Wasser«, hielt einer der Männer sie warnend auf.

»Sie sollten auf unseren Quartiermann hören, liebe Greta. Er hat hier das Sagen. Darf ich Ihnen Ole Harms vorstellen. Harms, das ist Fräulein Rosenthal.«

»Moin, Fräulein Rosenthal.« Harms lüftete seine Schlägermütze, setzte sie dann wieder auf.

Greta begrüßte ihn mit einem freundlichen Lächeln. Er erinnerte sie an Hans, der gleiche Schlag Mann, gut gelaunt und ungemein stark.

»Harms befehligt die Männer und ist für die Kontrolle der importierten Rohware zuständig, die für den Weiterverkauf nach Übersee vorgesehen ist. Er kennt sich mit der Veredlung aus und hat ein gutes Näschen. Er ist ein regelrechter Experte«, lobte Carl den Mann, der ein breites Grinsen an den Tag legte.

»Das hört Ihr Angestellter sicher gerne, wenn Sie ihn so loben«, bemerkte Greta und musterte den hünenhaften Mann mit den flachsblonden Haaren.

»O nein, Harms ist kein Angestellter, er arbeitet mit drei weiteren Konsorten auf eigene Rechnung. Die Leute sind gefragt, und wir können uns glücklich schätzen, dass er Aufträge für uns erledigt.«

»Aber klar doch, Herr von Löwenstein.« Harms grinste breit und schrie einem anderen Mitarbeiter etwas zu.

»Kommen Sie, Greta. Ich will Ihnen die Gewürze zeigen.«

Greta bückte sich und hob eine kleine Lavendelblüte auf, die sie auf dem Boden entdeckt hatte, roch daran, dann steckte sie sie in ihre kleine Handtasche.

»Passen Sie bloß auf, dass Sie an der Zollstelle nicht erwischt werden, sonst werden Sie noch als Schmugglerin verhaftet.«

Greta hielt das für einen Scherz, doch da Carl nicht lachte, musste er es wohl ernst gemeint haben.

Sie wanderten in einen weiteren Raum, der mit Säcken gefüllt war. Vor jedem Stapel gab es offene Bündel, die mit einer Kelle bestückt waren, um eine Probe zu entnehmen.

Greta war wie erschlagen von dem Potpourri, das sich hier im Raum ausbreitete. Es gab unzählige Duftrichtungen, je nach dem in welche Richtung man schaute. »Mein Gott, wie es hier duftet!« Greta war restlos begeistert. Sie kam sich vor, als hielte sie sich an einem exotischen Ort auf. Vielleicht in Indien, auch wenn sie nicht wusste, wie es in Indien roch. Oder auf einer abgelegenen Insel. Oder in Südfrankreich, wo immerzu die Sonne schien. Möglicherweise war es auch Italien? Sie drehte sich im Kreis, bis ihr schwindlig wurde.

»Vorsicht! Stolpern Sie nicht und verletzen sich womöglich.« Carl fing sie mit seinen Armen auf. Sie hielt sich an seinen Oberarmen fest. Sie waren sich mit einem Mal so nah, dass Greta nur seinen Geruch wahrnahm, auch wenn sie von den unterschiedlichsten Aromen umgeben war. Er roch nach Meer, Leder und einem Duft, den sie mit Abenteuer betiteln würde.

»Greta«, sagte Carl mit sanfter Stimme.

Es war gefährlich, was sie hier taten. Nur einen Raum weiter gab es Arbeiter, und sollte jemand sie in dieser Situation vorfinden, wäre ihr Ruf beschädigt, wenn nicht gar ruiniert.

»Bitte nicht.« Greta versuchte, sich von ihm loszumachen, doch Carl hielt sie fest.

»Greta, Sie sind eine wundervolle Frau. Ich möchte Sie wiedersehen. Nicht wegen des Geschäfts, sondern weil … weil Sie mir etwas bedeuten. Sehr viel sogar. Nehmen Sie meine Einladung an und gehen Sie mit mir in die Oper.« Seine Stimme war schmeichelnd und doch eindringlich, ja fast beschwörend.

»Wenn wir uns in der Öffentlichkeit zusammen sehen lassen, dann wissen Sie, was das bedeutet«, sagte Greta leise.

Carl nickte. »Ja, das weiß ich. Ich werde mit Ihrem Vater sprechen, ob ich Ihnen den Hof machen darf.«

Greta kicherte. Er hörte sich an, wie ein Mann aus einem längst vergangenen Jahrhundert.

»Sie sollten mich nicht auslachen.« Er blickte ihr tief in die Augen. Sie war so fasziniert, dass sie seinem Blick nicht ausweichen konnte, dafür fehlte ihr die Kraft.

Dann schüttelte sie den Kopf. »Nein, ich lache Sie nicht aus, Carl. Ganz im Gegenteil.« Sie starrte auf seine Lippen, die den schönen Mund formten. Für eine Sekunde wünschte sie sich, sie könnte seinen Mund küssen, so wie sie es schon oft in Romanen gelesen hatte. Doch dann legte sie eine Hand auf seinen Arm, um diesen Zauber zu durchbrechen. Es war eine vertrauliche Geste, die sie wagte, zu mehr war sie nicht mutig genug. »Lassen Sie uns die Gewürze aussuchen, sonst bekommen wir beide noch Ärger.«

Kapitel 12

In Carls Büro tranken sie zu viert noch eine Tasse Kaffee – keinen Muckefuck, sondern echten Kaffee, den sie nur hervorholten, wenn sie einen besonderen Abschluss getätigt hatten. Heute war für Carl so ein außergewöhnlicher Tag.

»Und für was hast du dich entschieden, mein Kind?«, wollte Levi wissen, während er langsam in der Tasse rührte. Er nahm immer Zucker in sein Getränk. Egal ob es Tee oder Kaffee war.

»Ähm ... ich ...« Sie blickte hilfesuchend zu Carl, der ihr aber keine große Hilfe war. »Lavendel, Kurkuma, Curry, rosa Pfeffer ...«

»Sternanis und Kardamom nicht zu vergessen«, ergänzte Carl nun doch und lächelte. »Hast du das notiert, Jan. Wir werden die Bestellung umgehend an die Paulstraße ausliefern. Nicht, dass Fräulein Greta unsere Verabredung zur Oper am Ende noch absagt, weil wir unsere Vereinbarungen nicht einhalten. Es ist Ihnen doch recht, wenn ich Greta am Samstagabend entführe?«, fragte Carl an Levi gewandt.

»Wenn Greta einverstanden ist, habe ich nichts dagegen«, erklärte ihr Vater und nickte zustimmend.

»Kunst ist etwas, für das man sich immer Zeit nehmen sollte.«

»Ihr wollt am Samstag in die Oper? Was für ein Zufall. Ich habe Fräulein von Aspern ebenfalls eingeladen«, sagte Jan erstaunt.

»Fräulein von Aspern? Dörte?« Greta sah von einem zum anderen.

»Ja, wir haben uns für Samstag verabredet. Sie ist die Tochter einer Freundin meiner Mutter. Wenn Sie Fräulein Dörte kennen, sollten wir gegebenenfalls zu viert die Oper besuchen«, schlug er vor.

»Sie kennen also meine beste Freundin?« Greta grinste und warf Carl einen kurzen Blick zu. Vermutlich dachte sie auch an ihre erste Begegnung.

Jan nickte zustimmend. »Ja, Fräulein Dörte muss man einfach kennen.« Er schmunzelte.

»Dann werde ich die Loge für vier Personen vorbereiten lassen«, entschied Carl voller Zufriedenheit. »Ich werde Sie gegen neunzehn Uhr abholen.« Mit diesen Worten verabschiedete er Levi und Greta Rosenthal, beauftragte Jan, sie zum Zollhaus zu begleiten.

Als er wenig später die Unterschriftenmappe öffnete, blickte er auf eine kleine Lavendelblüte, die vorher noch nicht dort gelegen hatte. Dessen war er sich sicher. Er nahm die Blüte auf, drehte sie zwischen den Fingern und atmete das Aroma tief ein. In Zukunft würde der Duft von Lavendel für immer mit Greta verbunden sein.

»Auch wenn der Auftrag monatlich ausgeführt wird, ist das Volumen sehr gering, meinst du nicht auch«, meinte Jan, als er zurückkehrte und seinen Platz vor Carls Schreibtisch wieder einnahm.

Carl nickte, ohne zu antworten.

»Also gehe ich mal davon aus, dass etwas anderes hinter diesem Treffen steckt, als einen großen Umsatz zu generieren. Lass mich raten: Du hast ein Auge auf die schöne Tochter geworfen.«

Carl konnte ein Grinsen nicht unterdrücken. Er nahm den Füllfederhalter zur Hand und drehte ihn auf, begann die Verträge in der Mappe zu unterschreiben. »Ich wüsste zwar nicht, was dich das angeht, aber ja, so könnte man es ausdrücken. Ich habe meine zukünftige Frau kennengelernt.«

»Du weißt, dass Rosenthal Jude ist?«

Carl hob seinen Kopf und musterte Jan. »Greta aber nicht und selbst wenn sie es wäre, würde es keinen Unterschied machen.«

Es klopfte an der Tür, und ein junger Mann trat ein, ohne auf eine Antwort zu warten. »Bitte entschuldigen Sie, Herr von Löwenstein!«, rief Manni Weseke aufgebracht. »Aber eine der Schoten ist im Kehrwiederfleet gekentert, und die ganze Ladung Senfkörner ist mit ihm untergegangen!« Der Junge drehte hektisch seine Mütze in der Hand.

»Auch das noch!«, rief Carl aufgebracht und sprang von seinem Stuhl auf. »Das wird uns teuer zu stehen kommen.«

Bereits am nächsten Tag wurden die Gewürze geliefert, und Greta ließ es sich nicht nehmen, diese höchstpersönlich in den Apothekerschrank einzuordnen. Sie hatte die Fächer extra freigeräumt, weil sie auf der Höhe angebracht waren, an die sie ohne Probleme heranreichte. Bereits die erste Kundin erkundigte sich, was denn im Laden so gut duftete, und Greta konnte sich nicht bremsen, ihr einige der neuen Gewürze vorzustellen. Am Ende verkaufte sie ein Tütchen des roten Pfeffers und

Lavendel. Als sie die Blüten verpackte, stahl sich ein kleines Lächeln auf ihre Lippen. Ob Carl wohl die Blüte in seiner Unterschriftenmappe gefunden hatte? Sie hatte sie heimlich hineingeschoben, als er sich von ihrem Vater verabschiedet hatte.

Am Nachmittag ließ sie ihren Vater allein und besuchte ihre Freundin Dörte. Hans fuhr sie in die Feldbrunnenstraße. Dort wohnte die Familie von Aspern seit einigen Monaten. Dörtes Vater hatte die Villa Ballin ersteigert, nachdem der erste Besitzer sich an seinem Schreibtisch erschossen hatte, als die Monarchie gestürzt worden war. Der Fall hatte in der jüdischen Gemeinde für viel Gerede gesorgt.

Greta hoffte, dass ihre Freundin zu Hause war, denn sie hatte ein Problem. Was sollte sie nur anziehen, wenn sie in die Oper ging? Greta besaß nur das eine neue Abendkleid und wollte es auf keinen Fall noch einmal tragen. Auch wenn sie nicht viel Wert auf Kleidung legte, aber Carl sollte sich mit ihr nicht schämen müssen, wenn sie so kurz nacheinander im selben grünen Kleid auftauchte. Ihren Vater wollte sie nicht nach Geld für ein weiteres Kleid fragen. Er war bereits so großzügig gewesen, und sie wollte seine Gütigkeit nicht ausnutzen. Vielleicht wusste Dörte ja Rat.

»Das gnädige Fräulein kommt sofort«, erklärte das Hausmädchen und führte Greta in den kleinen Salon der Villa. Mit offenem Mund bestaunte sie den pompösen Raum. Er war durch und durch in Dunkelblau eingerichtet. Vorhänge, Sofa, selbst der Teppich war auf diese Farbe abgestimmt. Schon die Halle war ihr opulent erschienen mit der Holzvertäfelung, die bis unter die Decke reichte. Große elektrisch betriebene Lampen erhellten die Halle. Der schwarze Marmorboden schluckte doch einiges an Licht.

Nach kurzer Zeit betrat Dörte das Zimmer und wies das Hausmädchen an, ihnen beiden Tee und Gebäck zu bringen.

»Greta! Was für eine Freude, dich zu sehen. Ich muss zugeben, dass ich mit dir gar nicht gerechnet habe, wo du dich doch in der letzten Zeit so rar gemacht hast. Du bist immer beschäftigt.« Sie umarmte die Freundin und drückte ihr einen Kuss auf die Wange.

»Bitte entschuldige, Dörte, ich bin eine schreckliche Freundin. Ich komme nur, wenn ich etwas von dir brauche.« Greta machte ein zerknirschtes Gesicht.

»Komm, wir setzen uns auf die Terrasse.« Dörte nahm ihre Hand und zog Greta durch die offen stehende Tür hinaus ins Freie.

»Was für ein riesiges Haus«, staunte Greta. »Wie fühlst du dich hier?«

Dörte zuckte die Schultern. »Es ist ganz in Ordnung. Ich werde ja nicht immer hier wohnen. Wenn ich heirate, werde ich selbstverständlich ein eigenes Haus beziehen«, erklärte sie gelassen. »Jan hat mir schon erzählt, dass wir gemeinsam in die Oper gehen.« Dörte zwinkerte ihr verschwörerisch zu.

»Jedoch hast du mir gar nicht erzählt, dass du einen Verehrer hast.« Greta musterte sie neugierig.

»Und du hast mir deine Bekanntschaft mit Carl von Löwenstein verschwiegen.« Sie grinste breit.

»Dörte, bitte sei mir nicht böse. Die letzten Tage waren sehr verwirrend. Carl von Löwenstein hatte meinen Vater und mich zum Geburtstag seiner Mutter eingeladen. Er will Geschäfte mit uns machen. Es war so viel zu tun.«

Dörte hob eine Augenbraue und strich sich über ihr rotes Haar, das sie offen trug und das nur mit einer Spange am Hinterkopf gehalten wurde.

»Greta, eines ist doch wohl klar, Geschäfte haben damit gar nichts zu tun. Die von Löwensteins sind Großhändler, sie setzen jährlich ganze Tonnen um. Das, was ihr in einem Jahr in eurem Laden verkauft, verschicken sie vermutlich in einer Stunde.«

Greta wollte protestieren, doch dann hielt sie inne. So hatte sie die ganze Sache noch gar nicht betrachtet. Die Worte ihrer Freundin leuchteten ihr ein. Natürlich! Wie hatte sie nur darauf hereinfallen können? Wo sie Dörte immer für oberflächlich gehalten hatte, durchschaute diese die Situation, während Greta sich hatte blenden lassen. Wie hatte sie das Offensichtliche nicht sehen können? Jetzt, wo Dörte es laut ausgesprochen hatte, kam Greta sich dumm und unerfahren vor. Carl hatte sie wahrhaftig aufs Glatteis geführt.

Dörte lachte leise. »Schau nicht so betrübt. Carl von Löwenstein hat sich etwas einfallen lassen, um dich wiederzusehen. Das ist doch eine wundervolle Nachricht. Er will dich kennenlernen. Wenn das nicht etwas zu bedeuten hat!«

Das Hausmädchen servierte den Tee und eine Etagere mit Buttergebäck. Sobald sie die Terrasse wieder verlassen hatte, griff Greta nach einem Gebäckstück und knabberte gedankenverloren daran. »Du hast mir gar nicht erzählt, dass du Jan Karven kennst.« Sie wollte im Augenblick nicht länger über Carl nachdenken.

Langsam rührte Dörte in ihrer Tasse. »Ich habe zuerst gar nicht gewusst, dass er bei von *Löwenstein Im- und Exporte* arbeitet. Meine Mutter hat das für mich arrangiert, und ich bin nur ihr zuliebe mit Jan ausgegangen, doch dann …« Ihre Wangen färbten sich rot.

Greta wartete in Ruhe ab, bis sie weitersprach, doch als nur ein Schulterzucken kam, schlug sie sich die Hand vor den Mund. »Du hast dich verliebt?«, flüsterte sie, damit niemand außer Dörte ihre Worte hörte.

Dörte presste die Lippen aufeinander, als hätte sie Angst, dass ein Laut ihren Mund verlassen könnte und nickte.

»Meine Güte, das ist so aufregend.«

Nun lachte Dörte auf. »Ja, das ist es.« Es war ihr anzusehen, dass sie unbedingt etwas loswerden wollte.

Greta rückte mit ihrem Stuhl näher an ihre Freundin heran. »Was ist geschehen?« Der eigentliche Grund ihres Besuchs trat erst einmal in den Hintergrund.

Dörte blickte über ihre Schultern, ob auch niemand in der Nähe war, der sie belauschen konnte. Das Personal war bekannt dafür, dass sie ihre Ohren überall hatten, um Gerüchte und Wahrheiten weiterzutragen. »Jan hat mich geküsst.«

»O mein Gott!«, jauchzte Greta, und die beiden Frauen lachten erheitert auf.

»Ist das nicht verrückt?«, fragte Dörte, und ihre Augen leuchteten, als … wäre sie wirklich verliebt, musste Greta feststellen und war ein wenig neidisch, wenn sie ehrlich zu sich selbst war.

»Wie fandest du es denn?«

»Es war anders, als ich erwartet hatte. Keine Ahnung, was ich mir vorgestellt hatte. Tanzende Engelchen oder so. Aber es war nur … kurz. Kaum hatte er meine Lippen berührt, da war der Kuss auch schon vorbei.«

»Hat es dir denn gefallen?«, hakte Greta nach.

»Ja, natürlich. Sonst würde ich bestimmt nicht noch einmal mit Jan ausgehen. Er ist so witzig und gebildet, und findest du nicht auch, dass er umwerfend aussieht?«

»Ich muss zugeben, dass ich ihn nur kurz zu Gesicht bekommen habe«, erklärte Greta diplomatisch.

»Dann wirst du ihn am Samstag ja besser kennenlernen.«

Greta stöhnte laut auf.

»Was ist los?« Dörte naschte ein Stück Gebäck.

»Ich habe kein Kleid, dass ich in der Oper tragen kann«, gab sie zu, wenn auch nur ungern. Doch Dörte war wohl die einzige Person, der sie das gegenüber zugeben würde. »Ich habe ja ein neues Kleid bekommen, das ich zum Geburtstag von Frau von Löwenstein getragen habe. Aber wenn ich das erneut anziehe, wird Carl denken, dass ich nur dieses Kleid besitze.« Das war zwar ein wenig übertrieben, zeigte aber ihre Not.

Dörte starrte sie entgeistert an. »Dass ich das mal aus deinem Mund höre, hätte ich nicht für möglich gehalten.«

Greta blickte verlegen in den Garten, dann hörte sie Dörtes klares Lachen. »Wo dir doch Kleider sonst immer so egal waren. Dieser Carl von Löwenstein muss ein ganz besonderer Mann sein. Komm mit, wir schauen, was in meinem Kleiderschrank hängt, das dir passen könnte.« Dörtes Hüften waren um einiges breiter als Gretas, und Greta war auch größer, daher hatte sie keine große Hoffnung, dass sie etwas finden würden.

Dörtes Ankleidezimmer sah aus wie das Atelier einer viel beschäftigten Schneiderin. Hier gab es nicht nur Kleider in allen möglichen Farben, sondern auch Hüte, Sonnenschirme, Schuhe, Bänder, Taschen und Handschuhe in Hülle und Fülle.

Dörte hob nur die Schultern, als sie Gretas überraschten Blick sah.

»Du hast von Stoffrationalisierung wohl gar nichts gehört?« Greta grinste breit.

»Was denn? Die wurden aus Ballenresten genäht. Die konnte man doch nicht einfach wegwerfen. Manchmal ist es von Vorteil, wenn man nicht so groß ist. Schau mal, dieses Kleid hier, das ist mir viel zu eng und auch zu lang. Es war ein Vorführmodell und sollte für mich umgearbeitet werden, aber Champagner ist gar nicht meine Farbe. Das Kleid ist neu und wurde bisher noch nie getragen.« Sie zog ein schmales langes Abendkleid hervor, das aus reiner schimmernder Seide gearbeitet war. Es hatte einen U-Boot-Ausschnitt in Wasserfalloptik, war sehr schlicht, aber äußerst elegant, allein durch den edlen Stoff.

»Das ist so schmal geschnitten, da passe ich niemals rein.« Greta begutachtete es von allen Seiten.

»Das finden wir nur heraus, wenn du es anprobierst. Komm, ich helfe dir.« Dörte löste ihr die Knöpfe am Rücken, sodass Greta das Tageskleid ausziehen konnte. Sie trug ein seidenes Unterkleid, das sie anbehielt, und zog das Abendkleid über.

»Greta! Du siehst wunderschön darin aus. Es ist wie für dich gemacht. Noch nicht einmal zu lang.« Dörte schlug die Hände vor ihren Mund. »Warte, ich habe sogar die passenden Schuhe.«

Sie kramte in einem Karton und tauchte kurze Zeit mit dem Gesuchten wieder auf. »Schau mal, wie neu. Sie haben meiner Mutter gehört, doch die Farbe gefiel ihr genauso wenig, wie sie mir gefällt. Schau mal, ob sie dir passen?«

Die Schuhe waren nur eine Nuance dunkler als das Kleid. Sie hatten eine silberne Schnalle und einen kleinen Absatz. Sie beugte sich hinunter, schlüpfte hinein und schloss den Verschluss. Der Schuh saß perfekt. Ohne, dass Greta etwas sagte, kramte Dörte auch noch die passenden Abendhandschuhe hervor, die bis zu den Ellenbogen reichten. Dörte zwang sie quasi, diese ebenfalls anzuziehen.

»O nein, Dörte. Die Frau im Spiegel dort, die bin ich einfach nicht.« Greta schüttelte den Kopf. Sie fühlte sich vollkommen fremd. Ihr Anblick machte ihr Angst, denn ihr blickte eine völlig andere Frau entgegen, die nur zufälligerweise ihr Gesicht trug.

»Doch Greta! Genau das bist du. Du hattest bisher nur noch nicht den Mut, diese Frau zu zeigen. Carl wird dir zu Füßen liegen.« Dörte legte überlegend eine Hand an ihr Gesicht. »Aber es fehlt noch etwas.« Sie überlegte einen Moment.

»Was denn noch?« Greta war das schon mehr als genug.

»Warte.« Erneut suchte Dörte in ihrem Schrank, zog eine gestrickte Stola hervor. Sie war farblich ähnlich wie die Schuhe, nur dass das Garn zart schimmerte. »Die ist handgearbeitet. Ich leihe sie dir für Samstag.« Sie legte Greta das zarte Gewebe um die Schultern. »Wenn du dir jetzt noch deine Haare schneiden lässt, dann wirst du die schönste Frau des Abends sein.«

Greta atmete tief ein. »Mein Haar? Ich weiß nicht. Ich kann es mir doch nicht einfach so kürzen lassen.«

»Greta, deine Frisur gehört der Jahrhundertwende an. Kurze Haare sind modern, und ich dachte immer, dass du eine moderne Frau bist. Glaube mir, eine Kurzhaarfrisur ist wesentlich praktischer.« Dörte fuhr sich über ihre Wasserwellen.

»Ich habe keine Ahnung, ob mir kurze Haare überhaupt stehen?« Greta war skeptisch. Das ging nun wirklich etwas zu weit. Warum sollte sie sich komplett verändern? Nur für einen Mann?

»Probiere es aus. Wenn nicht, kannst du sie ja wieder wachsen lassen. Sie sprießen schneller, als man gucken kann.« Dörte drückte ihre Hand und sah sie aufmunternd an. »Wir beide werden die schönsten Frauen in der Oper sein. Weißt du eigentlich, was gespielt wird?«

Greta schüttelte den Kopf. »Nein, keine Ahnung.«

»Ich auch nicht. Aber kommt es darauf an?« Sie lachte und riss Greta mit ihrer guten Laune mit.

»Wir werden den Männern den Kopf verdrehen.« Dörte streckte ihr die Hand zum Einschlagen entgegen. »Versprochen?«

Greta biss sich auf die Unterlippe. Was konnte schon geschehen. Es wurde Zeit, dass sie endlich einmal Spaß am Leben hatte. Sie ergriff die Hand ihrer Freundin. »Versprochen.«

Kapitel 13

Carl goss sich ein Glas Brandy ein. Er war aufgeregt. Dieser Abend schien ein ganz besonderer zu werden, und er freute sich nicht nur auf die Oper. Endlich würde er Greta wiedersehen. Wenn er tief in sich hineinhorchte, wurde ihm klar, dass er sie vermisst hatte. Er nahm einen kleinen Schluck aus seinem Glas. Schritte waren zu hören, die den Salon betraten, und er wandte sich um.

»Mein Sohn, du gehst heute aus?« Cornelius von Löwenstein ließ sich schwer in einem der üppigen braunen Ledersessel nieder und steckte sich eine Zigarre an.

»Du weißt, dass Mutter es nicht gutheißt, wenn in ihrem Salon geraucht wird?«

Cornelius paffte eine große Wolke in den Raum. »Ja, das weiß ich. Aber ich habe beschlossen, es zu ignorieren. Es ist auch mein Salon.«

Carl war sich nicht sicher, ob das eine gute Idee war, aber das war nicht sein Kriegsschauplatz. Wenn sein Vater in die Schlacht zog, musste er das allein tun. Seine Mutter fuhr immer so harte Geschütze auf, dass der Krieg schon zu Beginn verloren war. Und Carl hatte genug gekämpft für sein Vaterland, die Blessuren, die er an der Front erlitten hatte, waren heute noch zu spüren. Das reichte für ein ganzes Leben.

»Was hast du vor?«, wollte sein Vater wissen.

Carl goss ein zweites Glas ein, brachte es seinem Vater und stellte es vor ihm auf den Tisch ab.

»Danke, mein Sohn. Wo geht es denn hin?«

»In die Oper, mit Freunden.« Er setzte sich auf die Couch, streckte seine langen Beine von sich. Sein linkes Knie schmerzte, was wohl am Wetter lag, das seit zwei Tagen schlecht war. Ein verregneter Sommer kündigte sich an.

»So, so. Gehört dieses Fräulein Rosenthal auch zu deinen Freunden?«

Carl atmete tief ein. »Ja, ich habe Greta eingeladen.«

»So weit seid ihr also schon, dass ihr euch mit dem Vornamen ansprecht. Du weißt, dass das deiner Mutter nicht gefallen wird. Carl, schlag dir dieses Mädchen aus dem Kopf. Habe von mir aus deinen Spaß mit ihr, aber sie ist keine Frau, mit der du eine Zukunft haben wirst.« Cornelius von Löwenstein sprach eindringlich auf seinen Sohn ein. Er schlug nicht diesen abfälligen Ton seiner Frau an, dennoch schien es, als hätte sie ihn vorgeschickt.

»Vater, ich bin alt genug, mir meine Freunde selbst auszusuchen. Dafür brauche ich nicht deine Zustimmung oder die von Mutter.« Er blickte seinen Vater herausfordernd an. Er würde auf keinen Fall diese Sache mit seinen Eltern diskutieren.

Wie aufs Stichwort betrat Vera von Löwenstein den Salon und hatte eine junge Frau im Schlepptau.

»Wie schön, dass ich euch zusammen antreffe. Ich möchte euch Evi von Domnitz vorstellen.«

Die Männer erhoben sich. »Fräulein von Domnitz.« Cornelius reichte ihr die Hand, während Carl auf Abstand blieb und ihr nur zunickte.

»Fräulein von Domnitz wird ab sofort bei uns wohnen«, ließ Vera die Bombe platzen.

»Einfach so?«, fragte Carl nicht gerade freundlich.

»Bitte setz dich, Evi«, wies Vera sie an, und das junge Mädchen gehorchte. Schüchtern ließ sie sich auf der Couch neben Carl nieder. Hielt aber gebührend Abstand, um nicht aufdringlich zu sein.

»Evi hat ein tragischer Schicksalsschlag ereilt. Sie hat gleich beide Eltern verloren. Wir können von Glück sagen, dass dieser schreckliche Krieg für immer vorbei ist. Meine gute Freundin Elise von Heinzheim hat mich gebeten, Evi aufzunehmen, und ich konnte ihre Bitte auf keinen Fall abschlagen. Evi stammt aus Berlin, und wir wollen es ihr hier so angenehm wie möglich machen.«

»Liebes Fräulein von Domnitz, ich möchte Ihnen mein Beileid aussprechen«, sagte Cornelius in ruhigem Ton.

»Dem kann ich mich nur anschließen.« Carls Stimme hatte an Härte verloren, er nickte der jungen Frau freundlich zu. Es gab keinen Grund, sich ihr gegenüber feindselig zu verhalten. Sie war nicht hier, weil seine Mutter sie als nächste Heiratskandidatin ins Auge gefasst hatte. Das stimmte ihn schon mal milder.

»Vielen Dank, das ist sehr freundlich von Ihnen allen. Ich bitte Sie jedoch, mich Evi zu nennen. So bin ich es gewohnt.« Die junge Frau lächelte unsicher, strich ihr blondes Haar hinter ein Ohr.

»Natürlich, Evi. Wir heißen dich hier herzlich willkommen. Ich läute nach Tilda, sie wird dir erst einmal dein Zimmer zeigen, dort kannst du dich von der Reise ausruhen.«

Nachdem Evi den Raum verlassen hatte, bat Cornelius seine Frau um eine weitere Erklärung. »Du hättest das mit mir besprechen müssen, Vera. So wie es aussieht, wird das Mädchen länger unter unserem Dach verweilen. So etwas musst du mit mir abstimmen.«

»Carl, mein Lieber, bitte bring deiner Mutter ein Glas Portwein. Dein Vater will wohl mal wieder eine Grundsatzdiskussion mit mir beginnen.« Sie sah Cornelius kurz an. »Und es würde mich freuen, wenn du in meinem Salon nicht rauchen würdest.« Ihr Blick wanderte konsterniert zu den seidenen Vorhängen.

»Meine liebe Vera, dies ist auch mein Salon, und ich werde mir meine Zigarre nicht verbieten lassen.«

Carl, der aufgestanden und zur Bar gegangen war, reichte ihr ein Glas.

»Danke, mein Lieber. Wenigstens ein Mann, auf den man sich in diesem Haus verlassen kann. Wir haben dir schließlich einen Rauchersalon einrichten lassen, dort kannst du liebend gerne deine Zeit mit dem Räuchern der Wände und Vorhänge verbringen.« Sie setzte das Glas an die Lippen und nippte an dem Wein. »Evi ist die Alleinerbin eines Bankimperiums, das nun von einer Verwaltungsgenossenschaft betreut wird. Ihr Vater geriet in Kriegsgefangenschaft, und nun wurde bekannt, dass er dies nicht überlebt hat. Daraufhin hat sich ihre Mutter das Leben genommen. Es ist sehr tragisch. Das arme Kind hat keine Verwandten, daher bat meine liebe Freundin Elise mich, sie in unserem Haus aufzunehmen. Elise würde es selbst tun, aber sie leidet zu sehr unter ihren Gichtanfällen. Ich konnte das nicht ablehnen.«

»Und was hast du mit der jungen Dame vor?«, fragte Carl, der sich nicht mehr auf seinen Platz gesetzt hatte, sondern fragend im Raum stand.

»Ich werde natürlich einen passenden Ehemann für sie finden«, dabei warf sie Carl einen Blick zu, als hätte sie schon den richtigen gefunden.

Carl sah indes auf die Uhr, die er am Handgelenk trug. »Ich bin schon spät dran und werde mich empfehlen.«

»Wo willst du denn hin?« Vera schien darüber nicht erfreut.

»Er geht in die Oper. Zusammen mit Fräulein Rosenthal.« Cornelius zog an seiner Zigarre.

Danke, Vater! Carl presste die Lippen aufeinander. Das wäre jetzt nicht notwendig gewesen, jedes Detail zu erwähnen.

»Ich habe noch weitere Gäste in unsere Loge eingeladen«, fügte Carl schnell hinzu, doch das Kind war bereits in den Brunnen gefallen.

»Du weißt, dass ich das nicht dulden werde«, erklärte Vera von Löwenstein streng.

»Das, liebe Mutter, ist mir vollkommen gleichgültig. Ich treffe mich, mit wem es mir beliebt. Ich bin keine fünfzehn mehr, sondern ein erwachsener Mann.«

»Das ist dein Vater auch. Trotzdem muss ich ihm immer noch sagen, wie er sich zu benehmen hat.«

Ein Räuspern war das Einzige, was von Cornelius zu hören war.

»Ich bin aber nicht dein Ehemann, Mutter, den du rumkommandieren kannst. Nur dein Sohn, der seine eigenen Entscheidungen trifft. Gewöhne dich daran. Ich wünsche euch einen schönen Abend.« Damit machte sich Carl auf den Weg und ließ seine Eltern zurück. Er wollte jetzt nicht in der Haut seines Vaters stecken. Er sollte lieber die weiße Fahne hissen und den Rückzug antreten. Die Zigarre ließ sich auch im Raucherzimmer zu Ende rauchen.

Vera blickte ihren Mann düster an, der seine Zigarre in dem Aschenbecher ausdrückte, den Stummel wieder in den Aufbewahrungsbehälter schob.

»Du warst mir wirklich keine Hilfe, Cornelius. Willst du eine Jüdin zur Schwiegertochter?«, zischte sie und trank das Glas Portwein in einem Zug aus.

»Wenn du so weitermachst, wirst du noch zur Schnapsdrossel«, brummte Cornelius.

»Rede keinen Unsinn. Wir sollten dafür sorgen, dass diese Frau aus Carls Leben verschwindet. Sie ist doch nur auf sein Geld aus. So wie alle Juden immer nur auf Geld aus sind.«

»Du redest Unsinn. Sie können eben gut mit Geld umgehen. Das wurde ihnen schon in die Wiege gelegt. Dieses Fräulein scheint wohl ganz geschäftstüchtig zu sein. Ich habe gehört, dass sie diese Woche im Kontor war.«

»Woher weißt du das?« Vera setzte sich auf die Kante des Sofas, als würde sie jeden Augenblick aufspringen wollen.

»Harms hat es mir erzählt. Er hat sie gesehen. Sie war im Lager und hat sich bei den Gewürzen umgesehen. Carl hat sie herumgeführt.«

»Wie kann er es wagen, diese Person in unser Heiligstes zu bringen? Das ist skandalös«, zischte Vera, und ihr sonst so blasser Teint färbte sich gefährlich rot. »Du musst mit Carl sprechen. Auf mich hört er ja nicht.«

»Auf mich hört er auch nicht. Findest du nicht, dass er recht hat und alt genug ist, selbst über sein Leben zu entscheiden?«

Vera sprang erbost auf. »Solange er nicht im Sinne der Firma handelt und nur an sein eigenes Vergnügen denkt, werde ich das nicht zulassen. Er wird noch unseren guten Ruf ruinieren. Er stellt sich gegen die Familie, das hätte ich niemals von ihm erwartet.«

»Findest du nicht, dass du total überreagierst, liebe Vera?«

»Ich? Das wird ja immer schöner. Ich bin die Einzige, die diese Situation richtig einschätzt. Du bist wirklich ein Versager, du bist …«

»Es reicht jetzt!« Cornelius sprang von seinem Sessel auf, dass es nur so rumpelte. Seine Stimme war so laut, dass Vera der Mund offen stehen blieb. So hatte er noch nie mit ihr gesprochen.

Er fuhr sich mit der flachen Hand über sein Haar, das er mit Pomade aus der Stirn trug. »Du vergisst, wo du herkommst. Diese Firma gehört seit Jahrzehnten meiner Familie. Spiel dich nicht so auf, als würde dir alles allein gehören. Dies ist mein Haus, das mit meinem Geld bezahlt wurde und das mein Sohn einmal erben wird.« Er funkelte sie wütend an.

Vera schluckte hart, trat einen Schritt auf ihren Mann zu. Wenn er glaubte, dass sie vor ihm zurückweichen würde, so irrte er sich. Für eine Frau war sie zwar klein und schmächtig, aber sie war mutig und ließ sich von niemandem etwas vorschreiben. »Es mag vielleicht deine Firma sein und dein Haus. Aber du solltest nicht vergessen, was ich daraus gemacht habe. Ich habe nicht nur deinen Erben großgezogen, sondern auch die Geschicke der Firma gelenkt. Der Anteil des Erfolgs an der Firma gebührt mir zu gleichen Teilen. Warum vergisst du das immer? Euch Männern wird immer alles zu Füßen gelegt, während wir Frauen um alles kämpfen müssen. Diesen Erfolg werde ich mir aber nicht von einer jungen Frau nehmen lassen, die nur eine Goldgräberin ist und nicht mehr. So, ich werde mich jetzt um unseren Gast kümmern, wenn du erlaubst.« Damit machte sie auf dem Absatz kehrt und verließ erhobenen Hauptes den Raum. Laut donnernd warf sie die Tür ins Schloss, sodass man es im ganzen Haus hören konnte.

Kapitel 14

Voller Ungeduld wartete Greta darauf, dass ein Auto vor dem Haus hielt und sie abgeholt wurde, doch all die Geräusche, die sie hörte, waren nur Pferdefuhrwerke, Fahrräder oder Lieferwagen. Hatte Carl sie vergessen? Er wollte doch um neunzehn Uhr da sein. Sie blickte auf die schmale Armbanduhr. Es war bereits Viertel nach. War ihm etwas dazwischengekommen? Hoffentlich hatte er keinen Unfall gehabt. Es kam in letzter Zeit immer öfter vor, dass man von Karambolagen mit dem Automobil hörte … Ein Klopfen an der Tür unterbrach ihre Gedanken.

Sie warf einen letzten Blick in den Spiegel und schickte Hedwig weg, die die Tür öffnen wollte. »Ich öffne selbst, danke Hedwig, du kannst jetzt Feierabend machen.«

»Sehr wohl, Fräulein Greta.« Hedwig knickste und machte kehrt.

Es klopfte erneut, da öffnete Greta die Tür.

Carl stand davor und blickte sie an. Er atmete langsam aus. »Bitte entschuldigen Sie die Verspätung, Fräulein Greta. Es tut mir unendlich leid, dass ich Sie habe warten lassen.« Sein Blick schien sie durchbohren zu wollen, so intensiv sah er sie an.

»Ich vergebe Ihnen, lieber Carl«, sagte sie, schenkte ihm ein scheues Lächeln. Sie nahm ihre Abendtasche, die Stola und schloss die Tür hinter sich.

»Wollen wir uns nicht von Ihrem Vater verabschieden?«

»Mein Vater ist nicht zu Hause. Heute ist Schabbat, ein Ruhetag, an dem er immer mit Freunden in der Synagoge betet«, erklärte sie ihm, während sie zum Auto gingen.

»Und Sie haben keinen Ruhetag?«

Greta schüttelte den Kopf. »Nein, ich bin ja nicht jüdischen Glaubens. Ich bin christlich getauft worden. So wollte es meine Mutter, und Papa hat ihr diesen letzten Wunsch erfüllt.« Sie deutete auf das kleine goldene Kreuz, das sie an einer Kette um den Hals trug. »Und Sie?«, fragte sie neugierig nach.

»Ich bin evangelisch getauft, muss aber zugeben, dass ich nur selten die Kirche besuche. Mir ist mein Glauben im Krieg abhandengekommen.«

Es schien, als würde er nicht gern darüber spechen, daher verwarf Greta die Fragen, die ihr auf der Zunge lagen. Dies hier sollte ein angenehmer Abend werden, daher erkundigte sie sich schnell: »Was sehen wir uns denn heute an?«

»*Carmen.* Eine Oper von Georges Bizet. Es gibt vier Akte und spielt in Spanien.«

»Sie kennen das Stück also schon?« Ihre Stimme klang ein wenig enttäuscht.

»Ja, ich habe sie bereits einmal gesehen. Aber ich kann Ihnen versprechen, dass jede Aufführung eine neue Erfahrung ist.« Sie fuhren den Jungfernstieg entlang, bogen dann in die Dammhorststraße, die direkt zum Stadttheater an der großen Theaterstraße führte. Carl parkte den Wagen und war ihr beim Aussteigen behilflich. Er war ein echter Gentleman, was Greta sehr genoss.

»Habe ich Ihnen schon gesagt, wie schön Sie heute aussehen?« Er gab ihr einen Handkuss. »Ich bilde mir ein, dass ich der Grund dafür bin«, scherzte er und grinste schelmisch.

»Ich muss Sie leider enttäuschen, mein Lieber von Löwenstein. Ich habe mich für *Carmen* so herausgeputzt.«

»Dann gestatten Sie mir wenigstens, dass ich Sie führe.« Er hielt ihr den angewinkelten Arm entgegen, damit Greta sich einhakte.

Das beeindruckende Gebäude wurde im Foyer durch einen riesigen Lüster hell erleuchtet. Bis auf die Straße hinaus war das Licht durch die verglaste Front zu sehen. Menschen in edler Garderobe drängten sich dicht in der großen Halle, und Greta war Dörte so dankbar für dieses Kleid. So kam sie sich zumindest nicht wie eine Außenseiterin vor. Sie trug die gestrickte Stola über ihren Schultern und kam sich äußerst mondän vor. Hier war sie ein Teil von etwas, nicht nur eine Außenstehende, die vom Rand aus zuschaute.

»Möchten Sie Ihre Stola an der Garderobe abgeben?«, erkundigte Carl sich aufmerksam.

Sie winkte ab. »Danke, das ist nicht notwendig, ich werde sie anbehalten. Oh, schauen Sie, dort drüber sind Herr Karven und Dörte.« Greta winkte ihnen aufgeregt zu, während die beiden auf sie zusteuerten.

»Wie schön dich zu sehen, Greta.« Dörte küsste sie wie üblich auf beide Wangen. »Du kennst Jan bereits?«

»Oh natürlich. Guten Abend, Herr Karven.«

»Ach was, das ist doch Jan, nicht wahr?« Dörte blickte fragend zu ihrem Begleiter auf. Klimperte charmant mit den Wimpern.

»Aber natürlich, wenn Fräulein Rosenthal damit einverstanden ist.« Karven zwinkerte ihr zu.

»Nur, wenn Sie mich Greta nennen. Ich bestehe darauf«, erklärte Greta und wandte sich an Carl. »Sie kennen meine Freundin Dörte ja bereits.«

Carl lächelte. »Ja, wir hatten schon das Vergnügen.«

»Natürlich hatten wir das. Ich bin Dörte.« Sie reichte ihm die Hand.

»Carl von Löwenstein, gerne Carl für Sie.« Er ergriff ihre Rechte, dann deutete er in Richtung der großen Treppe. »Wir sollten in Richtung der Logen gehen, dort ist es wesentlich ruhiger und nicht so voll wie hier im Foyer.«

Von der Loge aus hatte man eine freie Sicht auf die Bühne. Greta hatte versucht, sich vorzustellen, wie das Theater wohl von innen aussehen würde, doch das hier übertraf ihre kühnsten Erwartungen. Im Parkett standen unzählige Klappstuhlreihen, die mit rotem Samt bezogen waren. Zu beiden Seiten gab es Balkone, die jeweils versetzt gebaut waren. Die Logen waren ebenfalls mit Stühlen bestückt, diese waren aber weitaus edler als die im Parkett. Zusätzlich waren kleine Tische aufgestellt, auf denen man Getränke abstellen konnte.

»Bitte eine Flasche Champagner und Gläser für vier«, bestellte Carl bei einem Kellner, der sich sofort auf den Weg machte und wenig später mit einem Tablett zurückkehrte. Er öffnete die Flasche mit geübten Griffen und goss die vier Gläser ein, danach verabschiedete er sich mit einer Verbeugung, nachdem Carl ihm diskret ein Trinkgeld zugesteckt hatte.

»Trinken wir auf einen unterhaltsamen Abend«, meinte Jan und war behilflich, die Gläser zu verteilen.

»Auf einen wunderbaren Abend«, erklärte Dörte, und alle stießen miteinander an.

Greta nippte zuerst nur kurz an ihrem Glas. Das prickelnde Getränk kitzelte ihr in der Nase. Es war heute bereits das zweite Mal, dass sie Champagner trank. Jetzt schmeckte es gar nicht mehr so ungewöhnlich.

»Wollen die Damen ganz vorne sitzen?«, fragte Carl.

»Ach nein, ich setze mich lieber zu Jan. Er muss mir erklären, was sich auf der Bühne abspielt, ich spreche kein Spanisch.« Dörte ließ sich auf einen Stuhl in der zweiten Reihe nieder.

»Französisch, meine Liebe. Die Oper wird auf Französisch gesungen«, klärte Jan sie auf und setzte sich zu ihr.

»Eine Oper, die in Spanien spielt, wird auf Französisch gesungen? Wo gibt es denn so etwas?« Dörte schüttelte den Kopf.

»Das liegt daran, das der Komponist Georges Bizet und Henric Meilhac, der das Libretto geschrieben hat, beides Franzosen waren«, fügte Carl erklärend hinzu.

»Dann sollte jemand die Oper auf Deutsch schreiben, damit man auch etwas versteht«, brummte sie und trank einen Schluck.

»Bitte, nehmen Sie doch Platz.« Carl deutete Greta an, sich in die erste Reihe zu setzen. Als das Licht zu flackern begann, hielt sie erschrocken inne. »Keine Angst, das ist nur das Zeichen, dass die Gäste ihre Plätze einzunehmen haben.«

Die Mitglieder des Orchesters begannen ihre Instrumente zu stimmen und Greta nahm endlich Platz, während Carl sich neben sie setzte.

Es dauerte nicht lange, da erlosch das Licht vollkommen und die Besucher verstummten. Das Stimmengewirr wurde weniger, bis es ganz still war. Dann betrat der Dirigent den

Orchestergraben, und Applaus brandete auf. Auch Greta applaudierte, doch sie störten die Handschuhe, also zog sie diese kurzerhand aus und legte sie zur Seite. Die Musiker hatten sich erhoben, und der Dirigent begrüßte einen von ihnen mit Handschlag.

»Warum begrüßt er nur ihn?«, fragte Greta an Carl gewandt leise, der schmunzelte.

»Es ist die erste Geige. Er wird stellvertretend für alle Musiker begrüßt. Wenn der Dirigent jedem die Hand schütteln würde, kämen wir ja nie wieder nach Hause.« Er flüsterte ihr das leise ins Ohr und streifte mit seinen Lippen die Haut an ihrem Ohrläppchen. Greta durchflutete ein kleiner elektrischer Schlag bei dieser sanften Berührung.

Sie wandte den Kopf. Ihre Lippen waren sich nun ganz nah. »Wie dumm von mir«, murmelte sie, ohne seinem Blick auszuweichen. Carl hatte seinen Arm auf ihre Stuhllehne gelegt, und es hätte nur einer kleinen Bewegung bedurft, um in seinen Armen zu liegen. Sie konnte sich nicht überwinden, trotzdem genoss sie seine Nähe. Als die Ouvertüre einsetzte, erschrak sie leicht. Der Bann war gebrochen und sie richtete ihre Aufmerksamkeit wieder auf die Bühne.

Ein Mann in einem Kostüm, das an einen spanischen Torero erinnerte, betrat die Bühne, gefolgt von einem zweiten Mann, der einen Karren schob, an dem Hörner befestigt waren, die im Lichtschein golden aufglänzten. Der Stier – mutmaßte Greta. Die Musik wechselte und wurde ernster, bedrohlicher. Für die nächsten zweieinhalb Stunden war Greta von dem Stück wie gefesselt. Die Stimmen der Sänger nahmen sie vollkommen gefangen. Da sie hervorragende Plätze hatten, konnte Greta die Mimik der Sänger sogar ohne Fernglas erkennen. Noch nie hatte Greta Menschen erlebt, die solch voluminöse Stimmen besaßen - es war schlichtweg atemberaubend! Als die Solistin zu einer Arie ansetzte, stockte ihr der Atem. Sie blickte zu Carl, der sie anlächelte, gleichzeitig nach ihrer Hand griff und diese leicht drückte. »Habanera«, flüsterte er. »So heißt das Lied.«

Greta nickte ihm zu und konnte sich nur mit Mühe von seinen hinreißenden Augen abwenden. Nachdem Carmen es auf der Bühne geschafft hatte, ihre Fesseln loszuwerden, endete der erste Akt. Wieder gab es Applaus, und Greta klatschte begeistert mit.

»Gefällt es Ihnen?«, erkundigte sich Carl, und Greta nickte begeistert.

»Oh, es ist so wunderbar.« Erneut setzte die Musik ein, und sie hielt sich ihren Finger an die Lippen, bedeutete ihm, leise zu sein.

Nach dem zweiten Akt gab es eine kleine Pause. Das Licht ging an, und Greta drehte sich zu Dörte um, die mit Jan in eine Diskussion vertieft war.

»Was ist los?«, fragte Carl, der sofort begriff, dass etwas nicht stimmte.

»Dörte geht es nicht gut, aber sie will nicht gehen«, erklärte Jan besorgt.

»Ich weiß ja nicht, ob es an der Oper liegt, die in Spanien spielt, aber auf Französisch gesungen wird, doch ich habe quälende Kopfschmerzen«, versuchte sie zu scherzen. Sie war sehr blass.

»Du solltest vernünftig sein und wirklich nach Hause gehen«, meinte Greta besorgt und nahm die Hand ihrer

Freundin. »Das ist wieder einer deiner Migräneanfälle. Das sehe ich dir doch an.«

»Aber ich habe mich so auf diesen Abend gefreut«, widersprach Dörte.

»Wir werden ihn nachholen, das verspreche ich Ihnen. Willst du meinen Wagen nehmen?«, bot Carl Jan an, doch der winkte ab. »Wir nehmen eine Mietdroschke, aber vielen Dank.«

Dörte erhob sich und schwankte leicht. Es war das Beste, wenn sie nach Hause gebracht wurde.

»Ich komme dich morgen besuchen«, versprach Greta und winkte ihrer Freundin nach.

»Lieber an einem anderen Tag.« Dörte blickte sie entschuldigend an.

»Gut, ich melde mich, Dörte, versprochen.«

Dörte warf noch einen letzten Blick in die Loge, dann brachte Jan sie zum Ausgang, nachdem er sich von Greta und Carl verabschiedet hatte.

»Sie sah nicht sehr gut aus. Ich hoffe, dass Ihre Freundin nicht ernstlich krank wird.« Carl hatte ihre Gläser erneut mit Champagner gefüllt.

Greta trank einen Schluck. »Dörte leidet an Migräneanfällen. Ich denke, es wird ihr bald wieder besser gehen. Ich werde sie nächste Woche besuchen.«

»Dann bin ich beruhigt. Und, was sagen Sie zu Ihrem ersten Opernbesuch?«, wechselte er das Thema.

»Ich finde es wunderbar. Sie hatten recht. Es tut sich eine ganz neue Welt auf. Ich finde es berauschend und überhaupt nicht langweilig.« Sie sprach so schnell, dass es ihr selbst auffiel und sie zu lachen begann. »Tut mir leid. Ich muss mich anhören wie ein Kind, dem man ein langersehntes Geschenk überreicht hat.« Verlegen blickte sie zu ihm auf.

Carl schüttelte den Kopf. »Dabei bin ich es doch, der hier beschenkt wird, Greta.« Er griff nach ihrer rechten Hand und drückte ihr verstohlen einen Kuss auf die Finger.

Am Ende spendete Greta eine stehende Ovation, so wie die anderen Besucher auch. »Bravo!«, rief sie, und ihre Wangen glühten vor Aufregung. Carl konnte seinen Blick nicht von ihr abwenden. Wie erfrischend sie war und wie sehr es ihm Freude bereitete, sie so zu sehen. Diese Lebendigkeit hatte er bisher noch bei keiner der Damen erlebt, mit denen er ausgegangen war.

Der Applaus hielt minutenlang an, und immer wieder wurde der Vorhang nach oben gezogen, damit sich die Sänger erneut verbeugen konnten.

»Ist es nicht eine Gabe, solch eine Stimme zu haben?«, fragte Greta, als Carl sie am Arm aus dem Gebäude führte. Es war bereits nach dreiundzwanzig Uhr, die Straßen fast leer, bis auf die Besucher der Oper, die sich langsam in alle Richtungen zerstreuten. Sei es zu Fuß, mit der Kutsche oder dem Automobil.

»Ja, das ist es. Ich habe nicht einen Ton gerade singen können«, erzählte Carl. »Musik war nicht mein Lieblingsfach.«

»So? Welches war es denn?«

»Ich war immer sehr sportlich. Und Naturwissenschaften haben mich interessiert. Sportliche Aktivitäten kann ich jedoch leider nicht mehr ausüben.« Mehr wollte er nicht dazu sagen, aber er sah in Gretas Blick, dass sie sich damit nicht zufriedengeben würde. Als sie im Auto saßen und losfuhren, sagte er leise: »Ich wurde im Krieg verwundet. Sie haben sicherlich bemerkt, dass ich mein linkes Bein manchmal ein wenig nachziehe. Ein Granatsplitter. Man wollte mir das Bein abnehmen, weil sich Wundbrand gebildet hatte, doch meine Mutter war dagegen und hat sich darum gekümmert, dass ich gesund gepflegt wurde. Ich habe es überstanden und das Bein behalten. Es behindert mich nur, wenn ich zu lange stehe oder laufe.«

Gerta nickte nur, sagte aber nichts.

»Darf ich Sie etwas fragen?« Carl blickte sie an, nachdem er vor dem Haus hielt, in dem Greta und ihr Vater wohnten. Sie schien es noch gar nicht bemerkt zu haben, dass sie ihr Ziel bereits erreicht hatten.

»Ja, natürlich.«

»Stört Sie meine Verwundung?« Er fragte es freiheraus, weil er es wissen musste. Greta bedeutete ihm viel, doch wenn sie Anstoß an seiner Verletzung fand, wären alle Hoffnungen dahin.

»So denken Sie von mir? Dass eine kleine Behinderung mich stören könnte?«

»Das Bein ist nicht besonders hübsch anzusehen.«

»Das sind meine Füße auch nicht«, gab sie zu und lachte verlegen. »Sie sind viel zu groß für eine Frau.«

»Das kann ich mir nicht vorstellen, liebe Greta. Alles an Ihnen ist wundervoll. Sie haben keine Ahnung, wie sehr ich diesen Abend genossen habe. Ich hoffe, wir werden das bald wiederholen. Vielleicht haben Sie Lust auf ein Abendessen oder einen Kinobesuch. Ich werde mit Ihrem Vater sprechen, wenn es Ihnen recht ist.«

Greta sah ihn an und wandte sich ihm auf dem Sitz zu. »Es wäre mir sogar sehr recht. Und sie können unbesorgt sein. Ich falle bei dem Anblick eines nachgezogenen Beins nicht gleich in Ohnmacht. Für mich zählen viel mehr die inneren Werte, Äußerlichkeiten sind mir nicht wichtig. Wobei ich bei Ihnen weder bei dem einen noch bei dem anderen einen Makel erkennen kann.« Dann legte sie ihm ihre Hände auf seine Wangen, beugte sich vor und küsste ihn.

Im ersten Augenblick war Carl so überrascht, dass er ganz stillhielt. Er genoss ihre kühlen Lippen auf seinen. Im nächsten Moment schloss er seine Arme um ihre Schultern und zog sie an sich. Nun übernahm er die Führung, bewegte seine Lippen auf ihrem Mund und küsste sie intensiv.

Sobald er spürte, dass Greta den Kopf abwenden wollte, ließ er von ihr ab und sah ihr tief in die Augen. »Sie haben mich überrumpelt«, sagte er sanft und strich mit einem Zeigefinger an ihrem Kinn entlang.

»Ich weiß auch nicht, was da über mich gekommen ist. So forsch bin ich sonst nicht.«

»Vielleicht hat Carmen Sie beeinflusst.«

Greta lachte. »Das will ich nicht hoffen, sonst werde ich am Ende noch erstochen.«

Carl wurde ernst. »Ich könnte Ihnen niemals etwas antun, liebe Greta. Dennoch habe ich etwas von Don José in mir. Ich bin eifersüchtig auf jeden Mann, der Zeit mit Ihnen verbringen darf. Ich wünschte, ich wäre der einzige Mann in Ihrem Leben.«

Greta blickte ihm tief in die Augen. »Carl, Sie sind der einzige Mann in meinem Leben. Sie allein sind in meinen Gedanken, bevor ich einschlafe und wenn ich am Morgen aufwache«, gab sie preis.

Da beugte er sich ein weiteres Mal zu ihr und küsste Greta einmal mehr. Diesmal forderte seine Zunge Einlass in ihren Mund, und Greta gab nach. Ihre Zungen kämpften um die Vorherrschaft, doch niemand gewann dieses Duell. Erst als Greta keuchend ihren Kopf abwandte, ließ er sie los.

»Ich sollte jetzt gehen. Wir wollen doch nicht, dass uns jemand sieht.«

Carl stieg aus, und Greta wartete, bis er ihr die Tür öffnete und aus dem Wagen half. »Dieses Kleid steht Ihnen ausgesprochen gut, liebe Greta«, raunte er ihr zu, als sie dicht nebeneinander am Bordstein standen. »Es beflügelt meine Fantasie. Ich werde heute Nacht von Ihnen träumen.« Er nahm ihren Arm und geleitete sie zur Haustür, verabschiedete sich mit einem Handkuss. Doch er hielt ihre Hand fest und zog sie wieder in seine Arme. Sie fiel gegen seine Brust, hielt sich an seinem Revers fest, während er ihr erneut einen kurzen Kuss gab. »Irgendwann wirst du meine Frau werden, das weiß ich so genau, wie jeden Morgen die Sonne aufgeht.«

Greta schnappte nach Luft, doch da folgte erneut ein Kuss, wenn auch nur ein ganz kleiner.

»Gute Nacht, Greta, ich melde mich«, murmelte er an ihren Lippen, dann war er auch schon auf dem Weg zu seinem Automobil.

Sie winkte ihm so lange hinterher, bis er mit dem Wagen um die Ecke bog. Er würde mit seiner Mutter sprechen müssen, darüber war er sich im Klaren. Es würde keine andere Frau für ihn geben. Niemand würde Greta das Wasser reichen können. Er würde um ihre Hand anhalten, und wenn sie einwilligte, ihn zu heiraten, würde seine Mutter endlich aufhören, ihm jede junge Dame unter die Nase zu halten, die Hamburg zu bieten hatte, nur damit er endlich den Bund der Ehe schloss und einen Erben zeugte. Es war ihm egal, dass seine Mutter Greta nicht für die richtige Frau hielt. Er war sich sicher, dass sie es war. So sicher wie noch nie in seinem Leben.

TEIL II

Liebe und Freundlichkeit sind die besten Gewürze zu allen Speisen.

Kapitel 15

Mehr als eine Woche war seit dem Opernbesuch vergangen, und Greta hatte nichts von Carl gehört. Sie hatte Levi in allen Einzelheiten von der Aufführung erzählt, so begeistert dabei geklungen. Doch je weiter der Besuch zurücklag, desto mehr schwanden ihre Erinnerungen daran. Gegen Ende der zweiten Woche fragte sie sich, ob er sich überhaupt noch melden würde. Sie verstand es einfach nicht. Trotzdem verbot es ihr Stolz, mit ihm Kontakt aufzunehmen. Waren seine Beteuerungen also doch nur so in den Wind geschrieben? Aus einer Laune heraus dahingesagt?

Levi schien ihre Verfassung aufzufallen. Er sah sie besorgt an, sagte aber nichts, was sie ihm hoch anrechnete. Gute Ratschläge waren jetzt kaum hilfreich.

Am Freitagmorgen bat er Hans, den Laden zu übernehmen, weil Greta und er etwas vorhatten. Sie sollte sich ausgehfertig machen, und eine halbe Stunde später fuhren sie mit dem Lieferwagen die Straße An der Alster entlang, bogen links in die Adolph-Straße überquerten dann die Brücke Langerzug. Als sie in den unteren Teil der Bellevue einbogen, die gegenüber dem Fährhaus lag, sah Greta ihren Vater besorgt an.

»Was wollen wir hier?« In dieser Gegend standen nur Villen, in denen die wohlhabende Gesellschaft Hamburgs residierte. Wollten sie einem Kunden etwa Ware ausliefern? In diesem Aufzug?

Ohne auf ihre Frage zu antworten, parkte Levi den Wagen und stieg aus. Verschmitzt lächelnd öffnete er ihr die Wagentür. »Wenn ich bitten darf.« Sein Grinsen wurde breiter, und sein Schnäuzer wackelte dabei, sodass Greta lachen musste.

Sie stieg aus und sah sich suchend um. Als ihr Vater auf ein Haus zuging, folgte sie ihm neugierig. »Ist das ein neuer Kunde?« Sie gingen die Treppenstufen hinauf, denn das Souterrain lag höher, als es bei den anderen Häusern üblich war.

Ihr Vater zog einen Schlüssel aus der Tasche, öffnete die Haustür und bat Greta einzutreten.

»Ich kann doch nicht einfach ein fremdes Haus betreten.« Sie zögerte.

»Wer sagt denn, dass dies ein fremdes Haus ist, Mädchen? Nun komm schon rein und schau dir dein neues Zuhause an.« Levi Rosenthal betrat das Gebäude und schaltete das Licht an. Elektrische Birnen flammten in den Lampen auf. Staunend betrat Greta die Eingangshalle. Der Boden war mit schwarzweißen Fliesen im Mosaikstil ausgelegt. Eine große Holztreppe, die wie ein Schneckenhaus geformt war, führte in die oberen Etagen, von denen es zwei weitere gab.

»Das Souterrain hat einen separaten Eingang. Ich dachte mir, dass dir die Räume vielleicht gefallen würden. Es wird Zeit, dass du eine eigene Wohnung beziehst und nicht mehr mit deinem alten Vater zusammenlebst. Wir können das Erdgeschoss gemeinsam nutzen und ich die erste Etage. Das Personal wird unter dem Dach wohnen können. Die Zimmer sind doppelt so groß wie die jetzigen.«

»Papa! Willst du behaupten, dass du dieses Haus für uns gemietet hast?« Gretas Augen wurden ganz groß, während sie durch die Räume des Erdgeschosses wanderte. Auch hier waren die Zimmer sehr großzügig geschnitten. Hell und luftig, mit großen Fenstern. Teilweise waren Möbel vorhanden, wie ein Sideboard mit passendem Wohnzimmerschrank, ein Sofa und zwei Sessel, eine Esstischgruppe mit antiken Stühlen im Esszimmer, die Eingangshalle hielt ein Hochboard mit einer Bank und dazu passender Garderobe bereit. Alles war nicht neu, dafür sehr hochwertig aus edlen Hölzern gezimmert. Selbst wenn Greta sich nicht genau auskannte, sah sie sofort, dass dies alles ein Vermögen wert sein musste.

»Gemietet? Nein, natürlich nicht.« Rosenthal schüttelte den Kopf. »Ich habe das Haus gekauft mit Grund und Boden sowie der verbliebenen Ausstattung.«

Levi stand noch immer in der Halle, während Greta im vorderen Salon verschwunden war, jetzt tauchte ihr Kopf wieder auf. Sie blickte um die Ecke. »Nein, du erlaubst dir einen Scherz mit mir. Du hast dieses Anwesen nicht gekauft.« Sie lachte auf, was ein bisschen hysterisch klang.

Levi folgte ihr in das Speisezimmer, dessen Blick in den groß angelegten Garten hinausging. »Doch, mein Kind, das habe ich getan.«

Greta zog einen Stuhl unter dem Tisch hervor, sie musste sich setzen. »Aber wie? Woher hast du so viel Geld? Das kannst du unmöglich gespart haben.« Sie wusste, welche Summe auf dem Geschäftskonto lag. Das würde niemals ausreichen. Die Privatkonten hatte ihr Vater zwar persönlich unter Verschluss, aber diese Villa musste ein Vermögen gekostet haben. Sie blickte ihren Vater an. Tränen füllten ihre Augen.

Levi nahm neben ihr auf einem der anderen Stühle Platz. »Greta, bitte höre mir zu. Ich hatte mit Bankier Wartburg ein sehr angenehmes Gespräch auf der Geburtstagsfeier von Frau von Löwenstein. Er hat mich darauf hingewiesen, dass es gerade jetzt günstig sei, in Aktien zu investieren. Ich war in all den Jahren sehr genügsam und habe ein wenig Eigenkapital ansparen können. Er hat mir für sehr gute Konditionen einen zusätzlichen Kredit genehmigt. Als Sicherheit habe ich unser Haus in der Paulstraße hinterlegt, und ich habe etwas verkauft, was uns zusätzlich eine Menge Geld eingebracht hat. Sobald wir aus der Paulstraße ausgezogen sind, können wir die Räume über dem Laden vermieten. Die Stadt wächst so rasant, dass immer mehr Unterkünfte benötigt werden, vor allem für die Arbeiter der Speicherstadt und des Hafens. Wir werden das Haus umbauen und können vier Wohneinheiten daraus machen. Zusammen mit den Einkünften aus dem Laden werden wir die Tilgung für die Villa hier ohne Probleme aufbringen können. Glaube mir, mein Mädchen, Direktor Wartburg und ich haben das genau durchgerechnet.«

Ein lautes Seufzen entfuhr Greta. Sie kannte die Rechenkünste ihres Vaters. »Aber wir haben doch noch nie Schulden gemacht. Mir gefällt das nicht. Wir brauchen keine Villa. Wir sind doch glücklich, dort wo wir jetzt sind. Warum tust du das? Was ist, wenn uns die Schulden über den Kopf wachsen? Du sagst selbst immer, dass die Lage nach Kriegsende so ungewiss ist.«

Levi ergriff ihre Hand. »Genauso ist es auch, meine Einstellung dazu hat sich auch nicht geändert. Dennoch ist es besser, man legt erstens sein Geld in Werte an, statt es zu horten. Was nützt uns eine Menge Papier, wenn es immer weniger wert ist? Und zweitens möchte ich, dass du glücklich wirst, Greta.«

»Und du glaubst, wenn wir in einer Villa wohnen, werde ich das?«, rief sie entrüstet.

»Nein, ich glaube, wir erhöhen deine Chancen, dass du den Mann heiraten kannst, der dir gefällt, wenn wir endlich einmal zeigen, wer wir sind und was wir können. Dazu gehört nun mal auch, in der richtigen Gegend zu wohnen, die richtigen Nachbarn zu haben, sich in der richtigen Gesellschaft zu bewegen. Wir werden dieser Frau von Löwenstein zeigen, dass es keinen Grund gibt, auf uns herabzublicken. Wir sind ihnen ebenbürtig.« Seine Stimme hatte einen harten Ton angenommen, den Greta von ihrem Vater gar nicht kannte.

»Und wenn wir die Tilgung nicht mehr bezahlen können?«

»Dann haben wir weitere Möglichkeiten, darüber solltest du dir keine Sorgen machen. Ich kann immer noch die Aktien verkaufen. Sie dienen ebenfalls als Sicherheit. Du kannst mir glauben, Direktor Wartburg hätte sich darauf nicht eingelassen, wenn er nicht daran glaubt, dass er sein Geld zurückbekommt.«

»Und was hast du verkauft, das uns eine Menge Geld eingebracht hat?«, hakte sie erneut nach. Greta wollte alles ganz genau wissen. Sie hatte kein gutes Gefühl bei dieser Sache, auch wenn das Haus wirklich ein Juwel war.

»Ich habe den Opel verkauft. Er war ohnehin zu auffällig für mich. Ich habe ihn für ein kleineres Modell eingetauscht, und so war auch noch Geld für die Anzahlung der Villa übrig. Du weißt, dass dieses Automobil ein besonderes war, und jemand hat mir einen sehr guten Preis dafür bezahlt.«

»Wer? Wer hat den Wagen gekauft?«

Levi konnte ihrem Blick nicht standhalten. Er sah hinaus in den Garten. »Schau mal, wie schön es dort ist. Im Sommer können wir auf der Terrasse sitzen und Tee trinken.«

»Wer, Papa?« Ihr eindringlicher Ton zeigte, dass sie nicht gewillt war, ihren Vater von der Leine zu lassen.

»Direktor Wartburg hat den Wagen übernommen. Er hat mir wirklich einen sehr guten Preis bezahlt. Dieses weiße Ungetüm passt viel besser zu einem Bankdirektor als zu Levi Rosenthal, Gemischtwarenhändler.«

Greta seufzte schwer. Sie wusste, wie viel der Wagen ihrem Vater bedeutete, wie sehr er sich darüber gefreut hatte. Nun hatte er ihn einfach so verkauft. Es kam ihr vor, als würde er seine Träume für ihr Glück aufgeben, und das stimmte sie traurig.

»Wenn du willst, werden wir noch diese Woche umziehen können. Aber jetzt schauen wir uns erst einmal den Garten an.« Er nahm die Hand seiner Tochter und öffnete eine der drei großen Terrassentüren, die in den Garten hinausführten.

Die Grünfläche war weitläufig, mit einem alten Baumbestand. Die Terrasse war gepflastert und von einer gestutzten Hecke umgeben. An der Nordseite des Hauses war der helle Sandstein mit Efeu bewachsen. Neben der Veranda gab es ein Rosenbeet, wo die ersten Triebe Blüten trugen. Greta ging hinüber und roch an einem der zartrosa blühenden Kelche. Er duftete allerdings nicht so schön, wie er aussah. Dafür gab der Jasminstrauch daneben ein bezauberndes Aroma ab. Am Ende des Gartens standen Apfelbäume, die im Herbst eine reichliche Ernte versprachen. Aus der Ferne erkannte sie auch einen Pflaumenbaum. Aus den Früchten würde sie leckeren Pflaumenkuchen backen können.

»Und? Was sagst du? Gefällt es dir hier?« Levi stand an der Terrassentür und drehte die Krempe seines Huts in der Hand. Man sah ihm an, dass er nervös auf das Urteil seiner Tochter wartete. Sie war sich sicher, dass er das alles abblasen würde, wenn es ihr hier nicht gefiel. Doch das konnte sie ihm einfach nicht antun. Er hatte so viel auf sich genommen, hatte sich von seinem geliebten Automobil getrennt, eine Hypothek aufgenommen. Wie konnte sie das jetzt alles ruinieren? Das brachte sie einfach nicht übers Herz. Sie sah ihren Vater liebevoll an. »Ja, Papa, natürlich gefällt es mir hier! Wie könnte es mir nicht gefallen? Es ist wunderschön, das alles hier. Nicht nur der Garten, auch das Haus und das Interieur. Aber du weißt, dass es nicht notwendig gewesen wäre.« Sie warf sich in seine Arme und umarmte ihn.

»Ja, mein Kind, das weiß ich. Aber ich habe es gern getan. Ich will doch nur dein Bestes und dass du glücklich wirst.«

»Ich bin glücklich, Papa. Sehr sogar.« Greta blickte lächelnd zu ihm auf und sah in seinen Augen, dass auch er zufrieden war.

»Weißt du, was das Besondere an diesem Haus ist?«

Greta schüttelte den Kopf und sah ihn erwartungsvoll an.

»Wir haben sogar einen eigenen Telefonanschluss. Hamburg 3211.«

Der Umzug in die Villa Bellevue, wie Greta sie nannte, ging schnell vonstatten. Hans hatte ein paar Freunde angeheuert, um die Möbel aus der Wohnung in das neue Haus zu transportieren. Hedwig hatte ihr geholfen, ihre Sachen zusammenzupacken, und konnte es ebenfalls nicht fassen, dass sie in Zukunft in einer Villa leben würde.

Levi stellte noch weiteres Personal ein. Neben einem zweiten Hausmädchen gab es nun eine Köchin, die Lore ersetzte. Sie war erneut schwanger geworden und hatte eine Cousine empfohlen, die, weil sie ledig war, dann auch mit im Haus wohnen konnte und so die ganze Woche über in der Küche das Regiment führen würde. Daraus ergab sich, dass Greta entlastet war und sich so mehr um die Buchführung kümmern und ihren privaten Belangen nachgehen konnte. Auch hätte sie so mehr Zeit, um sich mit ihrer Freundin Dörte zu treffen.

Als Greta zum ersten Mal per Telefon bei Dörte anrief, fiel diese fast aus allen Wolken. Sie hatten sich fast zwei Monate nicht mehr gesehen. Greta hatte einfach keine Zeit gefunden, und auch Dörte schien beschäftigt gewesen zu sein, denn sie hatte nicht, wie so oft, im Laden vorbeigeschaut. Nun kam sie natürlich sofort vorbei, als sie hörte, dass ihre Freundin in die Bellevue gezogen war.

»Warum hast du dich nicht eher gemeldet?«, fragte sie gespielt böse, als Greta sie in den Salon führte. Greta hatte sich dazu entschlossen, nicht in das Souterrain zu ziehen. Dort hatten sie neben der Küche auch ein Arbeitszimmer einrichten können, wo sie die Buchhaltung und den Schreibkram erledigte. Sie selbst hatte eines der Zimmer auf der Westseite bezogen, während ihr Vater im Ostflügel der Villa wohnte.

»Es gab so unglaublich viel zu tun. Du hast keine Vorstellung. Ich habe ein Büro hier im Haus eingerichtet, damit ich die Buchhaltung nicht mehr im Laden machen muss. So haben wir dort einen zusätzlichen Raum, um das Geschäft zu vergrößern. Ich habe jetzt sogar ein Automobil, das ich benutzen darf.«

Die beiden jungen Frauen ließen sich im Salon auf der Couch nieder. »Du darfst einfach so Auto fahren?« Dörte konnte es nicht glauben.

»Natürlich nicht einfach so. Ich habe einen Führerschein gemacht. Fahren hatte mir ja schon Hans beigebracht. Die Prüfung war so einfach. Ich musste hin- und herfahren und die Frage beantworten, was ich bei Dunkelheit zu tun gedenke. Na, die Karbidlampen anzünden! Und schon hatte ich eine Fahrerlaubnis.« Greta grinste bis über beide Ohren.

»Dass du dich das traust!« Dörte schüttelte den Kopf.

»Wie du immer sagst. Ich bin eben eine moderne Frau.«

»Aber, dass du deinen Vater dazu bekommen hast. Er war doch immer dagegen, dass du mit dem Auto fährst.«

»Ja, aber Hans hat nicht immer Zeit, mich überall hinzukutschieren. Also habe ich so lange gebohrt, bis er nachgegeben hat. Du kannst dir nicht vorstellen, was das für eine Freiheit ist, selbst überall hinfahren zu können.«

Dann erzählte Greta, wie ihr Vater sie mit dem Haus überrascht hatte. Sie verschwieg allerdings, dass das Haus nicht bar bezahlt worden war und warum Levi es überhaupt gekauft hatte. Dörte fragte auch nicht danach. In ihren Kreisen sprach man nicht über Geld, sondern man hatte es.

»Hast du Carl eigentlich seit der Oper wiedergesehen?«, wollte Dörte wissen.

Greta bestellte bei Rachel, dem neuen Hausmädchen, Tee, und als dieser serviert worden war, war auch sie bereit, über Carl zu sprechen.

»Nein, Carl hat sich seitdem nicht wieder gemeldet. Ich habe zwei Wochen lang auf eine Nachricht gewartet, doch nichts mehr von ihm gehört. Mittlerweile habe ich das Warten aufgegeben. Nach zwei Monaten wird er sich wohl kaum noch melden. Ich denke, seine Mutter hat ihn dazu bewegen können, sich einer anderen Frau zuzuwenden.«

»Was? Nein, das denke ich nicht. So wie Carl dich angesehen hat. Er ist in dich verliebt, da bin ich mir sicher.« Dörte trank einen Schluck Tee, dann erhob sie sich und schlenderte durch den Raum.

Greta wagte nicht, zu fragen, ob sie Jan wiedergesehen hatte. Vermutlich war es so. Das Wissen darum würde ihre Stimmung nur noch weiter in den Keller treiben.

»Vielleicht sollten wir mal wieder zu viert ausgehen. Ich werde mit Jan darüber sprechen.«

Also doch.

»Nein, bitte tue das nicht. Ich möchte das nicht.«

Dörte nahm neben ihr auf dem Sofa Platz, und als sie Gretas Gesicht sah, legte sie den Arm um ihre Schultern. »Ach, Gretchen, nimm es dir nicht so zu Herzen. Es tut mir leid, dass ich krank geworden bin, als wir in der Oper waren.«

»Aber du trägst doch keine Schuld daran, dass Carl sich plötzlich nicht mehr meldet. Es muss einen anderen Grund geben, und ich weiß, wer dahintersteckt. Ich hätte mir gewünscht, er wäre ehrlicher mir gegenüber gewesen.« Sie dachte an die Küsse, die sie gewechselt hatten. Sie war nicht mutig genug, Dörte davon zu erzählen. Es hatte ja keinen Sinn, wenn Carl sie ohnehin abgeschrieben hatte, das würde sie nur in einem falschen Licht darstellen.

»Ich bin da drüber hinweg. Glaube mir. Du weißt, dass ich gar nicht heiraten wollte und einen Mann wie Carl schon gar nicht. Seine Mutter wird schon die geeignete Frau finden, die ihr gefällt. Ich kann nichts mit einem Mann anfangen, der unter dem Pantoffel seiner Mutter steht. Ich meine, er ist über dreißig und sie bestimmt sein Leben. Nein, wirklich. Ich bin nur ein wenig traurig, weil es so schön war, dass wir zu viert hatten etwas unternehmen können. Aber das zeigt mal wieder, wie sehr man sich in einem Mann irren kann.« Sie sprach und sprach ohne Unterlass. Erst als sie japsend nach Luft schnappte, wurde ihr dies bewusst. Dörte starrte sie irritiert an, dann brachen beide Frauen in lautes Gelächter aus.

»Ich weiß, ich rede Unfug«, gab Greta zu. »Aber ich bin enttäuscht und fühle mich gedemütigt. Er wollte mit mir ins Kino, und dann meldet er sich einfach nicht mehr. Also muss doch etwas dahinterstecken.«

Laut seufzte Dörte. »Wer versteht schon diese Kerle? Vielleicht hatte Carl sich ja mehr erhofft?«

»Mehr als einen Kuss?«, raunte Greta ihr zu.

»Was? Du hast ihm einen Kuss gegeben?«

»Einen? Es waren sogar mehrere. Ich habe mich dumm benommen. Vermutlich war er darauf aus, und ihm haben die Küsse nicht gefallen.«

»Haben sie dir denn gefallen?«, hakte Dörte neugierig nach.

Was sollte Greta darauf antworten? Die Wahrheit selbstverständlich. Das hier war Dörte, ihre beste Freundin. »Ja, es war schön. Carl ist ein Mann, für den ich wirklich etwas empfinde. Es ist schade, dass er sich wohl gegen mich entschieden hat. Aber so ist das Leben. Man bekommt nicht immer, was man will. Auch wenn man es sich so sehr wünscht.«

Dörte nahm sie in die Arme. »Sag das nicht. Ich müsste mich doch sehr täuschen, wenn es nicht eine ganz simple

Erklärung für sein Schweigen gäbe. Aber, dass Carl dich nicht will, das kann ich einfach nicht glauben.«

Nachdenklich nickte Greta. Wenn sie Dörtes Optimismus doch nur teilen könnte.

Kapitel 16

Hamburg, Juni 1919

Am darauffolgenden Samstag fuhr Greta mit dem Automobil in die Paulstraße. Wegen des Sabbats war Levi in die Synagoge gegangen, daher sollte sie die Aufträge ausliefern, um die Rechnungen schreiben zu können.

»Moin, Fräulein Greta. Ich habe ihnen schon alles zusammengepackt.« Hans reichte ihr einen Umschlag und steckte seine Daumen in die Gürtelschlaufe. »Es war ganz schön was los. Ich habe sogar die Gewürze verkauft. Wir brauchen Nachschub von dem roten Pfeffer. Können Sie das erledigen?« Hans hatte sich in den letzten Wochen immer mehr um den Verkauf gekümmert und machte dabei eine gute Figur. Er war ein gewiefter Händler und in der Gegend bekannt wie ein bunter Hund, was einige weitere Kunden eingebracht hatte, und was sich nun bei den täglichen Einnahmen bemerkbar machte. Besonders weibliches Küchenpersonal, das sich gerne auf einen Flirt mit ihm einließ.

»Ja, ich werde mich darum kümmern.«

Sie steckte den Umschlag ein. Ihr war nicht wohl bei dem Gedanken, die Ware bei *Löwenstein Im- und Exporte* nachzubestellen. Vielleicht würde das ihr Vater für sie übernehmen können.

»Dass Sie allein mit dem Auto durch die Straßen brausen.« Er grinste und kratzte sich den Nacken.

»Das Automobil fährt prima, und so schwer ist es ja auch nicht. Du warst ein guter Lehrer.«

Sie blickten gemeinsam zu dem kleinen schwarzen Opel, den Levi für sie besorgt hatte. Er war gebraucht, tat aber noch gute Dienste.

»Bestellen Sie Hedwig liebe Grüße und sie soll morgen unsere Verabredung nicht vergessen«, erklärte er, und seine Wangen wurden rot.

»Du bist mit Hedwig verabredet?«, fragte Greta überrascht und lächelte.

»Jau! Wir wollen ins Kino.«

»Na, dann mal viel Spaß. Ich werde die Grüße ausrichten. Wir sehen uns am Montag.« Greta hatte es eilig. Dörte hatte ihr als Geschenk einen Restballen Stoff mitgebracht, aus dem sie sich ein neues Kleid schneidern lassen wollte. Es war ein dünner Baumwollstoff, mit kleinen Ornamenten, passend für ein Sommerkleid. Die Temperaturen waren in dieser Woche schon auf über zwanzig Grad gestiegen, und es würde demnächst noch wärmer werden.

Sie bekam nicht direkt vor dem Laden von Caroline Frank einen Parkplatz, parkte daher einige Meter vom Eingang entfernt. Der Platz direkt vor der Tür war durch einen anderen Wagen blockiert. Noch bevor sie darüber nachdenken konnte, dass ihr das Auto bekannt vorkam, erblickte sie Carl von Löwenstein auf dem Bürgersteig.

Er war nicht allein.

Bei ihm untergehakt war eine junge Frau. Gemeinsam lachten sie über etwas, dass Carl gerade gesagt hatte.

Aus einem Impuls heraus, rutschte Greta in ihrem Sitz tiefer, damit man sie nicht sah. Es war ihr peinlich, Carl zu begegnen. Sie atmete hektisch aus. Die junge Frau war vielleicht in ihrem Alter, sah sehr elegant aus. Dann erwachte ihr Kampfgeist. Warum versteckte sie sich? Das hatte sie doch überhaupt nicht nötig. Entschlossen öffnete sie die Fahrertür, um auszusteigen. Ein anderes Automobil raste an ihr vorbei, scherte aus und hupte laut, weil sie nicht darauf geachtet und einfach die Tür aufgestoßen hatte.

»Dösbaddel«, murmelte Greta und warf wütend die Tür zu. Sie ging um den Wagen herum, nahm den Stoff vom Beifahrersitz.

»Greta?«

Die Stimme hinter ihr ließ ihr Herz schneller schlagen. Sie richtete sich auf und stieß sich den Kopf am Wagendach.

»Gott! Vorsicht!« Carl griff nach ihrem Arm, ließ sie dann aber sofort los, als Greta einen Schritt zurücktrat und ihn böse anblickte.

»Hallo Greta! Schön, dich zu sehen«, sagte Carl freundlich und lächelte dieses unwiderstehliche Lächeln. Er hatte sich nicht verändert in diesen mittlerweile zwei Monaten, die sie sich nicht mehr gesehen hatten.

»Ja«, sagte sie nur. Das war zwar unhoflich, doch sie war zu wütend, um ihm ein Kompliment zu machen. Dafür sah sie zu seiner Begleitung hinüber.

»Oh, entschuldige, ihr kennt euch noch gar nicht. Darf ich dir Fräulein Evi von Domnitz vorstellen? Sie wohnt jetzt bei uns.«

»So, tut sie das?«, sagte Greta ohne jegliche Regung, dann lächelte sie die junge Frau an. »Guten Tag, Fräulein von Domnitz.« Sie war ein wenig jünger als Greta, stellte sie bei genauer Betrachtung fest, und sie war sehr hübsch. Vermutlich wusste sie nicht einmal, dass sie nur von Carl benutzt wurde. Aber wenn sie schon bei den von Löwensteins wohnte? Vielleicht waren die beiden ja bereits verlobt! Die junge Frau sah reizend aus. Sie hatte eine tadellose Haut, das hellblonde Haar glänzte wie frischer Weizen in der Sonne. Kleine Sommersprossen verteilten sich auf der Nase, und ihre Augen glänzten wie dunkle Opale. Kein Wunder, dass Carl sich nicht mehr gemeldet hatte.

Carl starrte sie die ganze Zeit an, als könnte er es nicht fassen, sie hier zu treffen.

Evi von Domnitz räusperte sich. »Willst du mir die nette Dame nicht vorstellen, Carl?«

»Oh, wie ungehobelt von mir. Bitte entschuldige, Evi. Das ist Greta Rosenthal. Sie ist ... eine Kundin.«

Ein kleiner Laut kam Greta über die Lippen, kaum hörbar, doch Carl schien ihn zu registrieren.

»Ich muss leider gehen und wünsche Ihnen und Fräulein von Domnitz noch einen schönen Tag.« Greta wollte dieses Gespräch so schnell wie möglich beenden. Tiefe Enttäuschung machte sich in ihr breit. Ja, sie war enttäuscht, aber nun wusste sie, woran sie war. Sie würde sich nicht weiter den Kopf zerbrechen müssen, aus welchen Gründen Carl sich nicht bei ihr meldete, oder ob ihm etwas zugestoßen war. Sie wusste, dass dem nicht so war, sondern dass sie einfach nur ausgetauscht worden war. Ja, es tat weh. Aber sie würde darüber hinwegkommen. Irgendwie. Jetzt musste sie nur erst einmal hier weg. Bevor sie noch die Fassung verlor.

»Seit wann fährst du allein mit dem Automobil?«, fragte Carl schnell, bevor sie sich abwenden konnte.

Greta streckte den Rücken durch, hob ihr Kinn an. »Seitdem ich den Führerschein gemacht habe. Vater hat ein Haus an der Bellevue gekauft, und jetzt fahre ich jeden Morgen zur Arbeit.« Es wäre gelogen gewesen, wenn sie behauptet hätte, diese Neuigkeiten nicht mit ein wenig Genugtuung berichten zu können. Wenn sie die Beweggründe ihres Vaters auch nicht hatte nachvollziehen können, in diesem Moment tat sie es und war ihm dafür sehr dankbar.

»Wir sollten bald mal wieder ausgehen, Greta«, sagte Carl, und sein Blick schien sich in ihren zu bohren.

»Das tut mir leid, dafür habe ich keinen Sinn. Und Sie haben sicherlich auch Besseres zu tun, als Ihre kostbare Zeit mit einer *Kundin* zu vertrödeln. Ich schicke Ihnen meine nächste Bestellung per Post zu. Ihnen beiden einen schönen Tag. Grüßen Sie mir Ihre Mutter. Schalom.« Dann nickte sie, betrat den Laden von Frau Frank. Auch wenn ihr das Herz schwer war, so beglückwünschte sie sich für ihre forschen Worte.

Seine Mutter hatte ihn zum Fünf-Uhr-Tee gebeten. Mit Verwunderung stellte er fest, dass nur Vera und er selbst daran teilnahmen. Nachdem er in den letzten Wochen keinen Schritt ohne Evi von Domnitz machen konnte, war er darüber überrascht.

»Mutter!« Er beugte sich hinunter und küsste ihre Wange, bevor er sich auf der Terrasse ihr gegenübersetzte.

»Ist es nicht ein herrlicher Tag?«, fragte sie und blickte in den Himmel. »Keine Wolke zu sehen. Ich dachte schon, der Regen hört gar nicht mehr auf.«

Seit Carl seine Zeit mit Evi verbrachte, hatte sie auffallend gute Laune.

»Wie war es im Kontor? Ist dein Vater noch dort? «

»Ja, er geht die Gehälter mit Jan durch.«

»Gut, dann haben wir Zeit, um in Ruhe über Evi und dich zu sprechen.«

»Evi? Wo ist sie?«

»Der Fahrer hat sie zum Friseur gebracht. Findest du nicht, dass es an der Zeit ist, deine Verlobung mit Evi bekannt zu geben?«, fragte Vera wie nebenbei und gab betont gelassen etwas Milch in ihren Tee.

»Wie bitte?« Carl schien sich verhört zu haben.

»Du hast mich sehr wohl verstanden. Ich finde, dass du und Evi eine Menge Zeit miteinander verbracht habt. Ich bin um den guten Ruf der jungen Frau besorgt, immerhin trage ich die Verantwortung für sie, bis sie volljährig ist.«

Carl schlug die Beine übereinander und winkte ab, als seine Mutter ihm eine Tasse Tee anbot. »Ja, du hast recht. Es ist wirklich an der Zeit, dass ich mich verlobe. Ich sollte heiraten und eine Familie gründen.«

Vera strahlte über das ganze Gesicht. »Ihr werdet natürlich hier wohnen. Die Villa ist groß genug und schon immer im Besitz der Familie.«

»Glaubst du wirklich, dass ich mit einer Frau wie Evi glücklich werde?«

Fragend blickte seine Mutter ihn an. »Aber warum denn nicht. Sie hat ein Vermögen geerbt und wird es ausbezahlt bekommen, sobald sie volljährig wird. Sie ist eine der besten Partien im Land. Eine Vereinigung unserer Namen ist unumgänglich.«

Carl schüttelte missbilligend den Kopf. »Du hörst dich an, als würdest du über einen Geschäftsabschluss sprechen.«

»Ist eine Ehe das nicht?« Sie trank einen Schluck von ihrem Tee, lehnte sich zufrieden in ihrem Stuhl zurück. »Glaubst du, ich habe deinen Vater aus Liebe geheiratet?«

Die Härte ihrer Worte ernüchterten ihn. Wie konnte sie nur so herzlos sein? Er schüttelte den Kopf. »Nein, vermutlich nicht, denn sonst würdest du nicht so reden. Ich bin scheinbar auch nur das Resultat eines Zufalls. Was mich allerdings mehr verwundert, ist der Gedanke, dass du mich für einen Mann hältst, der Gefallen an so einem naiven Mädchen finden könnte, wie Evi eines ist.« Seine Worte klangen eisig.

»Was willst du damit sagen? Evi ist freundlich und charmant. Natürlich ist sie noch ein wenig jung, aber ich denke, sie wird sich als Ehefrau profilieren.«

Carl stand auf, weil er diese Unterhaltung nicht länger aushielt. »Ich werde keine Frau heiraten, die ich weder liebe, noch ernsthaft als Ehefrau in Betracht ziehe. Evi ist nett, aber ich empfinde nichts für sie. Die Zeiten ändern sich, Mutter, das solltest du langsam zur Kenntnis nehmen, auch wenn es dir nicht recht ist. Aber die Welt interessiert sich nun mal nicht für deine Meinung.«

»Wie kannst du es wagen, so mit mir zu sprechen?« Auch Vera von Löwenstein erhob sich von ihrem Stuhl und funkelte ihren Sohn wütend an. »Ich weiß überhaupt nicht, was in der letzten Zeit mit dir los ist. Aber du solltest dir gut überlegen, wen du als deine Verlobte ins Auge fasst. Ein Testament ist schnell geändert.«

Carl lachte hart auf. »Du willst mir drohen, mich zu enterben?« Das war unglaublich. »Was glaubst du denn, wer die

Firma übernehmen und weiterführen soll? Du hast keinen weiteren Erben. Vater hält sich schon jetzt aus allem heraus. Die einzige Option, die dir bleibt, bin ich. Finde dich damit ab. Ich lasse mich nicht erpressen. Einen schönen Nachmittag, Mutter.« Carl ging an ihr vorbei.

»Ich werde mich nicht mit einer Jüdin als Schwiegertochter abfinden«, hörte Carl sie knurren. Abrupt blieb er stehen, drehte sich um und kam zurück.

»Um das ein für alle Mal klarzustellen. Greta ist keine Jüdin. Sie ist christlich getauft. Jedoch ist mir das so was von egal. Und wenn sie Buddhistin oder orthodoxen Glaubens wäre. Für mich zählt der Mensch, und Greta ist jemand, den ich sehr achte. Sie ist die klügste, freundlichste und schönste Frau, die mir je untergekommen ist. Ich würde mich glücklich schätzen, wenn sie mich erwählen würde. Doch dank deiner Interventionen werde ich einen schweren Stand haben. Aber ich werde nicht aufgeben. Niemals. Merke dir das.«

»Du bist viel zu naiv und gutmütig«, sagte sie leise.

Carl hielt es für besser, nicht darauf zu antworten. Im Moment war er viel zu aufgebracht und hatte Angst, dass noch ein Unglück geschehen würde, wenn er die Terrasse nicht auf der Stelle verließ.

Kapitel 17

»Gnädiges Fräulein, oben wartet ein Herr für Sie.« Rachel, das neue Hausmädchen knickste beflissen und rang mit den Händen. Sie war neu und die Tochter eines Freundes von Levi aus der jüdischen Gemeinde. Sie hatte sechs Schwestern, und die Familie war froh, dass eine der Töchter eine Anstellung gefunden hatte. Sie war ein liebes Mädchen, sehr schüchtern, weil sie gerade mal sechzehn Jahre alt war.

»Hat dieser Herr auch einen Namen, Rachel?«, fragte Greta mit einem Lächeln auf den Lippen.

»Er sagte, sein Name sei von Löwenstein.«

Greta gefror das Blut in den Adern. Von Löwenstein? Es konnte sehr gut sein, dass es gar nicht Carl war, sondern sein Vater. Aber was sollte er hier wollen?

»Ich komme sofort. Bitte führe ihn in den großen Salon.«

Rachel machte sich auf den Weg, und Greta bereute es, dass es im Arbeitszimmer, in dem sie die Buchhaltung erledigte, keinen Spiegel gab, um noch schnell einen prüfenden Blick hineinwerfen zu können. Nicht, dass sie Tinte am Kinn hatte. Sie strich ihr Kleid glatt und fuhr sich über das Haar, das heute lose über ihre Schultern hing. Sie war nervös. Dabei gab es keinen Grund dafür.

Es war eine Woche her, dass sie Carl begegnet war, doch als sie ihn im Salon stehen sah, schien ihr Herz davonzugaloppieren. Sie hatte sich fast jede Nacht in den Schlaf geweint, und langsam wurde es besser, sie begann ihn zu vergessen. Doch nun riss die Wunde erneut auf, als hätte man das Pflaster zu früh abgerissen.

»Guten Tag, Herr von Löwenstein«, sagte sie steif.

Carl drehte sich zu ihr um und sah sie bewundernd an. »Greta. Ich danke dir, dass du mich empfängst.« Er kam auf sie zu, überreichte ihr einen Strauß roter Nelken.

»Die sind für mich? Vielen Dank ... Rachel bringst du mir bitte eine Vase mit frischem Wasser«, rief sie, und kurze Zeit später betrat das Dienstmädchen den Raum, platzierte die Vase, die mit frischem Wasser gefüllt war, auf dem Tisch.

»Vielen Dank. Bitte schließe hinter dir die Tür«, wies Greta sie an und stellte die Blumen in die Vase.

Carl wollte ihre Hand ergreifen, doch sie entzog sich ihm. »Ich habe leider nur wenig Zeit, wie kann ich Ihnen helfen?«

Irritiert sah er sie an. »Ich bin ein wenig verwundert, dass du so distanziert reagierst.«

Greta stieß ein falsches Lachen aus. »Du bist verwundert. Was glaubst du, wie verwundert ich war, dich mit einer anderen Frau zu sehen.«

Verdammt! Sie hatte nicht so emotional reagieren wollen. Jetzt musste er ja denken, dass sie eifersüchtig war.

»Greta, so ist es doch gar nicht.« Er trat näher, sprach leise.

Schnell hob sie die Hände, um ihn auf Abstand zu halten. »Du bist mir keine Erklärung schuldig, Carl. Zwischen uns ist nichts geschehen, was darauf schließen lässt, dass ich mir irgendwelche Hoffnungen hätte machen dürfen.« Jetzt duzte sie ihn auch noch, dabei wollte sie distanziert wirken. Er brachte sie so durcheinander.

»Ich weiß, ich hätte mich viel eher melden müssen. Ich habe noch nicht einmal mitbekommen, dass du umgezogen bist.« Er sah sich um. »Das ist ein wirklich schönes Haus.«

Greta bot ihm keinen Platz an. Ihr wäre es lieber, er würde wieder gehen. »Ja, mein Vater hofft, dass ich den *richtigen* Mann finde, wenn wir in der *richtigen* Straße wohnen.«

»Ich bin eigentlich hier, um bei deinem Vater vorzusprechen.«

»Tut mir leid, dass du dich umsonst herbemüht hast. Mein Vater ist auf einer Geschäftsreise und wird erst am Abend zurückerwartet. Wie immer ist deine zeitliche Abstimmung, was meinen Vater betrifft, nicht von Erfolg gekrönt.«

»Dann bist du ganz allein im Haus?«

»Ich bin nicht allein. Wir haben Personal«, erwiderte Greta etwas hochmütig. Sie hasst es, sich so zu geben, aber Carl hatte sie sehr verletzt. Und sie wollte ihn das auf diese Weise spüren lassen.

»Dann würde ich dich für morgen Abend gerne zum Essen einladen.« Er sah sie bittend an.

»Tut mir leid, ich habe eine Menge zu tun.«

»Aber essen musst du. Was sagst du, wenn wir ein Treffen mit Dörte und Jan planen. Das sind wir Dörte schuldig, nachdem sie die Oper vorzeitig verlassen musste.«

Mit ihrer Freundin traf Carl einen wunden Punkt. Sie hatte eigentlich sofort eine weitere Absage auf den Lippen gehabt, doch nun hielt Greta inne. Wie würde Dörte reagieren, wenn sie hörte, dass Greta ein Treffen mit ihr abgelehnt hatte?

»Zu viert?«, hakte sie nach, um Zeit zu gewinnen.

»Ja.« Carl trat auf sie zu. »Ein nettes Abendessen. Nur wir vier.«

Greta atmete tief aus, lief einige Schritte im Salon auf und ab. »Wer ist Evi von Domnitz?«, fragte sie plötzlich und drehte sich zu Carl um, ging auf ihn zu. »Und ich möchte keine Lügen oder Ausreden hören.«

Sie stand nah vor ihm, Carl blickte auf sie hinunter. »Sie ist nicht das, was du denkst. Evi von Domnitz ist ein neunzehnjähriges Mädchen, das beide Elternteile verloren hat. Meine Mutter hat es sich zur Aufgabe gemacht, ihr ein neues Zuhause zu geben. Eine Freundin hat sie darum gebeten. Natürlich tut meine Mutter dies nicht aus reiner Menschenliebe. Sie hofft, dass ich Evi einen Antrag mache, aber das ist nicht möglich.«

»So? Warum nicht?«

»Weil sie lieb und nett ist, aber sehr naiv. Außerdem ist mein Herz bereits vergeben, da ist für keine andere Platz.« Er berührte ihr Kinn.

»Und wem gehört dein Herz?« Greta flüsterte, weil sie plötzlich ihrer Stimme nicht traute.

»Jemandem, der weder lieb noch nett ist«, sagte Carl und grinste breit.

Sie ging ihm nicht in die Falle, indem sie behauptete, sie wäre sehr wohl nett und lieb. So selbstgerecht war sie nicht. Stattdessen antwortete sie: »Dann solltest du dir noch einmal überlegen, ob sie wirklich die Richtige ist.«

»Ich bin mir dessen sehr sicher.« Mutig geworden, beugte er sich über sie und gab ihr einen kleinen Kuss. »So sicher wie noch nie in meinem Leben. Bitte verzeih mir, Greta. Ich habe mich unmöglich benommen. Es tut mir sehr leid. Meine Mutter hat mich so in Beschlag genommen, und ich habe ihre wahren Beweggründe nicht sofort erkannt. Wirst du mir noch mal eine Chance geben?«

Zögerlich legte Greta den Kopf schräg. »Nun, ich würde lügen, wenn ich behaupten würde, es täte mir nicht gut, dich so leiden zu sehen ... Also gut, ich werde dir vergeben. Dieses eine Mal. Verpasse deine Chance nicht.« Sie lächelte sanft.

»Ich hole dich morgen um zwanzig Uhr ab.« Carl beugte sich vor und küsste ihre Wange. Dann machte er auf dem Absatz kehrt und ließ sie vollkommen verwirrt zurück.

Der Tisch im Hotel Vier Jahreszeiten war festlich gedeckt. Das Haus war bekannt dafür, dass es nicht nur exklusive Zimmer anbot, sondern auch über eine erlesene Küche verfügte. Allerdings wurde das Hotel gerade renoviert, sodass nur ein Teil des Hauses genutzt wurde. Greta wusste nicht, ob Carl sie beeindrucken wollte. Sie genoss das gute Essen und die Gesellschaft ihrer Freunde. Dörte war heute bestens gelaunt und scherzte mit Jan um die Wette. Die beiden berührten sich bei jeder Gelegenheit, und Greta war sich sicher, dass ihre Freundin sehr verliebt war. Aber auch Jan konnte kaum die Blicke von der jungen Frau abwenden, die heute Abend sehr entzückend aussah. Sie trug ein mintfarbenes Mantelkleid, das gut zu ihrem hellroten Haar passte, mit einem ausladenden Hut, der schräg auf ihrem Kopf saß und an dem eine riesige Feder angebracht war, die bei jeder Bewegung hin und herwippte.

Die Männer trugen Frack. Greta hatte sich für das neue Sommerkleid in Hellblau entschieden. Es hatte einen ausgestellten Rock mit einer kleinen Schleppe und ließ ihre grünen Augen azurblau erscheinen. Die Ärmel waren halblang und sie hatte ein passendes Tuch um ihr hochgestecktes Haar geschlungen, anstatt eines Hutes. Sie kam sich sehr modern damit vor und zog vor allem die Blicke anderer Frauen auf sich.

»Wollen wir später in der Bar ein wenig tanzen gehen?«, fragte Dörte in die Runde. »Ich bin so pappsatt, dass ich mich unbedingt bewegen muss.«

Carl sah Greta fragend an. Sie war noch nie in einer Bar tanzen. Dafür hatte der Krieg keine Gelegenheiten geboten. Sie hob die Schultern, wollte diese Entscheidung Carl überlassen.

»Wir sind dabei«, antwortete Carl für sie beide.

»Herr von Löwenstein! Was für eine Freude, Sie zu sehen.« Ein Mann war an den Tisch getreten und nickte allen freundlich zu. Als er Greta erblickte, stutzte er kurz.

Carl erhob sich. »Graf von Eltz! Sie sind mal wieder in der Stadt?« Er schüttelte dem Mann die Hand.

»Ja, mein letzter Abend, dann geht es zurück nach Berlin. Bei meinem nächsten Besuch müssen wir uns unbedingt mal wieder treffen. Grüßen Sie mir Ihre Eltern.« Er verabschiedete sich und ging zurück zu seinem Tisch.

Greta kam der Mann unheimlich vor. Er hatte stechende Augen, die sie ganz ungeniert gemustert hatten, dabei waren sie sich nicht bekannt.

Nachdem Carl die Rechnung übernommen hatte, wanderten sie hinüber in den Barbereich, wo man einen Tisch für sie reserviert hatte. Eine Kapelle spielte auf, und Paare tanzten zu den Klängen von Silver Fox.

Jan bestellte etwas zu trinken, während Carl Greta fragte, ob sie auch gerne tanzen würde. Im ersten Moment wollte sie ablehnen, doch dann dachte sie, warum eigentlich nicht, und nickte begeistert.

Carl führte sie zur Tanzfläche, und Greta war Dörte unheimlich dankbar, dass sie mit ihr das Tanzen geübt hatte, als sie noch zur Schule gingen. Carl war ein guter Tänzer, führte sie sicher über das Parkett. Nicht zu schnell, was vermutlich seinem lädierten Bein geschuldet war.

»Ich freue mich, dass du dein Versprechen gehalten hast. Ich hatte schon Angst, du würdest mich versetzen.«

Sie lächelte. »Wie könnte ich, wo du doch so freundlich angefragt hast.«

Carl nickte. »Ja, das habe ich. Außerdem habe ich auch mit deinem Vater gesprochen.«

Greta geriet vor Schreck ins Stolpern, doch Carl war achtsam und fing sie auf. »Wann hast du ihn getroffen?«

»Als ich dich heute Abend abholte, da ergab sich kurz die Möglichkeit.«

»Und was hast du ihm gesagt?« Sie zog die Nase kraus. Mittlerweile hatte die Musik gewechselt, und sie bewegten sich langsamer zu einem Liebeslied.

»Ich habe ihn darum gebeten, dir den Hof machen zu dürfen, damit ich um deine Hand anhalten kann.«

Gretas Herz schlug ihr bis zum Hals. Alles, was sie in der einen Sekunde noch wahrgenommen hatte, geriet in den Hintergrund. Die Musik der Kapelle, das Licht, das von der Decke sternenförmig strahlte, die opulenten Vorhänge an den Fenstern. Auch die fleißigen Kellner, die zwischen den Tischen hin- und herliefen, um Getränke zu servieren. Alles war mit einem Mal vergessen, sodass Greta nur noch Carls liebevollen Blick wahrnahm.

»Ist das wahr?«, fragte sie leise.

»Ja, das ist es. Ich werde dich nicht wieder enttäuschen. Das verspreche ich dir.«

»Hey, träumt ihr beiden auf der Tanzfläche?«, rief Jan ihnen zu und lachte.

Erst jetzt fiel ihnen auf, dass mittlerweile ein Charleston gespielt wurde.

»Möchtest du dich setzen?« Carl bot ihr den Arm an. »Ich glaube, das ist zu schnell für mein Bein.«

»Ja, natürlich. Charleston mag ich auch nicht tanzen. Schau dir nur die ganzen albernen Leute an.«

Er führte sie zum Tisch und bevor sie sich setzten, entschuldigte sich Greta kurz. Sie brauchte einen Moment für sich und suchte die Damentoilette auf.

Der Raum war leer, und sie ließ kühles Wasser über ihre Handgelenke laufen. Als die Tür aufflog und zwei Frauen hereinstolperten, die furchtbar betrunken waren, schloss sie den Wasserhahn und wischte sich die Hände ab. Schnell verließ sie den Raum und stieß an der Tür mit jemandem zusammen.

»Oh, bitte entschuldigen Sie.« Sie wollte weiter, wurde jedoch aufgehalten, weil jemand ihre Hand festhielt.

»Warten Sie! Nicht so schnell, junges Fräulein. Ich kenne Sie doch.«

Greta sah genauer hin und erkannte Graf von Eltz wieder. Der Mann, den Carl vorhin begrüßt hatte.

»Bitte, lassen Sie mich los«, forderte Greta ein, doch der Mann dachte gar nicht daran. Er zog sie näher, und sie roch den Alkohol in seinem Atem. Er schwankte. Erneut versuchte Greta, sich aus seinem Griff zu befreien, doch er war deutlich stärker als sie.

»Du bist doch die Kleine vom Löwenstein. Wenn er mit dir fertig ist und ich wieder in der Stadt bin, dann kommst du zu mir. Ich habe immer Verwendung für so hübsche Mädchen.«

»Lassen Sie mich los! Wofür halten Sie mich?« Greta zerrte an ihrem Handgelenk, und endlich kam sie frei.

»Wofür ich Sie halte, ist unwichtig. Was Sie sind, ist wesentlich wichtiger. Sie sind doch auch nur eine von vielen, die Löwenstein benutzt, um sich sein Vergnügen zu holen und das Bett warm zu halten.« Er lachte höhnisch. »Sind Sie auch eine dieser jüdischen Freudenmädchen, mit denen er gerne seine Mutter ärgert?«

Der Schlag, den Greta ihm versetzte, hallte laut im Gang wider. Ohne darüber nachzudenken, hatte sie ihm eine Ohrfeige verpasst. Sie war erschrocken über ihre eigene Reaktion. Greta hatte noch nie die Hand gegen einen anderen Menschen erhoben.

Der Graf fuhr sich über die Wange, wo sich der Abdruck ihrer Finger deutlich abzeichnete. Er war nicht sehr groß, hatte das blonde Haar mit Pomade aus dem Gesicht gekämmt, die Seiten sehr kurz geschoren. Er kniff die Augen zusammen. »Du bist ganz schön kräftig für eine so zierliche Person. Man sollte eine wie dich nicht unterschätzen«, murmelte er, dann verschwand er hinter der Tür der Herrentoilette.

»Was ist denn los?«, fragte Dörte, als Greta zurück an den Tisch kam. »Du bist ja ganz blass.«

»Nichts, es ist alles in Ordnung«, erklärte sie knapp.

»Vielleicht sollten wir es für heute gut sein lassen. Ich bringe Greta nach Hause«, verkündete Carl, und es war ihr ganz recht.

Auf dem Nachhauseweg war Greta still. Zu still. Aber sie wusste einfach nicht, was sie sagen sollte. Sie konnte nicht darüber sprechen, was geschehen war. Es war zu beschämend, zu demütigend.

Als Carl schließlich den Wagen vor der Villa der Rosenthals zum Stehen brachte, sah er sie eindringlich an. »Was ist wirklich geschehen, Greta?«

Er zog ihr Gesicht zu sich heran, als er ihr Kinn zwischen Daumen und Zeigefinger nahm.

»Nichts. Könntest du mich bitte in den Arm nehmen. Nur in den Arm«, flüsterte sie.

Ohne weiter nachzufragen, kam er ihrer Bitte nach und zog sie an seine Brust, schlang beide Arme um sie. So saßen sie eine ganze Weile da, bis sich Gretas Herzschlag wieder beruhigt hatte.

Sie blickte zu ihm auf. »Danke, Carl.« Es waren nur zwei Worte, aber sie bedeuteten ihr so viel. Er sollte wissen, wie dankbar sie ihm war, dass er keine weiteren Fragen stellte, nicht weiter in sie drang, um zu erfahren, was mit ihr geschehen war.

Mit dem Daumen fuhr er den Amorbogen ihrer Lippen nach. »Ich glaube, ich habe mich in dich verliebt, Greta. Ich muss es dir sagen, ich komme nicht dagegen an.«

Sie hielt den Atem an. »Ist das dein Ernst?«, wisperte sie, ihre Stimme schien zu versagen.

»Ja, das ist es.« Er beugte sich hinunter, wollte sie küssen, doch Greta hielt ihn auf.

»Ich liebe dich auch, Carl. Die ganze Zeit schon, und ich war furchtbar eifersüchtig.«

Er grinste. »Und ich dachte schon, ich wäre dir egal.«

»Wie kannst du nur so etwas denken. Bitte beantworte mir eine Frage. Hat der Glaube meines Vaters etwas damit zu tun, dass du mich wählst?«

Er runzelte die Stirn. »Ich verstehe deine Frage nicht ganz. Du meinst, weil er Jude ist?«

Greta biss sich auf die Unterlippe. »Möchtest du deine Mutter damit ärgern, dass du dir eine Frau aussuchst, die jüdische Wurzeln hat?« Nun war die Frage heraus. Es war ungeheuerlich, aber sie musste die Wahrheit wissen.

»Mein Gott, Greta«, flüsterte er und schüttelte den Kopf. »Wie kommst du nur auf solche Ideen?«

»Und triffst du dich mit anderen Frauen, die dir das Bett warm halten?«

»Nein! Natürlich nicht. Um Himmels willen, wer behauptet denn so etwas? Ich kann mir nicht vorstellen, dass du ganz allein auf solche Ideen kommst.«

Greta schloss die Augen, dennoch konnte sie nicht verhindern, dass Tränen ihr die Wangen hinunterrannen. »Dieser Kerl hat es behauptet. Er hat mir an den Toiletten aufgelauert.«

»Welcher Kerl denn? Warum hast du nicht viel eher etwas gesagt?«

»Dieser von Eltz. Den du am Tisch begrüßt hattest.«

Carl nickte. Er umfasste das Lenkrad, bis seine Knöchel weiß hervortraten. »Er stammt aus einer einflussreichen Familie, ist in der Politik tätig. Von Eltz ist ein Mistkerl. Du darfst nichts darauf geben, was er sagt. Er gehört den Nationalsozialisten an. Vergiss den Kerl einfach. Weine nicht, mein Liebling. Du kannst mir vertrauen. Ich liebe nur dich. Du bist die einzige Frau, die ich will.« Dann küsste er sie, bis ihre Tränen versiegten.

Einige Tage später war der Frühstückstisch draußen auf der Terrasse gedeckt. Ein großer Sonnenschirm sollte vor der Sonne schützen, jedoch schien dieser Sommer eher ins Wasser zu fallen. Die Temperaturen waren nicht sonderlich hoch, auch regnete es hin und wieder. Zumindest schoben sich immer wieder Wolken vor die Sonne.

»Heute scheint es wohl wieder Regen zu geben«, stöhnte Greta auf und gähnte hinter vorgehaltener Hand.

»Du bist gestern wohl spät heimgekommen?«, erkundigte sich Levi und ließ sich den Kaffee schmecken. Es war echter Kaffee, den Carl ihnen besorgt hatte. Er schmatzte genüsslich.

»Ich war im Kino. Carl hat mich eingeladen. Aber ich war vor zwölf im Bett.«

»Dein Carl hat uns eine Einladung geschickt.« Er hielt einen beigefarbenen Umschlag in die Höhe.

»Eine Einladung? Wofür? Er hat mir gar nichts davon erzählt.« Greta griff nach dem Brief und zog die Karte heraus. Mit goldenen Lettern waren die Buchstaben schön geschwungen gedruckt. »Einladung zum fünfzigjährigen Firmenjubiläum, Sonntag, 06. Juli 1919, neunzehn Uhr. Um Abendgarderobe wird gebeten«, las sie laut vor und warf ihrem Vater einen fragenden Blick zu.

»Hast du davon gewusst?«

Levi schüttelte den Kopf. »Nein, mein Kind. Aber ich finde es sehr anständig, dass wir eine Einladung erhalten haben.« Er faltete die Zeitung auseinander und vertiefte sich darin.

»Werden wir hingehen?«, fragte sie vorsichtig.

»Natürlich werden wir«, kam hinter der Zeitung hervor.

»Aber wenn ich an das letzte Treffen denke, waren wir dort nicht sehr willkommen.«

Levi ließ die Zeitung sinken und sah Greta an. Die goldene Uhr auf dem Kaminsims schlug gerade sieben Uhr. Der feine Klang war bis auf die Terrasse hinaus zu hören. »Ich denke, wir haben uns mittlerweile einen Status erarbeitet, vor dem wir uns nicht verstecken müssen, mein liebes Kind. Wir werden dieses Firmenjubiläum besuchen, und du wirst ein neues Kleid tragen.« Er nahm seine Zeitung wieder auf. »Ist es zu glauben? Die deutsche Admiralität hat den Befehl zur Selbstzerstörung gegeben und zweiundfünfzig Schiffe in der Nordsee versenkt. Was für eine Verschwendung.«

Greta biss in ihr Brot, das sie mit Margarine und Erdbeermus bestrichen hatte. »Warum haben sie das getan?«, fragte sie mit vollem Mund und kaute genüsslich.

»Der Versailler Vertrag wurde von Müller und Bell unterzeichnet. Hier steht, dass Hindenburg von der Auslieferung des Kaisers absehen wird. Das ist eine verzwickte Lage für ganz Deutschland.«

»Aber er ist ja nicht mehr der Kaiser, und außerdem ist er geflüchtet. Was wollen sie denn noch von ihm?«

Greta waren diese politischen Zusammenhänge ein Rätsel. Levi faltete die Zeitung zusammen und begann ebenfalls zu essen. »Mein liebes Kind, es geht wie immer um Macht. Man hat Angst vor Deutschland und will uns in die Knie zwingen. Ich halte es nach wie vor für einen Fehler, diesen Vertrag unterschrieben zu haben. Es werden harte Zeiten auf uns zukommen.«

»Aber du bist ja Österreicher, betrifft es dich denn überhaupt?«

Levi griff über den Tisch hinweg nach der Hand seiner Tochter. »Auch wenn ich aus Wien stamme, so fühle ich mich als Deutscher, weil mir dieses Land seit vielen Jahren als Heimat dient. Es kommt nicht darauf an, wo man geboren wurde, wichtiger ist, wofür dein Herz schlägt.«

Greta nickte zustimmend. »Mein Herz schlägt für Hamburg.«

»Und so soll es auch immer bleiben.«

»Ich denke, die Zeiten werden endlich besser. Wir müssen das positiv sehen. Ich bin sehr gespannt auf das Fest und was wohl Carls Mutter davon hält, dass man uns eingeladen hat.« Sie kicherte leise.

Kapitel 18

Hamburg, Juli 1919

Die Villa der von Löwensteins war opulent in Schwarz, Rot und Gold geschmückt. Erst vor wenigen Tagen hatte die Weimarer Nationalversammlung beschlossen, dass dies die neuen Nationalfarben waren, und nun gab es überall Fahnen in diesen Farben zu kaufen.

»Findest du das nicht ein bisschen übertrieben?«, raunte Greta ihrem Vater zu.

»Sie sind nun mal echte Patrioten und wollen das der Welt zeigen.« Er drückte ihre Hand, nachdem sie sich bei ihm eingehakt hatte. Gemeinsam schritten sie die Treppe hinauf, wie eine Menge anderer eingeladener Gäste auch. Eine ganze Armee von Bediensteten war damit beschäftigt, die Garderobe der Gäste in Empfang zu nehmen, und geleitete sie durch die Halle in den Garten hinaus.

»Eine Gartenparty. Hoffentlich hält das Wetter«, murmelte Greta und blickte besorgt in den Himmel. Heute war es zumindest angenehm warm. Es gab zwar vereinzelt Wolken am Himmel zu sehen, doch sie waren weiß und zogen langsam dahin. Von Regen war weit und breit nichts zu sehen. Das würde der Wettergott sich wohl nicht erlauben, wenn Vera von Löwenstein eine Party gab.

»Greta! Wie schön, dass du auch da bist, so kenne ich wenigstens jemanden.«

»Dörte!« Sie umarmte ihre Freundin.

»Moin, Herr Rosenthal«, grüßte Dörte freundlich.

»Dörte, dich habe ich schon lange nicht mehr zu Gesicht bekommen. Aus dir ist ja eine schicke junge Dame geworden.« Levi nickte zustimmend.

»Danke, Herr Rosenthal. Sie sehen heute auch sehr adrett aus.«

Levi richtete seine Fliege. »Das will ich doch hoffen. Ich will Greta ja keine Schande machen. Ihr entschuldigt mich, ich sehe dort einen Bekannten.« Mit großen Schritten steuerte er auf Direktor Wartburg zu, um ihn zu begrüßen.

»Hat Jan dich eingeladen?«, fragte Greta.

Dörte schüttelte den Kopf und winkte einem Kellner, der ihnen etwas zu trinken anbot. »Nein, meine Familie wurde eingeladen, wie ein Großteil der Händler des Kontors. Schau mal, dort drüben stehen die Müllers, Teppichhändler, das sind unsere Nachbarn im Kontor. Die Fahrenbrooks sind Teehändler, und daneben stehen direkt die Cramers, Kaffeehändler. Sie alle handeln in der Speicherstadt.« Sie deutete auf eine Gruppe von Leuten, die sich angeregt unterhielt.

»Wen *du* alles kennst«, bewunderte Greta und nippte an ihrem Getränk.

»Aber nur, weil meine Eltern ständig auf solchen Feierlichkeiten eingeladen werden. Sie sind Stoffhändler und durch die Seeblockade ist das ein Rohmaterial, das heiß begehrt ist, so hat es mir mein Vater erklärt. Irgendwie scheint das Leben immer nur ein Geschäft zu sein. Es gibt Labskaus und Kanapees mit Sardellenpaste, dafür allein hat sich das Kommen gelohnt.« Dann lächelte sie. »Schau mal, wer da kommt.«

Greta wandte sich um und sah Carl auf sich zukommen, gefolgt von Jan.

»Da sind ja die beiden schönsten Frauen des Abends«, begrüßte er sie und nahm Gretas Hand in seine, drückte einen Handkuss darauf.

»Carl«, sagte sie ein wenig atemlos. Er sah wie immer umwerfend aus in seinem Anzug. Er trug keinen Frack, dafür einen Smoking mit einem weißen Hemd und Krawatte. Es stand ihm ausgezeichnet.

»Ihr seht so feierlich zusammen aus«, stellte Dörte fest.

Greta lächelte. Sie hatte sich ein neues Kleid gekauft. Bei Wertheim hatte sie ein extravagantes Kleid erstanden, das um einiges günstiger war, als es bei einer Schneiderin anzufertigen. Es war eng geschnitten, was Gretas schmale Silhouette betonte. Die Taille war weit unten angesetzt und mit kleinen Strasssteinchen verziert. Spaghettiträger hielten das Kleid. Der Rücken war tief ausgeschnitten und eine Schärpe als Gürtel gebunden. Der schwarze Stoff schimmerte durch den Strass bei jeder Bewegung. Greta kam sich darin kühn und schön vor. Mittlerweile bereitete es ihr Freude, sich für Carl hübsch zu machen. Greta wurde mutiger bei der Auswahl der Kleider, was sie selbst nicht für möglich gehalten hätte.

»Du siehst wunderschön aus«, flüsterte Carl ihr zu.

»Darf ich auch mal Hallo sagen?«, fragte Jan, der seinen Freund neckte.

»Moin, Jan«, begrüßte Greta ihn.

»Warum hast du mir nichts von der Einladung erzählt?«, fragte sie ein wenig vorwurfsvoll an Carl gewandt. Es war immerhin gar nicht so einfach gewesen, auf die Schnelle, noch ein passables Abendkleid zu bekommen.

»Ich wollte dich eben überraschen. Hast du einen Augenblick für mich?« Ohne ihre Antwort abzuwarten, dirigierte er Greta in Richtung Haus.

»Was ist denn los?«

»Warte es ab.« Carl führte sie in einen kleinen Salon, dem Raucherzimmer, der jetzt allerdings leer war, und schloss die Tür hinter sich. Das Licht war gedämpft, es brannte nur ein Kandelaber, der auf einem kleinen Tischchen stand.

Carl räusperte sich und sah Greta unverhohlen an, die dicht vor ihm stand. »Du weißt, dass du mir eine Menge bedeutest. Und ich denke, dass du für mich genauso empfindest.«

Greta hielt den Atem an. Was kam denn jetzt? Würde er ihr mitteilen, dass er seine Meinung doch geändert hatte? Sie rechnete mit dem Schlimmsten, sodass sie kaum noch in der Lage war, seinen Worten zu folgen.

»... daher habe ich mich dazu entschlossen ...«, er zog etwas aus seiner Tasche und ging vor ihr auf ein Knie, »dich zu bitten, meine Frau zu werden.« Er öffnete eine kleine Schatulle, in der ein Ring aufblitzte. Trotz des trüben Lichts erkannte Greta den Rubin in einer Goldfassung.

Ihr schien, als würde ihr Herz für einen Moment stolpern, sie schlug die Hände vor den Mund.

Carl lächelte unsicher, weil sie nichts sagte. »Ich wäre dir für eine schnelle Entscheidung dankbar, du weißt um meine Verletzung und ich weiß nicht, wie lange ich noch in dieser Haltung ausharren kann.«

»O mein Gott, Carl. Bitte steh auf.« Greta half ihm in eine aufrechte Position.

»Wie lautet deine Antwort, Greta? Wirst du einen Mann heiraten können, der es nicht einmal lange vor dir auf den Knien aushält?« Obwohl seine Worte scherzhaft gemeint waren, lächelte er nicht, sondern blickte sie ernst an.

»Ja, natürlich, ja! Carl, ich kann es nicht glauben. Du willst mich wirklich heiraten?«, fragte sie leise.

Er nickte. »Ja, wahrhaftig. Ich verspreche dir, dass ich dich ehren, lieben und für dich sorgen werde.«

»Oh, mein lieber Carl. Ich will nichts sehnlicher, als deine Frau zu werden.« Bevor sie weitersprechen konnte, drückte er ihr einen Kuss auf die Lippen, zog sie in seine Arme. Greta glaubte zu träumen. Das konnte doch alles nicht wahr sein. Carl hatte um ihre Hand angehalten. Obwohl er ihr erzählt hatte, dass er bei ihrem Vater um Erlaubnis gebeten hatte, um sie zu werben, hatte sie es dennoch ausgeschlossen, dass er sich gegen seine Mutter stellen würde.

Ihr Herz klopfte so laut, dass sie Angst hatte, dass es ihr vor Freude aus der Brust springen würde. Ihr Kopf war so leer. Sie hatte keine Vorstellung, was nun alles auf sie zukommen würde.

Carl löste sich von ihr und steckte ihr den Verlobungsring an ihren linken Finger. »Gefällt er dir?«, fragte er und hielt inne.

»Er ist wunderschön«, flüsterte Greta. Sie hatte Angst, dass sie jeden Moment aus diesem wundervollen Traum erwachen würde.

Ein Klopfen an der Tür ließ sie auseinanderfahren, als hätte man sie bei etwas Verbotenem erwischt.

»Entschuldigung, gnädiger Herr, Ihre Mutter bittet Sie nach draußen.« Tilda, das Hausmädchen, war im Türrahmen erschienen.

»Ich komme sofort.«

Bei der Erwähnung von Vera von Löwenstein wurde Greta von Sorge ergriffen. Wie würde sie auf diese Neuigkeit reagieren? Carl gab ihr einen kleinen Kuss auf die Lippen, dann nahm er ihre Hand und führte sie zurück zu Dörte. Als er sich zu seinen Eltern gesellte, die auf einem kleinen Podest Aufstellung genommen hatten, war es zu spät, um jetzt noch einen Rückzieher zu machen.

Cornelius von Löwenstein hatte das Wort ergriffen. Er erzählte mit knappen Worten, wie seine Eltern vor fünfzig Jahren den Weg geebnet hatten, in Hamburg ein Kontor für Gewürze zu eröffnen. Er erwähnte seine Hochzeit mit Vera, die er liebevoll in seine Arme schloss. Dann ging er dazu über, von seinem Aufbau des Unternehmens zu berichten. Er machte eine kleine Pause, als er erzählte, wie Carl in die Firma eingetreten war, bat Jan auf die Bühne, der in die Führungsebene des Unternehmens aufgestiegen war, als Carl in den Krieg zog. Lobte die gute Zusammenarbeit mit den anwesenden Geschäftspartnern und machte den einen und anderen Witz, was die Gäste zum Lachen brachte. Er war ein brillanter Redner, der die Menschen unterhielt und in seinen Bann zog.

»Ich bin sehr stolz, nun die Führung des Unternehmens in die Hände meines einzigen Sohns und Erben Carl Gustav von Löwenstein zu legen. Er wird die Linie fortführen, und ich weiß, dass er allen Widrigkeiten und Unwettern gewachsen sein wird, was auch immer unser Land noch für

Überraschungen für uns bereithält. Lassen Sie uns auf weitere fünfzig Jahre das Glas erheben. Mein lieber Sohn, ich wünsche dir die Weisheit unserer Vorfahren, Mut, Dinge anzupacken, ein gutes Händchen bei Geschäften und die Durchsetzungskraft deiner Mutter.« Wieder wurde herzlich gelacht, und Cornelius von Löwenstein küsste seine Frau liebevoll auf die Wange. Als er sein Glas erhob, hielt Carl ihn auf.

»Bitte, warten wir noch einen Moment.« Er war überrascht, wie liebevoll Cornelius über seine Frau gesprochen hatte, wo er die beiden doch meistens streitend erlebte. Aber vor der Anwesenheit der Freunde, Nachbarn und Geschäftspartner wollte er sich vermutlich nicht die Blöße geben, dass der Haussegen oft schief hing. Er sah Evi vor dem Podium mit einem Glas Champagner stehen, die ihn anlächelte. Er ignorierte es. »Ich möchte auch noch etwas sagen«, unterbrach er seinen Vater. »Ich möchte die Gelegenheit ergreifen, um mich bei meinen Eltern für ihr Vertrauen zu bedanken. Besonders bei meiner Mutter, die mir quasi das Leben gerettet hat, nachdem ich im Krieg verwundet wurde. Ich hoffe daher, dass ich euch das, liebe Eltern, in den nächsten Jahren zurückgeben kann, und euer Erbe in Ehren halten werde. Daher habe ich mich entschieden, dass dies alles nur mit einer Frau an meiner Seite möglich sein wird.«

Ein Raunen ging durch die Menge.

»Mit der richtigen Frau an meiner Seite, möchte ich hinzufügen«, nahm Carl den Faden wieder auf. »Ich möchte daher verkünden, dass ich mich heute verlobt habe.«

»Oh, wie wundervoll«, rief Vera aufgeregt und strahlte über das ganze Gesicht. Sie sah so stolz aus, ließ ihren Sohn nicht aus den Augen, die freudig glänzten. Die ganze Liebe einer

Mutter lag in ihrem Blick. Sie sah kurz zu Evi, die sich nervös das Haar aus dem Gesicht strich und Vera vorsichtig zunickte.

»Ich habe die Frau meines Lebens gefunden, obwohl ich niemals daran geglaubt habe. Ihr Lächeln traf mich mitten ins Herz. Sie hat eine Anmut, die mich bezaubert. Einen Geschäftssinn, der vielen Männern fehlt, und eine Intelligenz, die mir manchmal Angst bereitet. Doch in Summe machen all diese Attribute sie zu der Frau, der mein Herz gehört. Lassen Sie uns nicht nur das Glas auf *Löwenstein Im- und Exporte* erheben, sondern auch auf meine wunderschöne Verlobte ... Fräulein Greta Rosenthal. Bitte komm herauf zu mir, damit die ganze Welt dich kennenlernt, liebe Greta.«

Kapitel 19

Applaus brandete auf, und Hochrufe wurden laut, als Carl seine Hand ausstreckte, um Greta neben sich auf das Podium zu geleiten.

Sie war verwirrt und musste sich zusammenreißen, damit sie nicht in Tränen ausbrach. Sie hatte gesehen, wie das Lächeln auf den Lippen von Vera von Löwenstein erstarb, sobald ihr Name gefallen war. Auch Cornelius starrte seinen Sohn verwundert an. Evi von Domnitz gab einen kleinen Laut von sich und machte einige Schritte rückwärts, dann verlor Greta die junge Frau aus den Augen, weil Carl ihr die Hand entgegenstreckte. Nun stand sie neben ihm und sah in eine Schar von verdutzten und neugierigen Gesichtern. Dörte applaudierte wie verrückt und strahlte, als hätte man ihr einen Antrag gemacht. Jan reichte ihr und Carl die Hand, um zu gratulieren.

»Herzlichen Glückwunsch, Greta. Ich freue mich sehr für euch beide.«

»Danke, Jan« brachte sie über die zittrigen Lippen.

»Ganz ruhig, du wirst es überstehen«, raunte Carl ihr zu.

»Ich möchte auch gerne deiner Braut gratulieren.« Cornelius von Löwenstein schob seinen Sohn quasi zur Seite.

»Greta, so darf ich doch jetzt sagen, ich möchte Sie herzlich in der Familie begrüßen. Das kommt zwar ein wenig überraschend, aber unser Carl ist immer für eine Überraschung gut.« Er reichte ihr die Hand und küsste sie auf beide Wangen.

»Vielen Dank, Herr von Löwenstein. Ich kann Ihnen gar nicht sagen, wie stolz es mich macht, dass Carl mich als seine Braut ausgewählt hat.«

»Ach was, Herr von Löwenstein. Ich bin ab sofort Cornelius für Sie. Wo ist Ihr Vater? Ich will ihm auch gratulieren.« Er sah sich suchend um, entdeckte ihn auf der Terrasse.

»Herzlich willkommen in der Familie.« Die Worte von Vera von Löwenstein waren zurückhaltend, aber bei Weitem nicht so unterkühlt, wie Greta erwartet hatte. Carls Mutter ließ sich dazu herab und küsste sie auf beide Wangen. Sie war etwas kleiner als ihre zukünftige Schwiegertochter, und Greta beugte sich hinunter.

»Vielen Dank, Frau von Löwenstein.«

Hier blieb allerdings das Angebot aus, sie beim Vornamen zu nennen, was wiederum zeigte, dass Veras Verhalten allein dem anwesenden Publikum geschuldet war. Sie wollte wohl kein Gerede aufkommen lassen. Doch der eisige Blick, mit dem sie Greta bedachte, brachte ihr einen unangenehmen Schauer ein.

Greta schob sich eine lose Haarsträhne hinter ihr Ohr und bemerkte, wie Veras Blick an ihrer linken Hand hängen blieb. Ihr stand der Mund für einige Sekunden offen.

»Ist das dein Verlobungsgeschenk?«, fragte sie atemlos.

»Ja«, erklärte Greta und konnte es nicht verhindern, dass sie stolz klang. »Carl hat mit diesem Ring um meine Hand angehalten.«

»Mein Sohn, was für eine Wahl. Ich muss sagen …« Sie blickte Carl an und schien nach Worten zu suchen. »Ich bin …

überrascht. Es ist der Ring deiner Großmutter.« Entsetzt wäre vermutlich der richtige Begriff gewesen. Sie sah sich suchend um. »Ich glaube, ich werde mich mal um Evi kümmern müssen. Das Kind hat man ja ganz allein stehen lassen.« Damit machte auch sie sich auf den Weg und ließ das Brautpaar einfach stehen. Greta entging nicht, dass sie ihrem Sohn nicht gratuliert hatte.

In den nächsten Stunden gab es dafür immer wieder Gäste, die ihnen alles Gute wünschten und sich nach dem Termin für die Hochzeit erkundigten. Dörte fiel Greta in die Arme und musste ein paar Tränen aus den Augenwinkeln wischen. »Wer hätte das gedacht?«, fragte sie, lächelte verlegen. »Jetzt wirst du sogar vor mir heiraten.«

Jan legte den Arm um ihre Schultern. »Es gibt keinen Grund, Tränen zu vergeuden, oder hattest du es etwa auf Carl abgesehen?«, fragte er schelmisch.

»Ach du!« Dörte schlug ihm gegen die Brust.

»Vielleicht wirst du ja auch bald einen Antrag bekommen, wer weiß?«, erklärte er geheimnisvoll.

»Darf ich nun auch endlich gratulieren?« Levi hatte sich zu dem Brautpaar durchgekämpft.

»Papa!«, rief Greta und warf sich ihrem Vater in die Arme. Sie begann zu weinen, obwohl sie eigentlich glücklich war. Aber jetzt kam ihr die Erkenntnis, dass sie ihren Vater bald verlassen musste. Daran hatte sie vorher nie gedacht. Was hatte er doch alles für sie auf sich genommen. Sich verschuldet, um ihr ein neues Zuhause zu bieten, und nun würde sie es bald verlassen müssen. Ihr Vater und sie waren immer eine Einheit, ein gutes Gespann gewesen, jetzt würde sie ihn allein zurücklassen. Das brach ihr beinahe das Herz.

»Warum weinst du denn, mein Kind. Dies ist doch ein Moment der Freude.« Er schüttelte den Kopf.

»Ich weiß, Papa.« Sie holte tief Atem und bekam glatt einen Schluckauf. »Auch das noch.«

Carl legte lachend den Arm um ihre Schultern. »Komm mit mir, meine Liebe. Lass uns endlich etwas trinken, damit du dich ein wenig entspannst.« Er hielt ihr sein Glas Champagner entgegen. »Auf unsere Liebe!«, sagte er leise.

»Auf unsere Liebe«, erwiderte sie nickend und leerte das Glas in einem Zug, was ihrem schweren Herz nicht half, aber zumindest ihren Schluckauf bekämpfte.

Der Abend war lang gewesen. Carl hatte seine Braut noch zum Automobil begleitet, und Levi hatte ihm versichert, Greta sicher nach Hause zu bringen. Er löste seine Krawatte, öffnete den ersten Knopf seines Hemdes. Mit einem Glas in der Hand wartete er im Salon auf das Unwetter, das ohne Zweifel über ihn hereinbrechen würde. Er war nicht dumm und konnte die Gesten und Blicke seiner Mutter lesen wie kein zweiter. Selbst sein Vater war nicht so gut darin. Solange das Personal mit Aufräumen beschäftigt war, drohte ihm wohl keine Gefahr, doch er hatte sich getäuscht. Noch bevor er einen Schluck von seinem Brandy nehmen konnte, wurde die Tür des kleinen Salons aufgerissen, den seine Mutter in ein Raucherzimmer hatte einrichten lassen, nachdem sie ihren Mann aus dem großen Salon vertrieben hatte.

»Wie kannst du es wagen, uns diese Person als künftige Schwiegertochter vorzustellen? Und das auch noch im Beisein unserer Freunde und Geschäftskunden. Bist du denn von allen guten Geistern verlassen? Was bist du nur für ein Lorbass?«

Vera schrie so laut, dass man sie vermutlich bis auf die Straße hören konnte.

»Vorsicht, Mutter, du vergreifst dich im Ton und deine so hochgeschätzten Freunde könnten erfahren, wo du wirklich herkommst.« Carls Ton war sehr ruhig. Er lehnte lässig an der Wand, die Arme vor der Brust verschränkt. Er schwenkte das Glas, sah der Flüssigkeit dabei zu, wie sie an die Glaswand schwappte.

»Was erlaubst du dir? Ich habe dich nicht unter Schmerzen auf diese Welt gebracht, dass ich mir so etwas von dir anhören muss!« Ihr Gesicht lief rot an.

Für einen Moment dachte Carl, er hätte den Bogen überspannt, und seine Mutter bekäme eine Herzattacke, doch sie holte nur Atem, um ihrem Ärger weiter Luft zu machen.

»Eine Halbjüdin holt er uns ins Haus. Was sollen denn die Leute denken? Nachher halten sie uns auch für Juden und werden uns meiden. Verstehst du denn nicht, dass diese Frau nur hinter deinem Geld her ist? Und dann schenkst du ihr auch noch den Ring deiner Großmutter. Ein Erbstück!«

»Das ist albern, Mutter, und das weißt du. Greta ist eine Frau mit Geschäftssinn.«

»Ha! Ja natürlich. Am Ende wird unser Unternehmen von den Juden übernommen«, rief sie aufgebracht.

»Mutter! Ich verstehe dich einfach nicht. Was haben diese Leute dir getan? Es sind Menschen wie du und ich. Sie haben allenfalls einen anderen Glauben. Außerdem ist Greta keine Jüdin, wie oft soll ich dir das noch sagen. Sie ist katholisch getauft worden.«

»Noch so was. Wir sind evangelisch. Du willst ja wohl nicht konvertieren, wenn du kirchlich heiraten willst?«

»Verdammt, Mutter! Das sind alles Dinge, die mir egal sind. Ich will Greta zur Frau, weil ich sie liebe, und daran wirst du nichts ändern können. Hast du mich verstanden?« Nun verlor auch er die Nerven.

»Carl! Jetzt beruhige dich erst einmal.«

Überrascht blickte Carl zur Tür, wo sein Vater stand. War er gerade erst eingetreten, oder verharrte er dort schon die ganze Zeit? Carl konnte es nicht sagen. »Warum soll ich mich beruhigen? Mutter wird auf keinen Fall ihre Meinung ändern. Aber soll ich dir mal etwas sagen? Ich auch nicht. Greta wird meine Frau werden, und wir werden hier zusammen mit euch unter einem Dach wohnen. Finde dich damit ab, Mutter, sonst ...« Er verstummte, fuhr sich mit beiden Händen durch sein Haar. Das Glas hatte er auf einem kleinen Tisch abgestellt.

»Sonst was?«, fragte Vera gefährlich leise nach.

»Sonst wirst du mich verlieren. Und du kannst mir glauben, deinen Enkel wirst du niemals zu Gesicht bekommen.«

Vera holte erschrocken Atem. »Sie ist schwanger? Deshalb hast du um ihre Hand angehalten? Aber Junge, das ist doch nicht notwendig. Dieses Problem können wir anders aus der Welt schaffen als mit einer Heirat.«

Fassungslos starrte Carl seine Mutter an. Ihm fehlten für einen Moment die Worte. Dann ballte er vor Wut überkochend seine Hände zu Fäusten. »Geh mir aus dem Weg, bevor ich mich vergesse«, presste er hervor.

Vera blickte hochmütig zu ihm auf. »Du kannst gerne bleiben. Ich werde mich jetzt endlich um Evi kümmern. Das arme Kind heult sich vermutlich die Augen aus.« Krachend fiel die Tür hinter ihr ins Schloss.

Cornelius lief hinüber zur Bar und goss sich ein Glas Wodka ein. Er brauchte nun etwas Hochprozentiges, leerte das Glas in einem Zug und füllte es erneut.

»Deine Mutter hat recht, das ist kein Grund zu heiraten, nicht in unseren Kreisen.«

»Greta. Ist. Nicht. Schwanger«, sagte Carl sehr deutlich. »Ich werde sie heiraten, weil ich sie liebe und weiß, dass sie die beste Frau an meiner Seite ist. Ich werde nicht weiter darüber diskutieren, Vater.«

»Aber ich!« Cornelius erhob die Stimme, wie Carl es noch nie erlebt hatte. »Wenn du dich unseren Anweisungen widersetzt, dann werde ich andere Seiten aufziehen, um dich wieder auf Kurs zu bringen. Ich werde dich in unsere Dependance nach Indien versetzen. Ein bis zwei Jahre dort werden dich zur Vernunft bringen.«

»Und wer soll die Firma hier leiten? Willst du etwa zurück an den Schreibtisch. Tag für Tag?«

»Jan Karven ist ein schlauer Bursche. Er hat nicht ohne Grund studiert und eine Familie, die ebenfalls ein großes Unternehmen besitzt. Er ist damit aufgewachsen.«

»Ja, von dem er nichts wissen will, weil er seiner Familie lieber den Rücken gekehrt hat, als für die Kriegspropaganda zu arbeiten.«

»Der Krieg ist vorbei. Stahl bedeutet nicht nur Krieg, mein Junge.«

»Verdammt, Vater. Warum lässt du dich vor Mutters Karren spannen? Es geht ihr einzig darum, ihren Willen durchzusetzen, ihre Macht auszuspielen. Bist du wirklich gegen diese Heirat?« Carl versuchte es mit Vernunft. Er konnte nicht glauben, dass Cornelius von Löwenstein dort hingekommen war, wo er jetzt stand, weil er immer nur auf seine Frau gehört hatte. »Hast du denn Mutter nicht aus Liebe geheiratet?«, spielte er sein letztes Ass aus.

Cornelius trat an das Fenster, blickte in den Garten hinaus, obwohl er nur sein Spiegelbild im Fenster sehen konnte. »Ich habe deine Mutter geheiratet, obwohl ihre Familie nicht der Oberschicht angehörte und meine Eltern sie für nicht würdig hielten. Vielleicht will sie Greta nur vor einem Leben bewahren, das sie selbst erfahren musste. Meine Eltern haben sie nicht gut behandelt. Das hat sie hart gemacht. Ich hätte sie beschützen müssen, habe dies jedoch nicht getan.«

Carl sann einige Sekunden über die Worte seines Vaters nach. »Das kann ich mir nicht vorstellen. Es kann kein besseres Leben für Greta geben, als meine Frau zu sein.«

»Es wird schwierig werden mit Greta an deiner Seite. Deine Mutter gehört einer Ideologie an, die viele in diesem Land vertreten. Ich bin da wesentlich liberaler. Doch die Sozialdemokraten machen in diesem Land vieles kaputt. Du musst dir im Klaren sein, worauf du dich einlässt, mein Sohn.«

»Das weiß ich. Ich verlasse mich auf mein Gefühl, wie in so vielen Dingen. Meine Intuition hat mich durch diesen verdammten Krieg gebracht, und sie sagt mir, dass Greta die einzig Richtige ist. Warum will das niemand verstehen?«

Cornelius nickte. »Gut, es ist deine Entscheidung. Ich will nur dein Glück, mein Junge. Greta ist ein gutes Mädchen, ich verstehe, was du in ihr siehst. Auch ihr Vater ist ein feiner ehrlicher Mann. Aber Vera ist meine Frau, wie könnte ich mich da gegen sie stellen?« Er hob resigniert die Schultern und versenkte seine Hände tief in den Hosentaschen.

»Ich liebe sie und habe Greta um ihre Hand gebeten. Das werde ich auf keinen Fall zurücknehmen. Ich stehe zu meinem Wort. Es geht um mein Lebensglück, und das werde ich zu Gunsten der Firma oder Mutters Ego nicht aufs Spiel setzen. Das kannst du nicht von mir verlangen.« Damit wandte er sich ab und ließ seinen Vater grübelnd zurück.

Kapitel 20

Greta bekam das Lächeln gar nicht mehr aus dem Gesicht. Sie begrüßte jeden Kunden mit einem Strahlen auf den Lippen, dass sie sich wunderten, weil das Wetter heute zu wünschen übrig ließ. Es regnete den ganzen Morgen, ab Mittag wurde es dann endlich besser. Doch Greta nahm das alles nur am Rande wahr. Selbst Elsa, das kleine obdachlose Mädchen, das sein Frühstück abholte, bekam eine Sonderration Schokolade.

Als ein cremefarbener Opel vor dem Laden hielt, bediente Greta gerade eine Kundin, die ein neues Sieb kaufte. Sie hatte welche vorrätig, die aus alten Helmen der Reichswehr gefertigt und vor wenigen Tagen geliefert worden waren. Sobald die Kundin den Laden verlassen hatte, betrat Vera von Löwenstein den Gemischtwarenladen. Sie schien extra gewartet zu haben, bis der Verkaufsraum leer war. Neugierig sah sie sich um, hatte den Kopf eingezogen, als würde ein gefährliches Tier in einer Ecke lauern, nur um sie anzuspringen. Sie trug einen Pelzkragen. Im Sommer. Greta schüttelte innerlich den Kopf. Was sollte dieser Auftritt? Wollte sie ihr klarmachen, wie sie zueinander standen?

»Frau von Löwenstein. Was für eine Überraschung.« Greta bemühte sich, höflich zu sein, war jedoch auf der Hut.

Sie wusste nicht, was sie hier erwartete, doch sie rechnete mit dem Schlimmsten.

»Guten Tag, meine Liebe«, entgegnete Vera freundlich und zog langsam ihre Spitzenhandschuhe aus. Sie trug ein beigefarbenes Kostüm mit einem Glockenhut. Ihr Haar war wie immer perfekt frisiert, und sie verströmte einen edlen Duft nach Eau de Cologne. Allerdings ließ Greta sich von diesem angenehmen Äußeren nicht blenden. Sie vermutete, dass dies hier kein Höflichkeitsbesuch war. Vera von Löwenstein wollte etwas von ihr. »Ich war doch neugierig, wie der Laden Ihres Vaters aussieht. Es scheint hier ja eine ordentliche Auswahl an ... Krimskrams zu geben.«

Greta lächelte, auch wenn sie gerne protestiert hätte. Das alles hier war weder Krimskrams noch wertlos. »Ich denke nicht, dass das hier alles Ramsch ist. Lebensmittel sind heiß begehrt, und eine Auswahl Ihrer Gewürze zählt auch dazu.«

»Ja, aber all diese Utensilien. Wer braucht denn so etwas?«

»Ihr Personal, damit Ihr Mittagessen auf den Tisch kommt«, erwiderte Greta und konnte ihren aufkeimenden Ärger nur mühevoll zügeln. »Frau von Löwenstein, kommen wir doch auf den Punkt, warum Sie wirklich hier sind. Bestimmt nicht, um etwas von diesem ... Krimskrams zu kaufen?«

Vera lachte erheitert auf. »Nein, daran habe ich wirklich kein Interesse. Es wäre mir allerdings daran gelegen, dass Sie meinen Sohn in Ruhe lassen.«

Jetzt war der Knüppel aus dem Sack. Greta war nicht überrascht. Trotzdem brauchte sie einen Moment, um sich zu sammeln. »Ihnen ist ja bekannt, dass wir verlobt sind. Ich habe Carl mein Wort gegeben, seine Frau zu werden, und ich habe nicht vor, wortbrüchig zu werden. Auch wenn Sie es nicht wahrhaben wollen, aber Carl hat um meine Hand angehalten, nicht umgekehrt. Wir lieben uns. Was auch immer Sie denken, meine Beweggründe sind ehrlicher Natur. Ich bin weder an Carls Geld noch an seinem Ansehen interessiert. Mich interessiert allein der Mensch, und Carl ist ein sehr feiner Mann.«

»Das ist er nur, weil ich bisher auf ihn geachtet habe. Genau diese Antwort habe ich von Ihnen erwartet. Aber wir beide wissen besser, was dahintersteckt. Sie haben es sehr wohl auf das Geld, das ihm zur Verfügung steht, abgesehen. Mir können Sie nichts vormachen, liebe Greta.«

Vera kramte in ihrer Handtasche und zog etwas heraus. »Ich will das Ganze abkürzen, denn ich bin nicht auf einen Streit mit Ihnen aus. Ich habe hier einen Scheck über fünfundzwanzigtausend Reichsmark. Eine Summe, die all Ihre Wünsche erfüllen wird. Wenn Sie die Verlobung mit Carl lösen und aus seinem Leben verschwinden, gehört das Geld Ihnen. Mir ist zu Ohren gekommen, dass die Villa, die Ihr Vater gekauft hat, mit einer hohen Hypothek belastet ist. Mit diesem Geld könnten Sie Ihrem Vater unter die Arme greifen. Sie brauchen nur Ja zu sagen, und alle Probleme sind gelöst. Ihre und meine auch.« Vera hielt ihr den Scheck entgegen, auf dem sie die Summe notiert hatte.

Greta starrte auf das kleine Stückchen Papier, und es schien, als würde jemand auf ihrer Brust sitzen. Sie konnte nicht atmen. Nur ihre gute Erziehung verhinderte, dass sie Vera das Papier nicht ins Gesicht schleuderte.

»Ich bin also ein Problem für Sie, Frau von Löwenstein? Nun, dann sollten Sie sich schon mal daran gewöhnen, von nun an mit einem Problem unter einem Dach zu leben.«

Ein Kunde betrat den Laden, und das Klingeln der Türglocke unterbrach die Spannung, die so greifbar im Raum lag, als könnte man sie mit einer Schere zerschneiden.

»Sie können es sich ja überlegen. Lösen Sie den Scheck ein, Greta, und unser aller Leben wird leichter. Ich wünsche Ihnen noch einen angenehmen Tag.« Damit verabschiedete sich Vera und verließ den Laden, während sie ihre Spitzenhandschuhe wieder überzog. Greta verfolgte sie mit ihren Blicken, bis der Wagen, der sie hierher chauffiert hatte, nicht mehr zu sehen war.

Der Kunde räusperte sich, um sich in Erinnerung zu bringen.

Schnell ließ Greta den Scheck in ihrer Schürzentasche verschwinden. »Entschuldigung, was darf es denn sein?«

»Ich hätte gerne ein Päckchen Nägel.« Der ältere Herr sah sich suchend um.

»Nägel?«

»Ja, Sie führen doch sicherlich Nägel.«

»Ich mach das schon, Greta.« Ihr Vater tauchte plötzlich im Verkaufsraum auf, warf ihr einen wissenden Blick zu. »Geh nach hinten, ich komme sofort zu dir, nachdem ich den Kunden bedient habe. Trink eine Tasse Tee.«

Carl kehrte an diesem Tag früher aus dem Kontor nach Hause zurück, als es sonst üblich war. Das Wetter hatte gehalten, und er wollte sich heute unbedingt mit Greta treffen. Sie wusste nichts davon, er würde sie überraschen und zu einem Eis einladen. Seit Tagen sehnte er sich nach ihr und wollte über den Hochzeitstermin sprechen. Wenn es nach ihm ginge, würde der Termin so schnell wie nur möglich stattfinden.

Als er aus dem Automobil stieg, hielt ein dreirädriger Lieferwagen hinter ihm. Ein Mann, gebaut wie ein Schrank, ging auf das Haus zu. Sah sich suchend um.

»Kann ich Ihnen helfen?«, fragte Carl und musterte ihn eingehend. Er kam ihm entfernt bekannt vor.

»Moin, Herr von Löwenstein. Ich soll das hier abgeben.« Der Mann hielt einen Briefumschlag in der Hand.

»Kennen wir uns?«

»Aber sicher. Ich bin Hans, Hans Matthiesen. Ein Angestellter von Levi Rosenthal, ich habe den Staubsauger hier abgeliefert, den Sie gekauft hatten.«

Ah, jetzt erkannte Carl ihn. »Ja, natürlich. Das können Sie mir geben.« Er deutete auf den Umschlag.

Hans schüttelte den Kopf. »Nein, Fräulein Greta hat mir aufgetragen, es nur Frau von Löwenstein zu übergeben.«

Greta?

Carl wurde neugierig. »Ich bin auf dem Weg zu meiner Mutter. Sie können mir den Brief ruhig überlassen. Er ist ja verschlossen, also besteht keine Gefahr, dass ich hineinsehe.«

Hans nahm seine Mütze ab, kratzte sich am Kopf. »Ich weiß nicht genau. Ich habe meine Anweisungen.«

Sorgfältig musterte Carl den Mann. Auf ihn war Verlass, das wusste er zu schätzen. »Sie brauchen Fräulein Greta ja nichts davon zu erzählen. Sie haben den Brief überbracht, und ich werde ihn an meine Mutter weiterleiten. Ich trage die Verantwortung dafür. Fräulein Greta wird nichts davon erfahren. Ehrenwort.«

Langsam reichte Hans ihm den Brief. »Meinetwegen. Passen Sie gut drauf auf. Schönen Abend noch, Herr von Löwenstein.« Hans setzte seine Schlägermütze wieder auf und verabschiedete sich, stieg in den weißen Lieferwagen und hupte kurz, dann fuhr er davon.

Lächelnd sah Carl ihm hinterher. Auf dem Umschlag war mit feiner Schrift der Name seiner Mutter notiert und darunter das Wort: persönlich und vertraulich.

Er wusste nicht warum, aber dieser Hinweis weckte seine Neugier. Warum schrieb Greta seiner Mutter einen Brief? Ging es um die Hochzeit? Hatten die beiden möglicherweise miteinander telefoniert? Gab es vielleicht doch einen Weg? Hatte seine Mutter eingelenkt und sich damit abgefunden? Würde sie Greta endlich als Schwiegertochter akzeptieren? Der Umschlag und sein Inhalt warfen eine Menge Fragen bei ihm auf.

Er steckte den Schlüssel ins Schloss und öffnete die Haustür. Mit schnellen Schritten steuerte er das Arbeitszimmer an, schloss hinter sich ab. Kurzerhand öffnete er den Umschlag und warf einen Blick hinein. Er wusste, dass er das Briefgeheimnis verletzte, aber er brauchte Sicherheit. Was spielte sich zwischen Greta und seiner Mutter ab? Vielleicht gab es einen Grund zur Freude, dass die beiden doch miteinander harmonieren würden.

Statt eines Briefes fand er nur vier Schnipsel vor. Er nahm sie heraus, breitete sie auf dem Schreibtisch aus. Wie bei einem Puzzle setzte er die vier Teile an den richtigen Stellen zusammen und traute seinen Augen nicht. Der Inhalt des Umschlags war ein Scheck, der auf Gretas Namen ausgestellt war. Über eine Summe von fünfundzwanzigtausend Reichsmark. Der Scheck trug die Handschrift seiner Mutter, er erkannte sie sofort und musste erst gar nicht auf die Unterschrift schauen. Scheinbar war er seiner Mutter wohl eine Menge wert.

Vergeblich suchte er nach einer Nachricht von Greta in dem Umschlag. Es gab keine. Dann drehte er den Scheck um. Dort stand etwas mit Bleistift geschrieben: *Ich bin nicht käuflich!!!* Mit gleich drei Ausrufezeichen.

Ein abscheuliches Lachen war zu hören, das Carl aus der Kehle kroch. Das konnte nicht wahr sein, was er hier sah! Es konnte nicht sein. Er musste träumen. Einen fürchterlich infamen Traum. Doch leider wachte er nicht daraus auf. Das hier war die schreckliche Realität. Den Umschlag in seiner Hand zerknüllte er mit einer Faust. Er sammelte die Schnipsel ein, strich den Umschlag wieder glatt, legte die Schnipsel hinein und machte sich auf die Suche nach seiner Mutter.

Kapitel 21

Ein wenig früher am selben Tag hatte Levi Rosenthal für den Nachmittag den Laden geschlossen. Sie hatten sich in die hinteren Räume zurückgezogen, und er sah seine Tochter mitleidig an. So hatte er Greta noch nie gesehen. Sie saß zusammengekauert auf dem Fußboden und starrte vor sich hin.

Sie schämte sich. Sie schämte sich dafür, dass man sie so behandelte, und sie schämte sich dafür, dass sie es zuließ, sich so behandeln zu lassen.

Greta zog den Scheck aus ihrer Schürzentasche und hielt ihn in die Höhe. »Sie bietet mir Geld an, damit ich die Verlobung löse und ihren Sohn verlasse! Hast du so eine Ungeheuerlichkeit schon einmal gehört? Was bildet diese Frau sich ein?« Greta war vollkommen außer Atem. Sie war so wütend, dass sie nicht wusste, wie ihr geschah. Vor Zorn bekam sie kaum Luft. Entschlossen sprang sie auf die Füße. »Und das Schlimmste ist: Woher hat diese Frau ihre Informationen über dich? Wie kann sie von der Hypothek wissen?«

Levi hob die Schultern. »Löwensteins sind auch Kunden bei der Wartburg Privatbank«, sagte er leise.

»Du meinst, Direktor Wartburg gibt solche Informationen heraus? Das wäre ja Rufschädigung.«

»Irgendwoher muss sie ja ihre Kenntnisse beziehen.«

Greta seufzte. »Ich denke nicht, dass Carl Kenntnis davon hat, dass seine Mutter heute hier aufgekreuzt ist. Ich kann nur hoffen, dass er es niemals erfahren wird.«

»Was hast du denn jetzt vor?« Levi verschränkte die Arme vor der Brust und lief langsam hin und her.

»Ich werde das hier tun.« Sie schnappte sich einen Bleistift vom Schreibtisch und schrieb etwas auf die Rückseite des Schecks, dann hielt sie inne. »Ach was, das hat doch alles keinen Sinn.« Entschlossen riss sie ihn einmal entzwei und dann noch einmal entzwei.

»Überlege in Ruhe, was du machen willst. Handle nicht unüberlegt, mein Kind«, warnte Levi sie.

In ihrer Bewegung hielt Greta inne, als sie das Papier in den Mülleimer werfen wollte. Dann nickte sie. Die vier Papierschnipsel legte sie in einen Umschlag, den sie aus einem Regal fischte, und adressierte ihn an Vera von Löwenstein. Nach einigem Zögern fügte sie noch ein *persönlich und vertraulich* hinzu. »Sie wird ihren Scheck zurückbekommen. Wenn sie glaubt, dass ich käuflich bin, hat sie sich geschnitten. Selbst wenn ich am Hungertuch nagen müsste, würde ich das Geld nicht annehmen.«

Levi seufzte. »Greta, du bist dir sicher, dass du weißt, worauf du dich da einlässt? Das da«, er deutete auf den Umschlag, »ist in Vera von Löwensteins Augen eine Kriegserklärung.«

»So? Nun gut, mit Krieg kenne ich mich aus. Ich habe gerade vier Jahre davon hinter mir. Ich bin jung und habe die Kraft und den Willen, mich zu wehren. Ich werde um Carl kämpfen und ihn nicht aufgeben.« In ihren Augen funkelte eine Entschlossenheit, mit der Vera von Löwenstein wohl nicht rechnete.

Levi schüttelte den Kopf. »Ich weiß nicht, ob du dem gewachsen bist, Kind. Muss es denn unbedingt Carl sein? Gibt es keinen anderen Mann, mit dem du dein Leben teilen kannst?«

Greta blickte ihren Vater entgeistert an. »Hättest du auf Mutter verzichtet, nur weil es schwierig war?« Sie hatte sich vor ihm aufgebaut und die Hände in die Hüften gestemmt.

Levi lächelte milde, als er sie so sah und schüttelte den Kopf. »Nein, du hast ja recht. Nichts und niemand hätte mich aufhalten können. Ich bewundere deine Stärke.« Er zog sie in seine Arme und küsste ihre Stirn.

»Eine Rosenthal weicht nicht zurück und wenn, dann nur, um Anlauf zu nehmen«, flüsterte sie an seiner Brust.

»Ich hoffe nur, dass Carl es auch zu schätzen weiß, was du für ihn auf dich nimmst.«

»Natürlich weiß er das.« Dann ließ sie ihren Vater los. »Hans!«, rief sie laut. »Ich habe einen wichtigen Auftrag für dich.«

Carl war auf der Suche nach seiner Mutter. Sie hatte Migräne, sollte man ihm ausrichten, doch er ließ sich davon nicht aufhalten. Klopfte an ihre Tür und betrat kurz darauf das Zimmer. Seine Eltern schliefen schon lange separat. Die Räumlichkeiten lagen im Dunkeln, die lichtdichten Vorhänge waren zugezogen, obwohl es draußen noch hell war. Es war gerade mal sechs Uhr abends. Als seine Augen sich an die Dunkelheit gewöhnt hatten, fand er seine Mutter, anders als erwartet, nicht im angrenzenden Schlafzimmer vor, sondern sie saß an ihrem Schreibtisch, der in dem kleinen Vorzimmer stand.

»Was tust du hier im Dunkeln?«, fragte er überrascht.

Sie blickte auf und schaltete die kleine Lampe auf dem Tisch an. »Nachdenken«, erhielt er als Antwort.

»Worüber? Nein, warte. Ich glaube, ich weiß es schon.« Er warf ihr den Umschlag auf den Tisch.

»Was ist das?«, wollte sie wissen.

»Schau rein, dann weißt du es.« Er sagte es mit so viel Verachtung, dass er fast ein schlechtes Gewissen bekam, so mit seiner Mutter zu sprechen. Aber eben nur fast. Es war ihm anerzogen worden, höflich zu sein, doch genau das fiel ihm im Augenblick sehr schwer. Er atmete laut aus, um seine Nerven unter Kontrolle zu halten.

Vera nahm den Umschlag zur Hand, warf einen Blick hinein und legte ihn zur Seite. Ihr musste klar sein, was der Inhalt war. »Ich muss zugeben, sie hat mehr Mut, als gut für sie ist.« Veras Ton war herablassend.

Carl schnaufte. »Das denke ich von dir auch. Dir ist klar, dass du mich damit immer weiter in Gretas Arme drängst und mich von dir entfernst. Ich kann nicht fassen, dass du mir so etwas antust.«

»Und ich kann nicht fassen, dass du das der Familie antust!«, rief sie aufgebracht, erhob sich von ihrem Stuhl und zog die Vorhänge auf. »Du genießt das größte Ansehen der Stadt, bist der begehrteste Junggeselle und willst dein Blut vermischen mit so einer!«

Carl musste seine Augen vor der unerwarteten Helligkeit schützen. Er sah kleine Staubpartikel, die in einzelnen Lichtstrahlen, die durchs Fenster in den Raum schienen, um die Wette tanzten. Sie erinnerten ihn an seinen Tanz in der Bar des Hotels Vier Jahreszeiten, mit Greta. Ihm stand ihr glückliches Gesicht bildlich vor Augen. Wie musste sie sich nun fühlen? Er konnte es sich nicht im Geringsten vorstellen, aber es musste schrecklich sein, denn die Worte seiner Mutter trafen selbst ihn tief ins Herz. Noch nie hatte er sie so verächtlich über einen anderen Menschen sprechen hören. »Ich werde für einige Zeit ausziehen. Im Augenblick hält mich hier nichts mehr.« Er wandte sich ab.

»Carl! Nein! Warte bitte. Wo willst du denn hin?« Vera trat auf ihren Sohn zu, streckte die Hand aus, als wollte sie ihn zurückhalten.

»Das geht dich nichts an, Mutter.« Seine Stimme war kalt wie Eis. »Ich kann dir versichern, du wirst es nicht schaffen, einen Keil zwischen Greta und mich zu treiben. Sie ist die Frau, die ich liebe und die ich heiraten werde. Mit oder ohne deinen Segen. Es ist mir gleichgültig.« Damit machte er auf dem Absatz kehrt und lief hinauf in die Etage, die er bewohnte. Er nahm einen Koffer aus dem Schrank, packte einige Sachen hinein, von denen er wusste, dass er sie in den nächsten Tagen brauchen würde. Selbst das Rasierzeug vergaß er nicht. Auch das Buch auf seinem Nachttisch nahm er mit. Aus dem Safe, in dem er private Unterlagen verwahrte, nahm er Bargeld sowie seine Dokumente und steckte sie ebenfalls ein. Dann machte er sich auf den Weg. Er schaute noch kurz am Zimmer seines Vaters vorbei, doch er war nicht da. Vermutlich war er in den Klub gegangen. Auf der Treppe begegnete er Tilda.

»Wann möchte der gnädige Herr zu Abend essen?«, fragte sie nach.

»Gar nicht. Ich werde in den nächsten Tagen nicht zu Hause sein. Sie brauchen also nicht mit dem Essen auf mich zu warten. Geben Sie bitte in der Küche Bescheid.«

»Sehr wohl, Herr von Löwenstein.«

Carl lief den Rest der Treppe hinunter, wandte sich dem Ausgang zu. Als er ein Geräusch hörte, drehte er sich um und sah seine Mutter oben an der Galerie stehen. Sie blickte stumm auf ihn herab.

In den letzten Wochen schien sie um Jahre gealtert zu sein. Dunkle Augenringe und Falten um ihren Mund, die er vorher noch nie wahrgenommen hatte, stachen ihm jetzt ins Auge. Niemals vorher hatte er seine Mutter so verachtend über andere Menschen reden hören. Was war nur mit ihr geschehen? Bisher hatte sie immer nur seinen Vater bevormundet. Nun griff das auch auf ihn über. Aber das ließ er sich nicht gefallen. Er hatte ein Eheversprechen gegeben, das er mit Sicherheit nicht brechen würde.

Tränen schimmerten in den Augen seiner Mutter, die ihn jedoch kaltließen. Sein Herz war zu Eis erstarrt, wenn es um sie ging. Sie war zu weit gegangen, hatte mit ihrer Intervention eine Grenze überschritten, die er nicht ignorieren wollte, nicht konnte.

Er brauchte Distanz, wenn er nicht den Verstand verlieren wollte. Es wäre gefährlich hierzubleiben, besonders für seine Mutter, denn er war nicht sicher, was geschehen würde, sollte Greta sich von ihm trennen.

Nein, das durfte einfach nicht passieren. Er musste sie davon überzeugen, dass seine Mutter aus eigener Initiative gehandelt hatte. Dass er damit nichts zu tun hatte. Aber würde sie ihm glauben?

Und wenn sie ihn verließ? Daran wollte er gar nicht denken. Greta würde wissen, dass er unschuldig war. Ebenso ein Opfer der Intrigen seiner Mutter, genau wie sie. Er musste mit ihr sprechen. Noch heute.

Carl schlug seine Augen nieder, unterbrach den Blickkontakt zu seiner Mutter. Ohne ein weiteres Wort wandte er sich um und ging aus dem Haus.

Kapitel 22

»Anschluss Hamburg 3211, hier bei Rosenthal!«, meldete sich Hedwig, als das Telefon läutete.

»Carl von Löwenstein hier. Ich hätte gerne Fräulein Greta Rosenthal gesprochen.«

»Oh, Herr von Löwenstein. Einen Moment bitte, ich werde das gnädige Fräulein holen.« Hedwig legte den Telefonhörer zur Seite und lief die Treppe in die erste Etage hinauf, klopfte an Gretas Schlafzimmertür. »Fräulein Greta! Herr von Löwenstein ist am Apparat und hätte sie gerne gesprochen.«

Greta erschien an der Tür. »Am Telefon?« Sie wischte sich Tränen von der Wange. Ihr Blick war ganz verschwommen.

Hedwig nickte aufgeregt.

»Ich komme sofort.« Sie zog ihre Schuhe an und lief die Treppe hinunter ins Erdgeschoss, wo das Telefon in der großen Halle auf dem Sideboard stand. »Carl?«, fragte sie besorgt, als sie den Hörer aufnahm. Es rauschte laut.

»Greta! Ich bin es«, hörte sie Carl rufen.

»Carl! Ist alles in Ordnung?« Sie hatte kein gutes Gefühl.

»Ja, natürlich. Hast du Zeit, ins Hotel Vier Jahreszeiten zu kommen?« Etwas in seiner Stimme klang merkwürdig.

»Ich? ... Ja, natürlich.«

»Am Empfang fragst du den Concierge nach mir, Sie werden dich zu mir bringen.«

»Gut, ich brauche nicht lang. Bis gleich.« Sie legte auf. »Hedwig, ich gehe noch mal aus. Warte mit dem Abendbrot nicht auf mich.«

Sie nahm das Automobil, das in der Auffahrt stand. Ihr Vater war heute noch mit dem Lieferwagen zu einem Kunden nach Lübeck unterwegs und würde erst morgen wiederkommen.

Vor dem Hotel stieg sie aus und ließ den Wagen von einem Angestellten parken, so brauchte sie keinen Parkplatz suchen, die am Neuer Jungfernstieg ohnehin immer seltener wurden. Jeden Tag gab es mehr Automobile in der Stadt, so kam es Greta zumindest vor.

Am Empfang nannte sie ihren Namen und fragte nach Carl. Sie fühlte sich unsicher, denn in einem Hotel hatte sie noch nie logiert.

»Herr von Löwenstein erwartet Sie in seiner Suite 307. Wir bitten, die Unannehmlichkeiten der Bauarbeiten zu entschuldigen.« Der Concierge winkte einen Pagen herbei. »Man wird Sie in das richtige Stockwerk begleiten.«

Der Page führte sie die Treppe hinauf, weil der Fahrstuhl zurzeit außer Betrieb war. Er war ein junger Bursche von vielleicht fünfzehn Jahren. Trug eine Uniform mit goldenen Knöpfen und schien sehr stolz darauf zu sein. Seine Haltung war akkurat, und mit fester Hand klopfte er an die Tür. Sofort öffnete Carl und lächelte erleichtert, als er Greta erblickte. Zögerlich trat Greta ein, während Carl dem jungen Mann ein Trinkgeld zusteckte und anschließend die Tür schloss.

»Was machst du hier? Warum hast du ein Zimmer in einem Hotel?« Sie stellte ihre Handtasche ab, und Carl half ihr aus dem Mantel. Sie nahm den kleinen Hut in Form einer Glocke ab, legte ihn zu ihrer Tasche.

»Du hast einen neuen Hut«, stellte Carl fest.

»Jetzt lass doch den blöden Hut! Erzähle mir, was geschehen ist«, herrschte sie ihn nervös an.

»Ich habe deinen Brief gesehen. Vor allem habe ich Kenntnis von dem Inhalt dieses Briefes«, sagte Carl mit tonloser Stimme.

»Oh«, war im ersten Augenblick das Einzige, was Greta sagen konnte. Sie schob sich das Haar über die Schulter, ging tiefer in den Raum hinein, sah sich prüfend um, wollte sich davon überzeugen, ob Carl auch wirklich alleine war. »Ich wollte nicht, dass du es erfährst. Deshalb hatte ich diesen Brief auch persönlich an deine Mutter gerichtet. Warum ist Hans nicht in der Lage, eine einfache Aufgabe zu erledigen?« Leise seufzte sie, als hätte sie den Botengang einem unbelehrbaren Kind übertragen und schüttelte den Kopf.

»Hans trifft keine Schuld. Er hat den Brief pflichtbewusst abgeliefert. Wenn du auf jemanden böse sein willst, dann auf mich. Ich habe das Briefgeheimnis gebrochen, indem ich einfach das Kuvert geöffnet habe, und ich bin froh darüber.«

Sie drehte sich gefasst zu Carl um. »Nun, jetzt weißt du, wie deine Familie über mich denkt. Vielleicht ist es auch gut so, dass du erfahren hast, dass deine Mutter dich freikaufen wollte. Ich kann gut verstehen, dass du unter diesen Umständen die Verlobung lösen möchtest. Ja, ich kann es nachvollziehen.« Sie nickte, als müsste sie sich selbst Mut machen.

Carl stand nur wenige Schritte von ihr entfernt, sein Kiefer mahlte. Greta konnte nicht einschätzen, wie er die Dinge sah, aber es lag eine Spannung in der Luft, die kaum zu ertragen war.

Schnell wandte sie den Blick ab, ließ ihn durch das Zimmer schweifen. Sie konnte es nicht ertragen, Carl anzusehen, und musste sich auf etwas anderes konzentrieren. Der Raum war elegant ausgestattet. Der Vorraum sah wie ein kleines Wohnzimmer aus, mit Couch, Sessel, einem Tisch aus der Zeit Louis XIV., frischen Blumen und edlen Teppichen. Die Wände trugen Seidentapeten. Sie fragte sich, warum Carl diese Suite gemietet hatte. Sie war edel, aber sein Zuhause war es auch. Dazu war es dort viel ruhiger. »Was ist das für ein Lärm hier?«, murmelte sie ungehalten.

»Das Hotel wird renoviert. Während der Novemberrevolution stand das Hotel unter Beschuss und wird jetzt instand gesetzt. Aber der Service hier ist einmalig«, erklärte Carl abwesend.

Greta wanderte langsam durch den Raum, sah ein Buch auf dem Tisch liegen. »Martin Eden?«

»Ja, geschrieben von Jack London. Ein hervorragender Schriftsteller.«

Sie berührte den Einband mit einer Fingerspitze, dann drehte sie sich zu ihm um. »Warum bin ich hier, Carl?«

Er sah sie an, überlegte kurz. »Ich musste dich sehen, Greta. Ja, du hast recht. Ich weiß jetzt, wie meine Familie über dich denkt. Aber es zeigt mir auch, wie du zu mir stehst.« Er trat näher. »Ich sehe, wie loyal du mir gegenüber bist. Dass du zu mir hältst, mich nicht für Geld verrätst und noch nicht einmal möchtest, dass ich erfahre, wie herablassend meine Mutter dich behandelt.« Er strich ihr eine Strähne aus dem Gesicht.

»Ich liebe dich. Wie könnte ich unsere Liebe verkaufen? Für kein Geld der Welt würde ich so etwas tun.« Sie schüttelte den Kopf, als wäre dieser Gedanke ein Unding.

»Du bist wunderbar, Greta. Ich kann nicht mit Worten beschreiben, wie sehr ich dich liebe.« Er umfasste ihre zierlichen Schultern.

»Was heißt das für uns?« Ihre Worte erfüllten leise den Raum. Sie blickte ihm suchend ins Gesicht, als würde sie dort die Antwort auf ihre Frage finden. Und sie fand sie, sogar noch mehr.

»Bleib heute Nacht bei mir, Greta«, bat Carl, sah sie eindringlich an. »Ich werde dir zeigen, was es bedeutet ... was du mir bedeutest.«

»Heute?«, fragte sie atemlos. »Ich weiß nicht ... ich ... Darauf bin ich gar nicht vorbereitet.« Sie wollte vor ihm flüchten, doch Carl hielt sie fest.

»Greta, lass uns heiraten. So schnell wie möglich. Ich will dich zu meiner Frau machen. Wir werden ein herrliches Leben haben, wenn wir zusammenhalten. Wir lieben uns doch. Lass uns einfach heiraten. Es amtlich machen. Eine kirchliche Trauung können wir später nachholen. Weder dir noch mir liegt etwas an unserem Glauben.«

»Aber deine Mutter ...«

»Meine Mutter spielt in meinem ... in unserem Leben keine Rolle mehr. Ich will mit dir leben, du bist die Frau, für die ich mich entschieden habe. Das soll die ganze Welt wissen.« Er nahm ihre Hand, blickte auf den Verlobungsring. »Du bist mein, für immer.«

Greta sah ihm tief in die Augen. »Für immer«, flüsterte sie ebenfalls. Vorsichtig führte er sie ins Schlafzimmer, und sie folgte ihm, obwohl ihre Knie vor Angst zitterten.

Noch nie hatte sie die Nacht mit einem Mann verbracht. Sie schlief unruhig, weil sie es nicht gewohnt war, mit jemandem das Bett zu teilen. Trotzdem war es schön gewesen. Die ganze Zeit hatte Carl sie im Arm gehalten. Vor Scham hatte sie die Augen geschlossen, als Carl sich auszog. Sie hatte sie erst wieder geöffnet, als er zu ihr ins Bett gestiegen war. Greta selbst hatte sich schnell ihrer Sachen entledigt, das Unterkleid aber angelassen, dann war sie flink unter die Daunendecke gekrochen. Carl war so anständig gewesen, im Salon zu warten, bis sie so weit war. Wie Espenlaub hatte sie gezittert, doch als er sie an seine nackte Brust zog, war ihre Angst verflogen, und sie fühlte eine Wohligkeit in ihr aufsteigen, wie beim Anblick von Kirschblüten, die sachte vom Wind davongetragen wurden.

»Hab keine Angst, mein Liebling«, flüsterte Carl, sah ihr in die Augen und strich ihr eine verirrte Haarsträhne aus dem Gesicht. »Möchtest du das Unterkleid nicht auch ausziehen, damit du es bequemer hast?« Seine Stimme war weich und schmeichelnd. Dabei schob er einen der dünnen Träger von ihrer Schulter.

Ihr Herz raste. »Du meinst, ich soll, also, ich muss ...« Greta versagte die Stimme.

»Nein, mein Engel. Wir müssen gar nichts. Aber ich würde dich gerne zu einer Frau machen, zu meiner Frau. Du weißt, dass ich dich liebe, und ich sehne mich so nach dir.«

Es war Greta peinlich darüber zu sprechen, doch Carls Blick hielt sie so sehr gefangen, dass sie es nicht wagte, den Augenkontakt zu unterbrechen. »Ich will dich ja auch, nur habe ich eben keinerlei Erfahrung, ich komme mir so dumm vor«, gab sie zögerlich zu.

»Nein, du bist nicht dumm. Du bist schön, du bist begehrenswert und ich erwarte keine Frau, die über eine gewisse Erfahrung verfügt, ich erwarte nur, dass du mich küsst.« Ein Lächeln huschte über sein Gesicht, und Gretas Herz öffnete sich bei diesem Anblick. Sie würde alles für ihn tun.

»Heb deine Arme, damit wir das hier loswerden.« Er zog an dem Unterkleid, und Greta kam seiner Aufforderung nach. Sie richtete sich ein wenig auf, zog sich den Stoff über den Kopf und warf ihn achtlos zur Seite.

Mit den Fingerkuppen berührte Carl ihre Haut. Fuhr vom Hals eine Linie entlang, über das Dekolleté, zu ihren Brüsten hinunter. Er reizte ihre Spitzen, die sofort hart wurden. Am liebsten hätte sie ihre Arme um ihren Körper geschlungen, um sich zu bedecken, doch sie tat es nicht. Ganz ruhig blieb sie liegen, auch wenn sie so aufgeregt war, dass sie Angst bekam, ihr Herz würden jeden Augenblick aus der Brust springen.

»Du darfst mich ruhig berühren, wenn du willst«, erklärte Carl und nahm eine ihrer Hände, legte sie an seine Brust.

Vorsichtig fuhr sie durch das krause Brusthaar, dass sich elektrisierend unter ihren Fingern anfühlte. Ein kleiner Laut entwich ihr, und sie befeuchtete ihre Lippen mit der Zunge.

»Ich will dich so sehr, meine geliebte Greta«, murmelte Carl, drückte sie sanft auf den Rücken und schob sich über sie. Mit geschickten Fingern zog er ihr das Höschen aus, das letzte Kleidungsstück, das sie noch am Körper trug. Nun waren beide nackt, und sie spürte seine Haut an ihrer. Wärme spürte sie und starke Muskeln, die sich über ihre bewegten.

»Keine Angst, es wird ein wenig wehtun, aber nur beim ersten Mal. Ich bin ganz vorsichtig, versprochen.« Wieder dieser Blick seiner Augen, die sie zu bannen schienen. Er hüllte sie in einen wohligen Kokon ein, aus dem sie nicht entrinnen konnte, selbst wenn sie es wollte. Doch Greta wollte gar nicht. Sie wollte, dass Carl sie zu seiner Frau machte. Sie wollte ihm gehören, selbst wenn die Welt unterging. An ihrer Scham spürte sie etwas Hartes, und noch bevor sie darüber nachdenken konnte, was da vor sich ging, drang er sanft in sie ein. Nur ein kleines Stück, dennoch holte sie erschrocken Atem.

»Hab keine Angst, Greta. Ich passe auf dich auf. Bist du bereit?«

Sie nickte stumm, schloss die Augen und presste die Lippen fest aufeinander. Als nichts geschah, öffnete sie ihre Lider.

»Du bist ganz verkrampft, so werde ich dir wehtun. Sieh mich an und entspann dich.« Mit seinen Händen strich er über ihr Gesicht, bis Gretas Atem sich normalisierte und sich ein kleines Lächeln auf ihren Zügen zeigte.

»Bitte verzeih mir, ich bin so ungeschickt«, murmelte sie. Sie hatte keine Ahnung, was sie tun musste, und wünschte, sie würde ein wenig mehr Erfahrung mitbringen.

»Halt dich an mir fest«, gebot er, und sofort legte Greta ihre Hände an seine starken Oberarme. Sie strich darüber und spürte die angespannten Muskeln. Er stützte sich auf den Unterarmen ab, damit er sie nicht mit seinem Gewicht belastete. Als er sich ganz langsam zu bewegen begann, schloss sie sich ihm am. Er blickte sie an und murmelte: »Sei ganz entspannt«, dann drang er weiter in sie ein, und Greta spürte einen spitzen Schmerz. Sie atmete tief, und sofort hielt Carl inne.

»Lass uns einen Augenblick verweilen. Der Schmerz ebbt gleich ab, und dann werde ich dir zeigen, wie wundervoll es zwischen einem Mann und einer Frau sein kann.«

Greta nickte. Sie holte noch einige Male flach Atem, dann bemerkte sie, dass Carl recht hatte. Der Schmerz verflüchtigte sich, und gemeinsam fanden sie langsam einen Rhythmus. Er drang tiefer in sie vor, und ihre Angst legte sich mit jedem Stoß. Plötzlich nahmen ihre Sinne den Dienst wieder auf. Ihr Kopf schaltete sich ab, und sie nahm seinen herben, so unwiderstehlichen Duft wahr, hörte seine angestrengten Atemzüge, die ihr zeigten, dass es auch für ihn etwas Besonderes war. Als ihr Blut zu rauschen begann, wurde sie taub für die Geräusche der Umgebung. Sie hörte nur noch ihren eigenen Atem, das Pochen des Blutes. Etwas tat sich in ihr auf, und sie krallte ihre kurzen Nägel in Carls Haut, weil sie Angst bekam, sie würde fallen.

»Ich habe dich, mein Liebling, ich halte dich ... Lass dich einfach fallen«, hörte sie seine Worte aus weiter Ferne, und das tat sie. Als eine Woge der Sinnlichkeit über sie hinwegfegte, rief sie seinen Namen und stöhnte laut auf. So etwas hatte sie noch erlebt. Sie schlang ihre Beine um seine Hüften, um ihm noch näher zu sein. Ihr Körper bäumte sich auf, und da spürte sie, wie Carls Körper zuckte. Er warf den Kopf in den Nacken, stöhnte dumpf auf und ergoss sich in ihr. Wärme verströmte sich in ihrem Körper, ein angenehmes Gefühl, das sie so noch nie gespürt hatte. Es war neu und ungewohnt, doch es war auch etwas, das sie gerne wieder erleben wollte. Wieder und immer wieder.

Sie hielten sich fest umschlungen, lauschten den Atemzügen des jeweils anderen. Greta schloss die Augen und fühlte in sich hinein. Es gab nur ein Gefühl, das in ihr herrschte, und es war mit nur zwei Worten zu beschreiben – pures Glück.

Jetzt spürte sie seinen Arm, der um ihren Oberkörper geschlungen lag. Seinen nackten Oberkörper an ihrem Rücken, die zarte Berührung, wie er sie leicht streichelte. Es war mittlerweile heller Morgen.

Sie musste in den Laden, und doch konnte sie sich nicht von Carl trennen. Es war anders. Sie war eine andere. Sie war jetzt eine Frau, eine richtige Frau. Ein Lächeln glitt über ihre Züge. Ergeben schloss sie wieder die Augen, lauschte seinen Atemzügen. Noch eine Viertelstunde, dann müsste sie los. Ob sie etwas bereute, fragte sie sich selbst. Nein, es gab nichts zu bereuen. Sie war sich sicher, dass alles, was Carl ihr je gesagt und versprochen hatte, der Wahrheit entsprach. Er liebte sie so sehr, wie sie ihn liebte.

»Lass uns heiraten. Heute.«

Sie schlug die Augen wieder auf, als sie seine gemurmelten Worte hörte.

»Wie bitte?«

»Lass uns heute heiraten. Wir brauchen nur deine Abstammungsurkunde. Du bist volljährig. Wir können auf dem Standesamt sofort die Eheschließung beantragen, wenn wir die erforderlichen Unterlagen vorlegen. Kommst du da dran?« Carl richtete sich auf und blickte Greta eindringlich an.

»Ja, ich habe die Unterlagen zu Hause. Mein Vater ist in Lübeck, aber ich kenne die Kombination des Safes. Und der Laden? Ich habe die Verantwortung für ihn. Ich kann heute nicht heiraten.«

»Doch, das kannst du. Hans wird dich sicherlich vertreten. Ich werde mit Jan und Dörte sprechen. Sie können als Zeugen fungieren. Mehr brauchen wir doch nicht.« Er war Feuer und Flamme für seine Idee.

Greta lachte. »Du bist verrückt! Wir können doch nicht so einfach heiraten.« Sie schüttelte irritiert den Kopf.

»Aber warum denn nicht. Wer will uns aufhalten? Ich kenne einen Schützenbruder aus dem Krieg, der jetzt im Standesamt beschäftigt ist. Er wird sicherlich eine Ausnahme machen und uns trauen.«

»Einfach so?«

»Ich habe ihm das Leben gerettet. Jetzt ist es an der Zeit, dass er meines rettet«, sinnierte Carl und blickte ihr liebevoll in die Augen. »Ich will keine Stunde mehr vergeuden. Ich will mit dir zusammen sein, jeden Tag und jede Nacht. Sag nicht Nein. Ich brauche dich, Greta. Wir werden zusammen im Kontor arbeiten, wenn du es willst. Ich kann eine fleißige Frau wie dich gebrauchen. Nicht nur im Kontor, sondern in meinem Leben.«

Greta hob ihre Hand und strich mit den Fingern über die Bartstoppeln, die sich über Nacht auf sein Gesicht geschlichen hatten. »Du hast mich doch schon längst, du wirst mich auch nicht verlieren. Egal, was noch geschieht. Ich bin ab heute dein, für immer, so lange wir beide leben. Und ja, ich würde gerne im Kontor arbeiten. Das wäre eine wundervolle Aufgabe und eine Ehre für mich. Mein Vater wird sicherlich nicht begeistert sein, nun ohne mich auszukommen. Ich werde mit ihm sprechen, doch wenn er erfährt, dass ich im Kontor arbeiten kann, wird er nichts dagegen haben«, flüsterte sie. Sie legte die Hand in seinen Nacken, zog ihn zu sich, dann küsste sie ihn stürmisch. »Ja«, flüsterte sie an seinen Lippen. »Ja, ich will dich heiraten, heute oder morgen, egal wann. Auch wenn das absolut verrückt ist.« Sie lachte befreit auf und fühlte sich so glücklich wie noch nie in ihrem Leben. Alle geweinten Tränen waren vergessen, und die Zukunft hielt einen goldenen Streif am Horizont für sie bereit.

TEIL III

Eifersucht ist wie Salz: Ein bisschen davon würzt den Braten, aber zu viel macht ihn völlig ungenießbar.

Honoré de Balzac

Kapitel 23

Als Carl mit seinem Bugatti Type 13 in dem Wendekreis vor der Villa am Harvestehuder Weg hielt, kam Tilda bereits aus dem Haus geeilt.

»Herr von Löwenstein! Wie schön, Sie zu sehen. Gnädiges Fräulein.« Sie knickste.

»Tilda, das ist meine Frau Greta von Löwenstein. Bitten Sie Wilhelm, den Wagen in die Garage und das Gepäck auf unsere Etage zu bringen.«

»Sehr wohl, Herr von Löwenstein, gnädige Frau. Darf ich mir erlauben, Ihnen zur Hochzeit zu gratulieren.« Wenn sie überrascht war, so zeigte sie es unter keinen Umständen. Ihre Miene war gleichbleibend neutral.

Greta lächelte dankbar. »Vielen Dank, Tilda.«

Carl bot ihr seinen Arm an. Sie sah so verändert aus. Greta war vor dem Termin beim Standesamt noch beim Friseur gewesen und hatte sich ihr langes Haar zu einer modischen Bubikopffrisur schneiden lassen.

»Es wird Zeit für eine Veränderung«, hatte sie gesagt und gelacht. Die neue Greta gefiel ihm sehr gut, obwohl es ihm egal war, ob sie ihr Haar lang oder kurz trug, sie war jetzt vor dem Gesetz seine Frau, nur das zählte.

Tief atmete Greta aus, während sie an dem Gebäude hinaufblickte. Carl folgte ihrem Blick. Die Säulen waren imposant, das hatte er schon immer so empfunden. Es war nun auch Gretas Zuhause, und er hoffte, dass man sie gebührend willkommen heißen würde. Etwas anderes würde er nicht dulden. Carl war fest entschlossen.

»Wollen wir?«, fragte Carl. Greta nickte nur, ihr schien im Moment die Stimme zu fehlen. »Na, dann auf in den Kampf, Torero.«

Ein wissendes Lächeln glitt über ihre Züge. »Carmen«, flüsterte sie, und er nickte aufmunternd.

Tilda nahm ihnen Mäntel und Hüte ab, nachdem sie die Tür hinter ihnen geschlossen hatte.

»Wo ist meine Mutter?«, fragte Carl.

»Die gnädige Frau befindet sich mit Fräulein Evi auf der Terrasse, der Tee wird heute dort serviert.«

»Bitte bringen Sie uns auch zwei Tassen.«

»Darf ich fragen, ob der gnädige Herr zum Abendessen bleibt?«

»Ja, und meine Frau im Übrigen auch«, stellte Carl klar.

»Natürlich, die gnädige Frau von Löwenstein auch«, wiederholte Tilda. »Ich bitte um Entschuldigung.« Sie schlug erschrocken die Augen nieder.

»Kein Problem, Tilda. Ich muss mich auch erst an diese neue Situation gewöhnen.«

Tilda knickste und machte sich auf den Weg in die Küche. Dort hatte sie ja jetzt etwas zu berichten. Carl sah ihr kopfschüttelnd hinterher.

Als er die Terrasse betrat, erhellte sich der Blick seiner Mutter augenblicklich. »Carl! Was für eine Freude, dich zu sehen.

Bist du zur Vernunft gekommen?« Vera erhob sich und trat auf ihn zu.

»Guten Tag, Mutter. Natürlich bin ich das. Möchtest du auch meine Frau, Greta von Löwenstein, begrüßen?« Er zog an ihrer Hand, und sie trat hinter seinem Rücken hervor. Er spürte, wie ihre Hand zitterte, und drückte sie leicht. Keine Angst, wollte er ihr damit sagen, doch er wusste nicht, ob Greta diese Signale verstand. Ob sie ihm Vertrauen gegenüberbrachte.

Vera von Löwenstein reagierte anders, als er erwartet hatte. Sie öffnete den Mund, als wollte sie etwas sagen, schloss ihn dann jedoch wieder und sah Greta unumwunden an. Ihr Gesicht zu einer Maske erstarrt. Sie schluckte hart. Zuerst trat Unglauben auf ihre Züge, dann Verwunderung, zuletzt war so etwas wie Resignation zu erkennen. Vera schaute von Carl zu Greta, wieder zu Carl.

»Guten Tag, Frau von Löwenstein.« Greta schien ihre Stimme wiedergefunden zu haben. Sie klang kräftig, und Carl hoffte, dass es nicht nur gespielt war. Dass sie diese Stärke in sich fühlte.

»Du bist jetzt also auch eine von Löwenstein! Willkommen in der Familie, Greta. Ich bin Vera für die Zukunft. Ich hätte dich beinahe nicht erkannt, mit deiner neuen Frisur. Gefällt mir, es lässt dich erwachsener aussehen.« Sie streckte Greta die Hand entgegen.

Nicht nur Carl sah seine Mutter verblüfft an. Diese Frau war immer für eine Überraschung gut.

»Vielen Dank, Vera.« Greta ergriff ihre Hand.

»Darf ich denn auch gratulieren?« Evi von Domnitz hatte sich erhoben und war zu ihnen getreten. »Carl! Wie ich mich für dich freue.« Sie warf sich ihm regelrecht an den Hals und küsste ihn auf beide Wangen.

»Vielen Dank, Evi«, murmelte er und schob sie sachte von sich. Es war ihm peinlich, dass die junge Frau sich vor den Augen seiner Frau so an ihn schmiegte.

»Auch Ihnen alles Gute, Frau von Löwenstein.« Evi reichte Greta die Hand.

Sie lachte. »Greta bitte, wir sind doch im gleichen Alter. Vielen Dank. Ich muss mich erst noch an meinen neuen Namen gewöhnen.«

Tilda servierte zwei Tassen Tee, und sie nahmen alle an dem runden Tisch Platz, der im Schatten auf der Terrasse stand. Er war groß genug, um eine ganze Kompanie unterzubringen.

»Was genau hast du jetzt vor, nach der Heirat, Greta?«, fragte Vera und rührte in ihrer Tasse, nachdem sie Milch hineingegeben hatte.

»Wir werden hier wohnen. Meine Etage ist groß genug, um daraus eine richtige Wohnung zu machen. Bisher habe ich ja immer nur das Schlafzimmer genutzt.« Carl beantwortete die Frage, lächelte Greta an und drückte ihre Hand. Er sah, dass Vera ihre goldenen Eheringe bemerkte, die er gestern noch besorgt hatte. Zwar hatten sie nicht am gleichen Tag einen Termin beim Standesamt bekommen, dafür aber am Tag darauf. Zusammen mit Dörte und Jan, die als Zeugen kurzfristig einsprangen, hatten sie sich am Standesamt eingefunden. Greta trug ein helles Mantelkleid mit kurzen Ärmeln und einem passenden Hut. Sie war am Vormittag unterwegs gewesen und hatte sich das Haar schneiden lassen. War am Standesamt mit ihrem Bubikopf, der ihr ausgezeichnet stand, erschienen. Vera hatte recht, Greta sah wesentlich erwachsener aus, und Carl war sehr stolz auf seine wunderschöne Braut.

»Ganz, wie du meinst. Das Haus ist groß genug, und es wird Zeit, dass hier endlich Leben einkehrt.«

Carl erkannte seine Mutter nicht wieder. Er wusste nicht, was er von ihrem veränderten Auftreten halten sollte. Es war, als hätte eine andere Person von ihr Besitz ergriffen.

»Ich meinte allerdings, womit Greta sich beschäftigen möchte, jetzt, wo sie deine Frau ist, wird sie sicherlich nicht mehr in dem Laden ihres Vaters arbeiten wollen. Das wirst du doch gewiss nicht erlauben.« Vera steckte sich eine elegante Zigarettenspitze samt Zigarette in den Mund, Carl beugte sich vor und gab ihr Feuer.

»Ich hatte nicht vor, meine Arbeit aufzugeben«, erklärte Greta bestimmt.

»Habt ihr darüber nicht gesprochen? Vielleicht war eure Heirat ein wenig überstürzt?« Vera blies Rauch in die Luft.

»Greta wird im Kontor arbeiten können, wenn sie es will.« Carl blickte sie kurz an, drückte ihre Hand.

»Wie bitte? Das ist vollkommen ausgeschlossen. Eine von Löwenstein hat es nicht nötig zu arbeiten.« Vera blickte entsetzt von einem zum anderen.

»Aber du hast doch auch im Betrieb mitgeholfen, bevor ich zur Welt kam.« Carl musterte seine Mutter stirnrunzelnd.

»Ach, das war nur Kleinkram, keine wirkliche Arbeit.« Man sah ihr an, dass sie log.

»Greta wird ja auch keine Säcke in den sechsten Stock hieven wollen. Sie kann sehr gut mit Zahlen umgehen und wird in der Buchhaltung mithelfen. Wir können jede Hand gebrauchen. Jetzt, wo endlich der Friedensvertrag geschlossen wurde, wird es wieder bergauf gehen. Die Aufträge flattern nur so herein, die Ware wird im Stundentakt geliefert. Viele Frauen arbeiten mittlerweile.« Carl wurde nicht müde, seiner Mutter die Lage der Welt zu erklären.

»Ja, sie arbeiten, weil ihre Männer im Krieg geblieben sind. Aber du lebst und bist sehr wohl im Stande, deine Frau allein zu ernähren.«

»Schon gut, ich muss nicht unbedingt im Kontor arbeiten, mein Vater kann meine Hilfe auch weiterhin gebrauchen«, versuchte Greta die Lage zu entspannen.

»Ich wüsste gar nicht, was ich arbeiten sollte.« Evi betrachtete ihre Fingernägel. »Dafür sind meine Hände viel zu zart.« Sie lachte auf. »Ich habe mich doch tatsächlich letztens erst an einem Zeitungsblatt geschnitten.«

»Wirklich? An einer Tageszeitung?«, fragte Greta interessiert.

Evi winkte ab. »An einer Seite von *Die Dame*, diese Illustrierte. Die kennst du bestimmt.«

Carl verdrehte innerlich die Augen und rechnete es Greta hoch an, dass sie ihre Freundlichkeit nicht verlor.

»Ihr müsst uns jetzt entschuldigen, aber Greta ist sicherlich müde, es war ein langer Tag für sie und wir wollen uns vor dem Abendessen noch umziehen.« Carl erhob sich.

»Aber wir haben noch gar nicht über die kirchliche Hochzeit gesprochen. Wir müssen schauen, wen wir alles einladen.« Vera wollte ihn aufhalten, doch Carl wehrte ab.

»Danke, Mutter, aber das werden Greta und ich alleine besprechen. Es wird erst einmal nur einen kleinen Hochzeitsempfang geben, bei dem wir ausschließlich Freunde und Verwandte einladen. Geschäftspartner haben da nichts zu suchen.« Damit nahm er Gretas Hand und führte sie ins Haus.

»Glaubst du, deine Mutter wird Ruhe geben wegen der Hochzeit?«, flüsterte Greta ihm zu.

Er schüttelte den Kopf. »Nein, ich denke nicht. Aber darüber machen wir uns später Gedanken.« Er küsste ihre Wange und führte sie in die große Halle. »Jetzt werde ich dich erst einmal über die Schwelle tragen.« Er hob sie auf seine Arme und trug sie die Treppe hinauf.

»Ich bin doch viel zu schwer! Lass mich wieder runter.«

»Ach was, du bist leicht wie eine Feder!«, rief Carl übermütig und nahm eine Stufe nach der anderen.

»Jetzt ist Carl also wirklich verheiratet«, seufzte Evi und blickte traurig in den Garten hinaus. »Wie schade. Ich habe es wirklich genossen, dass er sich um mich gekümmert hat. Für einen kurzen Moment dachte ich wirklich, er würde mich wählen«, sagte sie enttäuscht.

»Ach Evi, noch ist der Kampf nicht verloren.« Vera griff nach ihrer Hand.

»Aber natürlich. Er ist jetzt ein verheirateter Mann.«

»Und wer sagt, dass es so bleiben muss?« Vera sah Evi mit hochgezogenen Augenbrauen an. »Dinge können sich ändern. Manchmal sogar sehr schnell.«

»Aber wie meinst du das, Vera? Er kann sich doch nicht einfach so scheiden lassen.« Evi sah sie verständnislos an.

»Lass mich nur machen. Ich will nicht, dass diese Frau das Leben von Carl ruiniert. Greta mag zwar einen Sinn fürs Geschäft haben, aber das heißt noch lange nicht, dass wir es uns von ihr wegnehmen lassen.«

Evi holte erschrocken Luft. »Will sie das denn? Greta macht auf mich einen sehr netten Eindruck.«

»Der erste Eindruck kann täuschen, liebe Evi. Wenn sie erst einmal ihr wahres Gesicht zeigt, solltest du zur Stelle sein, und Carl trösten können. Halte dich bereit.«

Cornelius betrat lächelnd die Terrasse. »Guten Tag, die Damen. Eine Tasse Tee ist genau das Richtige, was ich jetzt gebrauchen kann«, rief er gut gelaunt und setzte sich an den Tisch.

»Du solltest dir lieber was Härteres besorgen. Dein Sohn hat geheiratet. Wusstest du davon?« Vera sah ihren Mann aufmerksam an. Sie war sich nicht sicher, ob er nicht doch eingeweiht war.

»Carl? Wen hat er geheiratet?«, fragte Cornelius überrascht.

»Na, dreimal darfst du raten, aber ich denke, du bist klug genug, bereits beim ersten Mal richtig zu mutmaßen.«

Kapitel 24

Greta wurde herzlich von Cornelius umarmt. »Na, das ist ja mal eine Überraschung. Vera, nun hast du endlich eine Schwiegertochter, wie du es dir immer gewünscht hast«, rief er gut gelaunt. Was für eine Ironie. Sie hatte Vera sich ganz bestimmt nicht als Schwiegertochter gewünscht.

Vera erwiderte darauf nichts, lächelte nur verkniffen. »Nehmt bitte Platz. Zur Feier des Tages gibt es heute Tafelspitz mit Kartoffeln und Meerrettichsoße. Eine Delikatesse unserer Köchin.«

Greta nahm neben Carl Platz, als plötzlich Evi neben ihr auftauchte. »Das ist aber eigentlich mein Stuhl«, erklärte sie mit hochgezogenen Augenbrauen.

»Oh, bitte entschuldige.« Greta wollte sich erheben, doch Carl hielt sie auf.

»Das ist ab sofort der Platz meiner Frau, liebe Evi. Ich fürchte, du musst dir einen neuen suchen, es ist ja noch genug frei.«

Der Tisch bot schließlich Platz für acht Personen, und sie waren nur zu fünft.

Evi ließ sich auf einem Stuhl ihnen gegenüber nieder und lächelte. »Von hier aus kann ich in den Garten schauen, das ist mir sogar die wesentlich angenehmere Wahl.«

»Na, dann ist ja alles bestens«, erklärte Cornelius und nahm sich eine besonders große Scheibe Fleisch von der Platte, die man ihm anbot.

Anders als von Greta erwartet, wurde während der Mahlzeit nicht über Geschäfte gesprochen. Vielleicht lag es daran, dass man Evi und sie nicht ausgrenzen wollte. Dafür kam das Thema der frisch verabschiedeten Weimarer Verfassung auf.

»Ich denke nicht, dass die Republik eine Chance haben wird«, warf Greta ein und stieß damit bei Cornelius auf Interesse.

»So, warum nicht, meine Liebe?«, hakte er nach.

»Weil die Menschen unzufrieden sind. So viele leben in Armut, das schürt Unruhe. Die Deutsche Volkspartei und die deutschnationale Volkspartei haben dagegengestimmt.«

»Ja, aber nur mit fünfundsiebzig Gegenstimmen. Du solltest der Republik eine Chance geben.« Cornelius schnitt ein Stück von dem gekochten Rindfleisch ab und schob es sich in den Mund, kaute genüsslich.

»Ich bin ja nicht dagegen, nur denke ich nicht, dass der Friede im Reichstag hält.«

»Ich weiß gar nicht, wovon ihr da redet«, erklärte Evi und sah fragend in die Runde. »Woher weißt du nur solche Sachen, Greta?«

»Aus der Tageszeitung«, antwortete sie knapp. »Da stehen sehr interessante Dinge drin. Natürlich nicht die neuste Mode, aber wer zum Beispiel die Gesetze macht und das Land regiert.«

Carl blickte seine Frau an und schmunzelte.

»Ach, das ist mir viel zu langweilig«, gab Evi zu und trank einen Schluck Wein.

Auch Vera hielt sich aus dem Gespräch heraus. Dennoch spürte Greta ihre Blicke, die sie aufmerksam beobachteten. Ihr war nicht ganz wohl dabei.

»Vater, ich habe vor, Greta als Mitarbeiterin in der Buchhaltung einzusetzen. Ich denke, jemanden aus der Familie in der Firma zu haben, der die Zahlen prüft, kann nicht schaden.«

Vera gab einen dumpfen Ton von sich, an dem man erkennen konnte, dass ihr das ganz und gar nicht passte.

Cornelius nickte zustimmend. »Gut, gut. Kennt sie sich denn damit aus?«

Carl blickte Greta an. »Ja, ich führe meinem Vater seit drei Jahren die Bücher. Zahlen liegen mir.« Zuversichtlich nickte sie.

»Die Buchhaltung einer großen Firma kann man wohl schwerlich mit dem Journal eines Gemischtwarenladens vergleichen«, warf Vera ein. Sie lächelte, um ihre spitzen Worte freundlich zu verpacken. »Fräulein Schmitz arbeitet seit Jahren für uns. Ich denke nicht, dass wir sie verärgern sollten, indem wir ihr jemanden vor die Nase setzen, der ihre Arbeit überprüft, der nur halb so alt ist.«

»Gute Arbeit hat nichts mit dem Alter zu tun«, warf Carl ein.

»Ich bin auch schon sehr gespannt, wie eine so große Firma funktioniert«, gab Greta zu. »Da werde ich eine Menge lernen können. Mir liegt es fern, eine so fähige Mitarbeiterin zu überprüfen. Ich werde ihr hilfreich zur Seite stehen.«

»Vielleicht können wir auch eine Menge von dir lernen.« Carl nahm ihre Hand und drückte einen Kuss darauf.

»Lasst uns auf eure Heirat anstoßen und darauf, dass euer Glück für immer anhält.« Cornelius erhob sein Glas, und alle kamen seiner Aufforderung nach. Nur Greta schien zu bemerken, dass Vera keinen Schluck trank, sondern nur an dem Glas nippte.

»Das war heute wirklich ein wunderschöner Tag«, sagte Greta, als Carl sich zu ihr ins Bett legte.

»Ja, das war es. Und es werden noch eine Menge davon folgen.«

»Glaubst du, dass deine Mutter sich damit abgefunden hat, dass wir nun verheiratet und ein Ehepaar sind?«, brachte sie vorsichtig das Gespräch auf Vera.

Carl brauchte einen Moment, bevor er eine Antwort gab. »Gib ihr etwas Zeit, aber dann wird sie erkennen, dass ich gar nicht anders konnte, als mich in dich zu verlieben.«

Greta strahlte. »Das hast du sehr schön gesagt.« Sie beugte sich vor und küsste ihn. »Wirst du mir erlauben, dass ich arbeite?«

Wieder antwortete er nicht sofort.

»Du weißt, wie viel mir meine Selbstständigkeit bedeutet. Ich möchte etwas Sinnvolles tun. Wir hätten wirklich darüber sprechen müssen, bevor wir heirateten.« Nun war sie besorgt, dass Carl in dieser Angelegenheit vielleicht anderer Ansicht war als sie.

»Greta, es ist nun einmal üblich, dass Frauen der gehobenen Schicht nicht arbeiten. Natürlich kannst du es dir einmal ansehen, aber vielleicht sollten wir doch darüber sprechen. Eine Frau von Löwenstein hat es nicht nötig zu arbeiten.«

»Aber das ist Unsinn. Soviel ich weiß, nimmt selbst deine Mutter an Sitzungen teil.«

»Ja, weil sie im Vorstand ist.«

Greta traute ihren Ohren nicht. Machte Carl jetzt gerade einen Rückzieher? Sie zog die Stirn kraus. Er würde doch wohl nicht den Wünschen seiner Mutter nachgeben?

»Du hast gewusst, wen du heiratest.« Er sah sie verständnislos an.

»Nein, Carl. *Du* hast gewusst, wen du heiratest. Du kanntest meine Vorstellungen und Pläne, bevor wir geheiratet haben. Ich bin die gleiche Frau, die ich gestern noch war. Es hat sich nichts geändert. Und beim Abendessen warst du doch noch damit einverstanden, dass ich arbeite. Du hast sogar selbst vorgeschlagen, dass ich mich im Kontor in der Buchhaltung einbringen kann. Was hat deine Meinung geändert? Und das innerhalb weniger Stunden?«

Er lachte, was sie noch wütender machte. »Es hat sich alles verändert, Liebling. Du bist jetzt meine Frau, und ich denke, wir sollten zumindest gemeinsam überlegen, wie du in der Öffentlichkeit zukünftig als Frau von Löwenstein auftreten möchtest.«

Resolut stand sie aus dem Bett auf. »Woher rührt dieser plötzliche Sinneswandel, Carl? Willst du deiner Mutter einen Gefallen tun und sie in ihrer Weltsicht unterstützen?« Gretas Worte klangen eisig.

»Lass meine Mutter aus dem Spiel. Sie hat damit gar nichts zu tun.«

Dass er sie jetzt auch noch in Schutz nahm, nach allem, wie sie sich ihr gegenüber bisher verhalten hatte, setzte dem Ganzen die Krone auf. Ohne weiter darüber nachzudenken, nahm Greta eines der Kopfkissen und verließ den Raum.

»Wo willst du denn jetzt hin?« Carl sprang aus dem Bett auf und folgte ihr.

Greta breitete auf dem Sofa in dem kleinen Wohnzimmer, das zu Carls Räumen gehörte, ihr Bettzeug aus. Das sollte ihr heute als Schlafstätte dienen.

»Du wirst in unserer Hochzeitsnacht nicht auf dem Sofa schlafen.« Ohne ein weiteres Wort, hob Carl sie hoch und trug sie zurück ins Schlafzimmer.

»Was machst du, lass mich sofort runter!«, protestierte Greta.

»Das kannst du haben.« Er ließ sie unverhofft aufs Bett fallen und legte sich zu ihr. »Du willst wirklich deinen Kopf durchsetzen, nicht wahr?«

Sie presste die Lippen aufeinander und wich seinem Blick aus.

»Ich hätte nicht gedacht, dass wir bereits in unserer Hochzeitsnacht streiten.« Mit einer sanften Bewegung schob er ihr das seidene Nachthemd langsam nach oben und streifte es ihr über den Kopf. »Dabei habe ich ganz andere Dinge vor, als mit dir zu diskutieren.«

»Dann solltest du meine Wünsche respektieren«, knurrte sie und versuchte die verräterischen Gefühle ihres Körpers, die seine Hände auf ihrer Haut verursachten, zu ignorieren.

»Tue ich das nicht gerade?« Mit der Zunge malte er die Konturen ihrer Brüste nach, und Greta konnte nur mit Mühe ein Stöhnen unterdrücken.

»Carl, bitte. Tu mir das nicht an. Du weißt, wie viel mir meine Arbeit bedeutet.« Sie legte ihre Hände an seine Wangen, damit er sie anblickte.

Ein kleines Lächeln huschte über sein Gesicht. »Wenn du mich lieb bittest, werde ich es mir noch einmal überlegen.«

Darauf ließ Greta sich nicht ein. »Du kennst mich. Ich mache keine halben Sachen. Erst recht nicht in dieser Angelegenheit.«

»Du bist eine harte Geschäftspartnerin, da wäre ich wohl dumm, wenn ich dich nicht für unser Unternehmen gewinnen könnte.«

»Du hast dir also einen Scherz mit mir erlaubt? Du bist ein Scheusal!«, rief sie aufgebracht.

Carl lachte laut auf, dann küsste er sie stürmisch und ließ Greta damit alle Streitereien vergessen. Sie wusste nicht genau, ob er nachgab oder sie wirklich nur auf den Arm genommen hatte, aber das war nun auch egal. Der Sieg war ihrer.

Kapitel 25

Am frühen Morgen fuhr Greta zum Laden, um mit ihrem Vater zu sprechen. Sie hatte ein schlechtes Gewissen, weil sie ihn bisher nicht eingeweiht hatte. Keine Ahnung, wie er auf diese Nachricht reagieren würde. Hans erzählte, dass ihr Vater am Vorabend spät aus Lübeck zurückgekehrt war und jeden Augenblick kommen würde.

Als sie seine Schritte hörte, die sich dem Büro näherten, brach ihr der Schweiß aus.

»Greta, mein Kind! Da bist du ja. Ich habe dich schon vermisst. Wie geht es dir? Du hast eine neue Frisur?«, stellte Levi fest und sah sie erstaunt an.

»Ja, Papa. Das habe ich. Wie war deine Reise?« Sie versuchte etwas Zeit zu gewinnen.

»Gut, gut. Sehr erfolgreich. Warum trägst du einen Mantel? Willst du ausgehen?«

Allen Mut zusammennehmend atmete sie schwer aus. »Papa, ich muss dir etwas sagen. Du weißt, ich bin niemand, der lange um den heißen Brei herumredet. Nun ... ich habe geheiratet«, platzte es aus ihr heraus, und sie schloss für einen kurzen Moment die Augen.

Als sie sie wieder öffnete, sah sie in das bleiche Gesicht ihres Vaters.

»Geheiratet?«, fragte Levi und ließ sich auf einen Stuhl nieder. »Wen? Wann?«

»Carl von Löwenstein, wen denn sonst? Ich bin nun Greta von Löwenstein, Vater. Ich weiß, ich hätte etwas sagen müssen, aber es geschah alles so schnell. Carl hat mich gefragt und ich habe Ja gesagt. Wir haben es ganz spontan getan, nur mit unseren Freunden.«

»Einfach so?« Die Stimme ihres Vaters klang völlig ausdruckslos, als würde er es immer noch nicht glauben.

Sie nickte. »Einfach so. Ich wohne jetzt mit Carl in der Villa. Du wusstest, dass ich irgendwann gehen würde. Bitte glaube nicht, dass ich dich im Stich lasse. Aber ich liebe Carl und er liebt mich, da bin ich mir sicher. « Plötzlich schossen ihr Tränen in die Augen.

»Kind, das ist doch kein Grund zu weinen. Wenn ich nicht so überrascht wäre, dann würde ich mich freuen, aber du siehst deinen Vater hier ein wenig überfahren. Diese Neuigkeit, also damit hätte ich nun wirklich nicht gerechnet.«

»Willst du mir denn gar nicht gratulieren, Papa?«, fragte sie leise. Langsam sank ihr Hochgefühl. Sie hätte ihren Vater um Erlaubnis bitten müssen, das war Greta jetzt klar.

»Natürlich, mein Kind.« Levi erhob sich und nahm Greta in die Arme. »Ich wünsche dir alles Gute und ein erfülltes Leben, mein Kind. Du weißt, dass meine Tür immer für dich offen steht. Magst du nun auch eine verheiratete Frau sein, du wirst immer meine Greta bleiben.« Nun schimmerten auch seinen Augen verdächtig.

»Du wirst doch nicht weinen, Papa?«

Schnell schüttelte Levi den Kopf. »Nein, natürlich nicht. Wenn, sind es nur Freudentränen. Du bist nun also eine verheiratete Frau. Wie schnell sich die Dinge doch ändern können«, murmelte er und ließ Greta los.

»Ja, es bricht nun eine neue Zeit für mich an. Carl hat mir angeboten, im Kontor mitzuarbeiten. Ich finde das sehr modern und freue mich so sehr, dass er nichts dagegen hat, dass ich als seine Frau arbeiten will. Ich hoffe, du bist nicht böse auf mich, wenn ich dir im Laden und mit der Buchhaltung nicht mehr zur Hand gehen kann.« Nervös biss sich Greta auf die Unterlippe. Sie mutete ihrem Vater eine Menge zu, das wurde ihr diesem Augenblick klar, und sie warf sich ihm in die Arme. »Bitte, Papa, sag mir, dass du mir verzeihst«, schluchzte sie auf.

Liebevoll strich Levi ihr über den Kopf. »Aber da gibt es doch nichts zu verzeihen, mein Mädchen. Ich freue mich für dich, sehr sogar. Das Leben dreht sich weiter, und du wirst deinen Weg machen, da bin ich mir sicher. Ich werde schon jemanden finden, der mir hilft. Sei unbesorgt. Wichtig ist, dass du glücklich bist.«

Vorsichtig hob sie den Kopf von seiner Schulter. »Das bin ich, Papa, sehr sogar.«

»Na, dann ist doch alles in bester Ordnung.« Er strich ihr über die Wange und schüttelte lächelnd den Kopf. »Frau von Löwenstein«, murmelte er, als könnte er es immer noch nicht glauben.

Die schwarz rauchenden Schlote waren schon von Weitem zu sehen. Sie wurden unablässig mit Kohle befeuert, damit die Winden mit Elektrik versorgt wurden.

Sie passierten am frühen Morgen das Tor an der Brooksbrücke, die den Zugang zum Zollgebiet sicherte.

»Jede Ausfuhr muss angemeldet werden, da sie mit Zollgebühren belegt wird. Niemand würde es wagen, etwas hinauszuschmuggeln, das ist Ehrensache«, erklärte Carl wichtig.

»Gar nichts?«, fragte Greta wissbegierig nach.

»Nichts. Nicht mal eine Lavendelblüte, es gilt ein Ehrenkodex«, flüsterte er ihr ins Ohr und berührte mit den Lippen ihre Haut.

Sie lächelte, obwohl sie ihm ihren Streit am Vorabend noch nicht ganz verziehen hatte. Erst als Carl sie heute Morgen aus dem Bett gescheucht hatte, sie solle sich beeilen, sonst käme sie an ihrem ersten Arbeitstag bereits zu spät und dann würde ihr Lohn gekürzt werden, war sie, wie von der Tarantel gestochen, aufgesprungen und hatte sich fertig gemacht.

Die Räume von *Löwenstein Im- und Exporte* lagen im Block E der immer weiter wachsenden Speicherstadt. Das Büro war einfach zu finden. Carls und Jans Büros befanden sich auf einer Empore, die Türen waren bis zur Hälfte verglast, sodass man von den Chefbüros aus einen Blick auf die Büroangestellten hatte. Man erreichte sie über eine kleine Treppe mit fünf Stufen. Die Sekretärinnen und Mitarbeiter der Buchhaltung saßen im Erdgeschoss. Eine Wand war mit hohen Regalen ausgestattet, die mit schwarzen Ordnern und Hängeregistern überfüllt waren. Die Schreibtische waren ganz modern mit Schreibmaschinen, Ablagekörbchen und Rechenmaschinen versehen.

Doch das Auffälligste war der Duft, der in dem Raum hing. Das lag daran, dass eine Vielzahl an Gewürzproben auf einem langen schmalen Tisch alphabetisch angeordnet war. Die kleinen braunen Papiertüten waren mit dem jeweiligen Namen des Produktes versehen. Davor gab es kleine Porzellanschalen mit einer Kostprobe. Von A wie Anis, B wie Basilikum, Bohnenkraut, Bärlauch, über C wie Curry, E wie Estragon, I wie Ingwer, K wie Königskümmel, Kardamom, Knoblauchpulver, Koriander, über L wie Lakritz, Pfeffer in Rot, Grün, Schwarz und Weiß, Muskatnüsse, Paprika in süß und scharf, persisches Blausalz, Rauchsalz, Rosenblüten, rote Beete Pulver, Safranfäden, Senfkörner in allen möglichen Farben, Süßkraut, Vanillestangen, Thymian, Tonkabohnen, Wacholderbeeren, Zimtstangen, bis hin zu Zitronengras war alles vorhanden, was das Herz begehrte. Diese ganzen unterschiedlichen Gerüche lagen wie ein feiner Film über dem Raum, der einem sofort in die Nase stieg, wenn man eintrat.

Greta zog den Duft tief ein. In hundert Jahren würde sie dieses Aroma nicht vergessen, wenn sie denn so lange leben würde.

»Willkommen im Namen der ganzen Belegschaft, Frau von Löwenstein.« Ein älterer Mann in einem grauen Anzug trat auf sie zu und verneigte sich höflich. Sein schwarzes Haar war in einem Halbkranz um seinen Kopf drapiert, er trug eine Brille, gefertigt aus einem Drahtgestell und runden Gläsern.

»Darf ich dir Bruno Klaasen vorstellen. Er ist unser Chefeinkäufer«, stellte Carl den Mann vor. »Er arbeitet länger als mein Vater in diesem Unternehmen. Er gehört also fast zum Inventar.«

Der Mann sah sehr stolz aus, schien dies auf keinen Fall als Beleidigung aufzufassen.

»Dieser Mann weiß alles über Gewürze und deren Herkunft, selbst wie man sie in der Küche verwendet.«

»Dann weiß ich ja, an wen ich mich halten muss.« Greta lächelte freundlich.

»Nur zu, ich stehe Ihnen gerne mit Rat und Tat zur Verfügung.« Er verbeugte sich erneut und ging dann zu seinem Schreibtisch zurück.

Carl nahm Gretas Arm und führte sie weiter durch die Reihen. »Das hier sind Fräulein Klein, Fräulein Hubertus und Fräulein Cramer. Sie sind die Stenotypistinnen und schreiben die Aufträge und Rechnungen, kümmern sich um den gesamten Schriftverkehr. Frau Hubertus kennt sich hervorragend mit Kurzschrift aus.«

»Guten Tag, ich freue mich, Sie alle kennenzulernen.«

Carl ließ ihr keine Zeit, zog sie gleich weiter. »Fräulein Berta Schmitz, sie leitet die Buchhaltung, und Manni Weseke, der Assistent für … alles.« Fräulein Schmitz war eine Frau, die die vierzig bereits überschritten hatte. Ihr Blick war stechend, wie der eines Raubvogels. Manni Weseke hingegen war ein Junge von höchstens sechzehn Jahren, schlaksig, mit Pickeln im Gesicht, aber ordentlich frisiert. Er blickte nicht gerade begeistert drein.

»Manni, steh gerade«, zischte Fräulein Schmitz ihm zu, und sofort nahm der Junge Haltung an.

»Frau Schmitz, wie immer streng. Meine Frau, Greta von Löwenstein.«

»Ich freue mich wirklich, Sie alle kennenzulernen und in Zukunft mit Ihnen zusammenzuarbeiten«, sagte Greta laut.

»Zusammenarbeiten? In welcher Abteilung?«, fragte Fräulein Schmitz sofort. Ihr Auftreten hatte etwas Besitzergreifendes. »Außerdem sind Sie doch jetzt verheiratet«, fügte sie hinzu.

Alle Mitarbeiter schauten zu ihnen hinüber, und Greta war klar, dass sie sofort klarstellen musste, dass sie keine kleine Angestellte war. »Eine Heirat ändert nichts daran, nicht trotzdem einer Beschäftigung nachzugehen«, sagte sie daher sehr bestimmt.

»Meine Frau wird die Buchhaltung unterstützen und für die Quartalsberichte zuständig sein.« Carl sagte das mit großer Autorität, dennoch gab Fräulein Schmitz sich damit nicht zufrieden.

»Aber das war bisher immer meine Aufgabe«, erklärte sie und verschränkte die Arme. Sie trug ein schwarzes Kleid, das Haar zu einem strengen Zopf gebunden. Auch ihre Strümpfe waren schwarz, was darauf schließen ließ, dass es einen Trauerfall in ihrer Familie gab.

»Sie haben sich noch letztens darüber beschwert, dass Ihnen die Arbeit über den Kopf wächst, nun bekommen Sie die Hilfe, die ich Ihnen versprochen habe.« Carl wollte sich abwenden.

»Aber ich dachte eher an einen weiteren Assistenten, nicht an …« Sie verstummte, und es entstand eine Pause, die sich peinlich ausdehnte.

»Ich denke, wir werden uns bestens ergänzen, liebe Frau Schmitz. Ich würde mich freuen, wenn Sie mir Ihre Arbeitsweise später näherbringen und erklären.« Greta zog ihre Handschuhe aus und verstaute diese in ihrer Handtasche. Diese Geste zeigte, dass sie hier war und bleiben würde. Ob es Fräulein Schmitz gefiel oder nicht.

»Sehr gern, Frau von Löwenstein. Ich hoffe, ich finde Zeit dazu«, sagte sie und setzte sich zurück auf ihren Platz. Ihre ganze Körperhaltung untermalte, dass ihr das ganz und gar nicht gefiel.

Greta glaubte, ein kleines Lächeln auf den Lippen von Manni Weseke gesehen zu haben, sie konnte sich aber auch täuschen.

»Gut, dann zeige ich dir jetzt dein Büro.« Carl nahm ihren Arm und führte sie die schmale Treppe hinauf. Es gab neben dem Büro von Carl und Jan ein weiteres, dessen Tür er jetzt öffnete.

»Dieses Büro wurde bisher von meinem Vater genutzt, da er sich aber kaum noch hier sehen lässt und schon gar kein eigenes Büro benötigt, wird dieses hier künftig dein Reich werden. Ich werde Manni bitten, es bis morgen auszuräumen.«

»Nein, das wird nicht notwendig sein. Das kann ich auch selbst erledigen.« Sie blickte zu dem Schreibtisch, auf dem nur eine Unterlage, und das übliche Schreibzeug lagen. Ansonsten schien das Büro penibel aufgeräumt zu sein. Cornelius muss es schon länger nicht genutzt haben.

»Wenn du etwas brauchst, sag bitte Bescheid.«

»Eine Schreibmaschine und eine Rechenmaschine wären von Vorteil. Vielleicht auch ein paar Hängeregister, eine Lochmaschine und einen Klammeraffen. Ich glaube, das wäre erst einmal alles.« Sie lächelte glücklich und betrat den Raum. Er war nicht sehr groß, hatte aber ein Fenster und sie blickte hinunter. Es zeigte auf den Zollkanal hinaus. Sie sah die Schuten und Ewer, wie sie mit Ware beladen vom Hafen hochkamen. Die Hafenarbeiter riefen sich laut Flüche zu, und Greta drehte sich zu Carl um.

»Es ist wundervoll. Hier werde ich gerne arbeiten.« Sie lachte. »Jetzt brauche ich nur noch meine Arbeitsgeräte.«

»Wird erledigt, Frau von Löwenstein«, witzelte er und gab ihr einen Kuss auf die Nasenspitze, dann verließ er das Büro. »Manni! Ich habe einen Auftrag für dich.«

Kapitel 26

Seit mehr als zwei Wochen arbeitete sie nun im Kontor, verschaffte sich einen Überblick über die Quartalsabrechnungen, die Bilanzen des Vorjahres, die Strukturen des Unternehmens. Sie war fleißig, die Arbeit machte ihr Spaß. Besonders, wenn sie in die oberen Stockwerke ging, um neue Gewürzproben zu beschaffen. Sie könnte Stunden dort verbringen, sich mit der Beschaffenheit bestimmter Kräuter vertraut zu machen, ihren Duft zu analysieren, den Geschmack zu bestimmen. Ole Harms, der Quartiermann, war ihr behilflich, den Unterschied zwischen guter und schlechter Ware zu erkennen. Anders als erwartet, fühlte sie sich hier nicht wie ein Eindringling, sondern wurde von den Männern, die im Lager arbeiteten, zuvorkommend behandelt. Das lag natürlich daran, dass sie Frau Carl von Löwenstein war, sie betonte aber auch ständig, dass man ihr keine Extrawurst braten sollte. An manchen Tagen musste sie sich regelrecht zwingen, das Lager zu verlassen, um an ihren Arbeitsplatz zurückzukehren.

»Fräulein Schmitz! Wären Sie so freundlich, mir die T-Konten der Firma Ritter zu bringen?« Greta ging an ihrem Schreibtisch vorbei, zur Treppe hinauf, um in ihr Büro zu gelangen. Sie sah durch die Glastür, dass Carl mit Jan in einem Gespräch vertieft war.

»T-Konto? Was soll denn das sein?« Fräulein Schmitz sah ihr verwundert hinterher.

»Sie verwenden keine T-Konten?«, fragte Greta überrascht. »Wie verbuchen Sie denn die Zahlungseingänge der Debitoren?«

Im Raum war es mucksmäuschenstill geworden. Selbst die Stenotypistinnen hatten aufgehört, auf ihre Schreibmaschinen einzuhämmern.

»Wir heften die bezahlten Rechnungen in einem gesonderten Ordner ab.« Fräulein Schmitz zog eine Augenbraue in die Höhe.

Greta nickte. Diese Frau hatte eine Art an sich, die sie manchmal zur Weißglut brachte. Ihre Arbeitsweise war veraltet und umständlich, aber niemand wagte es, ihr zu widersprechen. Kein Wunder, dass sie nicht wollte, dass ihr jemand auf die Finger schaute. Obwohl Greta noch so jung war, kannte sie sich bestens mit der Buchführung aus und wollte das auf keinen Fall so hinnehmen.

Am nächsten Morgen bat sie Fräulein Schmitz direkt in ihr Büro, nachdem die ihre Arbeit begonnen hatte. Sie hatte Carl gebeten, kurz am Gemischtwarenladen ihres Vaters zu halten, dann waren sie weiter zur Speicherstadt gefahren.

Fräulein Schmitz betrat mit einigen Minuten Verzögerung ihr Büro, was mal wieder ihre Aufmüpfigkeit zeigte.

»Bitte, nehmen Sie Platz.« Greta deutete auf den Sessel vor ihrem Schreibtisch.

»Danke, ich bleibe lieber stehen«, entgegnete Fräulein Schmitz und musterte Greta skeptisch.

»Ich würde mich freuen, wenn Sie sich setzen, denn ich möchte Ihnen etwas vorstellen.« Greta schlug einen distanziert freundlichen Ton an, da gab die Buchhalterin nach und setzte sich auf die äußerste Kante des Sitzmöbels.

Vorsichtig öffnete Greta einen Stapel Papier und zog einige Blätter heraus, hielt sie so, dass ihr Gegenüber sie sehen konnte. »Schauen Sie, Fräulein Schmitz, das sind T-Konten, die heutzutage in der Buchhaltung genutzt werden. Sie geben einen schnellen Überblick über Rechnungsstellung und Bezahlung der offenen Rechnungen, ohne sich durch einen Berg von Papier wühlen zu müssen.«

»Ich kann Ihnen versichern, bei uns wird nicht gewühlt.« Fräulein Schmitz wirkte beleidigt.

»Ich gedenke, die T-Konten bei uns einzuführen. Sie sparen Zeit und erleichtern die Arbeit.« Greta sah ihre Kollegin herausfordernd an. Obwohl sie älter war und diesen Arbeitsplatz schon fast ihr ganzes Leben besetzte, war es an der Zeit, Neuerungen einzuführen. Greta war nicht naiv. Ihr war klar, dass dies ein schwieriges Unterfangen werden würde.

»Das werde ich nicht zulassen! Warum wollen Sie hier alles verändern? So, wie die Arbeit bisher erledigt wurde, ist es doch gut. Die Herren von Löwenstein haben sich niemals bei mir beschwert.« Sie war erbost aufgesprungen.

»Liebes Fräulein Schmitz, das zweifle ich auch nicht an und will keinesfalls alles verändern. Aber die Welt verändert sich, schreitet voran, und wir sollten den Anschluss nicht verpassen.«

»Wollen Sie mich dafür verantwortlich machen?«, fuhr Fräulein Schmitz auf.

»Nein, das will ich ganz und gar nicht. Aber ich würde mir wünschen, dass Sie Neuerungen gegenüber ein wenig offener wären.« Greta erhob sich nun ebenfalls von ihrem Stuhl.

Sie wollte nicht den Eindruck erwecken, dass sie nachgeben würde.

»Da kann man mal wieder sehen, was man davon hat!«

»Wovon hat?«, fragte Greta scharf.

Fräulein Schmitz stemmte die Hände in die Hüften. »Wenn man eine Jüdin einstellt! Sie wollen alles an sich reißen. Ich habe Ihr Pamphlet gelesen und weiß, was Sie vorhaben!« Ihre Stimme klang schrill.

Die Tür wurde aufgerissen und Carl, gefolgt von Jan, betrat den Raum. »Was ist denn hier los?«, fragte er laut und sah Greta stirnrunzelnd an, die ihn jedoch ignorierte.

»Von welchem Pamphlet sprechen Sie, Fräulein Schmitz?« Greta konnte der Frau nicht folgen.

»*Die Protokolle der Weisen von Zion!* Ich weiß, was Sie vorhaben. Sie wollen die Weltherrschaft! Sie brauchen es nicht leugnen. Ich weiß, was hier gespielt wird.« Fräulein Schmitz zeigte mit ausgestrecktem Finger auf Greta, die erschrocken zurückwich.

»So beherrschen Sie sich doch. Ich weiß nicht, woher Sie Ihre Informationen beziehen, Fräulein Schmitz, aber meine Frau ist keineswegs jüdischen Glaubens. Ich verlange von Ihnen, dass Sie sich ihr gegenüber angemessen benehmen.« Carl war aufs Äußerste angespannt.

»Sie will alles verändern, aber das lasse ich mir nicht bieten. Ich bin eine sehr zuverlässige Mitarbeiterin und kann ohne Weiteres eine neue Anstellung finden«, drohte Fräulein Schmitz.

Plötzlich stellte sich eine Stille ein, die Angst machte.

Carl hatte seine Hände in die Hüften gestemmt, sodass sich seine Muskeln unter dem Anzugstoff anspannten. »Wie Sie meinen, dann nehme ich hiermit Ihre Kündigung entgegen. Selbstverständlich erhalten Sie Ihren Lohn bis zum Monatsende. Ich erwarte jedoch, dass Sie sofort Ihren Arbeitsplatz räumen.«

Greta wollte ihren Mann zurückhalten, doch Fräulein Schmitz kam ihr zuvor. »Wie Sie wünschen, Herr von Löwenstein. Sie werden sehen, dieses Unternehmen wird Ihnen bald nicht mehr gehören.« Damit verließ sie den Raum und lief mit schnellen Schritten zu ihrem Schreibtisch. Holte ihre Handtasche und den Mantel nebst Hut hervor und verließ, ohne ein weiteres Wort zu verlieren, die Büroräume.

»Puh!«, stöhnte Jan auf und kratzte sich am Hinterkopf. »Was bin ich froh, dass wir den Drachen los sind.«

»Das wollte ich nicht«, sagte Greta leise. »Es tut mir leid.« Ihr wurde das Herz ganz schwer. Was hatte sie nur angerichtet?

Carl kam auf sie zu und zog sie in eine Umarmung. »Schon gut. Was war denn geschehen?«

»Ich habe versucht, ihr die Funktion von T-Konten zu erklären, aber sie wollte mir nicht einmal zuhören.« Plötzlich begannen ihre Tränen zu fließen. Es war ihr so peinlich, vor Jan zu weinen. Sie wand sich aus Carls Armen und drehte sich zum Fenster. Er reichte ihr ein Taschentuch. Sie wischte ihre Tränenspuren fort und erkannte ihre eigenen Initialen wieder, die auf den Stoff gestickt waren.

»Das ist ja mein Tuch«, sagte sie überrascht.

»Du hast es mir überlassen. Erinnerst du dich?«

Greta nickte. Natürlich, bei ihrem Picknick an der Alster. Für sie schien es Jahre her, dabei waren es gerade einmal zwei Monate.

»Ich werde dann mal weiterarbeiten«, erklärte Jan. Er verließ das Büro und schloss die Tür hinter sich, um Carl und Greta ein wenig Privatsphäre zu geben.

»Was machen wir denn jetzt?« Greta tat das alles unendlich leid.

»Wir werden uns nach einem neuen Mitarbeiter umsehen. Jeder ist ersetzbar, auch wenn Fräulein Schmitz da anderer Meinung ist. Doch das wollen wir mal sehen. Und bis dahin werde ich dir Manni schicken, er wartet nur darauf, endlich zeigen zu können, was in ihm steckt.«

»Das kann doch wohl nicht wahr sein! Fräulein Schmitz arbeitet seit Jahrzehnten in unserer Firma. Auf sie war immer Verlass!« Vera von Löwenstein stand kurz davor, die Contenance zu verlieren, als Carl beim Abendessen erzählte, dass Fräulein Schmitz die Firma verlassen hatte.

»Und dann hat sie auch noch selbst gekündigt. Was sollen denn unsere Geschäftspartner denken? Noch nie hat es jemand gewagt, uns die Arbeit vor die Füße zu werfen. Das ist eine absolute Katastrophe. Cornelius, nun sag doch auch mal etwas.« Vera blickte ihren Mann strafend an, als wäre er dafür verantwortlich, dass die langjährige Mitarbeiterin selbst gekündigt hatte.

Greta hielt den Kopf gesenkt, weil sie um ihre Schuld wusste. Sie fühlte sich schlecht. Dennoch wollte sie nicht, dass Carl seinen Kopf dafür herhalten musste, auch wenn er es vermutlich für sie tun würde. »Ich trage wohl die Schuld daran«, bekundete sie mit leiser, aber klarer Stimme.

Alle Blicke im Raum waren nun auf sie gerichtet, und ihr wurde ganz heiß. Die Wangen brannten wie Feuer.

»Kannst du das genauer erörtern?« Veras Worte waren scharf wie eine Rasierklinge.

»Die Arbeitsweise von Fräulein Schmitz ist veraltet. Ich wollte ihr die Vorteile zur Nutzung der T-Konten-Formulare erklären, die wesentlich dienlicher in der Buchhaltung sind. Doch sie wollte mir nicht einmal zuhören.«

»Pah!« Vera sah sie missbilligend an. »Du glaubst also, ein zwanzigjähriger Grünschnabel hat mehr Erfahrung als eine gestandene Mitarbeiterin, die seit fast dreißig Jahren in unseren Diensten steht?«

»Mutter! Ich verbitte mir, so mit meiner Frau zu sprechen!« Carl legte sein Besteck zur Seite und tupfte sich mit der weißen Stoffserviette den Mund ab.

Vera hob lediglich die Schultern. »Ich sage nur die Wahrheit. Wenn du ihr nicht ins Auge sehen kannst, dann kann ich dir auch nicht helfen.«

»Was ist denn ein T-Konto?«, fragte Cornelius interessiert nach.

»Das sind einzelne Kontoblätter, auf denen man die schematische Darstellung eines Kontos mit der Schreibmaschine eintragen kann«, erklärte Greta ruhig.

»Wofür soll das notwendig sein? Wir führen das Journal und das Hauptbuch mit den Nebenbüchern. Wieso sollte man so etwas in die Schreibmaschine einspannen?«, brummte Cornelius.

»Wir tragen im Journal nur die Summen ein. Dabei kann es zu Fehlern kommen. T-Konten dienen dazu, sich selbst zu kontrollieren. Es gibt eine Soll- und Haben-Seite, wie bei einer Bilanz. Das nennt man doppelte Buchführung. Dadurch, dass auf beiden Seiten das gleiche Ergebnis erscheinen muss, kann man überprüfen, ob die Buchhaltung stimmt. Diese T-Konten sind einzelne Blätter, die man in die Schreibmaschine einspannen kann. Sie sind flexibler als ein ganzes Buch. So können wir für jeden Kunden ein einzelnes Konto anlegen und haben immer sofort den Überblick, welche Rechnungssumme noch beglichen werden muss. Wir müssen nicht ständig die Salden aufaddieren. Es spart eine Menge Zeit.«

Cornelius blickte erst Carl an, dann seine Frau, die sich wieder ihrem Teller zuwandte, das Essen aber nur hin- und herschob.

»Das hört sich doch sehr vernünftig an, was das Mädchen da erzählt. Woher hast du dieses Wissen?«

»Mein Vater hat mich zu einem Buchführungskurs geschickt. Ich habe dort eine Menge gelernt«, berichtete Greta, deren Knoten im Magen sich langsam löste.

»Wir werden eine andere Mitarbeiterin finden. Fräulein Schmitz war mit ihrer schroffen Art ohnehin nicht sehr beliebt.« Carl griff nach Gretas Hand, drückte sie liebevoll.

»Kein Wunder. Sie muss sich ja ganz allein durchbringen, nachdem ihr Bruder im Krieg gefallen ist«, warf Vera ein, die noch immer auf der Seite der Angestellten stand.

»Ist es dann nicht furchtbar leichtsinnig, wenn sie so einfach ihre Stelle aufgibt? Wovon will sie denn nun leben?«, fragte Evi, die die ganze Zeit nur still zugehört hatte. »Ich verstehe zwar nicht, wovon ihr sprecht, all diese merkwürdigen Begriffe, doch ich weiß, dass es viele Menschen gibt, die eine Arbeit suchen.«

»Stell dein Licht nicht immer unter den Scheffel, mein liebes Kind. Du bist sehr gescheit, deine Interessen liegen nur woanders.« Vera nickte ihr zu, und Evi bedankte sich mit einem Lächeln.

»Ich werde schon herausbekommen, was dahintersteckt. Mir kommt es auch merkwürdig vor, dass Fräulein Schmitz so schnell die Segel gestrichen hat. Aber ich werde nicht zulassen, dass man meine Frau dermaßen beleidigt.«

»Vielen Dank, Carl«, murmelte Greta und begann endlich, von ihrer Suppe zu essen.

Als sie später zurück in das Esszimmer kam, um ihr Halstuch zu holen, das sie während des Essens abgelegt hatte, traf sie auf Vera, die gerade den Raum verlassen wollte.

»Ich wünsche dir eine gute Nacht«, sagte Greta und wollte an ihr vorbei, doch Vera machte keinen Platz.

»Auf ein Wort, Greta. Mir scheint, du hast einen sehr eigenwilligen Kopf. Ich will dich nur wissen lassen, dass so etwas in diesem Haus nicht gerne gesehen wird. Du solltest dich nicht zu sicher fühlen. Magst du auch in der Firma Carl um den Finger wickeln, hier im Haus habe ich das Sagen. Und ich versichere dir: Du bist hier nur geduldet! Ich hätte dieser Ehe niemals zugestimmt, wenn man mich gefragt hätte. Aber mein Sohn scheint wohl nichts mehr auf mein Wort zu geben. Doch ich lasse mich von dir nicht blenden. Begehe nicht den Fehler, mich zu unterschätzen, sonst bist du hier schneller wieder weg, als du denkst.« Vera hatte ganz ruhig und gelassen gesprochen, doch die Klarheit ihrer Worte ließ keinen Raum für Interpretationen offen.

Greta war so geschockt, dass sie nur nickte, dann hastig den Raum verließ und die Stufen in die zweite Etage hinauflief. Als sie die Tür des Schlafzimmers hinter sich schloss, begann sie hemmungslos zu weinen. Sie war so verzweifelt. Damit hatte sie nicht gerechnet. Veras Worte hatten sich wie Stahlspitzen in ihr Herz gebohrt.

In diesem Augenblick wurde ihr klar, dass Vera ihre Feindin war. Sie würde sie niemals akzeptieren. Das ganze freundliche Getue der letzten Wochen war nur ein Schauspiel gewesen, um sie in Sicherheit zu wiegen. Mutlos zog sie ihr Kleid aus und das Nachthemd über. Sie legte sich ins Bett und konnte einfach nicht aufhören zu weinen.

Als Carl sich im Bett zu ihr drehte, erschrak sie, weil sie dachte, dass er bereits schlief.

»Nicht weinen, mein Liebes. Das ist dieses Fräulein Schmitz nicht wert. Wir bekommen das schon hin.«

Sie wollte Carl widersprechen, dass dies gar nicht der Grund für ihre Tränen war, doch sie konnte nicht. Sie wollte nicht einen weiteren Kriegsschauplatz offenlegen, zwischen dessen Fronten sie erneut geraten war. Carl liebte seine Mutter, auch wenn er oft nicht ihrer Meinung war. Er würde ihr vermutlich gar nicht glauben, dass Vera zu solchen Worten fähig war und sie vielleicht sogar der Lüge bezichtigen. Nein, ihre Probleme mit Vera musste sie alleine klären. Doch gab es da überhaupt etwas zu klären? Sie hatte wenig Hoffnung, dass Vera je ihre Meinung über sie ändern würde.

Stumm drehte sich Greta zu Carl um, gab ihm einen Gute-Nacht-Kuss. »Mach dir keine Sorgen. Bei mir bist du sicher.« Er strich ihr über das Haar, und letztendlich schlief Greta in seinen Armen ein.

Kapitel 27

Hamburg, August 1919

»Ich habe hier etwas für Sie, Frau von Löwenstein!« Bruno Klaasen stand an der offenen Bürotür mit einem Paket in der Hand.

»Ist es schon angekommen?«, fragte Greta neugierig und winkte ihn herein.

»Ja, die Post war schneller, als wir gedacht haben.«

Greta reichte ihm eine Schere, mit der er die Kordel durchschnitt, die um das Päckchen gebunden war. Dann öffnete er den Karton und nahm eine Blechdose heraus. Es war per Luftpost eingetroffen, nicht mit dem Schiff wie sonst üblich, und wurde somit um einiges schneller angeliefert. Vorsichtig nahm er den Deckel ab, um auch ja nichts zu verschütten. Beide inspizierten prüfend den Inhalt.

Es klopfte am Türrahmen, und Manni Weseke trat ein. »Ich habe hier die T-Konten der Firma Ritter, die Sie sehen wollten, Frau von Löwenstein.« Er legte ihr das Konto auf den Tisch.

»Was ist das denn? Ist das Salz schlecht, oder warum ist es so rosa?«, fragte Manni und machte große Augen.

»Ach Quatsch! Das ist Inka-Salz aus Peru«, erklärte Klaasen voller Stolz, als hätte er es persönlich mit der Hand geschöpft.

»Es wird aus dem Quellwasser der Anden gewonnen, daher die rosa Färbung«, fügte Greta beeindruckt hinzu. »Das werden wir ins Angebot aufnehmen. Es soll hervorragend zu Fleischgerichten und Gemüse schmecken.«

»Essen die in Afrika überhaupt Gemüse?«, fragte Manni nachdenklich.

»Peru liegt in Südamerika, du Holzkopf.« Klaasen schlug ihm spielerisch auf den Hinterkopf. »Geh und mach dich nützlich. Wir brauchen eine Tüte und eine von den weißen Ausstellungsschalen.«

»Kommt sofort, Herr Klaasen!« Manni machte sich auf den Weg und kehrte kurz darauf mit dem Gewünschten zurück.

Klaasen gab Greta einige Körner auf die Hand, die sie genau prüfte. Sie roch daran, fühlte mit dem Zeigefinger und nahm ein einzelnes Korn als Probe.

»Es ist grob, aber sehr mild. Was meinen Sie, Herr Klaasen. Werden das unsere Verkäufer an den Mann bringen können?«

Klaasen prüfte ebenso genau, er brauchte etwas mehr Zeit, roch immer wieder, rieb die Körner zwischen Daumen und Zeigefinger.

Weseke stand die ganze Zeit daneben und beobachtete Bruno Klaasen ganz genau bei seinem Tun, wie er vorging, was wichtig war und wie man eine Probe genauestens prüfte.

Endlich nickte der Einkäufer. »Ja, ich würde sagen, das Salz hat eine ausgezeichnete Qualität. Wir sollten ausprobieren, wie rosafarbenes Salz bei den Kunden ankommt. Wir beliefern

Hotels und erstklassige Restaurants mit Proben. Diese arbeiten direkt mit dem neuen Salz und werden sich ein Urteil dazu bilden. Dann werden wir erfahren, ob sich eine größere Bestellung lohnt und ob das neue Salz den Geschmack der Kunden trifft.«

Greta strahlte über beide Wangen. Sie hatte darüber in einer Zeitung gelesen und Klaasen davon überzeugt, eine Probe zu ordern. »Sie haben ein gutes Näschen für das Geschäft, Frau von Löwenstein, das muss ich neidlos zugeben«, lobte er sie.

»Vielen Dank, mein lieber Klaasen. Vielleicht fürs Geschäft, aber wohl weniger für das Personal.« Greta steckte der Streit mit der ehemaligen Buchhalterin immer noch in den Knochen.

»Ach wo!«, meinte Manni und winkte ab. »Die Schmitz arbeitet jetzt bei den Müllers«, erzählte er freiheraus. »Ich habe sie gesehen. Das Kontor liegt am anderen Ende des Blocks.«

»Den Teppichhändlern?«, fragte Klaasen und zog eine Augenbraue hoch, richtete seine Brille auf der Nase. »Das sind doch Anhänger der deutschen Arbeiterpartei. Die kommen ursprünglich aus München und haben sich hier eingenistet. Kein Wunder, dass die Schmitz so auf Sie losgegangen ist. Das ist ein ganz merkwürdiges Völkchen. Von denen sollten Sie sich fernhalten. Die Partei ist so klein, aus denen wird nichts, die werden sich bald wieder auflösen.«

Greta hatte von der Partei noch nie gehört. »Sagen Sie, Herr Klaasen. Wir brauchen eine neue Buchhalterin, der wir vertrauen können. Kennen Sie vielleicht jemanden? Es gibt so viele Arbeitslose, aber ich würde gerne wieder eine Frau einstellen.«

Klaasen verschränkte die Arme vor der Brust und überlegte. »Es würde da jemanden geben, dem ich vertraue. Sie ist allerdings nicht mehr ganz so jung, eher mein Alter.«

»Das macht ja nichts. Wenn sie möchte, kann sie sich gerne morgen vorstellen«, schlug Greta vor.

»Ich werde mit ihr sprechen. Ihr Name ist Johanna Stöver.«

»Tun Sie das, Klaasen. Und ich werde mich jetzt mal um die Firma Ritter kümmern, damit die endlich ihre Rechnungen bezahlen. Manni, du wirst mir helfen.«

»Jawoll, Frau von Löwenstein.« Er salutierte und knallte die Hacken zusammen.

Greta lachte. »Das wollte ich hören.«

Johanna Stöver war eine unscheinbare Frau Ende vierzig. Das braune Haar trug sie hochgesteckt, ein kleiner Hut rundete ihr Äußeres ab. Ihre Kleidung war einfach, aber sauber, die Schuhe blitzblank. Ihre braunen Augen sahen sich neugierig um, als sie das Büro betrat. Bruno Klaasen war so freundlich gewesen, sie am Eingangstor abzuholen, und geleitete sie in Gretas Büro.

»Moin, Frau von Löwenstein«, grüßte Klaasen. »Ich möchte Ihnen Frau Johanna Stöver vorstellen.«

»Frau Stöver, wie schön, Sie kennenzulernen.« Greta reichte der Frau die Hand und bot ihr einen Platz an, während Klaasen den Raum verließ.

»Ich habe hier das Zeugnis meiner letzten Arbeitsstelle.« Sie reicht Greta einen Umschlag, in dem sich neben einem Empfehlungsschreiben auch ein Schulzeugnis befand.

In Ruhe studierte Greta die Dokumente, legte sie dann zur Seite. »Das sieht ja sehr gut aus. Darf ich fragen, warum Sie Ihre letzte Stelle verloren haben?«

»Die Bank, bei der ich beschäftigt war, musste schließen und hat Konkurs angemeldet. Die Zeiten sind hart.« Johanna Stöver schien es peinlich zu sein.

»Da haben Sie recht. Und ihr Mann ist damit einverstanden, dass Sie weiterhin arbeiten?«

Frau Stöver schluckte hart. »Ich habe keine andere Wahl. Mein Mann ist im Krieg gefallen, und ich habe zwei Kinder zu versorgen«, gab sie mit leiser Stimme preis. »Ich sage es nicht gern, aber ich bin sehr auf eine neue Anstellung angewiesen. Dafür bin ich bereit, hart zu arbeiten. Meine Kinder sind es gewohnt, dass ich auch mal Überstunden leisten muss. Sie brauchen keine Sorge haben, dass ich immer überpünktlich wegmüsse.« In ihrem Blick lag so etwas wie Hoffnung.

Greta hatte großes Mitleid mit der Witwe, die ihre Kinder ganz allein durchbringen musste. Sie konnte nur erahnen, was diese Frau zu leisten hatte. »Und Sie haben Erfahrung als Buchhalterin?«

»Ja, ich habe seit Kriegsbeginn in der Buchhaltung der Bank gearbeitet.«

»Kennen Sie sich mit T-Konten aus?«, fragte Greta zögerlich.

Ein Lächeln glitt über die Züge von Frau Stöver. »Ja, damit haben wir in der Bank gearbeitet.«

Erleichtert atmete Greta aus, konnte ihre Freude kaum verbergen. »Das hört sich alles wirklich sehr gut an. Ich kann das natürlich nicht allein entscheiden und werde es mit meinem Mann besprechen. Aber ich kann Ihnen verraten, dass wir die Stelle noch nicht offen ausgeschrieben haben.« Sie wollte der Frau unbedingt Mut machen. »Ihr Gehalt würde den üblichen Konditionen entsprechen.«

»Ich wäre Ihnen sehr dankbar, Frau von Löwenstein.« Johanna Stöver machte einen sehr freundlichen Eindruck. Jetzt musste Greta nur noch Carl davon überzeugen, dass sie die richtige Person für die frei gewordene Position war.

»Gut, ich werde das mit meinem Mann diskutieren, und Sie bekommen von uns Bescheid.«

Johanna Stöver erhob sich von dem Stuhl, reichte Greta die Hand. »Ich möchte mich für diese Chance bedanken. Es gibt nicht viele Firmen, die gerne eine Frau einstellen.« Sie lächelte gewinnend.

»Wir werden uns mit der Entscheidung beeilen, damit Sie bald von uns hören, Frau Stöver.«

»Vielen Dank. Ich wünsche Ihnen einen schönen Tag.«

»Danke, Ihnen auch.«

Greta starrte noch einige Zeit auf die Tür, nachdem Johanna Stöver den Raum verlassen hatte. Sie hatte recht. Es gab viele Unternehmen, die Frauen nur in einfachen Positionen einsetzten. Die Arbeitslosigkeit war enorm, gleichzeitig wurden Arbeitskräfte dringend gesucht, für die Frauen aufgrund ihrer Physis nicht infrage kamen. Viele Männer waren als Invaliden aus dem Krieg zurückgekehrt. Als Witwe, die gleich zwei Kinder versorgen musste, war es bestimmt keine einfache Zeit. Entschlossen erhob sich Greta und ging hinüber in Carls Büro. Er legte gerade den Telefonhörer auf.

Forsch setzte sie sich in einen der Sessel und blickte ihn abwartend an.

»Ich sehe dir an, dass du etwas auf dem Herzen hast.« Carl erhob sich, kam um den Schreibtisch herum, setzte sich auf dessen Ecke und verschränkte die Arme vor der Brust. Carl trug heute einen hellen Sommeranzug, kombiniert mit einem weißen Hemd und einer bordeauxroten Krawatte mit Paisley-Muster. Er sah so nobel damit aus, dass Greta ihn geradezu anhimmelte. »Du blickst mich an, als würde dir gefallen, was du gerade betrachtest.«

Mädchenhaft begann sie zu kichern. »Ist es verwunderlich, dass ich in meinen eigenen Mann verliebt bin?«, fragte sie keck.

Carl lachte. »Ich glaube, ich habe noch nie ein Kompliment von einer Frau erhalten.«

»Das bezweifle ich. Aber nun gut. Ich habe eine Bitte an dich.«

Überrascht zog Carl eine Augenbraue in die Höhe. »Schmierst du mir vielleicht Honig ums Maul, damit ich deiner Bitte entspreche?« Seine Augen blitzten bübisch auf.

»Nein, natürlich nicht. Ich habe eine neue Mitarbeiterin für die Buchhaltung gefunden. Allerdings möchte ich nicht eigenmächtig handeln, sondern natürlich deine Zustimmung einholen«, ging sie in die Offensive.

»Aha, darf ich fragen, um wen es sich dabei handelt?« Zweifel waren in Carls Worten zu hören.

»Bruno Klaasen hat den Kontakt hergestellt. Johanna Stöver ist eine Witwe, die gleich zwei Kinder allein großziehen muss. Ihr Mann ist im Krieg geblieben, und ich denke, sie verfügt über die nötige Erfahrung, die Arbeit einer Buchhalterin zu erledigen. Sie hat bereits in einer Bank gearbeitet, ihr Arbeitszeugnis ist einwandfrei.«

»Das hört sich sehr gut an, allerdings entscheide ich das nicht allein. Jan ist für die Personalpolitik zuständig. Das musst du mit ihm besprechen.«

»Aber du bist doch der Geschäftsführer.«

»Ja natürlich, aber dir würde es sicherlich auch nicht passen, wenn ich bestimme, wie du deine Arbeit zu erledigen hast. Hier hat jeder seine Aufgaben, Greta. Auch du musst dich an die Regeln halten.«

»Das tue ich doch«, beleidigt schob sie die Unterlippe vor und erhob sich abrupt. »Dann werde ich mich an Jan wenden.«

»Heute ist er nicht da, er hat sich freigenommen.«

Enttäuscht ließ sie sich wieder in den Sessel fallen. »Gut, dann eben morgen.«

Als sie zum Feierabend hin das Zollhaus ansteuerte, blickte Carl sie verwundert an.

»Was führst du denn im Schilde?«

Grinsend stieg Greta ins Automobil und hielt eine braune Papiertüte hoch. »Heute gibt es etwas Besonderes zum Abendessen«, erklärte sie geheimnisvoll und hüllte sich für den Rest der Fahrt in Schweigen.

Greta ging direkt in die Küche, nachdem sie die Villa erreicht hatten, während Carl sich, wie üblich, im Raucherzimmer eine Zigarette gönnte und ein wenig mit seinem Vater plauderte.

Ein junges Mädchen stand an dem großen Arbeitstisch in der Mitte des Raums, der hell erleuchtet war, und schälte Kartoffeln. Sie bedachte Greta mit neugierigen Blicken.

»Guten Tag. Ich bin Greta von Löwenstein«, stellte sie sich vor.

»Guten Tag, gnädige Frau. Ich weiß.« Sie knickste höflich.

»Und wer sind Sie?«, wollte Greta wissen, da sie dem jungen Mädchen, das nicht älter als fünfzehn sein konnte, noch nie begegnet war.

»Lina, gnädige Frau. Ich bin die Küchenhilfe.«

Eine Frau mit einem großen Kochtopf im Arm kam aus der Speisekammer, schloss die Tür und sah Greta überrascht an. »Frau von Löwenstein. Dat ist ja mal ne Überraschung. Könn wir Ihnen helfen?«

Martha, die Köchin, stellte den Topf zur Seite.

»Guten Tag, Martha, ich habe hier etwas für Sie aus dem Kontor mitgebracht.« Greta hielt die Papiertüte in die Höhe. Sie war der Köchin schon einige Male begegnet, als Greta sich am späten Abend noch selbst einen Tee zubereitet hatte. Sie wollte dafür nicht Tilda bemühen. Wasser zu kochen und sich einen Tee zuzubereiten bekam sie auch alleine hin.

Martha kam neugierig näher, und auch Lina legte das Pittermesser zur Seite. Raschelnd öffnete Greta die Tüte und ließ ein wenig von dem Inhalt in ihre Hand rieseln. »Das ist Inka-Salz aus Peru. Es hat ein feines Aroma, und mit seiner rosigen Farbe sieht es als Dekoration bestimmt wunderbar aus. Es wird zu Fleisch und Fischgerichten empfohlen.«

»Es duftet sogar«, stellte Lina fest und fächerte sich das Aroma zu.

»Dat werde ich direkt heute Abend ausprobieren, da gibt et nämlich frischen Kabeljau, den ich frisch auf'm Markt ergattern konnte.« Martha strahlte, als hätte sie einen Goldklumpen gefunden.

»Oh, da werden die Männer sicherlich begeistert sein.« Greta überreichte der Köchin die Tüte, nachdem sie das Salz aus ihrer Hand wieder hineingegeben hatte. Sie wollte keines der kostbaren Körnchen vergeuden.

»Darf ich fragen, was du hier unten zu suchen hast?«

Erschrocken wandte sich Greta um und sah Vera in der Tür stehen, die sie aus zusammengekniffenen Augen anblickte.

»Oh, ich …«, verlegen griff sich Greta an den Hals. Ihr Kopf war plötzlich so leer, dass sie nicht in der Lage war zu antworten. Dabei tat sie ja nichts Verbotenes, aber sie kam sich zumindest so vor. »Ich habe etwas Salz vorbeigebracht«, erklärte sie dann kurz angebunden.

»Das hätte Tilda ebenso übernehmen können. Hier unten hat nur das Personal etwas zu suchen.«

Du behandelst mich doch, als würde ich dazugehören. Nur mit Mühe konnte Greta sich zurückhalten, ihre Gedanken nicht laut auszusprechen. Vera schien zu erwarten, dass sie sofort den Raum verließ, wenn man ihre Geste richtig deutete.

»Ich freue mich schon auf das Abendessen.« Sie lächelte Martha und Lina zu, verabschiedete sich mit einem Nicken.

Als sie die Treppe ins Erdgeschoss hinaufstieg, spürte sie Veras Blicke in ihrem Rücken.

»Was fällt dir ein, dich mit dem Personal anzufreunden? Du gehörst nicht mehr zu ihresgleichen, das solltest du beachten«, zischte Vera ihr zu, als sie am oberen Absatz ankam.

Abrupt wandte sich Greta ihr zu. »Ich habe auch vorher nicht dazugehört. Wir hatten selber Personal zu Hause. Sie sind genauso Menschen wie wir, und es gibt keinen Grund, unfreundlich zu ihnen zu sein. Tagtäglich sorgen sie für uns, da kann man ihnen doch ein wenig Freundlichkeit entgegenbringen.« Gretas Ton ließ zu wünschen übrig, doch Veras Verhalten den Angestellten gegenüber fand sie einfach ungeheuerlich.

Vera machte einen Schritt rückwärts. Reflexartig griff Greta rasch nach ihrem Arm, damit sie nicht die Treppe hinunterstürzte.

Erschrocken schnappte Vera nach Luft. »Siehst du, was du anrichtest. Du wirst mich noch umbringen«, giftete sie und riss an ihrem Arm, damit Greta sie losließ. Ohne ein weiteres Wort stieg Vera die Treppe in die erste Etage hinauf und ließ eine sprachlose Greta zurück.

Greta beobachtete ihren Schwiegervater aufmerksam, als er den ersten Bissen nahm. Er kaute und blickte dann überrascht auf. »Irgendetwas ist heute anders«, murmelte er, nahm ein weiteres Stück, schabte dann mit dem Messer über das Fischfilet. »Da stimmt etwas mit dem Salz nicht, es ist ganz rosa.«

»Was du immer hast!«, meinte Vera und sah sich den Fisch genauer an.

»Doch, er schmeckt anders, aber das heißt ja nicht, dass er schlecht schmeckt.« Cornelius rollte mit den Augen.

»Ich habe Martha Inka-Salz aus Peru mitgebracht. Es wird aus dem Wasser der Anden gewonnen. Schmeckt es dir?« Greta blickte ihn erwartungsvoll an.

Langsam nickte Cornelius. »Ich muss sagen, das Aroma ist ungewöhnlich, aber auch interessant.«

Auch Carl nahm einen Bissen und nickte. »Ja, da kann ich dir nur zustimmen, Vater.«

»Ich hoffe, du hast das Salz beim Zoll angemeldet«, war das Einzige, was Vera dazu sagte.

»Natürlich hat sie das, Mutter«, sprang Carl direkt darauf an. »Ich habe es persönlich gesehen.«

»Nicht, dass man uns noch für Schmuggler hält.« Sie gab einfach keine Ruhe.

»Keine Angst, Vera. Mir würde es nicht im Traum einfallen, etwas zu stehlen. Frau Cramer hat dafür eine Rechnung geschrieben, die ich bar bei Frau Klein bezahlt habe. Die Rechnung habe ich dem Zoll vorgelegt.« Ohne ihr einen Blick zu gönnen, aß Greta einfach weiter und ließ sich den Fisch auf der Zunge zergehen. Martha war wirklich eine wunderbare Köchin, daran gab es keinerlei Zweifel.

Kapitel 28

Gretas Weg am nächsten Morgen führte direkt in Jans Büro. Er war gerade erst eingetroffen und zog seine Jacke aus.

»Greta! Guten Morgen! Was kann ich für dich tun?«

Sie hielt eine Kladde in die Höhe. »Ich habe hier eine neue Mitarbeiterin für die Buchhaltung. Vielleicht möchtest du dir ihre Bewerbung ja einmal ansehen.« Sie legte die Unterlagen vor ihm auf dem Schreibtisch ab.

»Oh, das wird gar nicht notwendig sein. Ich habe bereits jemanden eingestellt.« Jan setzte sich hinter seinen Schreibtisch und bot Greta ebenfalls einen Platz an.

Erschrocken riss sie die Augen auf. Ihr Herz rutschte in die Hose. »Oh, nein, bitte nicht. Diese Frau braucht ganz dringend eine Anstellung. Sie ist Witwe und muss zwei Kinder ernähren.« Ihr Herz krampfte sich zusammen. Das durfte nicht wahr sein. Sie setzte sich auf die Kante des Klubsessels.

»Greta, jeder braucht eine Arbeit, um in diesen Zeiten zu überleben. Herr Wunderlich hat zwar keine Kinder, aber er braucht genauso gut eine Anstellung wie alle anderen auch. Seine Empfehlungen sind tadellos. Es gibt keinen Grund, warum ich meine Zusage zurücknehmen sollte.«

»Willst du dir die Unterlagen nicht wenigstens einmal ansehen?« Mit jeder Sekunde schwand ihre Hoffnung, dass sie

Johanna Stöver einen Arbeitsplatz verschaffen konnte. Sie wusste nicht warum, aber das Schicksal dieser Frau lag ihr am Herzen.

»Ich wüsste nicht, warum, Greta. Bitte halte mich nicht für herzlos, aber wir benötigen keinen zweiten Buchhalter. Felix Wunderlich wird die Arbeit sicherlich allein bewältigen können.«

Nein, nein, nein. Das konnte nicht wahr sein. Sie schüttelte den Kopf. »Aber ich habe …«

»Greta, bitte entschuldige, aber ich habe eine Menge zu tun und die Position ist besetzt. Herr Wunderlich tritt in der nächsten Woche seine Stelle an.« Jan sah sie mitleidig an, kam ihr aber kein Stück entgegen.

An liebsten hätte Greta ihren Tränen freien Lauf gelassen, doch diese Blöße wollte sie sich nicht geben. »Gut, dann lasse ich dich in Ruhe.« Sie nahm die Mappe mit den Unterlagen wieder an sich und ging zur Tür.

»Greta, es tut mir wirklich leid. Ich verstehe dich ja.«

»Das glaube ich dir nicht, aber trotzdem danke, dass du mir zugehört hast.« Bevor sie den Raum verließ, warf sie Jan nur einen kurzen Blick über die Schulter zu, dann schloss sie von außen die Tür.

Greta stützte ihren Kopf in beide Hände und war verzweifelt. Wie sollte sie Johanna Stöver beibringen, dass sie die Stelle nicht bekommen würde? Sie selbst hatte so fest damit gerechnet, der Frau den Gefallen tun zu können, ihr eine feste Anstellung zu besorgen, die nun ein Mann bekam, der keine Kinder zu versorgen, ja vermutlich noch nicht einmal eine Frau hatte. Abrupt erhob sie sich und blickte aus dem Fenster. Schuten zogen den Brooksfleet hinauf, voll beladen. Sie schaute den gleichmäßigen Stößen der Bootsleute zu, als ihr plötzlich eine Idee kam. Warum hatte sie nicht schon früher daran gedacht? Es lag doch auf der Hand und war so einfach.

Schnell zog sie ihren Mantel über und nahm die Mappe zur Hand. Dann fiel ihr ein, dass sie noch ihren Hut aufsetzen musste. Da Carl oben im Lager war, sagte sie Bruno Klaasen Bescheid, dass sie den Nachmittag nicht im Büro verbringen würde und verließ das Kontor.

Am Morgen war sie mit Carl im Automobil zum Büro gefahren, also lief sie zu Fuß über die Brücke, Richtung St. Katharinen Kirche. Weiter ging es am Fischmarkt vorbei, bis sie einige Zeit später völlig außer Atem in der Paulstraße ankam. Hoffentlich war ihr Vater im Laden, sonst wäre sie den ganzen Weg umsonst gelaufen. Vor dem Haus stand zumindest der beigefarbene Kleintransporter. Hans war also da.

Sie betrat den Gemischtwarenladen durch die Haupteingangstür. Hans wog gerade Zwiebeln für eine Kundin ab.

»Moin, Hans! Ist mein Vater da?«

»Moin, Frau von Löwenstein. Ja, er ist im Büro.«

»Ist das nicht die kleine Greta Rosenthal?«, hörte sie die Kundin leise fragen.

Greta grinste und öffnete die Tür, die in die hinteren Räume führte, wo sie ihren Vater über einen Stapel Papier gebeugt fand.

»Papa! Wie sieht es denn hier aus?«, rief sie fassungslos, statt einer Begrüßung.

»Mein Kind! Ein Glück, dass du kommst. Ich kann deine Hilfe dringend gebrauchen.« Levi Rosenthal erhob sich und küsste seine Tochter wie üblich auf die Stirn.

»Was machst du da?« Mit einer schnellen Bewegung zog sie ihren Mantel aus und setzte ihren Hut ab.

»Ich versuche, Ordnung in diesen Papierkram zu bekommen, aber ich fürchte, dass ich versage. Es müssen dringend Rechnungen geschrieben werden, aber seit du weg bist, komme ich zu nichts.« Er sah ziemlich verzweifelt aus.

»Willst du damit sagen, dass du keine Rechnungen mehr geschrieben hast, seitdem ich Carl geheiratet habe? Ich hätte dich nicht allein lassen dürfen.« Das schlechte Gewissen keimte in ihr auf. Sie wusste doch, dass ihr Vater mit dem Papierkram heillos überfordert war. Warum hatte sie nicht eher nach ihm gesehen? Zum Glück hatte sie eine zündende Idee, wie ihm zu helfen war.

Levi hob die Schultern. Er legte die Zettel zur Seite, die er in der Hand hielt, wühlte in einem anderen Blätterhaufen, als würde er etwas suchen.

»Dann bin ich ja froh, dass ich heute vorbeigekommen bin. Ich kenne nämlich jemanden, der dir bei diesem ganzen Durcheinander helfen wird.«

Sofort hörte ihr Vater auf, in den Unterlagen zu wühlen, und ließ sich auf dem Bürostuhl nieder. »Eine Bürohilfe?«

»Ja genau. Es ist eine sehr nette Frau, die dringend eine Arbeit sucht. Sie hat zwei Kinder zu versorgen.«

»Ist ihr Mann damit einverstanden, dass sie arbeitet?«, wollte er wissen.

»Frau Stöver ist Witwe, ich möchte sie unbedingt unterstützen und ihr eine Anstellung besorgen. Eigentlich sollte sie als Buchhalterin beim *Löwenstein Im- und Exporte* arbeiten, doch Jan hat die Stelle anderweitig vergeben, was ich wirklich ungeheuerlich finde. Also, wie wäre es? Du brauchst dringend jemand, der Ordnung in deine Buchhaltung bringt, wenn ich mir diese Papierstapel hier so ansehe.«

Er nickte.

So zeigte Greta ihm die Mappe mit den Zeugnissen, die Johanna Stöver eingereicht hatte. In Ruhe studierte Levi die Dokumente, dann nickte er erneut. »Ihre Zeugnisse sind ausgezeichnet. Wann glaubst du, könnte sie anfangen?«

Ein Lächeln glitt über Gretas Züge. »So wie es hier aussieht, am besten gestern. Ich werde sie gleich aufsuchen und ihr die Nachricht überbringen. Ich werde sie bitten, morgen früh hier vorbeizuschauen.«

Levi ergriff die Hand seiner Tochter. »Ich danke dir, mein Kind. Was würde ich nur ohne dich tun?«

»Warum hast du mir nur nicht eher Bescheid gegeben? Wir wissen doch beide, dass du mit Büroarbeit völlig überfordert bist.«

Levi rang mit sich. »Du weißt doch, dass ich ungern um etwas bitte. Darin bin ich genauso schlecht wie mit der Buchführung.«

Lachend schüttelte Greta den Kopf. »Ich bin mir sicher, dass Frau Stöver hier schnell Ordnung reinbringen wird. Sie ist eine sehr nette Frau, aber ich denke, sie kann auch resolut sein. Ich bin so froh, dass du einverstanden bist.« Sie drückte ihrem Vater einen Kuss auf die Wange.

»Und wie geht es dir, mein Kind?« Levi sah sie prüfend an.

»Mit gefällt meine Arbeit. Es macht sehr viel Spaß mit den Gewürzen zu handeln. Die Mitarbeiter sind freundlich und haben mich in ihre Mitte aufgenommen.« Das Theater mit Fräulein Schmitz behielt sie lieber für sich. »Ich bin glücklich,

Papa«, erklärte sie und strahlte. Das schien ihren Vater zu überzeugen, und er nickte erleichtert.

»Gut, das freut mich zu hören! Dann bin ich mal auf deine Frau Stöver gespannt.«

Kapitel 29

Carl war früh nach Hause gefahren, weil er sich Sorgen machte, wo Greta wohl abgeblieben war. Man hatte ihm ausgerichtet, dass sie früher gegangen war, aber nicht wohin. Womöglich war sie bei ihrem Vater zu Besuch, denn in der Villa traf er sie nicht an, wie er gehofft hatte.

Tilda hatte ihm berichtet, dass auch seine Eltern nicht zu Hause waren. Er lief in den zweiten Stock, betrat die Räume, die er mit Greta bewohnte. Die Fenster waren geöffnet, um die Hitze des Tages herauszulassen. Jetzt gegen Abend kam eine angenehme Brise auf. Den ganzen Tag über war es warm gewesen, und die oberen Etagen heizten sich schnell auf.

Im Badezimmer ließ er sich ein Bad ein und genoss die Erfrischung. Er fühlte sich staubig, weil er den größten Teil des Tages im Lager verbracht hatte. Nachdem er seine Haare gewaschen und den Schaum von seinem Körper gespült hatte, schlang er ein Handtuch um seine Hüften. Im Spiegel betrachtete er sein Gesicht. Eine Rasur war ebenfalls fällig.

Er hatte gerade sein Gesicht mit dem Rasierpinsel eingeschäumt, als er Geräusche an der Tür hörte. Endlich war Greta zu Hause. Er war neugierig, was sie den Nachmittag über getrieben hatte. Noch immer nur mit dem Handtuch bekleidet, ging er hinüber in den Wohnraum und blieb wie vom Blitz getroffen stehen, als er nicht, wie erwartet, Greta erblickte. Es war eine andere Frau, die dort stand und ihn fröhlich anlächelte.

»Evi! Bitte entschuldige, ich habe mit Greta gerechnet«, sagte er verlegen und machte auf dem Absatz kehrt, wollte zurück ins Badezimmer.

»Aber das macht doch nichts, Carl«, flötete Evi und trat schnell näher.

»Kann ich dir irgendwie helfen?«, fragte Carl, während er hoffte, dass sie die Wohnung wieder verließ.

»Ich wollte nur kurz Hallo sagen, aber vielleicht kann ich dir ja helfen.« Ihr Blick glitt an seinem Körper hinab.

»Ich sollte mich erst einmal anziehen. Man könnte schnell auf falsche Gedanken kommen.« Das alles war Carl peinlich. Er wollte nicht, dass Evi sich in seinen Räumen aufhielt.

»Aber es ist doch niemand hier, der uns sehen könnte.«

»Greta wird jeden Augenblick nach Hause kommen«, warf er ein.

Evi grinste. »Und du hast Angst, dass sie uns erwischen könnte. Bei was auch immer?«

»Nein, das denke ich nicht, denn du solltest jetzt unsere Räume verlassen. Wir sehen uns gleich beim Abendessen.«

Allerdings war dies wohl nur ein Wunschgedanke von Carl, denn Evi machte keine Anstalten, sich von der Stelle zu bewegen.

»Evi, was sollen diese Spielchen? Du weißt, dass ich ein verheirateter Mann bin.« Er trat näher auf sie zu. Wenn sie nicht endlich ging, müsste er sie eigenhändig vor die Tür setzen.

»Aber es braucht doch niemand davon erfahren.« Plötzlich war ihre Stimme tief und heiser. So hatte er sie noch nie sprechen hören. Mit zwei Schritten stand sie ganz nah vor ihm, legte ihre Arme um seinen Nacken und schmiegte sich an seinen nackten Oberkörper.

»Evi! Bitte, was soll das?« Carls Ton war ernst.

»Ich würde dir gerne bei deiner Rasur helfen«, flüsterte sie, sah ihm dabei tief in die Augen.

Carl musste zugeben, dass sie wunderbar roch. Sie trug ein dünnes Sommerkleid, und er spürte ihre Kurven an seinem Körper. Ihr blondes Haar hatte sie hochgesteckt, daraus hatten sich einzelne Strähnen gelöst. Ihr zierlicher Hals und die zarten Linien ihres Schlüsselbeins waren zu sehen. Das war aber nur das, was seine Sinne registrierten, für ein paar Sekunden, dann war es wieder vergessen und Carl stand das wunderschöne Bild seiner Frau vor Augen. Greta. Was würde sie nur von ihm denken, wenn sie die beiden so vorfinden würde?

»Ich möchte nur, dass es dir gut geht.« Beim Sprechen berührte sie sein Gesicht, und der Rasierschaum hing ihr an Lippen und Nase. Sie versuchte, ihn zu küssen, doch Carl zog seinen Kopf weg. Dabei streifte er ihre Wange mit dem Schaum. Evi lachte laut auf.

Dass die Tür sich öffnete, bekam Carl erst mit, als Greta einen kleinen Laut von sich gab. Aus einem Reflex heraus schob er Evi von sich.

»Was macht ihr hier?« Greta sah ihn an, als hätte er vollkommen den Verstand verloren.

»Wonach sieht es denn aus?«, entgegnete Evi und lächelte.

»Nach gar nichts sieht es aus«, rief Carl. »Es ist nichts geschehen.« Er fuhr sich durch sein feuchtes Haar.

»Vielleicht solltest du etwas Passendes anziehen«, murmelte Greta und sah Evi feindselig ein. »Und du solltest bitte unsere Wohnung verlassen. Ich glaube nicht, dass du hier etwas zu suchen hast.«

»Ganz wie du möchtest.« Sie wischte sich mit dem Handrücken die Rasiercreme von Lippen und Nase. »Wir sehen uns zum Abendessen.« Damit verließ sie das Zimmer.

»Rechne nicht damit«, rief Greta ihr hinterher und warf die Zimmertür hinter Evi so laut ins Schloss, dass die schwere Holztür erzitterte.

»Was wird hier gespielt? Wie lange läuft das schon zwischen euch?«, zischte Greta, als sie ihren Mantel auszog und den Hut abnahm. Sie war so unfassbar wütend, dass sie schwer Luft bekam.

»Greta, bitte. Ich wollte mich gerade rasieren, da stand sie plötzlich im Zimmer. Es ist nichts geschehen«, versuchte Carl sie zu beruhigen.

»Sie hat dich geküsst! Ich bin doch nicht blind!« Dass er sie für so dumm hielt, machte Greta noch rasender.

Carl trat auf sie zu, da hob Greta die Hände. »Zieh dir endlich etwas an.«

Ihr Ton ließ keine Widerrede zu, und Carl gehorchte umgehend: Schnell lief er ins Bad und spülte sich den Rasierschaum aus seinem Gesicht. Dann zog er sich frische Kleidung an. Als er ihren Salon betrat, stand Greta immer noch an der gleichen Stelle.

»Ich weiß nicht, was ich davon halten soll. Wir sind gerade mal zwei Monate verheiratet, und du lässt dich von einer anderen Frau küssen?« Die Worte kamen wie Pistolenschüsse aus ihrem Mund.

»Wenn es denn so war«, murmelte Carl.

»Ich habe gesehen, dass ihr euch geküsst habt.«

»So war es aber nicht. Evi hat es genau darauf angelegt, wenn du mich fragst.« Carl war nun ebenfalls wütend.

»Warum sollte sie das tun? Sie weiß doch, dass du vergeben bist. Ich vermute eher, dass du die Gelegenheit nutzen wolltest.« Sie verschränkte die Arme vor der Brust.

»Das denkst du von mir? Habe ich dir je einen Anlass gegeben, an mir zu zweifeln?«

»Bis zu diesem Augenblick nicht, aber jetzt bin ich mir nicht mehr so sicher. Evi ist eine junge schöne Frau. Gelegenheit macht nun einmal Diebe.«

»Was soll das denn schon wieder heißen?« Carl sah sie verzweifelt an. »Bitte, Greta! Du musst mir glauben. Diese Frau bedeutet mir gar nichts. Sie ist viel zu oberflächlich und naiv. Wie kannst du denken, dass ich sie dir vorziehen würde?«

Jetzt verlor Greta doch die Nerven und begann zu weinen. Als Carl sie berühren wollte, wies sie ihn ab. »Fass mich nicht an«, raunte sie ihm empört zu.

Schnell hob er ergeben die Hände in die Höhe. »Schon gut. Aber du scheinst sehr wenig Vertrauen zu mir zu haben.«

»Wie sollte ich auch? In einem Haus, wo ich nur *geduldet* werde, wie deine Mutter sich ausdrückt.«

Es war, als hätte Greta ihm eine Ohrfeige verpasst. Er konnte nicht glauben, was sie ihm da erzählte. »Wann hat Mutter das gesagt?«

»Als bekannt wurde, dass Fräulein Schmitz gekündigt hat. Ihre Freundlichkeit mir gegenüber ist reines Theater. Sie versucht nach wie vor, einen Keil zwischen uns zu treiben, damit ich dich verlasse.«

Mit einer schnellen Bewegung zog er sie an sich. Zuerst wehrte sich Greta, doch als sie bemerkte, dass er natürlich viel stärker war, erlahmte ihr Widerstand. »Dann muss dir doch auch klar sein, was dieser Auftritt von Evi zu bedeuten hat. Meine Mutter benutzt dieses Mädchen. Greta, ich schwöre dir, es ist nichts geschehen, wofür ich mich schämen müsste. Ich habe sie noch nicht einmal geküsst. Sie hat mich berührt, damit es so aussehen sollte. Ich schwöre dir, dass ich nur dich liebe.« Sein Blick war so bittend, so flehend, dass Greta nicht anders konnte, als dass ihr die Tränen die Wangen hinunterliefen. Sie weinte hemmungslos.

Dabei war sie voller Eifer ins Haus gestürmt, um Carl zu berichten, dass sie für Johanna Stöver eine andere Anstellung gefunden hatte. Ihr Herz war so leicht und unbeschwert gewesen. Sie war sich sicher, dass nun alles gut werden würde, und dann hatte sie Evi in ihrem Salon entdeckt. Zusammen mit ihrem Mann, der so gut wie nichts am Leib trug, dazu hatte sie noch Rasierschaum im Gesicht.

»Weine nicht, mein Liebling«, flüsterte Carl ihr leise zu und hob ihr Kinn sanft mit dem Zeigefinger an.

»Aber was hätte ich denn denken sollen?«, schluchzte sie auf. »Was hättest du denn gedacht, wenn du mich in dieser Situation mit einem Mann vorgefunden hättest?«

Carl nickte. »Natürlich, du hast ja recht, mein Liebes. Es tut mir alles so leid. Wir dürfen nicht zulassen, dass man uns auseinanderbringt.« Er sah sie an, umfasste ihr Gesicht mit beiden Händen und wischte mit den Daumen ihre Tränenspuren fort. Der sanfte Kuss, der folgte, beruhigte Greta und sie schmiegte sich in Carls Arme.

»Ich mag nicht mit dir streiten«, flüsterte sie.

»Das möchte ich auch nicht. Wir müssen lernen, dass wir uns vertrauen können. Gib uns etwas Zeit, dann fügt sich alles.«

Mit einem Lächeln blickte sie zu ihm auf. »Ja, mein Lieber, das werde ich. Und jetzt muss ich mir erst einmal das Gesicht waschen.«

Das Abendessen nahmen sie nur zu dritt ein. Carls Eltern blieben auch der Mahlzeit fern. Die Spannung, die in der Luft lag, war kaum zu ertragen. Greta war angespannt. Aber auch Evi schien sich gar nicht wohl in ihrer Haut zu fühlen. Sie sah ungewöhnlich blass aus, aß kaum etwas. Anders als von Greta erwartet, trank sie aber abschließend noch einen Mokka, während Carl sich in das Raucherzimmer zurückzog.

Als Greta sich ebenfalls erhob, bat Evi sie, sie einen Moment sprechen zu können. Zuerst wollte Greta sie einfach ignorieren, doch dann siegte ihre Neugier.

Evi wartete, bis das Personal den Tisch abgeräumt und das Esszimmer verlassen hatte, dann beugte sie sich vor, um leise zu sprechen, damit niemand ihr Gespräch belauschen konnte. »Ich muss mich bei dir und vermutlich auch bei Carl entschuldigen. Ich kann dir versichern, dass nichts zwischen uns geschehen ist. Ich habe mich ihm an den Hals geworfen, und das tut mir unendlich leid.« Es war ihr anzusehen, wie zerknirscht sie war.

»Aber warum hast du es getan?« erwiderte Greta verständnislos. Sie war vollkommen verunsichert darüber, ob sie Evi überhaupt vertrauen konnte. Und wenn nicht ihr, wem dann in diesem Hause? Sie wollte den Menschen nicht mit Misstrauen begegnen, doch Evi machte es ihr nicht leicht.

Fest kniff Evi die Lippen aufeinander, als wollte sie verhindern, dass die Worte ihren Mund verließen. Schließlich seufzte sie. »Vera hat mir Hoffnungen gemacht, dass Carl sich doch für mich interessieren würde. Dabei weiß ich es besser. Man muss sich ihn nur ansehen und erkennt sofort, wie verliebt er in dich ist. Es war eine ganz dumme Idee. Bitte, nimm meine Entschuldigung an.«

Greta spielte mit einem Krümel, der auf dem Tischtuch verblieben war. »Hat Vera dich darauf angesetzt, Carl und mich auseinanderzubringen?«, fragte sie sanft.

Evi blickte verstohlen zur Tür, als befürchte sie, dass dort jeden Augenblick Vera auftauchen könnte. »Ja«, gab sie zögerlich zu. »Aber bitte verrate mich nicht. Ich habe Angst, dass Vera mich vor die Tür setzt. Ich weiß ja nicht, wo ich dann hinsoll.« Es war ihr anzusehen, wie verzweifelt die junge Frau war. »Ich würde mir wünschen, dass wir beide Freundinnen werden. Ich kenne niemanden hier in Hamburg und fühle mich so allein. Wirst du mir verzeihen können, liebste Greta?« Sie war den Tränen nahe.

Greta griff über den Tisch nach Evis Hand und drückte sie. »Ja natürlich können wir Freundinnen sein. Es tut mir leid, dass ich nicht erkannt habe, wie einsam du sein musst. Ich war so mit meinem neuen Leben beschäftigt, dass ich nichts anderes wahrgenommen habe.«

»Du hast deine Arbeit, einen wundervollen Mann, der dich auf Händen trägt, aber ich habe rein gar nichts. Ich langweile mich noch zu Tode. Und dann Vera, die mit ihrem Gift auch mich bald umbringt.«

»Wie wäre es, wenn du uns ins Kontor begleiten würdest? Du könntest dich dort einmal umschauen und vielleicht auch nützlich machen.«

Erschrocken blickte Evi auf. »In die Speicherstadt? Aber ich habe doch überhaupt keine Ahnung, was man dort macht. Ich habe noch nie gearbeitet.«

Ein kleines Lachen entfuhr Greta. »Glaube mir, ich habe auch nicht gewusst, auf was ich mich einlasse. Manchmal muss man einfach ins kalte Wasser springen. Arbeiten, das kann man lernen, und es ist nichts Anrüchiges.«

»Ich denke nicht, dass das Vera gefallen wird. Was ist, wenn sie es mir verbietet?«

»Aber Evi, die Leibeigenschaft wurde schon vor Jahren abgeschafft. Lass dich nicht von Vera für ihre Intrigen einspannen. Du hast doch einen eigenen Kopf zum Denken, eigene Wünsche und Ideen. Lass dir diese von niemandem verbieten, auch nicht von Vera.«

Es war Evi anzusehen, dass sie mit sich rang. »Gut, ich werde es mir überlegen.«

»Das ist schon mal ein Anfang.« Greta lächelte ihr aufmunternd zu. Die junge Frau tat ihr leid. Sie musste dafür sorgen, dass sie sie aus den Fängen von Vera von Löwenstein befreite.

Kapitel 30

Am Samstagnachmittag war Greta nach langer Zeit mal wieder mit ihrer besten Freundin verabredet. Sie trafen sich im Alsterpavillon zu einem Eis.

»Ich kann dir gar nicht sagen, wie sehr ich dich vermisst habe«, erklärte Dörte. In ihrem Ton war ein gewisser Vorwurf zu hören. »Seit du verheiratet bist, bekomme ich dich kaum noch zu Gesicht.«

Greta sah ihre Freundin entschuldigend an. »Du hast vollkommen recht. Die Arbeit im Kontor nimmt mich so in Anspruch, dass ich zu kaum etwas anderem mehr komme. Mein Vater beklagt sich auch schon, dass ich ihn so selten besuche.«

»Du meinst wohl eher, dass dich dein neues Leben als Ehefrau so einnimmt.« Wissend grinste Dörte.

»Was du immer denkst.«

Vorsichtig blickte Dörte sich um, ob auch niemand sie belauschte. »Sag schon, wie war es?«, flüsterte sie, und ihre Augen weiteten sich neugierig.

Prompt wurden Gretas Wangen heiß. Sie waren vermutlich feuerrot. »Ich kann das jetzt doch nicht hier erzählen.« Ihre Worte waren so undeutlich, dass sie sich selbst kaum verstand.

»Natürlich nicht in allen Einzelheiten, aber wie hast du dich danach gefühlt? Hat es wehgetan?«

Der Kellner trat an ihren Tisch, und Greta räusperte sich verlegen. »Ich nehme ein Himbeereis.« Auffordernd sah sie Dörte an.

»Ich auch, bitte mit Sahne.«

»Möchten gnädige Frau ebenfalls Sahne?«, fragte der Kellner höflich an Greta gewandt.

Sie sah ihn verwundert an. Nachdem er sie vor einigen Monaten noch fast ignoriert hatte, war er jetzt sehr zuvorkommend.

»Ja, bitte.«

»Sehr wohl, Frau von Löwenstein.« Er verneigte sich und verließ den Tisch.

»Woher weiß er, wer ich bin?« Greta konnte es nicht fassen.

»Eure überstürzte Heirat ist das Stadtgespräch in ganz Hamburg. Wenn der begehrteste Junggeselle der Stadt plötzlich vergeben ist, schlägt das hohe Wellen. Schon bei eurem Opernbesuch gab es Gerede. Dass du das alles nicht mitbekommst«, lächelnd schüttelte Dörte den Kopf. »Ich beneide dich so sehr. Schau dir deinen wunderschönen Ehering an. Ich wünschte, es gäbe einen Mann, der an mir Interesse zeigen würde.«

»Was ist denn mit Jan?«

Mit einer abschätzigen Geste winkte Dörte ab. »Ich glaube nicht, dass er in mich verliebt ist. Jan ist aufmerksam und freundlich. Aber mehr als einen Kuss hat es nicht gegeben. Ich werde wohl nie einen Verehrer finden, der es ernst mit mir meint.« Traurig blickte sie Greta an.

Das Eis wurde an den Tisch gebracht, jedoch machte Dörte sich nicht wie sonst direkt darüber her. Es schien ihr wirklich nicht gut zu gehen.

»Ach. Dörte, nimm dir das doch nicht so zu Herzen. Ich bin mir sicher, dass Jan ernste Absichten hat. Er wirkt immer sehr verliebt in deiner Nähe.«

»So? Findest du?« Hoffnung glomm in Dörtes Blick auf.

»Ich könnte ja mal vorsichtig nachfragen, was er so in Zukunft vorhat.«

»Oh, nein. Das finde ich peinlich. Stell dir vor, er erzählt dir, dass er eine andere hat. Das wäre mir sehr unangenehm. Ich würde vermutlich auf der Stelle sterben.« Nun machte sich Dörte doch über das Eis her, und Greta griff ebenfalls zu ihrem Löffel. In trauter Zweisamkeit genossen sie den intensiven Himbeergeschmack.

»Als wir zuletzt hier saßen, warst du noch ein Fräulein und wolltest auf keinen Fall heiraten.«

Zurückhaltend lachte Greta. »Ja, und dann habe ich Carl kennengelernt, und mein Leben hat sich komplett verändert.«

»Und wie kommst du mit Carls Eltern zurecht?«

Greta hob die Schultern. »Cornelius ist ein sehr netter Mann. Ich liebe es, mit ihm zu diskutieren und über die Arbeit oder Politik zu sprechen. Vera ist ein ganz anderes Kaliber. Du hast keine Vorstellung, was sie arrangiert, um mich aus dem Haus zu treiben.«

Dörtes Neugier war geweckt. »Erzähl!«

Mit knappen Worten berichtete sie, wie Vera Evi angestachelt hatte, einen Keil zwischen Carl und sie zu treiben. Dörtes Augen wurden bei den Erzählungen immer größer. »Was für ein eiskaltes Biest«, murmelte sie, während sie sich einen Löffel Eis in den Mund schob. »Wer hätte gedacht, dass sie so eifersüchtig auf dich ist.«

»Du denkst, sie ist auf *mich* eifersüchtig? Aber wieso denn?«

»Na, weil du jung und schön bist. Carl schenkt dir seine ganze Aufmerksamkeit. Du bist jetzt die wichtigste Frau in seinem Leben. Mütter sind da manchmal etwas komisch. So habe ich gehört. Eventuell wird es besser, wenn du Carl erst mal einen Stammhalter geschenkt hast.«

Lachend schüttelte Greta den Kopf. »Du hörst dich manchmal an, als wärst du hundert Jahre alt.« Obwohl der Gedanke an ein Kind Greta stutzig werden ließ. »Wie auch immer, wenn ich genauer darüber nachdenke, könntest du sogar recht haben. Du musst unbedingt Evi kennenlernen. Sie kann ein paar neue Freundinnen gebrauchen.«

»Du meinst diese Evi, die deinen Carl geküsst hat?«

Schnell winkte Greta ab. »Das hat sie nur getan, weil Vera es von ihr verlangt hat. Sie ist ein sehr liebes Mädchen. Gib ihr eine Chance.«

Dörte legte den Kopf schräg, als würde sie darüber nachdenken müssen. »Vielleicht. Aber nur, wenn sie meinen Jan in Ruhe lässt.«

»Also doch. Ich werde deinem Jan mal auf die Füße treten. Manchmal brauchen die Männer nur einen kleinen Schubs.« Keck zwinkerte Greta ihrer Freundin zu und schob ihren Eisbecher von sich.

»Isst du dein Eis gar nicht?«, fragte, Dörte. »Es fängt schon an zu schmelzen.«

Greta schüttelte den Kopf. »Irgendwie ist mir heute doch nicht danach. Iss es gerne, wenn du magst.«

Das ließ sich Dörte nicht zweimal sagen.

Am nächsten Morgen kam Greta kaum aus dem Bett. Alle Glieder taten ihr weh, und übel war ihr. Am liebsten wäre sie liegen geblieben, doch sie wollte nicht, dass man sie für zimperlich hielt. Also raffte sie sich auf, aß aber nur eine trockene Scheibe Toast zum Frühstück und trank unter den wachsamen Augen von Vera eine Tasse Pfefferminztee.

»Geht es dir nicht gut, mein Kind?«, fragte Vera und gab sich besorgt.

Früher wäre Greta auf ihre Art hereingefallen, doch sie durchschaute die Freundlichkeit ihrer Schwiegermutter. Carl saß schließlich mit am Tisch, und so nahm sich Vera zusammen.

»Doch, doch. Ich denke, ich habe mich ein wenig erkältet. Vielleicht eine Sommergrippe.«

»Möchtest du lieber zu Hause bleiben?« Carl sah sie ernsthaft besorgt an.

»Nein, es geht mir wirklich gut. Macht euch keine Gedanken.« Greta winkte ab, auch wenn es nicht ganz der Wahrheit entsprach, jedoch wollte sie heute unbedingt ins Büro.

Sobald sie sich auf den Weg ins Kontor befand, verschwand ihr Unbehagen und sie fühlte sich gleich besser. Sie winkte den Mitarbeitern am Tor freundlich zu, die ihre Mützen lüfteten ihr ein liebenswürdiges *Moin* zuriefen.

Nachdem sie ihr Büro betreten hatte, erblickte sie eine Überraschung auf ihrem Schreibtisch. Ein kleiner Strauß Margeriten in einer schmalen Steingutvase wartete auf Greta. Keine Karte, kein Hinweis darauf, von wem die Blumen stammten. Mit einem Lächeln auf den Lippen wollte sie hinüber zu Carls Büro, da fing sie den Blick von Bruno Klaasen auf. So änderte sie die Richtung, lief die schmale Treppe hinunter.

»Guten Morgen, Herr Klaasen! Habe ich die Blumen Ihnen zu verdanken?«

Ein Schmunzeln glitt über seine Züge. »Ich musste mich einfach bedanken, dass Sie Frau Stöver eine Anstellung bei Ihrem Vater besorgt haben. Das war mehr als anständig von Ihnen.«

»Ich hatte gehofft, sie hier unterzubekommen, aber Herr Karven hatte die Stelle bereits vergeben. Ich konnte ihr aber einfach keine Absage übersenden, das hätte ich nicht übers Herz gebracht«, gab Greta preis.

Klaasen war so erleichtert, und dass diese Frau ihm mehr bedeutete, als er zugeben wollte, war schon auf den ersten Blick ersichtlich.

»Ich hoffe, Ihrer Bekannten gefällt es bei meinem Vater. Er kann manchmal etwas ... zerstreut sein. Oder ist sie sogar mehr als eine Bekannte?« Sie kam nicht umhin nachzubohren, wie Klaasen zu Johanna Stöver stand.

»Sie ist sehr zufrieden und voll in ihrem Element. Johanna liebt es, Ordnung in das Leben anderer Menschen zu bringen.«

»Na, dann ist mein Vater bei ihr ja in den besten Händen. Ich freue mich sehr über die Blumen, sie wären aber nicht notwendig gewesen, ich habe es gern getan.« Mit einer kleinen Geste berührte sie seinen Arm und wandte sich wieder der Treppe zu.

»Ach, Frau von Löwenstein! Johanna ist übrigens keine Bekannte und Freundin, sie ist meine kleine Schwester.«

»Ihre Schwester?«

Er lachte. »Ja, ich weiß. Wir sehen uns nicht besonders ähnlich. Sie ist auch zehn Jahre jünger als ich, darum fühle ich mich umso mehr für sie und ihre Kinder verpflichtet.«

Bruno Klaasen war ein ehrenwerter Mann. Greta nickte. »Frau Stöver kann sich glücklich schätzen, so einen Bruder zu haben.«

Er verneigte sich und wandte sich dann wieder der Arbeit zu. Beschwingt lief Greta die Stufe hinauf, als ihr unverhofft übel wurde. Nur mit Mühe und Not erreichte sie die Toilette, bevor sie sich übergab.

Als ihr Magen sich beruhigt hatte, spülte sie am Waschbecken ihren Mund aus und ließ kaltes Wasser über ihre Handgelenke laufen. Heute war es schon am frühen Morgen sehr warm geworden. Vertrug sie das Wetter nicht? Oder hatte sie etwas Falsches gegessen?

Sie wusste es nicht. Vielleicht war doch eine Erkältung im Anmarsch. Insgeheim beschlich sie jedoch ein ganz anderer Gedanke, der ihr große Angst einjagte, sodass sie ihn schnell wieder verdrängte.

Kapitel 31

Die Praxis von Doktor Weizmann lag in der Sternstraße. Mit der Elektrischen fuhr Greta bis zum Bahnhof Sternschanze und überquerte die Lager Straße, um zur Praxis des Arztes zu gelangen.

Vor Carl hatte sie behauptet, dass sie sich mit Dörte traf. Sie wollte ihn nicht beunruhigen. Sie wusste nicht genau, was mit ihr los war, nur fühlte sie sich schon seit einiger Zeit unwohl, hatte aber nie ein Wort darüber verloren. Doch nachdem sie sich am Morgen wiederholt übergeben hatte und dabei sogar Blut gespuckt hatte, war es an der Zeit, einen Arzt zu konsultieren. Doktor Weizmann hatte sie untersucht und Greta gebeten, eine Urinprobe für einige Untersuchungen abzugeben.

Nun saß sie mit zitternden Knien drei Tage später in seinem Büro. Eine Sprechstundenhilfe hatte sie hier hineingeführt, anstelle eines Untersuchungszimmers. Der Raum war mit Schränken aus schwerem Eichenholz ausgestattet. In einer Ecke stand ein Skelett, das sie mit einer merkwürdigen Kopfhaltung aus leeren Augenhöhlen ansah. Schnell wandte Greta den Blick ab. Der mächtige Holzschreibtisch war mit Papieren übersät. Eine Regalwand hinter ihr war vollgestopft mit einer Menge Büchern. Darunter Bände zur Anatomie des Menschen, vom A-Z der Inneren Medizin über Gynäkologie bis hin zu Kräuterkunde. Ob er sie alle gelesen hatte? Das war ja fast unmöglich. Wenn man sich das Chaos auf dem Tisch ansah, musste man davon ausgehen, dass Doktor Weizmann eine Menge zu tun hatte. Er war ein aktives Mitglied der Jüdischen Gemeinde in Hamburg, hatte ihr Vater einmal erklärt, und war schon lange der Hausarzt der Familie Rosenthal. Sogar Gretas Mutter hatte er gut gekannt.

Ein Chanukkaleuchter stand auf der Fensterbank, allerdings ohne Kerzen. Dicke Regentropfen schlugen gegen die beiden Fenster, die den Raum erhellten. Dunkle Wolken trieben am Himmel. Es war genau der richtige Tag, um eine schlechte Nachricht in Empfang zu nehmen. Je länger Greta wartete, umso nervöser wurde sie. Als sich endlich die Tür öffnete, zuckte sie erschrocken zusammen.

»Frau von Löwenstein! Wie schön, Sie zu sehen.« Er kam mit ausgestreckter Hand auf sie zu, begrüßte Greta freundlich. War das ein Omen? Wenn er so zuvorkommend war, wollte er ihr das Leben noch ein wenig angenehmer machen, falls sie nicht mehr lange zu leben hatte?

Panik ergriff sie. »Guten Tag, Herr Doktor«, brachte sie mühevoll über die Lippen.

»Das Wetter lässt heute mal wieder zu wünschen übrig.« Er schüttelte den Kopf und wandte den Blick vom Fenster ab, während er sich hinter seinen Schreibtisch setzte. Der Holzdrehstuhl knarrte laut unter seinem Gewicht. Er legte eine graublaue Mappe vor sich ab.

Greta wusste nicht, warum ihr diese ganzen Details auffielen. Es war, als würde sie im Kino sitzen und sich selbst auf der Leinwand betrachten. Es wirkte alles so unecht. Wie auf Zelluloid gebannt.

Doktor Weizmann war ein Mann von Anfang sechzig. Sein Haar war bereits weiß, ebenso wie sein üppiger Schnurrbart, den er mit Pomade an den Enden nach oben bog. Er hatte im Krieg als Lazarettarzt gedient. Ein Granatsplitter hatte seinen Kopf knapp verfehlt, jedoch kleine Spuren auf der linken Schläfe hinterlassen. Die Haut war dort verbrannt, was auffiel, wenn man genau hinsah. Ein Zwicker saß auf seiner großen Nase.

»Dann wollen wir mal sehen.« Er öffnete die Mappe und studierte die beiden Blätter, die dort enthalten waren.

Je länger er las, umso unruhiger wurde Greta. Nervös klopfte sie mit den Fingern auf ihren Oberschenkel, um sich abzulenken. Ihr Puls raste so schnell durch ihren Körper, dass es in ihren Ohren rauschte und sie Angst bekam, das Ergebnis akustisch nicht zu verstehen. Sie beugte sich auf dem Stuhl weiter vor.

»Ja, dann darf ich wohl gratulieren, gnädige Frau.« Doktor Weizmann nahm den Zwicker von der Nase, blickte sie lächelnd an.

»Gratulieren?«

»Ja, selbstverständlich. Ich darf Ihnen die freudige Nachricht überbringen, dass Sie guter Hoffnung sind.« Er lehnte sich zurück wie ein stolzer Vater.

Im ersten Moment konnte Greta diese Mitteilung nicht in Einklang mit ihren Gedanken bringen. Sie war darauf vorbereitet gewesen, die Nachricht über eine Krankheit zu bekommen, deren Namen sie eventuell noch nie gehört hatte. *Aber guter Hoffnung!* Greta war tatsächlich schwanger! »Ich erwarte ein Kind? Sind Sie sich da ganz sicher? Ich meine, ich sehe nicht danach aus.« Sie sah unbeholfen an sich herunter.

Das feine Lachen von Doktor Weizmann erfüllte den Raum. »Das wird auch in den nächsten Wochen noch so sein, gnädige Frau. Ihr Körper wird sich erst im Laufe der Zeit verändern. Vielleicht haben Sie schon Kleinigkeiten an sich entdeckt, die untypisch für Sie sind: Hautspannungen, die Übelkeit, und Schwindel sind ebenfalls ein Anzeichen.«

»Aber«, Greta schluckte hart, denn es lagen ihr so viele Fragen auf den Lippen, von denen sie nicht wusste, wie sie sie formulieren sollte. Aber wen konnte sie fragen? Ihre Mutter lebte nicht mehr. Ihren Vater konnte und wollte sie damit nicht behelligen. »Sind Sie sich ganz sicher? Ich meine, man sieht einem so etwas ja nicht an, zumindest in diesem frühen Stadium nicht.«

»Ich bin mir sehr sicher. Heutzutage schauen wir nicht mehr in Kristallkugeln, die Wissenschaft ist sehr viel weiter. Wir arbeiten nach der Aschheim-Zondek-Reaktion. Ihr Morgenurin wird weiblichen Mäusen injiziert. Wenn der HCG-Stoff vorhanden ist, der nur bei schwangeren Frauen vorkommt, entwickelt sich der Uterus der Mäuse. Dieses Verfahren ist absolut neuartig und sicher erprobt. Selmar Aschheim ist ein werter Kollege, der das gynäkologische Labor in der Berliner Charité leitet. Ich kann behaupten, dass dieser Test bisher noch kein falsches Ergebnis hervorgebracht hat.«

»Wie oft haben Sie ihn denn schon angewandt?«

Erneut lachte der Doktor. »Liebe Greta, ich darf Sie doch noch so nennen, wo ich Sie bereits auf die Welt gebracht habe.«

»Ja, natürlich, Doktor Weizmann«, grinste Greta verlegen.

»Sie waren schon immer so wissbegierig. Ich muss zugeben, ich selbst habe dieses Verfahren erst viermal angewandt, aber in Berlin wird schon länger damit gearbeitet. Und wenn ich mir das Leuchten in ihren Augen und die zarte Röte Ihrer Wangen ansehe, bin ich mir sicher, dass Sie ein Kind erwarten.«

Langsam ließ Greta die Luft aus ihren Lungen entweichen, die sie unbemerkt einbehalten hatte. »Damit habe ich wirklich nicht gerechnet.«

»So? Was haben Sie denn gedacht?« Doktor Weizmann setzte die bügellose Brille wieder auf seine Nase.

»Ich dachte, ich sei krank. Vielleicht eine schwere Grippe oder schlimmer. Eine Schwindsucht. Wegen des Bluts, das ich gespuckt habe.«

»Nein, machen Sie sich keine Sorgen. Das Blut kam vermutlich aus der Nase, weil ein Äderchen geplatzt ist, vor Anstrengung. Das hatten Sie schon als Kind, wenn Sie sich erinnern.«

Jetzt wo Doktor Weizmann es erwähnte, kamen ihre Erinnerungen daran zurück. Sie hatte als Kind oft unter Nasenbluten gelitten. Es war plötzlich aufgetreten und auch so schnell wieder abgeklungen, wie es gekommen war. Sie nickte lächelnd. »Gut, dann werde ich jetzt nach Hause fahren. Gibt es etwas, was ich beachten muss?«

»Sie sollten sich schonen, besonders in den ersten drei Monaten. Vermutlich sind sie oft müde. Schlafen Sie viel. Gegen die Übelkeit kann ich ihnen einen Tee aus Fenchelsamen, Ingwerwurzel und Pfefferminzblättern empfehlen. Das beruhigt den Magen. Trinken Sie morgens eine Tasse, Sie werden sehen, dass es hilft. Nach dem dritten Monat sollte es Ihnen besser gehen, ganz bestimmt nach dem fünften.« Er erhob sich von seinem Stuhl und drückte ihr die Hand. »Meinen herzlichen

Glückwunsch, Greta. Dass Levi bald Großvater wird, darüber wird der alte Knabe sich bestimmt freuen. Bestellen Sie ihm liebe Grüße von mir.«

»Vielen Dank, Doktor Weizmann. Das werde ich tun.«

Der Regen hatte aufgehört, und einzelne Sonnenstrahlen stahlen sich durch die dunkle Wolkendecke, die sich immer mehr auflöste. Sie schwebte wie auf Wolken. Setzte einen Fuß vor den anderen. Sie bekam ein Kind. Was würde Carl wohl dazu sagen? Ob er sich wohl über diese Nachricht freute? Wie wohl ihr Vater reagieren würde. Ihr Bauch würde bald wachsen und rund werden. Eine Menge Fragen geisterten in ihrem Kopf umher, dass sie gar nicht wusste, wie ihr geschah. Erst als sie in der Straßenbahn saß, bemerkte sie, dass sie ihren Regenschirm in der Arztpraxis vergessen hatte.

Carl wartete voller Ungeduld auf seine Frau. Sie war am Nachmittag verschwunden, wollte sich mit Dörte treffen, doch er wusste, dass sie geflunkert hatte. Er selbst hatte Dörte in Begleitung ihrer Eltern am Sandthor Kai gesehen, als er von der Arbeit nach Hause fuhr. Was also trieb sie? Warum belog sie ihn? War ihr etwas zugestoßen? Gab es Schwierigkeiten? Steckte ein anderer Mann dahinter? Nein, das konnte einfach nicht wahr sein. So war Greta nicht. Dennoch keimte Eifersucht in ihm hoch. Hatte er zu schnell geheiratet? Sie kannten sich ja kaum. Hatte seine Mutter womöglich recht, dass Greta doch nicht die richtige Frau für ihn war? Nun, diese Überlegungen kamen ziemlich spät. Einfach zu spät. Wie ein eingesperrter Tiger lief er in der Wohnung Spuren in den Teppich. Er raufte seine Haare. Seine anfängliche Besorgnis wandelte sich nach und nach in Wut. Er wollte sie suchen, doch er hatte keinerlei Anhaltspunkte, wo er überhaupt beginnen sollte. Eigentlich kannte er seine Frau nicht wirklich gut.

Die Tür zum Salon öffnete sich, und Greta betrat die Wohnung. Erleichtert atmete er aus. »Greta! Mein Gott, da bist du ja.«

Verdutzt blieb sie stehen. »Ja, hier bin ich. Ich hatte dir doch gesagt …«

Weiter kam sie nicht. Carl trat auf sie zu. »Hör mit deinen Lügen auf, ich weiß, dass du dich nicht mit Dörte getroffen hast.« Seine Worte waren schneidend, und sie trat einen Schritt zurück, als hätte er die Hand gegen sie erhoben. Doch Carl konnte sich einfach nicht bremsen. Greta sah so glücklich aus, so schön, und er kannte den wahren Grund nicht. »Also, raus mit der Sprache. Hast du dich mit einem anderen Mann getroffen? Kenne ich ihn?«

»Was?« Ungläubig blickte sie ihn an und nahm den Hut, warf ihn achtlos auf das Sofa. »Das glaubst du von mir? Ein anderer Mann?« Greta schien so verblüfft, dass sie sich auf das Sofa sinken ließ.

»Was soll ich denn sonst von dir denken, wenn du einfach so verschwindest und mir einen falschen Grund angibst.« Carl musste sich zügeln, damit er sie nicht anschrie. Es kam selten vor, dass er aus der Haut fuhr, aber diese Situation überforderte ihn. Seine Hände ballten sich zu Fäusten, und so verdutzt wie Greta ihn ansah, machte ihn das nur noch wütender.

»Ja, vielleicht hast du sogar recht«, sagte sie urplötzlich und lehnte sich entspannt auf dem Sofa zurück.

»Was? Womit?« Carl verstand nun gar nichts mehr.

»Dass ein anderer Mann dahintersteckt. Aber es könnte auch eine Frau sein. Das werden wir spätestens in einigen

Monaten herausbekommen. Dann, wenn das Kind auf der Welt ist.«

»Das Kind? Welches Kind denn, um Himmels willen?« Carl zog sein Jackett aus, warf es über einen Stuhl. Ihm war warm, also lockerte er auch sein Halstuch, das er heute trug.

Greta hatte den Blick gesenkt, sah jetzt zu ihm auf. »Unser Kind«, erwiderte sie schüchtern. »Ich bin in anderen Umständen, Carl.«

Mitten in der Bewegung hielt Carl inne, zog dann das Halstuch mit einer Bewegung von seinem Kragen. »Du meinst ... also, du glaubst ...«, stammelte er.

Greta schüttelte den Kopf. »Nein, Carl. Ich weiß es. Ich war heute bei Doktor Weizmann. Er hat es bestätigt. Ich fühle mich schon seit einigen Tagen nicht wohl, darum habe ich einen Arzt konsultiert, und er hat festgestellt, dass ich nicht sterben werde, wie ich vermutet hatte, sondern dass ich dein Kind unter dem Herzen trage.« Die Worte kamen ihr schüchtern über die Lippen, dennoch klar und deutlich.

»Sterben? Was erzählst du denn da?« Mit wenigen Schritten war er bei Greta und sank vor ihr auf die Knie. »Ein Kind? Wir bekommen ein Kind?«

Greta nickte. »Ja, so ist es. Freust du dich?« Unsicher sah sie ihn an.

»Ob ich mich freue? Greta! Ich bin außer mir vor Freude! Warum nur hast du mir nicht die Wahrheit gesagt?« Er nahm ihre Hände in seine, drückte kleine Küsse darauf.

»Weil ich nicht daran gedacht habe, dass ich ein Kind erwarten könnte. Ich dachte, ich wäre krank, hätte vielleicht einen ansteckenden Infekt. Wer konnte denn mit so etwas rechnen?« Tränen schimmerten in ihren Augen.

»Mein Gott, Greta! Du machst mich zu einem sehr glücklichen Mann.« Er zog sie in seine Arme, küsste Greta stürmisch. Dann hielt er abrupt inne. »Wir müssen vorsichtig sein. Du musst dich schonen. Das ist doch so, wenn man ein Kind erwartet, oder?« Er legte eine Hand auf ihren Bauch.

Greta lachte unter Tränen auf. »Ich bin zwar nicht aus Zucker, aber der Doktor meinte auch, ich solle mich ein wenig schonen. Viel schlafen. Die Übelkeit würde auch bald verschwinden. Und ich soll Ingwertee trinken oder Pfefferminztee.«

»Ich werde ganze Tonnen Ingwer und Pfefferminz liefern lassen, und was immer du brauchst, meine geliebte Greta.« Er strich ihr über die Wange, wischte die Tränenspur weg. »Du hast keine Ahnung, wie glücklich ich bin«, flüsterte er und küsste sie erneut.

»Ich bin ebenfalls sehr glücklich. Auch wenn ich große Angst habe. Ich meine, ich habe noch nie ein Kind bekommen und so viele Fragen. Ich wünschte, meine Mutter wäre am Leben, um mir all diese Fragen zu beantworten.«

»Du kannst meine Mutter fragen. Immerhin hat sie mich geboren. Ich denke, sie wird sich sehr über diese Nachricht freuen. Was meinst du?«

Greta biss die Lippen aufeinander, dann nickte sie. Sagte aber nichts weiter dazu. Dass Vera von der frohen Botschaft begeistert sein würde, darauf wagte Greta kaum zu hoffen.

Kapitel 32

Während des Abendessens spürte Greta immer wieder Carls Blicke auf sich. Sie lächelte ihn an, kicherte wie ein kleines Mädchen und auch Carl schmunzelte.

»Was ist heute nur los? Ihr benehmt euch wie kleine Kinder.« Vera wischte mit einer Serviette über ihren Mund und sah Carl strafend an. Greta überging sie.

Gut gelaunt lachte Carl auf. »Vielleicht solltest du dich schon mal daran gewöhnen. Kinder ist ein guter Anfang.«

»Wovon sprichst du?« Vera blickte von einem zum anderen.

Carl erhob sich und nahm sein Weinglas in die Hand. »Wir sollten unsere Gläser erheben, denn ich habe etwas sehr Freudiges zu verkünden.«

Cornelius wechselte einen Blick mit seiner Frau, während Evi ihn gebannt anstarrte.

»Ich habe die glückliche Aufgabe, euch mitzuteilen, dass meine über alles geliebte Frau Greta unser erstes Kind erwartet.« Er nahm Gretas Hand und drückte einen Kuss darauf.

Für einen Moment herrschte absolute Stille, dann räusperte sich Cornelius. »Ja, das ist wahrlich eine freudige Nachricht. Ich gratuliere dir, mein Sohn. Und dir natürlich auch, Greta. Wollen wir hoffen, dass du uns einen strammen Stammhalter bescherst.«

»Oh, das ist ja so aufregend. Herzlichen Glückwunsch. Auf diese Neuigkeit trinke ich gerne.« Evi erhob ihr Glas und prostete Greta und Carl zu.

»Wollen wir hoffen, dass es ein gesundes Kind wird.« Vera nickte den beiden zu. Ein Lächeln suchte Greta vergeblich. Carl schien das allerdings gar nicht zu bemerken. »Dann wirst du also demnächst nicht mehr im Kontor arbeiten.« Veras Worte drückten Genugtuung aus.

»Ich wüsste nicht, warum.« Greta nahm einen Schluck von ihrem Wasser, drehte das Glas mit den Händen am Stil.

»In deinem Zustand solltest du auf keinen Fall arbeiten. Du musst dich schonen und das Kind auch. Das, was du treibst, kann nicht gut sein.« Veras Stimme hörte sich sehr bestimmt an, und vermutlich hätte niemand ihr widersprochen, doch Greta konnte nicht aus ihrer Haut.

»Mir geht es prächtig. Ich denke nicht, dass dem Kind Bewegung schaden kann. Ich verrichte keine schwere Arbeit, muss ja nicht Gewürzsäcke in die sechste Etage schleppen.« Greta lieferte sich mit Vera ein Blickduell, dass sie am Ende gewann.

»Nun gut, wenn du dich in Gefahr bringen willst. Ich möchte nur das Beste für mein Enkelkind.« Vera wandte sich beleidigt ihrem Essen zu.

»Ich könnte dich ja begleiten und dir ein wenig zur Hand gehen.«

Evis Worte ließen Vera erneut aufblicken. »Was? Wie kommst du denn auf diese Idee? Was ist nur mit euch jungen Frauen los. Seid ihr nicht damit zufrieden, einen Mann zu finden, der euch ein angenehmes Leben bereitet? Zu meiner Zeit hätte mein Vater mich eingeschlossen, wenn ich ihm mit solchen Ideen gekommen wäre.«

»Aber Vera, nun lass die Mädchen doch. Die Zeiten ändern sich. Besonders jetzt nach dem Krieg. Es wird immer mehr Frauen geben, die einen Beruf ergreifen, damit sie überleben können. Wie viele Männer sind im Krieg geblieben, und nun müssen die Frauen selbst für sich sorgen.« Cornelius versuchte, seine Gattin zu beschwichtigen, legte seine Hand über ihre. Doch so einfach war das nicht.

»Man könnte ja meinen, dass Carl nicht in der Lage ist, das Unternehmen alleine zu führen. Es wird Gerede geben, man wird ihn für inkompetent halten. Das wirft kein gutes Licht auf unsere Familie. Aber meine Meinung scheint ja plötzlich nicht mehr gefragt zu sein.« Sie warf die Serviette auf den Tisch und erhob sich. »Bitte entschuldigt mich, es kündigt sich wohl eine Migräne an.« Mit festen Schritten verließ sie den Speiseraum und zog die Tür demonstrativ hinter sich ins Schloss.

»Es tut mir leid«, sagte Evi bedauernd. Sie sah aus, als träge sie Schuld an einem großen Unheil.

»Ach Quatsch, dir muss gar nichts leidtun. Wenn du dir das Kontor einmal ansehen möchtest, um Greta unter die Arme zu greifen, dann nur zu.« Sobald Vera den Raum verlassen hatte, blühte Cornelius förmlich auf. »Ihr jungen Leute seid die Zukunft unseres Landes. Es wird Zeit, dass die Alten abtreten und das junge Volk an die Macht kommt. Wir Alten haben schon genug Schaden angerichtet.« Er trank sein Glas in einem Zug leer und schenkte sich nach. »Auf dich, mein Sohn … und auf Greta.«

Bereits am nächsten Tag begleitete Evi Greta und Carl ins Büro. Es bereitete Greta Spaß, Evi alles genau zu zeigen. An diesem Tag lernte sie auch Felix Wunderlich kennen, den

Mann, den Jan eingestellt hatte, um den Arbeitsbereich von Fräulein Schmitz zu übernehmen.

Er war ein hochgewachsener Mann mit gleichmäßigen Zügen. Sein Teint war dunkel, als würde er sich oft an der frischen Luft aufhalten, dabei war er doch Buchhalter. Er hatte einen muskulösen Körper, mit schmalen Hüften, wie man es bei den Hafenarbeitern sehen konnte. Seine Oberarme zeichneten sich kräftig unter dem feinen Stoff des braunen Anzugs ab. Das beigefarbene Hemd saß perfekt, die Krawatte war akkurat gebunden. Sein Haar allerdings kringelte sich in wirren Locken um den Kopf. Es schien sich nicht bändigen zu lassen. Greta musste zugeben, der Mann war nicht nur attraktiv, er war geradezu schön. Evis ungehöriges Benehmen, ihn mit offenem Mund anzustarren, bestätigte ihre Feststellung.

»Meine Damen! Enchantée! Ich bin erfreut, Ihre Bekanntschaft zu machen. Mein Name ist Felix Wunderlich, ich stehe zu Ihren Diensten.« Er verbeugte sich tief.

Während Bruno Klaasen ihn nur verwundert anblickte und mit den Augen rollte, fand Greta diese Vorstellung reichlich übertrieben.

»Moin, Herr Wunderlich. Wie schön, dass wir endlich Hilfe in der Buchhaltung erhalten. Ihren Arbeitsplatz scheinen Sie ja bereits gefunden zu haben«, begrüßte Greta ihn forsch, nahm ihm ein wenig den Wind aus den Segeln. »Es gibt eine Menge zu tun, am besten fangen wir direkt an.« Sie deutete auf den Schreibtisch, der sein Arbeitsplatz war.

»Dann sind Sie die Chefin hier?«, fragte Wunderlich, zog auf eine sehr aufreizende Weise eine Augenbraue in die Höhe.

»Der Geschäftsführer ist mein Mann, Carl von Löwenstein. Ich bin hier angestellt, so wie Herr Karven und alle anderen

Mitarbeiter auch.« Greta schenkte ihm ein geschäftsmäßiges Lächeln. »Ah, da kommt er ja.«

Carl betrat zusammen mit Jan das Büro und steuerte direkt auf die Gruppe zu. »Sie müssen Herr Wunderlich sein.« Er reichte ihm die Hand. »Carl von Löwenstein. Wie ich sehe, haben Sie meine Frau und Fräulein von Domnitz schon kennengelernt.«

»Guten Tag, Herr von Löwenstein, Herr Karven.« Wunderlich nickte den beiden Männern zu. »Mit Fräulein von Domnitz hatte ich noch nicht das Vergnügen.« Er sah Evi an, als wäre sie ein verheißungsvoller Happen, verbeugte sich schnell.

»Herr Karven wird Sie sicherlich einweisen. Komm, Evi, ich zeige dir alles. Der Speicher wird dir gefallen.«

»Ähm, wenn es Ihnen nichts ausmacht, würde ich mich Ihnen gerne anschließen. Es ist wichtig, dass man direkt zu Anfang das ganze Unternehmen kennenlernt.« Voller Tatendrang blickte Wunderlich von Greta zu Carl und wieder zurück.

»Also ich würde mich freuen, wenn du das übernimmst, Greta. Ich habe gleich einen angemeldeten Telefontermin mit Übersee.« Jan schaute geschäftig auf seine goldene Taschenuhr.

»Ja, natürlich. Bitte kommen Sie mit«, sagte Greta und schenkte Carl einen Luftkuss.

Zu dritt stiegen sie die Holzstufen in das Lager hinauf.

»Moin, Frau von Löwenstein! Sie beim einfachen Volk?« Ole Harms lüftete seine Schlägermütze mit einem Grinsen auf den Lippen.

»Moin, Herr Harms! Gut, dass ich Sie treffe. Ich muss Ihnen sagen, die letzte Currymischung hatte es ganz schön in sich. Scharf, aber sehr gut.«

»Ah, nun sein Se nich so nen Bangbüx. Die Currymischung ist eine der meisten Exporte.« Er schob seine Mütze tiefer in den Nacken.

»Schon gut, Harms. Ich werde mich schon an ihre Schärfe gewöhnen. Ich möchte Ihnen Fräulein von Domnitz und Herrn Wunderlich vorstellen. Sie werden uns im Büro unterstützen.«

Harms tippte an seine Mütze, blickte Evi charmant lächelnd an. »Herzlich willkommen.«

»Frau von Löwenstein, ich müsste Sie ebenfalls sprechen.« Harms trat einige Schritte zur Seite.

Greta nickte und bat Wunderlich und Evi, sich schon mal im Nebenraum, dem großen Lager, umzusehen.

»Wir brauchen hier dringend noch zwei Mitarbeiter. Ich habe schon mit Karven darüber gesprochen, doch er hat abgewunken, meint, die Arbeiter müssten schneller arbeiten. Aber ständig fallen mir Leute aus, weil sie sich krankmelden. Können Sie nicht mal mit Ihrem Mann sprechen?« Das Gespräch war ihm unangenehm, doch er sah wohl keinen anderen Ausweg, als sich an Greta zu wenden.

Greta beschlich ein ungutes Gefühl. »Herr Harms, das fällt nicht in meine Zuständigkeit. Ich möchte mich da ungern einmischen.« Das war Jans Metier.

Harms rieb sich den Nacken. »Sie sehen doch, was hier los ist. Die Firma wächst, jetzt wo die Seeblockade gelockert wurde und die Schiffe wieder den Hafen erreichen. Wie sollen wir das stemmen, wenn immer wieder Mitarbeiter ausfallen?«

Greta ließ ihren Blick über den Dachboden gleiten, der voll mit Säcken war, die noch ausgepackt und verstaut werden mussten. Gewürze mussten ins Lager geschafft werden.

Andere wiederum veredelt. Die Männer schwitzten und taten ihr Bestes, um der Lage Herr zu werden. Doch immer wieder kamen neue Lieferungen hinzu.

»Gut, ich werde mit meinem Mann sprechen. Ich gebe Ihnen mein Wort.«

Erleichtert nickte Harms. »Danke, mehr erwarte ich auch nicht.«

Greta verabschiedete sich von den Arbeitern im höchsten Stockwerk und machte sich auf die Suche nach Evi und Wunderlich.

»Schau dir diese ganzen Gewürze an«, rief Evi begeistert, als Greta zu ihnen ins Lager kam. »Es riecht hier, als würde man auf einer exotischen Insel leben.« Evi war ganz entzückt. Sie lief zwischen den Säcken und Regalen hin und her. Schnupperte an den Proben, nahm Gewürze in die Hand. »Wie kannst du sie alle auseinanderhalten?«

»Das brauche ich ja nicht. Dafür sind die Mitarbeiter zuständig. Ich kontrolliere die Zahlungen der Kunden, die Monats- und Quartalszahlungen. Und Herr Wunderlich wird für die Verbuchung der einzelnen Rechnungen und Zahlungseingänge auf den T-Konten zuständig sein. Er führt das Journal und die Geschäftsbücher, so wie die Lohnkonten.«

Wunderlich nickte zustimmend. »Ja, dafür wurde ich eingestellt. Und Sie, Fräulein von Domnitz?«

»Oh, ich weiß gar nicht, was ich zu tun habe.« Evi blickte Greta verwirrt an.

»Fräulein von Domnitz wird meine Assistentin«, erklärte Greta und ließ offen, was genau das bedeutete.

»Und was machen die Frauen unten im Büro?«, wollte Evi wissen.

»Das sind Fräulein Klein, Hubertus und Cramer. Sie sind die Stenotypistinnen. Erledigen die Schreibarbeiten, wie Geschäftsbriefe und Rechnungen. Sie übersetzen auch ausländischen Schriftverkehr. Herr Klaasen ist der Einkäufer der Waren. Es gibt wohl niemanden, der sich besser mit Gewürzen und wie man sie beschafft, auskennt. Dann gibt es noch Manni Weseke, er ist unser Laufbursche.«

»Ich finde das so aufregend.« Evi strahlte voller Begeisterung.

»Vielleicht möchte Fräulein von Domnitz mir ein wenig über die Schulter schauen? Schließlich sind wir beide hier neu und könnten uns gemeinsam zurechtfinden«, schlug Felix Wunderlich vor.

Bevor Greta etwas erwidern konnte, erklärte Evi schnell: »Das wäre großartig. Ich fühle mich ein wenig überfordert, weil ich noch nie einer Arbeit nachgegangen bin. Aber da Sie auch neu sind, fällt es vielleicht nicht so ins Gewicht, dass ich mich dumm anstelle.« Sie lächelte verlegen.

»Ich denke nicht, dass es eine Situation geben kann, in der Sie sich dumm anstellen könnten, Fräulein von Domnitz.« Wunderlich sah sie ernst an.

»Na, dann können wir uns ja an die Arbeit machen.« Greta war hochzufrieden.

Zum Mittagessen lud Carl seine Frau in eine Gaststätte ein, in der die Hafenarbeiter einkehrten. Es war laut und voll, aber das Essen hier war sehr gut. Es gab Kartoffelsuppe mit Einlage, und Carl bestellte dazu Brot und Limonade.

»Ich habe gar keinen Hunger«, erklärte Greta nicht gerade begeistert, als die Suppenschale vor ihr stand.

»Du musst jetzt nicht nur an dich denken, Greta«, besorgt sah er seine Frau an.

Sie nickte und nahm ein Stückchen trockenes Brot. »Oh, das ist ja noch warm.« Sie roch daran.

»Ja, der Wirt ist bekannt dafür, dass er alles selbst herstellt.«

Greta blickte sich neugierig um. »Ich habe heute mit Harms gesprochen.«

Hungrig löffelte Carl die Suppe in sich hinein. Hier fiel es nicht auf, dass er auf korrekte Tischmanieren verzichtete und die Serviette außer Acht ließ. »Aha und was wollte er?« Carl wusste aus Erfahrung, dass Harms kein Mann großer Worte war. Wenn er etwas zu sagen hatte, dann hatte es Hand und Fuß.

»Er hat mich gebeten, mit dir zu sprechen, dass wir noch einige Arbeiter für das Lager einstellen. Die Arbeit wird immer mehr, seit die Seeblockade aufgehoben wurde.«

Das war verständlich, nur warum sprach Harms nicht mit Jan darüber? »Du weißt, dass Jan dafür zuständig ist?«

Greta nickte und nahm nun doch den Löffel auf, aß etwas von der Suppe, die ihr zu schmecken schien, da es nicht nur bei einem Löffel blieb. »Natürlich weiß ich das. Harms hat sich auch zuerst an ihn gewandt, ist aber wohl auf taube Ohren gestoßen. Er hat mich gebeten, mit dir zu sprechen. Ich glaube, es wird kein Problem sein, jemanden zu finden. Die Stadt ist voller Menschen, die Arbeit suchen.«

Mit den Fingern tauchte Carl ein Stück Brot in die Suppe und schob es sich schnell in den Mund, kaute genüsslich. »Für diese Tätigkeit ist nicht jeder geeignet. Man muss kräftig und widerstandsfähig sein. Der Ton unter den Männern ist rau, und man muss sich seinen Platz erkämpfen. Allerdings frage ich mich, warum Jan es abgelehnt hat, weitere Männer einzustellen. Ich denke, ich werde mit ihm zuerst darüber sprechen, bevor wir weitere Schritte einleiten.« Er machte eine kurze Pause, dann sah er sie lächelnd an. »Und wie gefällt dir Wunderlich?«

»Er macht einen kompetenten Eindruck. Er hat mir Evi am Vormittag abgenommen und ihr die Schreibmaschine erklärt. Ich glaube, er ist ein guter Mitarbeiter, auch wenn er etwas dick aufträgt. Aber vielleicht ist er an seinem ersten Arbeitstag genauso aufgeregt, wie es Evi ist. Nur versteckt er es hinter seinem Charme.«

Carl hob die Schultern. »Schon möglich. Mir ist wichtig, dass du mit ihm klarkommst. Ich weiß, dass du Frau Stöver gerne auf dem Posten gesehen hättest.«

»Ich habe eine viel bessere Anstellung für sie gefunden«, erklärte Greta und zwinkerte geheimnisvoll.

Überrascht blickte Carl sie an. »So? Das hast du mir gar nicht erzählt.«

»Es gab bisher noch keine Gelegenheit. Ich habe sie meinem Vater für die Buchhaltung empfohlen. Er brauchte dringend jemand, der Ordnung in den Laden bringt. Mein Vater ist ein guter Verkäufer, doch wenn es um den Papierkram geht, ist er ein hoffnungsloser Fall. Ich glaube, sie ist genau die richtige Person, die Ordnung in das Leben meines Vaters bringen wird. Am Ende war es also doch nicht so schlimm, dass wir Wunderlich die Stelle gegeben haben.«

Carl lachte leise auf. »Mir scheint, als haben die meisten Frauen ein gutes Händchen dafür, Ordnung in das Leben der Männer zu bringen.« Er blickte Greta liebevoll an. »Geht es dir gut?«

Verblüfft über den Themawechsel nickte Greta. »Natürlich. Warum nicht?«

»Du bist jetzt nicht mehr nur für dich allein verantwortlich. Ich möchte, dass es dir an nichts fehlt, und frage mich, ob meine Mutter nicht doch recht hat und du dich mehr schonen solltest.«

»Carl, ich bekomme ein Kind und bin nicht krank. Das sind zwei unterschiedliche Dinge. Ich verspreche dir, dass ich auf mich achten werde. Sollte es mir zu viel werden, bleibe ich zu Hause. Einverstanden?«

Er nickte.

»Ich fühle mich sehr gut. Mir macht nur diese Morgenübelkeit zu schaffen, aber ab mittags geht es mir prima und Doktor Weizmann sagt, in wenigen Wochen wird auch das vorüber sein.« Um ihre Worte zu untermauern, schob sie sich einen weiteren Löffel Suppe in den Mund und aß genüsslich. »Ich wette, es wird ein Junge. Du solltest dir schon mal Gedanken über einen Namen machen, damit bist du dann beschäftigt und gehst mir nicht auf die Nerven. Doktor Weizmann ist auf jeden Fall bester Dinge.«

»Na, dann wollen wir hoffen, dass dein Doktor Weizmann recht behält.«

»Das wird er«, bekundete Greta und strahlte eine Zuversicht aus, die Carl gerne geteilt hätte, nur war er sich nicht so sicher. Er machte sich Sorgen, doch Greta würde schon wissen, wie viel sie sich zumuten konnte.

Kapitel 33

Hamburg, Ende August 1919

Das Grasoval war von der Tribüne gut einsehbar. Die Menschen drängten sich darunter, um den besten Platz vor dem Start zu erhaschen. Es lag ein Vibrieren in der Luft, ein unsichtbares Flimmern, das auf jeden übersprang. Die Trabrennbahn in Hamburg Bahrenfeld war bis auf den letzten Platz gefüllt. Vera, die ihr Herz an Trabrennpferde verloren hatte, war eine der Gründungsmitglieder des Altonaer Rennclubs seit 1905. Es war Ehrensache, dass sie heute als Gast an dem Großen Preis von Altona teilnahm. Sie gehörte zu den Sponsoren, die das Preisgeld im Wert von zehntausend Mark finanzierten. Die Honoratioren der Stadt begrüßten Vera, die die Aufmerksamkeit sehr genoss. Wie eine Königin wurde sie zu ihrem Platz geleitet und zog damit eine Menge Blicke auf sich. Ganz nach ihrem Geschmack.

In ihrem violettfarbenen Kleid aus feinem Seidenstoff und dem dazugehörigen Hut mit einer Straußenfeder, stach sie wie ein bunter Farbtupfer auf einer weißen Leinwand hervor. Die anderen Gäste waren wesentlich dezenter gekleidet, meist in Blau- oder Grüntönen. Zumindest gedecktere Farben, als es ein helles Lila war.

Greta trug einen olivfarbenen Rock zu einer weißen Rüschenbluse. Der Glockenhut war ebenfalls in Grün gehalten. Vera hatte ihren Aufzug mit einem abfälligen Blick gemustert, allerdings nichts gesagt. Doch Greta wusste mittlerweile Veras Mimik zu deuten, um zu wissen, dass ihre Schwiegermutter auf keinen Fall begeistert war.

Eigentlich hatte Greta überhaupt keine Lust, an dieser Veranstaltung teilzunehmen. Sie bewunderte zwar diese großen Tiere, doch sie hatte Angst vor ihnen. Noch nie hatte sie auf einem Pferd gesessen und fand auch keinen Gefallen daran, dass diese edlen Tiere mit Schlägen dazu angetrieben wurden, als Erster durchs Ziel zu gehen, nur um für ihren Besitzer eine Menge Geld einzuspielen. Für sie grenzte das an Quälerei, sie behielt diese Meinung allerdings für sich. Die Äußerung ihrer Meinung würde nur wieder Veras Missfallen erwecken, da sie eine begeisterte Pferdeliebhaberin war und sogar ein eigenes Pferd ins Rennen schickte.

Evi, die sie ebenfalls begleitete, stellte eine Menge Fragen, die Vera gerne beantwortete. Nur mit halbem Ohr hörte Greta zu, hielt lieber nach Carl und ihrem Schwiegervater Ausschau, die sie in der Menge verloren hatten, weil die Männer von anderen Herren begrüßt worden waren.

Endlich sah sie Carl, der sich durch die Menge auf sie zu kämpfte. »Mein Gott, ist es hier voll.« Er wischte sich über die Stirn. »Und warm ist es auch. Ich hoffe, es geht dir gut, mein Liebes. Möchtest du etwas essen oder trinken?«

Greta spannte ihren Sonnenschirm auf. »Nein, danke, ich brauche nichts. Du brauchst dir keine Sorgen zu machen, uns geht es hervorragend.« Greta lächelte glücklich. Seit einer Woche war die Morgenübelkeit ebenso unversehens verschwunden, wie sie aufgetaucht war. Sie fühlte sich rundum wohl und auch der Gedanke, dass sie bald ein Kind zur Welt bringen würde, ängstigte sie nicht mehr so sehr, wie es noch vor einigen Wochen der Fall war. Langsam gewöhnte sie sich an den Gedanken. Morgen wollte sie endlich zu ihrem Vater fahren und ihm die freudige Nachricht verkünden. Sie hatte damit noch etwas warten wollen, weil sie ganz sicher sein wollte. Jetzt, wo sie an Bauchumfang ein wenig zunahm, zweifelte sie selbst nicht mehr daran. Sie war so gespannt, wie ihr Vater reagieren würde. Ob er sich freuen würde? Aber warum auch nicht. Schließlich war ein Kind immer ein Grund zur Freude. Er würde Großvater werden, ein weiterer Grund zu jubeln.

»Carl! Du musst etwas Geld auf *Brutus* setzen, das hat mir bisher immer Glück gebracht.« Vera drückte ihm eine Zehnmarkmünze in die Hand. »Bitte erledige das für mich.«

»Natürlich, Mutter.«

»Du musst dich beeilen, das Rennen beginnt bald und die Wettschalter sind gut besucht.«

»Ich bin sofort zurück. Lauf mir nicht weg.« Carl beugte sich vor und küsste Greta züchtig auf die Wange, dann machte er sich auf den Weg, um die Wette für seine Mutter zu platzieren.

»Können wir uns *Brutus* nicht vor dem Rennen einmal ansehen?«, fragte Evi voller Begeisterung.

»Das ist eine sehr gute Idee, ich möchte unserem Jockey noch viel Glück wünschen. Begleitest du uns?«, fragte Vera an Greta gewandt.

Da Carl noch nicht zurück war und auch Cornelius verschwunden blieb, nickte sie zustimmend. Allein hier in der Menschenmenge wollte sie nicht bleiben.

Zu dritt machten sie sich auf den Weg zu den Ställen. Auch hier herrschte Betriebsamkeit. Pferde wurden hin und her geführt. Menschen rannten durcheinander. Greta musste aufpassen, dass sie nicht auf Pferdeäpfel trat und ihre Schuhe ruinierte.

Evi hielt sich diskret die Nase zu. Es roch nach Leder, Schweiß und Heu. Die Hitze des Tages verstärkte den Geruch noch. Greta wurde übel, doch sie riss sich zusammen, atmete flach. Sie konnte sich ja schlecht vor all den Leuten übergeben.

»Da ist Brutus«, rief Vera aufgeregt und schien gar nicht wahrzunehmen, dass es weder Evi noch Greta hier gefiel. »Mädchen! Das ist Roland Weber, der Jockey, der für unseren Rennstall Brutus reitet.« Vera deutete auf einen jungen Mann, der einen ganzen Kopf kleiner als Greta war. Selbst Evi war noch größer. Er war schlank, und sein Körper steckte in einem engen Reitdress, mit weißen Hosen und einem karierten Oberteil. Er trug eine Kappe schräg auf dem Kopf. »Meine Damen.« Er nickte Evi und Greta lächelnd zu. »Ich hoffe, ich darf auf Ihrer beider Unterstützung hoffen.«

»Aber natürlich!«, antwortete Vera statt der jungen Frauen. »Ich habe sogar auf Ihren Sieg gewettet. Also, Weber, ich erwarte nichts weniger von Ihnen, als dass Sie allen anderen davongaloppieren.«

Brutus wurde aus dem Stall geführt, da das Rennen bald starten würde. Es lag eine Spannung in der Luft, die man beinahe mit Händen greifen konnte. Zum Glück hielt das Wetter. Kein Wölkchen am Himmel, es war sogar unnatürlich heiß.

Brutus, Veras Pferd, war ungemein groß, sein Fell schwarz wie die Nacht. Sie war bisher noch nie einem so großen Tier begegnet. Als Kind hatten sie eine Kutsche, die auch von einem Pferd gezogen wurde, doch Abraham war ein kleiner Fuchs gewesen, mit sanften Augen und einem lieben Wesen. Brutus hingegen blickte hektisch, in seinen Augen stand Angst. Die Scheuklappen und das Geschirr schienen ihm nicht zu gefallen.

Greta wich erschrocken einen Schritt zurück, als er laut zu wiehern begann. Sie trat auf den Saum ihres langen Rocks. Plötzlich stieg der Rappen auf die Hinterbeine und der Gehilfe, der den Hengst hinausführen sollte, konnte ihn nicht halten.

»Vorsicht! Er bricht aus!«, rief Weber, stellte sich schützend vor die Frauen, doch Greta bekam von hinten einen Stoß und konnte das Gleichgewicht nicht mehr halten. Sie stürzte an Weber vorbei zu Boden. Er versuchte noch, nach ihr zu greifen, doch seine Hand fasste ins Leere. Greta stieß einen lauten Schrei aus, der das Pferd zusätzlich ängstigte.

Sie sah Pferdehufe, die ihr rasant entgegenkamen. Noch dazu spürte sie eindeutig Hände an ihrem Rücken, die ihr einen Stoß versetzt hatten. Sie wandte den Kopf und sah Veras Gesicht vor sich. Die Augen zu Schlitzen zusammengekniffen. Schreie drangen zu ihr durch. Greta lag am Boden, nahm Stroh und Splitt unter ihren Händen wahr, die ihre Haut aufschürfen. Dann traf sie ein Huf in den Bauch. Ein Schmerz, so stark wie ein Blitzeinschlag durchfuhr sie. Schützend hielt sie eine Hand über ihren Kopf, die andere auf ihren Bauch. Doch es war zu spät. Der Tritt des Pferdes in ihren Bauch tat unglaublich weh. Sie wollte laut schreien, doch es kam nur ein dumpfer Ton aus ihrem Mund. Sie roch das Stroh und den Gestank der Pferdeäpfel, was ihr zusätzlich Übelkeit bereitete. Sie würde sich übergeben … Das war ihr letzter Gedanke, dann wurde alles um sie herum dunkel, und der Schmerz war vergessen.

Carl kehrte zurück, als er Schreie gehört hatte. Doch weder Greta, seine Mutter noch Evi standen an dem gleichen Platz, an dem er sie zurückgelassen hatte. Suchend blickte er sich um. Dann sah er einen Tumult, der aus der Richtung der Stallungen kam. Was war denn da los? Ein Pferd raste durch die Menge auf die Rennbahn hinaus. Es war gesattelt, aber ohne Reiter. War der womöglich abgeworfen und verletzt worden? Er lief in Richtung der Pferdeunterkünfte und hoffte, dass sich die Frauen nicht in der Menge befanden. Wo war denn nur sein Vater abgeblieben?

Die Sirene eines Krankenwagens war zu vernehmen. Er musste sich durch die Menschenmenge kämpfen, denn jeder schien wissen zu wollen, was geschehen war.

Als er das violette Kleid seiner Mutter entdeckte, atmete er erleichtert aus. Dort waren sie. Er hatte sie gefunden. Evi stand bei ihr und … Greta? Wo war Greta? Er konnte sie auf Anhieb nicht sehen.

»Mutter!«, rief er, doch seine Worte gingen in dem Geschrei und Gewirr unter. »Mutter! Was ist los? Wo ist Greta?« Er sah, wie Evi ganz blass war und sich die Hand vor den Mund hielt. Von der anderen Seite kamen Sanitäter mit einer Trage angelaufen.

Dann sah er sie.

Wie ein Embryo lag sie auf dem Boden, schützend einen Arm über ihren Kopf, den anderen auf ihrem Bauch, ein Bein merkwürdig angewinkelt. In den ersten Sekunden nahm Carl die Szene nur verschwommen wahr, begriff nicht, was geschehen war. Dann wurde ihm jedoch klar, dass es seine Frau war, die sich nicht mehr bewegte

»Greta!«

Sein Schrei übertönte das Stimmengewirr und führte dazu, dass die Leute verstummten. Alle Augen waren auf Carl gerichtet, der zu Greta stürzte.

»Greta! O mein Gott! Was ist passiert?«

»Bitte machen Sie Platz! Wir kümmern uns um die Frau.« Einer der Sanitäter bemühte sich um Greta, jedoch wollte Carl nicht, dass jemand anderer sie berührte. Er drängte den Mann in dem weißen Kittel zur Seite.

»Nun seien Sie doch vernünftig. Die Frau muss sofort ins Krankenhaus!« Man bat Carl mit einer Handbewegung, Platz zu machen.

»Carl! Komm, lass die Männer ihre Arbeit machen.« Es war seine Mutter, die versuchte, Carl zu beruhigen.

»Lass mich, Mutter! Ich muss mich um Greta kümmern.« Er riss sich von ihr los und wollte dem Sanitäter hinterher.

»Du kannst jetzt nichts tun. Versteh das doch«, sagte sie bestimmt.

»Was um Gottes willen ist denn nur geschehen?«, rief er völlig verzweifelt.

»Das Pferd ist durchgegangen und hat Greta verletzt.« Vera blickte sich suchend um. »Wir müssen unbedingt Brutus einfangen.«

Entgeistert sah Carl seine Mutter an. »Du sorgst dich um dein Pferd?«, schrie er aufgebracht. Das konnte doch nicht ihr Ernst sein.

»Das Tier hat schon genug Schaden angerichtet, du willst doch nicht, dass er noch weitere Menschen verletzt. Weber! Sorgen Sie dafür, dass jemand Brutus unter Kontrolle bringt. Ich habe keine Ahnung, was mit dem Pferd los ist!«, rief sie dem Jockey zu.

»Was ist denn hier los?« Cornelius hatte sich endlich einen Weg durch die Schaulustigen gebahnt und tauchte hinter Carl auf. »Liebe Güte! Was ist mit Greta? Ist sie ohnmächtig geworden?«

»Von wegen ohnmächtig! Sie ist schwer verletzt, weil Brutus durchgegangen ist.« Carl sah seinen Vater verzweifelt an.

Mittlerweile hatte man Greta auf die Trage gelegt und mit einer grauen Decke zugedeckt. Blut lief ihr in einem kleinen Rinnsal an der Stirn herab, und es tropfte aus der Nase. Die Augen geschlossen sah sie aus, als würde sie schlafen.

»Kann ich mitfahren? Ich bin ihr Ehemann.« Carl lief mit schnellen Schritten hinter den Männern her, die sich beeilten, Greta in das Sanitätsfahrzeug zu transportieren.

»Tut mir leid, dafür gibt es keinen Platz. Wir bringen Sie in das NAK, kommen Sie einfach dorthin und fragen Sie an der Pforte nach.«

»Ich lasse meine Frau nicht allein«, rief Carl aufgebracht.

»Guter Mann, es wird Ihnen wohl keine Wahl bleiben. Wir haben unsere Anweisungen.«

»Wo ist das NAK?« Er wusste nicht, wovon der Mann sprach.

»Kommen Sie zum Neuen Allgemeinen Krankenhaus nach Eppendorf. Wir haben jetzt keine Zeit für lange Diskussionen. Ihre Frau braucht einen Arzt.«

Die Wagentüren schlugen zu, und der Krankenwagen setzte sich in Bewegung.

»Wo bringen sie Greta hin?« Cornelius von Löwenstein war zu seinem Sohn gelaufen, legte besorgt den Arm um seine Schultern.

»Nach Eppendorf. Ich muss sofort dorthin. Kümmerst du dich um Mutter und Evi? Bring sie bitte nach Hause. Ich werde ein Straßentaxi nehmen.« Er drückte seinem Vater die Automobilschlüssel in die Hand und war schon auf dem Weg zum Ausgang, den die Sanitäter genommen hatten.

»Soll dich jemand begleiten?«, rief Cornelius hinter ihm her.

Carl schüttelte den Kopf. »Nein, das hat keinen Sinn. Ich habe keine Ahnung, wann ich Greta sehen darf. Ich werde mich melden, sobald ich etwas in Erfahrung gebracht habe.« Er eilte auf den Ausgang zu und betete in Gedanken, dass Greta diesen Unfall überleben mochte. Angst machte sich in ihm breit. Eine große Angst, dass er Greta plötzlich verlieren könnte. Wie sie dort gelegen hatte, sah nicht gut aus. Ihr Gesicht war ganz blass, die Lippen wirkten blutleer. Wenn er nur wüsste, wie das hatte passieren können. Warum hatten sie den sicheren Platz auf der Tribüne nur verlassen? Doch das war alles im Augenblick egal, es war nur wichtig, dass Greta am Leben war.

Er hielt eines der schwarzen Automobile an, die man mieten konnte, und stieg hektisch ein.

»Bringen Sie mich zum Neuen Allgemeinen Krankenhaus nach Eppendorf. Schnell!«, bellte er los.

»Dat geht auch ein bisschen freundlicher, mein Herr«, brummte der Fahrer, dem eine Zigarette im Mundwinkel hing.

»Bitte entschuldigen Sie, aber es geht um Leben und Tod.«

»Wat? Wat is denn passiert? Ich habe den Krankenwagen gesehen, der von der Trabrennbahn kam. Ist einer der Jockeys vom Pferd gefallen?« Er lachte leise.

»Nein, meine Frau wurde von einem der Pferde verletzt«, sagte Carl mit knappen Worten.

»Hat der Gaul sie gebissen?«

Carl schüttelte den Kopf. »Nein, das Tier hat sie umgerannt. Können Sie nicht ein wenig mehr Gas geben?«

Am liebsten hätte Carl das Steuer selbst übernommen. Es ging ihm einfach nicht schnell genug.

»Wir bekommen ein Kind. Ich muss wirklich schnell zu dem Krankenhaus nach Eppendorf. Bitte, legen Sie einen Zahn zu?«

»Dat kostet aber was«, erklärte der Fahrer und drückte das Gaspedal durch.

»Geld spielt doch in diesem Fall keine Rolle. Hauptsache, wir kommen endlich voran.«

Der Fahrer wich einem Pferdekarren aus, hupte. Als er endlich vor dem Krankenhaus hielt, drückte Carl ihm die zehn Mark in die Hand, die seine Mutter ihm zugesteckt hatte. Er hatte es nicht mehr geschafft, die Wette rechtzeitig zu platzieren.

Kapitel 34

Carl hatte sich an der Pforte in Geduld üben müssen, bis man ihm sagen konnte, wohin man Greta gebracht hatte. Er musste warten, weil sie sich selbst nach zwei Stunden immer noch in einem der Operationsräume befand. Er konnte sich nicht vorstellen, was so lange dauerte. War sie immer noch bewusstlos? Hatte sie sich ein Bein gebrochen? War mit dem Kind alles in Ordnung? Dieser Gedanke ließ ihn schier den Verstand verlieren. Warum war ihm das nicht schon früher in den Sinn gekommen? So wie Greta auf dem Boden gelegen hatte, hatte es ausgesehen, als hatte sie ihren Bauch schützen wollen. Hatte das Pferd sie etwa getreten?

Der Flur war in kaltes Licht getaucht. Er hatte mittlerweile jedes Zeitgefühl verloren. Nichts hielt ihn mehr auf den unbequemen Holzstühlen, die man aufgestellt hatte. Immer wieder kamen und gingen Ärzte und Krankenschwestern, doch niemand wusste etwas oder wollte mit ihm sprechen. Er sah durch die großen Fenster in den parkähnlichen Garten hinaus und überlegte, ob er sich dort die Füße vertreten sollte, ein wenig frische Luft schnappen, denn der übliche Krankenhausgeruch stieß ihn förmlich ab. Es erinnerte ihn an seinen eigenen Aufenthalt. Die Erinnerung an seine Verletzung ließ sein Bein schmerzen. Er wollte hier raus, doch Carl hatte Angst, seinen

Posten zu verlassen, um nur nichts zu verpassen. Was, wenn Greta endlich aus der Narkose aufwachte und er war nicht da? Oder einer der Ärzte ihn sprechen wollte?

Als sich die Tür erneut öffnete, trat ein Mann heraus, der ihn neugierig ansah. »Sie sind bestimmt Herr von Löwenstein. Ich bin Doktor Schmalfeldt.« Er reichte Carl die Hand.

»Ja, woher wissen Sie das?« Carl ergriff die Hand und schüttelte sie.

»Ich kenne Ihren Vater, Sie sehen ihm sehr ähnlich. Ich habe Ihre Frau operiert.« Er blickte Carl ernst an.

»Wie sieht es aus, Herr Doktor?« Das Herz schlug hart in Carls Brust, als er kurz die Augen schloss. Nur für eine Sekunde. Aber er musste sich sammeln, für das, was jetzt kommen würde. »Wie geht es meiner Frau? Ist sie am Leben?« Er hielt den Atem an. Es war also schlimmer, als er vermutet hatte.

»Ja, sie lebt. Aber wir mussten sie narkotisieren, weil wir ihr Bein einrenken mussten. Es ist zum Glück nicht gebrochen, nur das Gelenk war ausgekugelt.«

»Ich verstehe«, murmelte Carl und atmete erleichtert aus.

»Aber das ist noch nicht alles. Ich muss Ihnen leider mitteilen, dass Ihre Frau das Kind verloren hat, Herr von Löwenstein. Es tut mir wirklich leid. Wir konnten nichts tun, die Blutung war zu stark. Sie hat eine enorme Menge Blut verloren und muss nun erst einmal wieder zu Kräften kommen.«

»Das Kind?« Carl schluckte hart.

»Sie wussten doch, dass Ihre Frau ein Kind erwartete, oder nicht?«

»Ja ... ja natürlich.« Carl nickte. »Ist der Unfall schuld daran? Ich meine, ist meine Frau gesund? Wird sie wieder schwanger werden können?«

Doktor Schmalfeldt schob die Hände in die Taschen seines gestärkten Kittels. »Das ist meinem jetzigen Kenntnisstand nach schwer zu prognostizieren. Die Natur lässt sich nicht beeinflussen, und es ist zu früh, um Mutmaßungen anzustellen. Ihrer Frau ist bis auf ein paar Abschürfungen und einer Schwellung am Kopf nichts weiter passiert. Wir müssen abwarten, bis sie aufwacht. Ich glaube nicht, dass die Schwellung Folgeschäden hinterlassen wird. Auch ist Ihre Frau körperlich noch in der Lage Kinder zu gebären, doch sie hatte starke Blutungen, die wir lange nicht stillen konnten. Sie wird Zeit brauchen, um wieder auf die Beine zu kommen. Geben Sie ihr diese Zeit, und dann sehen wir weiter.«

Bestürzt blickte Carl zu Boden. Es gab zu viele Wenn und Aber, als dass er beruhigt sein könnte.

»Sie finden Ihre Frau im Pavillon Nummer achtzehn. Wenn Sie in den Park hinaustreten, sehen Sie die Pavillons direkt vor sich. Aber ich muss Sie warnen, wir haben ihr Bein zur Unterstützung mit einem Verband versehen, ebenso ihre Hände und den Kopf. Es sieht schlimmer aus, als es ist. Sie wird heute den Rest des Tages schlafen. Kommen Sie am besten morgen Nachmittag wieder, dann wird sie vermutlich wach sein.«

»Gut, ich werde kurz nach ihr sehen. Ich habe noch eine Bitte, Doktor Schmalfeldt. Sagen Sie meiner Frau bitte noch nichts von dem Verlust des Kindes. Ich möchte es ihr schonend beibringen und sie trösten können, wenn sie es erfährt.«

»Selbstverständlich, Herr von Löwenstein. Ganz, wie Sie wünschen. Es tut mir wirklich außerordentlich leid. Aber Sie können von Glück sagen, dass Ihre Frau diesen Unfall überlebt hat.«

Carl reichte ihm die Hand zum Abschied. »Danke für alles, was Sie für meine Frau getan haben.«

»Selbstverständlich. Grüßen Sie Ihren Vater von mir.« Der Doktor verabschiedete sich und deutete Carl den Ausgang in den Park, damit er den Weg zum richtigen Pavillon fand.

Mittlerweile war es Abend geworden, und die Sonne begann langsam unterzugehen. Greta lag allein in dem Pavillon, der für zwei Betten vorgesehen war. Eine Krankenschwester brachte gerade frisches Wasser, und Carl veranlasste, dass Greta den Pavillon auch in den nächsten Tagen für sich alleine bekam. Es war ihm egal, was das alles kosten würde, er würde dafür aufkommen, dass sie es so bequem wie möglich hatte.

Man hatte ihm einen Stuhl an das Bett gestellt, auf dem Carl sich niederließ. Erst jetzt, wo er langsam zur Ruhe kam, wurde ihm bewusst, wie erschöpft er war. Er sollte wirklich nach Hause fahren, wenn Greta ohnehin in den nächsten Stunden nicht mehr aufwachen würde. Aber er brachte es nicht übers Herz. Sie sah so klein und verlassen aus, wie sie in dem großen Bett mit der weißen Wäsche lag. Ihre Gesichtsfarbe war fast so weiß wie das Kopfkissen. Er hätte gerne ihre Hand gehalten, doch beide waren bandagiert.

Mit den Ellenbogen auf seinen Oberschenkeln abgestützt, saß er dort und lauschte ihren regelmäßigen Atemzügen. Sie atmete ganz leise, sodass er angestrengt hinhören musste. Sie hatte das Kind verloren. Ihr Kind. Das eine neue Generation hätte begründen sollen. Jetzt war es ungewiss, ob sie jemals ein Kind bekommen könnten. Das war ein harter Schlag, den Carl erst einmal verdauen musste.

Die Villa fühlte sich merkwürdig leer an, als Carl nach Hause kam. Er hörte Stimmen im Salon und blickte auf seine Uhr. Es war bereits halb zehn. Unter normalen Umständen hatten sich seine Eltern zu dieser Zeit schon zu Bett begeben, doch heute war kein normaler Tag. Es war der Tag, an dem er sein Kind verloren hatte, und Greta fast mit.

Seine Eltern saßen im Salon zusammen mit Evi, und als er im Türrahmen erschien, erhoben sie sich von ihren Plätzen.

Wortlos ging Carl hinüber an die Bar und goss sich ein Glas Brandy ein. Er stürzte ihn in einem Zug hinunter, füllte sein Glas neu und trank einen weiteren Schluck.

»Wie geht es Greta?«, fragte sein Vater, dessen Stimme merkwürdig belegt klang. Der sonore Bass hatte an Stärke verloren, so als rechnete er mit dem Schlimmsten.

Carl holte tief Luft, wappnete sich für die Reaktionen seiner Familie. »Greta lebt.« Mehr brachte er zunächst nicht über die Lippen. Rasch nahm er einen weiteren Schluck Brandy aus dem feinen Kristallglas in seiner Hand.

»Das ist doch schon mal eine gute Nachricht.« Evi setzte sich wieder auf die Kante des Sofas, ließ ihn jedoch nicht aus den Augen.

»Ihr Bein musste eingerenkt werden. Sie hat einige Abschürfungen und eine Schwellung am Kopf davongetragen. Noch ist sie nicht wieder aufgewacht.«

»Warum nicht?«, fragte seine Mutter, die ebenfalls wieder Platz nahm. Auf dem Tisch vor ihr stand ein Glas Rotwein.

Sein Vater hielt eine Zigarre in der Hand. Vermutlich hatte seine Mutter ihm gestattet, im Salon zu rauchen, was zeigte, dass dies hier eine Ausnahmesituation war.

»Sie wurde operiert ... und Greta hat das Kind verloren.«

»Verdammt«, murmelte Cornelius, während Evi aufschluchzte und in Tränen ausbrach.

Carl hatte seinen Vater noch nie fluchen hören, selbst nicht, als der Einberufungsbefehl zugestellt worden war, für einen Krieg, den er für sinnlos hielt. Doch jetzt stand er mitten im Raum, und seine Unterlippe bebte. Er zog nervös an seiner Zigarre, blies den Rauch in den Raum aus, der ihn für kurze Zeit einhüllte.

Evi holte ein Taschentuch aus ihrem Ärmel hervor und wischte sich verstohlen eine Träne aus dem Augenwinkel, schüttelte ungläubig den Kopf. »Wird sie ... wird sie wieder gesund?« Ihre Stimme war tonlos, ihre Anteilnahme weder gestelzt noch gespielt. Echte Besorgnis spiegelte sich in ihrem Blick. Sie blickte verstohlen zu Vera, die bisher noch nichts dazu gesagt hatte.

»Das hoffe ich. Der Arzt ist guter Dinge, dass Greta wieder gesund wird. Allerdings wissen wir nicht, ob es mit einem weiteren Kind klappen wird. Dafür ist es noch viel zu früh. Wir sollten keine Spekulationen anstellen, solange Greta noch bewusstlos ist.«

Cornelius trat auf Carl zu. »Sie ist jung und stark, mein Sohn. Du hast recht. Es bringt nichts, darüber zu spekulieren. Warten wir ab, bis sie erwacht.«

»Ich werde morgen früh direkt ins Krankenhaus fahren.«

Cornelius nickte.

»Und wer kümmert sich dann um die Firma?« Das waren die ersten Worte seiner Mutter, und Carl blickte ungläubig auf.

»Glaubst du nicht, dass in dieser Situation die Firma ein wenig in den Hintergrund treten kann, Mutter?« Erbost trank er das Glas leer und stellte es auf dem Tresen ab. »Ich kann nicht fassen, wie du Prioritäten setzt. Denkst du denn gar nicht an Greta? Ist sie dir wirklich so egal?«

Vera zog nur die Augenbrauen hoch und schwieg.

»Ich werde morgen stellvertretend für dich in die Firma fahren und die Mitarbeiter informieren«, erklärte Cornelius.

»Ich komme mit.« Evi erhob sich selbstbewusst, strich den Rock ihres Kleides glatt. »Bitte richte Greta meine besten Wünsche aus. Wenn es ihr besser geht, werde ich sie selbstverständlich besuchen. Ich werde jetzt zu Bett gehen. Das alles hat mich sehr mitgenommen. Greta ist meine Freundin, und ich hätte sie beinahe verloren.« Erneut kamen ihr die Tränen.

»Danke, Evi. Ich werde es Greta ausrichten und bin sicher, sie wird sich über deinen Besuch freuen.« Carl nickte ihr zu.

»Ich soll dich im Übrigen von Doktor Schmalfeldt grüßen. Er ist Gretas behandelnder Arzt.«

»Johann! Dann ist sie in den besten Händen. Er ist eine Koryphäe auf dem Gebiet der Gynäkologie. Gib den Mut nicht auf, mein Sohn. Die Natur wird es schon richten.« Cornelius legte eine Hand auf die Schulter seines Sohnes. »Das Schicksal muss gemeistert werden.«

Carl nickte zustimmend und blickte zu seiner Mutter, die geistesabwesend vor sich hinstarrte.

»Was ist mit Brutus geschehen?«, fragte Carl schmallippig.

Traurig blickte Vera zu ihm auf. »Er musste erschossen werden. Er ließ sich einfach nicht mehr bändigen. Plötzlich ist dieses Tier vollkommen durchgedreht.« Tränen schimmerten in ihrem Blick. Carl wünschte sich, es wäre wegen des Schicksals seines ungeborenen Kindes, doch er wusste, dass dem nicht so war.

»Das tut mir leid, Mutter«, sagte Carl, und er meinte es ernst. Ihm war klar, wie viel das Pferd seiner Mutter bedeutet hatte.

Vera blickte ihn an. »Ja, mir tut es auch leid.« Ihre Stimme klang kühl, und er fragte sich einmal mehr, ob in ihren Adern überhaupt Blut floss.

Kapitel 35

Lautes Gepolter ließ Greta ihre Augen öffnen. Sie starrte an die weiße Decke über ihrem Kopf und wusste sofort, das hier war nicht ihr Schlafzimmer. Es fehlte die große Deckenlampe, mit den goldfarbenen Schirmchen und die Stuckrosette. Sie zog die Stirn kraus. Wo war sie? Sie konnte sich nicht erinnern.

»Bitte entschuldigen Sie, Frau von Löwenstein.«

Das Gesicht einer jungen Frau mit einer weißen Haube beugte sich über Greta.

»Ich habe die Nierenschale fallen lassen. Es war nicht meine Absicht, Sie aufzuwecken.« Die Frau lächelte entschuldigend.

»Wo bin ich?« Greta versuchte zu sprechen, doch ihr Hals war ganz trocken. Es kam nur ein unverständliches Röcheln heraus. Sie versuchte, sich aufzusetzen, doch ihr Körper gehorchte ihr nicht. Stöhnend schloss sie kurz die Augen. Als sie sie wieder öffnete, war sie immer noch in genau dem gleichen Zimmer, das so fremd war. An der gegenüberliegenden Wand hing ein Kreuz. Sie ließ ihren Blick durch den Raum schweifen. Es gab nicht viel zu sehen. Einen schmalen Schrank, davor ein kleiner quadratischer Tisch mit zwei Stühlen. Zwei Fenster, die bis zur Hälfte im unteren Bereich blind waren. Alles wirkte steril und nüchtern.

Die Frau mit der Haube hielt ihr ein Glas Wasser an die Lippen. »Immer nur einen kleinen Schluck, bitte.«

Zu mehr war Greta auch kaum in der Lage. Sie nahm einen winzigen Schluck Wasser, und es fühlte sich an, als würde etwas Leben in ihren Körper zurückkehren. Mutig nahm sie einen zweiten.

»Ja, so ist es gut.«

Greta nickte vorsichtig. »Wo bin ich?«, versuchte sie es erneut, und jetzt kamen die Worte verständlich aus ihrem Mund.

»Im Neuen Allgemeinen Krankenhaus in Eppendorf. Sie hatten einen Unfall. Können Sie sich nicht erinnern?«

Unfall?

Greta überlegte. An was konnte sie sich erinnern? Da waren Carl und sein Lächeln. Evi ... und Vera. Dann ein Pferd. Sie erinnerte sich an den Geruch von Leder und Heu. Sie sah das Tier auf die Hinterbeine steigen und glaubte zu spüren, wie sie von den Hufen getroffen wurde und zu Boden ging. Dann war da noch etwas. Verschwommen. Als würde es tief unter einer dicken Eisdecke liegen und nicht an die Oberfläche gelangen.

»Doch ich kann mich schemenhaft erinnern, Schwester ...«

»Maria. Ich bin Lernschwester Maria. Haben Sie Schmerzen, Frau von Löwenstein?«

Greta horchte in sich hinein, blickte dann auf ihre Hände, die verbunden waren. Sie fühlte sich matt und benommen. »Was ist mit meinen Händen?«, fragte sie statt einer Antwort.

»Nur Abschürfungen. Die Oberschwester sagte, Sie sind von einem Pferd über den Haufen gerannt worden. Wenn Sie Schmerzen haben, mögen Sie mir Bescheid geben. Ihr Bein musste eingerenkt werden, ansonsten ist zum Glück nichts gebrochen. Ihre Verletzungen halten sich in Grenzen, nur das …« Sie verstummte und biss sich auf die Lippen.

»Nur was?« Plötzlich war Greta hellwach. Sie versuchte, sich aufzusetzen. »Bitte helfen Sie mir.«

Schwester Maria schob ihr ein Kissen in den Rücken, half ihr in eine sitzende Position.

Greta schlug die Bettdecke zur Seite, betrachtete ihre Beine, bewegte die Zehen und wartete auf den Schmerz, der ausblieb. Es fühlte sich alles normal an. Natürlich war sie schlapp, aber das musste von den Schmerzmitteln kommen. Ihre Hand legte sich auf ihren Bauch, da kam ihr ein schrecklicher Gedanke. »Mein Kind! Was ist mit meinem Kind? Ist alles in Ordnung?« Als sich ihre Blicke trafen, war Greta sofort klar, dass nichts in Ordnung war. »Ich habe es verloren, nicht wahr? Ich spüre es. Sagen Sie mir die Wahrheit, Schwester Maria.«

»Ja, Sie haben das Kind verloren, das hat die Oberschwester mir gesagt. Sie sollten aber mit Doktor Schmalfeldt sprechen. Er ist der behandelnde Arzt, er hat Sie auch operiert.« Die Schwester blickte Greta traurig an.

»Mein Mann, weiß er Bescheid? War er schon hier?« Greta legte den Kopf zurück in die Kissen, als wäre er Tonnen schwer.

»Ihr Mann hat gestern Abend nach Ihnen geschaut und wollte heute Vormittag wiederkommen.« Sie zog die Bettdecke glatt. »Ich werde dem Doktor Bescheid geben, dass Sie erwacht sind.«

Greta nickte, war aber nicht in der Lage, noch etwas zu sagen. Als die Tür sich hinter der Schwester schloss, atmete sie erleichtert aus. Sie wollte jetzt allein sein, denn sie musste die Worte erst einmal verdauen. Sie hatte das Kind verloren. Wie hatte das nur geschehen können? Gestern war sie doch noch so voller Hoffnung gewesen. Dabei hatte sie gar nicht zu diesem verflixten Trabrennen gehen wollen. Sie hatte Angst vor Pferden. Nur weil Carl sie darum gebeten hatte, seiner Mutter einen Gefallen zu tun. Vera! Es war ihr, als würde das Eis schlagartig aufbrechen und das Schwarz darunter durch helles Licht ersetzt werden. Sie spürte es, als wäre es wieder gestern, wie man ihr einen Stoß versetzte. Hände, die sich auf ihren Rücken legten, Körperwärme, die ihr ganz nah war und der Duft des Eau de Cologne, das unverwechselbar Vera trug, schlichen sich in ihre Erinnerungen. Sie war nicht von allein dem Tier in die Quere gekommen. Es war Absicht gewesen, dass man sie gestoßen hatte, dessen war Greta sich nun vollkommen sicher. Es musste sich dabei um Vera handeln, denn Evi hatte ihr gegenübergestanden, sie kam dafür nicht infrage. Evi war ihre Freundin, sie würde ihr nie etwas antun. Vera war die Person, die bei diesem Unfall direkt hinter ihr gestanden hatte. Würde sie wirklich so weit gehen, um Greta aus dem Leben ihres Sohnes zu drängen? Hatte diese Frau wirklich Gretas Leben riskiert, um ihre Ziele durchzusetzen? Dieser Gedanke war so unglaublich und gleichzeitig doch denkbar. Mittlerweile war Greta so weit, dass sie Vera alles zutrauen würde. Sie hatte ihr Kind auf dem Gewissen. Tränen der Verzweiflung traten ihr in die Augen. Sie konnte sie nicht zurückhalten. Langsam ließen auch die Schmerzmittel nach, und ihr ganzer Körper tat weh. Doch das war nichts im Vergleich zu den Schmerzen, die ihr Herz ertragen musste. Sie hatte gehofft, Carl einen Erben schenken zu können, und nun war diese Chance vertan. Wie sehr hatte sie sich gewünscht, dass Vera sich durch die Aussicht auf ein Enkelkind besänftigen ließ. Dass sie Greta endlich als Schwiegertochter akzeptieren würde. Doch ihre Zuversicht war vergebens. Vera würde sie niemals wohlwollend in die Arme schließen. Sie würde nicht eher Ruhe geben, bis Greta das Haus und damit Carls Leben verließ, ja sie riskierte sogar Gretas Tod, so wie den ihres ungeborenen Kindes.

In Greta machte sich pure Verzweiflung breit. Sie hatte noch nicht einmal Zeit gefunden, ihrem Vater von dem Kind zu berichten. Aber vielleicht war es auch gut so. Er wäre sehr enttäuscht und mit Sicherheit besorgt um sie. Greta wollte ihrem Vater nicht unnötigen Kummer bescheren. Würde er am Ende doch recht behalten, dass sie im Haus der von Löwensteins niemals voll und ganz willkommen sein würde? Die Antwort darauf konnte sie sich selbst geben. Und sie stimmte sie sehr traurig. Doch nun war es ein für alle Mal genug. Sie musste die Konsequenz aus den Geschehnissen der jüngsten Vergangenheit ziehen, und das ließ ihr wenig Handlungsspielraum.

Mit dieser Erkenntnis versiegten auch ihre Tränen. Sie hätte niemals für möglich gehalten, dass ihre Liebe zu Carl auf dem Spiel stehen würde, doch die äußeren Umstände zwangen sie dazu. Sie musste nun stark bleiben, auch wenn es ihr das Herz brach. Aber ihr beider Lebensglück hing davon ab. Auf jeden Fall musste sie mit Carl sprechen, daran führte kein Weg vorbei. Doch das hatte Zeit. Jetzt war sie viel zu müde, um weiter darüber nachzudenken. Sie legte den Kopf auf dem Kissen ab und schloss die Augen.

Greta musste eingeschlafen sein, denn als sie erwachte, stand ein älterer Herr neben ihrem Bett. Er blickte freundlich auf sie hinunter. Lächelte gutmütig.

»Guten Tag, Frau von Löwenstein. Wie schön, dass Sie wach sind.«

»Guten Tag«, murmelte sie und versuchte ihren Blick scharf zu stellen.

»Ich bin Doktor Schmalfeldt, und Sie sind meine Patientin«, klärte er sie auf und ließ sich an der Kante ihres Betts nieder, maß ihren Puls am Handgelenk, wo ein Stück Arm nicht bandagiert war, sah dabei konzentriert auf seine Uhr. Dann nickte er. »Das sieht gut aus.«

»Haben Sie mich operiert?«

Er nickte abermals.

Der große Mann strahlte etwas Beruhigendes aus. Sofort fasste Greta Vertrauen zu ihm. Sein weißes Haar und der Bart waren sorgfältig geschnitten, er wirkte sehr gepflegt. Die dunkelblauen Augen blickten sie gütig an. Vielleicht lag es an dem gestärkten weißen Kittel oder der ruhigen Stimme, mit der er sprach, dass sie ihn so sympathisch fand.

»Ich habe das Kind verloren, nicht wahr? Warten Sie, Sie brauchen nichts zu sagen, ich weiß es. Wichtiger ist, ob ich noch einmal ein Kind bekommen kann?« Greta sprach schnell, als hätte sie Angst, dass ihr nicht mehr viel Zeit blieb.

Doktor Schmalfeldt legte seine Hand über ihre bandagierte und lächelte nachsichtig. »Ich sehe schon, Ihnen braucht man nichts vorzumachen. Sie sind eine dieser modernen jungen Frauen. Aber wir wollen doch nichts überstürzen.«

Verlegen schmunzelte Greta. »Vielleicht bin ich ein wenig zu modern für diese Zeiten.«

»Nun gut, dann lassen Sie uns Tacheles reden. Die Wahrheit ist, dass ich es Ihnen nicht genau sagen kann.«

»Also nein«, krächzte sie.

»Nein, es ist weder ein Ja noch ein Nein. Die Medizin ist komplexer, als sie mit einem einfach Ja oder Nein zu beantworten. In Ihrem derzeitigen Zustand halte ich es für ausgeschlossen, dass Sie bald wieder schwanger werden. Doch wie es in einigen Monaten oder Jahren aussieht, kann niemand wissen. Selbst ich nicht. Dieser Unfall war schwerwiegend. Sie müssen sich und Ihren Körper schonen. Gibt es etwas in Ihrem Umfeld, das Ihnen Sorgen bereitet?« Er sah sie eindringlich an.

Ihr Schweigen dauerte zu lange an, als dass sie diese Frage mit einem Lächeln abtun konnte. »Es ist wichtig, dass ich meinem Mann einen Erben schenke.« Greta blickte ernst zu ihm auf.

»Ja, das kann ich mir gut vorstellen. Ich kenne die Familie von Löwenstein. Besser gesagt, ich kenne Ihren Schwiegervater sehr gut. Ihr Mann ist der einzige Sohn, und man setzt in ihn die ganze Hoffnung. Er braucht einen Nachkommen.«

»Ja, und dann heiratet er heimlich eine Frau, die seiner Mutter überhaupt nicht gefällt.« Die gemurmelten Worte stolperten Greta einfach so über die Lippen, ohne dass sie überhaupt darüber nachdachte. Erschrocken blickte sie auf. »Bitte entschuldigen Sie. Das wollte ich nicht sagen.«

»Und dennoch taten Sie es. Gerade diese unerwartet ausgesprochenen Worte sind die wahren Worte. Ich kann Ihre Lage gut verstehen. Zwar bin ich Cornelius'Gemahlin noch nie persönlich begegnet, aber ich habe von ihr gehört. Glauben Sie mir, keine junge Frau hält dem Druck einer Schwiegermutter stand. Ja, Sie stehen auf verlorenem Posten. Diese Schlacht werden Sie nicht gewinnen können. Aber mit einer gescheiterten Schlacht ist ein Krieg längst nicht verloren. Lassen Sie dieses Gefecht Ihren Mann für Sie führen. Sie, meine junge

Dame, werden am Ende Ihren persönlichen Triumph aus der Sache ziehen, glauben Sie mir. Sie sind jung, Sie sind schön, und vor allem sind Sie stark.« Er erhob sich mit einem zuversichtlichen Ausdruck im Gesicht. »Werden Sie erst einmal gesund, Frau von Löwenstein, und dann werden Sie Ihrem Mann ein Kind schenken, so Gott es will. Lassen Sie sich Zeit, dass die Natur alles wieder ins Gleichgewicht bringen kann. Haben Sie Mut und Hoffnung.«

Noch lange nachdem Doktor Schmalfeldt ihr Zimmer verlassen hatte, dachte Greta über seine Worte nach. Ihre dringendste Frage hatte er nicht beantworten können, doch vielleicht gab es auch keine Antwort darauf. Es gab nicht auf jede Frage eine Antwort, zumindest keine, die einen zufriedenstellte. Sie sollte sich Zeit lassen. Aber was, wenn sie diese nicht hatte? Wenn Carl ihr diese Zeit nicht zugestand?

Ein Klopfen unterbrach ihre Gedanken, die sich nur noch im Kreis drehten. Bevor sie etwas sagen konnte, wurde die Tür geöffnet und Carl betrat den Raum. Er hatte einen riesigen Blumenstrauß in der Hand.

»Du bist aufgewacht.« Ein Strahlen huschte über sein Gesicht, und er trat rasch näher. »Wie geht es dir, mein Liebling?« Sanft küsste er ihre Lippen, als hätte er Angst, ihr wehzutun.

»Gut. Mir geht es ganz gut.«

»Ich habe dir Blumen mitgebracht.« Er überreichte ihr den Strauß roter Rosen.

»Sie sind wunderschön. Vielen Dank, Carl. Könntest du der Schwester Bescheid geben und nach einer Vase fragen. Ich kann im Augenblick noch nicht aufstehen.«

»Ja, natürlich. Ich bin sofort zurück.« Er wandte sich der Tür zu, da betrat die Schwester das Zimmer und hatte eine große Vase unter dem Arm.

»Ich dachte mir, dass Sie die gebrauchen können.«

»Vielen Dank, Schwester Maria.« Mit einem Nicken bedankte sich Greta und sah ihr dabei zu, wie sie die Blumen ins Wasser stellte und die Vase auf dem kleinen Tisch drapierte, sodass sie den Strauß Rosen gut sehen konnte. Dann verließ sie das Zimmer wieder.

Carl setzte sich zu ihr ans Bett, nahm ihre Hand in seine. »Ich bin so froh, dass du aufgewacht bist und es dir besser geht. Ich habe eine fürchterliche Nacht hinter mir. Ohne dich konnte ich einfach nicht einschlafen, und dann habe ich doch glatt verschlafen.« Er grinste entschuldigend.

»Wie viel Uhr haben wir?«

»Gleich schon elf Uhr am Vormittag. Meine Mutter hatte gebeten, mich schlafen zu lassen. Es kommt nicht wieder vor, dass ich dich so lange alleine lasse.«

Schnell wollte sie sagen, dass sie gar nicht alleine war, doch dann erinnerte sie sich daran, dass sie das sehr wohl war und schluckte hart. Tränen bahnten sich ihren Weg, die Greta erst spürte, als Carl sie ihr von der Wange strich.

»Nicht doch, Gretchen. Es wird alles gut.« Carl zog sie in seine Arme, was Greta erst richtig zum Weinen brachte.

»Ich habe es verloren. Ich habe unser Kind verloren«, schluchzte sie auf und weinte hemmungslos.

»Du trägst keine Schuld daran, Liebes. Du nicht.« Fürsorglich strich er ihr über den Rücken.

»Dann weißt du es?« Überrascht hob Greta den Kopf, blickte ihn aus verquollenen Augen an.

»Was soll ich wissen?«

»Du sagtest gerade, dass ich keine Schuld daran trüge. Dann weißt du also, dass ich gestoßen wurde?« Suchend blickte sie ihm ins Gesicht, als fände sie dort die Antwort auf all ihre Fragen.

»Gestoßen? Was meinst du damit?«

»Jemand hat mich von hinten in den Rücken gestoßen, als das Pferd ausbrach.«

»Jemand? Aber wer sollte so etwas tun?« Entgeistert blickte Carl sie an.

»Es gab nur einen Menschen, der die Gelegenheit hatte, so etwas zu tun.«

»Aber wer denn, Greta? Nun sprich schon.«

Nervös räusperte sie sich. Dann nahm sie all ihren Mut zusammen. »Es war Vera. Deine Mutter hat mir einen Stoß versetzt, als das Tier aufstieg, und mich dadurch direkt vor seine Hufe geworfen.«

Mit großen Augen sah Carl sie an. »Wie bitte?« Hektisch fuhr er sich mit der Hand durch sein Haar, schließlich begann er zu lachen. Es klang ein wenig hysterisch. Er erhob sich von der Bettkante und ging auf Abstand. »Weißt du eigentlich, was du da behauptest? Das ist vollkommen absurd. So etwas würde Mutter niemals tun. Du musst dich täuschen. Vermutlich hast du schlecht geträumt.« Seine Stimmlage stieg mit jedem Wort eine Oktave höher.

Carl blickte sie weiterhin so entgeistert an, dass Greta sich am liebsten in einem Mäuseloch verkrochen hätte. Gleichwohl erwachte ihr Kämpfergeist. Sie war doch nicht verrückt, und geträumt hatte sie schon gar nicht. »Du glaubst mir also nicht?« Mit Mühe setzte sie sich auf.

»Greta, meine geliebte Greta. Ich gebe zu, dass Mutter manchmal ein wenig abweisend erscheint, doch dass sie dir nach dem Leben trachtet, das muss ich entschieden zurückweisen.« Er hatte sich wieder zu ihr gesetzt und wollte nach ihrer Hand greifen, doch Greta zog sie zurück.

»Unabhängig davon müssen wir sprechen, Carl. Und dabei geht es nicht um deine Mutter, sondern nur um dich und mich.« Sie blickte ihn ernst an. »Niemand kann mir sagen, ob ich noch in der Lage bin, dir einen Erben zu schenken. Das ist traurig, dennoch eine Tatsache, der wir ins Auge blicken müssen. Du brauchst einen Erben. Wir wissen beide, dass deine Mutter niemals akzeptieren wird, dass ihr einziger Sohn kinderlos bleibt. Daher bin ich zu dem Entschluss gekommen, dich freizugeben. Ich bin bereit, in eine Scheidung einzuwilligen. Wenn du möchtest, können wir versuchen, eine Annullierung zu erwirken. Ich möchte auf jeden Fall vermeiden, dass du in einer Ehe gefangen bist, in der du nicht glücklich wirst. Vielleicht hatte deine Mutter von Anfang an recht, dass ich nicht die richtige Wahl für dich bin. Ich liebe dich von ganzem Herzen, sei dir dessen gewahr, und will nur dein Bestes. Aus diesem Grund bleibt mir nur, dich loszulassen, dass du dein Glück mit einer anderen Frau findest.«

Kapitel 36

Carl traute seinen Ohren nicht. Er musste sich kneifen, um zu begreifen, dass das hier kein schlechter Traum war, obwohl es ihm so vorkam. Er erhob sich von dem Krankenbett und lief im Raum hin und her. Der Raum war nicht sehr groß, sodass er sich wie ein Tiger in einem zu engen Käfig vorkam. Sein Bein schmerzte plötzlich, obwohl er es kaum belastet hatte. Es musste andere Ursachen haben.

»Nein.« Dieses Wort war das Erste, das durch seinen Kopf geisterte, und er sprach es laut aus. »Nein, das werde ich niemals zulassen. Wir gehören zusammen, Greta. Ich liebe dich. Das kann ich doch nicht einfach so abstellen. Es gibt keinen Schalter für die Liebe, wie man das elektrische Licht an- und ausknipst. Ich werde niemals auf dich verzichten können. Wie kannst du mich verlassen, wenn du mich doch auch liebst?« Mitten in der Bewegung machte er kehrt und setzte sich wieder zu Greta auf das Bett.

So blass, wie sie dalag, hatte er Mitleid mit ihr und wollte sie nicht bedrängen, allerdings war ihre gemeinsame Zukunft viel zu wichtig für ihn, um Entscheidungen auf die lange Bank zu schieben.

»Weil ich dir nicht im Weg stehen will, Carl. Was glaubst du, warum ich das alles auf mich nehmen will? Ich will dir dein Leben zurückgeben, ein Leben, in dem du alles hast, was du dir wünschst. Ich könnte nicht weiterleben, wenn ich wüsste, dass du an meiner Seite unglücklich bist.« Ihre Worte klangen verzweifelt.

»Ich kann aber nur mit dir glücklich sein, Greta. Das musst du verstehen. Ohne dich wird es in meinem Leben kein Glück, kein Licht geben. Wenn unsere Ehe kinderlos bleiben sollte, dann ist das eben so. Es gibt viele Kinder, die in diesem Land ohne Eltern aufwachsen müssen. Es wird Alternativen für uns geben. Aber ohne dich weiterzuleben ist für mich nicht möglich.« Er nahm ihre Hände in seine, drückte kleine Küsse auf die Verbände. »Sobald es dir besser geht, wirst du mit mir nach Hause kommen. Du bist meine Frau und wirst es bleiben. Bis ans Ende unserer Tage.« Seine Worte klangen so überzeugend, dass er selbst darüber lächeln musste. Diese ganze Situation war vollkommen verrückt. Als wenn er sich je von Greta trennen könnte. Der bloße Gedanke war an Absurdität nicht zu übertreffen. Er beugte sich vor und küsste sie innig. Sie sollte spüren, was sie ihm bedeutete.

»Kannst du mir einen Gefallen tun?«, wisperte Greta an seinen Lippen.

»Jeden.«

»Kannst du meinem Vater Bescheid geben, dass ich hier liege. Aber bitte erwähne nichts von dem Kind. Ich möchte ihm nicht noch zusätzlichen Kummer bereiten.«

Carl hob den Kopf und blickte ihr tief in die Augen. »Natürlich werde ich das für dich tun. Und ich möchte, dass du dich jetzt ein wenig beruhigst und schläfst. Du musst wieder zu Kräften kommen. Wir brauchen dich im Kontor. Und ich … ich brauche dich noch viel mehr.«

Levi Rosenthal brachte direkt einen ganzen Korb mit frischem Obst ins Krankenhaus.

»Papa! Das werde ich niemals alles alleine aufessen können. Es ist ja nicht so, als würde ich hier kein Essen bekommen.«

»Du brauchst Vitamine, um wieder auf die Beine zu kommen, mein Kind. Wie geht es dir? Carl hat mir erzählt, was geschehen ist. Das war ja knapp.«

»Du weißt doch, dass ich noch nie ein gutes Verhältnis zu Pferden hatte.« Greta rollte mit den Augen. »Erinnerst du dich, als ich vom Pferd gefallen bin und das Tier mich am Ende sogar noch mit seinem Maul an den Haaren zog, als wäre es frisches Heu.«

Beide begannen zu lachen. »Wie alt warst du? Sechs oder sieben Jahre?«

»Ich glaube acht«, überlegte sie laut.

Ihr Vater hatte sich einen Stuhl an das Bett gestellt und darauf niedergelassen. »Was ist nur los, Greta? Ich sehe doch, dass es dir nicht gut geht, und das hat nichts mit deinem Unfall zu tun.«

»Ach Papa, warum kennst du mich nur so gut? Du hattest so recht, dass ich im Haus der von Löwensteins nicht wirklich willkommen bin. Ich versuche, es allen recht zu machen, doch ich scheitere immer wieder.«

»Du willst damit sagen, dass du versuchst, es Vera von Löwenstein recht zu machen?«

Greta nickte zögerlich. Ihrem Vater konnte sie nichts vormachen. Aber sie würde auf keinen Fall das Kind zur Sprache bringen. Auch würde sie nicht erwähnen, dass Vera Schuld an ihrem Unfall trug. Es gab Dinge, die konnte sie nicht mehr mit ihrem Vater besprechen, weil sie Angst davor hatte, dass er sich einmischen würde und sich das zum Nachteil für ihn auswirken würde.

»Aber du liebst Carl?«

»Natürlich tue ich das, und er liebt mich. Ich bereue es nicht, ihn geheiratet zu haben. Ich würde mir nur wünschen, dass unser Leben einfacher wäre.«

Levi nickte. »Ja, das Leben ist manchmal kompliziert, dort, wo es einfach sein sollte.«

»Wie läuft es mit dem Laden? Was machen Hans und Hedwig? Arbeitet Rachel noch für dich?« Erst jetzt fiel ihr auf, dass sie schon länger nicht mit ihrem Vater gesprochen hatte. Es fehlten ihr die morgendlichen Gespräche am Frühstückstisch über Politik und die Welt.

Da Levi nicht sofort eine Antwort gab, wurde Greta neugierig. Sie setzte sich aufrecht hin, soweit es ihr gelang, und sah ihren Vater abwartend an.

»Rachel habe ich behalten, auch wenn es ohne dich im Haus nicht viel zu tun gibt. Aber ich habe es nicht übers Herz gebracht, sie zu entlassen. Die Mädchen verstehen sich gut und teilen die Arbeit untereinander auf. Und jetzt, wo die Kinder öfter im Haus sind …« Abrupt brach er ab.

Sofort hakte Greta nach. »Von welchen Kindern sprichst du?«

Ihr Vater drehte nervös seinen Hut, den er in der Hand hielt. »Weißt du, das Haus war so still und die kleine Wohnung im Souterrain, das Büro, das du dort eingerichtet hattest, war ja jetzt nicht mehr notwendig, da Johanna die Buchhaltung im Büro im Laden erledigt …«

»Johanna?«

»Johanna Stöver. Sie ist letzte Woche in die Einliegerwohnung gezogen. Ich meine, ihre Kinder sind ja schon in der Schule und mussten sich ein Zimmer teilen und Johanna hatte noch nicht einmal ein eigenes Schlafzimmer, hat im Wohnzimmer auf der Couch geschlafen. Ich habe ein Haus, in dem es für jeden ein eigenes Zimmer gibt, zusätzlich ein kleiner Salon, in dem niemand wohnt. Das ist doch Verschwendung. Ich meine, du magst es doch nicht, wenn wir etwas verplempern. Egal ob Lebensmittel, Geld oder eben Wohnraum.«

»Papa«, Greta griff nach der Hand ihres Vaters, »du musst dich nicht rechtfertigen, wenn du jemanden in deinem Haus wohnen lässt. Ich finde das sehr anständig von dir. Johanna Stöver ist eine sehr nette Frau«, erklärte sie mit einem Augenzwinkern.

»Das weiß ich nicht. Ich bin zu alt, um das zu beurteilen.« Levi blickte verlegen Richtung Fenster.

»Ach, das ist doch Quatsch, Papa. Du bist ein stattlicher Mann, der einiges vorzuweisen hat. Ich kann mir gut vorstellen, dass eine Frau wie Johanna Stöver dich sehr attraktiv findet.«

»Du redest Unsinn, Kind.«

Greta lachte. »Ich glaube sogar, du hast dich verliebt. Kann das möglich sein?«

Als er nicht antwortete, war für Greta alles klar. »Papa, ich finde das sehr gut, dass du nicht länger alleine bist. Ich habe es mir so gewünscht. Es nimmt mir mein schlechtes Gewissen, dich allein gelassen zu haben. Wir Menschen sind nicht dazu gemacht, alleine zu leben. Sieh es doch mal so, dass du zwei Kindern ein Zuhause gibst, auf das sie stolz sein können. Du bist so lange schon allein und hast es verdient, dass es jemand in deinem Leben gibt, der dich glücklich macht. Und dass du glücklich bist, darauf kommt es an.«

»Aber deine Mutter …«

»Sie ist tot, Papa. Seit einundzwanzig Jahren. Findest du nicht, dass du lange genug um sie getrauert hast? Du bist nicht bei meiner Geburt gestorben. Du hast ein Recht auf ein Leben, auf ein erfülltes Leben.« Vorsichtig legte sie ihre bandagierte Hand auf seine. »Ich freue mich wirklich für dich.«

Levi setzte seinen Hut auf und erhob sich. »Ich muss leider zurück in den Laden. Werde schnell wieder gesund, mein Kind.« Wie üblich beugte er sich hinunter und küsste Greta auf die Stirn.

»Ich komme dich besuchen, Papa, wenn ich entlassen werde. Und vielen Dank für das Obst.«

An der Tür winkte er ihr zu.

»Ach, Papa«, hielt sie ihn augenzwinkernd auf, »in der ersten Etage lässt es sich in der Tat besser wohnen als im Souterrain.«

Kapitel 37

Nachdem ihr Vater gegangen war, wollte Greta aufstehen, um zu schauen, wie ihr Kreislauf darauf reagierte. Entschlossen schlug sie die Decke zur Seite und erstarrte. Ihr Nachthemd war voller Blut. Die weiße Bettdecke war im unteren Bereich rot.

»Himmel«, stöhnte Greta auf. »Schwester Maria! Bitte kommen Sie schnell!«, rief sie voller Panik und ließ sich wieder in die Kissen sinken.

Die Blutungen wollten einfach nicht aufhören, sodass Greta sofort in den OP musste. Ihr wurde eine Zyste an der Gebärmutter entfernt. So musste sie noch einige Tage länger im Krankenhaus bleiben, als es ihr lieb war. Carl besuchte sie jeden Tag, sorgte sich liebevoll um sie. Nach einer Woche ging es Greta endlich so gut, dass sie sogar kleine Spaziergänge im Park unternehmen konnte. Der Gebäudekomplex war sehr schön gelegen. Hinter dem Verwaltungsgebäude, das wie eine große Pforte angelegt war, gab es insgesamt fünfundfünfzig Pavillons, die großzügig auf dem parkähnlichen Gelände verteilt waren. Es war ein sehr modernes Krankenhaus, das erst 1889 erbaut worden war. Dieser Neubau war notwendig gewesen, da durch den Hafen nicht nur Menschen aus allerlei Ländern nach Hamburg gelangten, sondern auch ihre

Krankheiten. Je mehr die Stadt wuchs, umso größer wurde der Bedarf an ärztlicher Versorgung, allein dadurch, dass Bismarck die gesetzliche Sozialversicherung eingeführt hatte. Dadurch konnten sich mehr Menschen einen Arzt leisten, als es vorher möglich war.

Je mehr Greta an Kraft gewann, umso ungeduldiger wurde sie, das Hospital endlich zu verlassen. Am Morgen war Evi vorbeigekommen und hatte sie mit kleinen Anekdoten aus dem Büro aufgeheitert. Dass Vera nicht ein einziges Mal auftauchte, ja noch nicht mal Genesungswünsche ausrichten ließ, war ein weiteres Indiz für Greta, dass ihre Schwiegermutter hinter ihrem Unfall steckte. Vermutlich hielt sie das schlechte Gewissen davon ab, sie zu besuchen. Oder es war ihr einfach egal.

»Du kannst dir nicht vorstellen, was Manni angestellt hat«, erzählte Evi im Plauderton. »Er hat es fertiggebracht, in den roten Pfeffer zu niesen und das gemahlene Pulver im ganzen Raum zu verteilen. Wir haben uns alle den ganzen Tag über gejuckt und musste niesen wie die Verrückten.« Beide Frauen brachen in lautes Lachen aus. »Herr Klaasen hat ihn dazu verdonnert, das ganze Büro zu putzen.«

Greta lachte Tränen. »Der arme Kerl, ich kann mir Manni Weseke gut mit Eimer und Schrubber vorstellen.«

»Er hat im ganzen Gesicht rote Pusteln bekommen, und wir dachten schon, ihn ebenfalls ins Krankenhaus einliefern zu müssen. Doch Felix hat ihn nach Hause zum Waschen geschickt. Am nächsten Tag war dann alles wieder weg.«

»Felix?«, fragte Greta irritiert nach.

»Felix Wunderlich. Du kennst ihn doch.«

»Ja, natürlich kenne ich ihn. Ich wundere mich nur über diese vertraute Anrede.«

Evis Wangen färbten sich verdächtig rot. »Er ist mir sehr behilflich, wenn ich Fragen zu meiner Arbeit habe. Letztens ist er sogar länger geblieben, um mir diese doppelte Buchführung zu erklären. Vieles ist mir noch unverständlich, aber ich muss zugeben, dass es mir großen Spaß macht, das alles zu lernen. Zumindest mehr, als in der Villa zu sitzen und meine Zeit totzuschlagen und zu handarbeiten. Ich vermisse dich. Du musst bald wieder gesund werden.«

Greta nickte zustimmend. »Ich hoffe, dass ich morgen entlassen werde. Mir geht es körperlich schon viel besser. Die Verbände an meinen Händen sind gestern abgenommen worden. Wie du siehst, sind die Wunden fast verheilt.« Sie blickte auf ihre zarte Haut, wo nur noch kleine Abschürfungen zu sehen waren.

»Das mit dem Kind tut mir so unendlich leid«, sagte Evi voller Mitgefühl.

»Ja, ein Schicksalsschlag, den man hinnehmen muss.« Greta sprach nicht gerne darüber.

»Ich muss jetzt wieder los. Cornelius hat den Wagen geschickt, um mich abzuholen.« Evi küsste Greta auf beide Wangen. »Ich freue mich, wenn du wieder nach Hause kommst.«

Sie verließ mit einem fröhlichen Winken das Zimmer.

Kurz darauf klopfte es erneut, und Greta dachte schon, dass Evi etwas vergessen hatte, doch als Dörtes Gesicht auftauchte, stieß sie einen freudigen Schrei aus. »Endlich kommst du mich besuchen. Ich warte schon sehnsüchtig auf dich.« Sie schloss ihre Freundin fest in die Arme.

»Bitte verzeih, dass ich so lange auf mich warten ließ, aber ich war mit Mama und Papa nach Berlin gereist und habe erst gestern von deinem Unfall erfahren. Jan hat davon berichtet, und ich wollte sofort zu dir, doch es war schon später Abend, also komme ich heute endlich vorbei.«

»Danke, dass du da bist.« Sie wollte ihre Freundin überhaupt nicht mehr loslassen.

»Hier, ich habe dir etwas mitgebracht.« Ihre Freundin drückte ihr ein kleines Päckchen in die Hand.

Greta wickelte das dünne Geschenkpapier ab und erblickte eine kleine Packung Pralinen. »Ich habe sie im Café Kranzler gekauft. Du hast keine Ahnung, was in Berlin los ist. Dort müssen wir unbedingt einmal zusammen hin. Diese Stadt ist einfach grandios.« Dörtes Wangen waren vor Aufregung ganz rotfleckig.

»Wollen wir ein wenig im Park spazieren gehen. Ich habe das Bedürfnis, mich etwas zu bewegen, sonst roste ich noch ganz ein.« Sie schenkte Dörte ein unsicheres Lächeln.

»Aber natürlich. Wenn du dich schon stark genug fühlst.«

Greta zog einen Mantel über das Kleid, das sie am Morgen angezogen hatte, obwohl es für Patienten verboten war, die Krankenhauskleidung abzulegen und private Kleidung anzuziehen. Aber sie konnte einfach keine Nachthemden mehr sehen. Sie wollte endlich nach Hause.

Auf einer Bank unter einer großen Ulme setzten sie sich, blickten in den Garten.

»Wie konnte das nur geschehen?« Dörte seufzte.

»Das habe ich mich auch schon hundertfach gefragt, und ich komme immer wieder zu dem gleichen Ergebnis. Es hat jemand nachgeholfen.«

Laut holte Dörte Atem. »Ist das dein Ernst?«

Greta nickte. »Du bist doch meine beste Freundin, und ich bitte dich, das Gehörte für dich zu behalten.«

Dörte hob verschwörerisch zwei Finger gekreuzt in die Höhe. »Das schwöre ich dir, Greta. Spuck's schon aus.«

»Ich bin mir sicher, dass Carls Mutter diesen Unfall provoziert hat.« Greta sprach sehr leise, weil sie Angst hatte, dass jemand etwas mithören konnte. Immer wieder schlenderten andere Besucher und Kranke an ihnen vorbei, grüßten höflich.

»Aber warum sollte sie das tun? Was sollte sie dazu bewogen haben?« Dörte schien nicht überzeugt.

»Ich war schwanger, Dörte. Carl und ich erwarteten unser erstes Kind. Das ist der Grund. Diese Frau boykottiert mich, seit ich in die Villa gezogen bin. Sie hat mir ins Gesicht gesagt, dass ich dort nur geduldet bin. Vera von Löwenstein hasst mich, weil ihr Sohn mich liebt.« Greta blinzelte in die Sonne. Die warmen Strahlen taten ihr gut.

»Du warst schwanger? O mein Gott, Greta, es tut mir so leid. Du hast das Kind also durch den Unfall verloren?« Sie ergriff die Hände ihrer Freundin, drückte sie sanft. »Ich kann das alles gar nicht fassen. Wie musst du dich nur fühlen?«

»Leer. Ich fühle mich vollkommen leer«, gab sie zu.

»Aber du wirst wieder schwanger werden, da bin ich sicher.«

Greta schwieg. Sie sah einem Spatz dabei zu, wie er auf der Wiese nach etwas pickte. »Es sieht momentan nicht danach aus, dass ich je wieder ein Kind erwarten werde«, gab sie leise zu. Sie sah Dörte von der Seite an, die ihre Lippen fest zusammenkniff. Mittlerweile war sie in der Lage, es auszusprechen, ohne dabei in Tränen auszubrechen.

»Du bist eine starke Frau, Greta. Ich bewundere dich.«

»Ach Dörte, es ist gar nicht immer so einfach, stark zu sein. Ich möchte mich auch mal gehen lassen. Doch das Schicksal fordert mich immer wieder heraus.«

»Du darfst nicht aufgeben. Lass dich nicht unterkriegen. Das Leben hat doch so viel zu bieten.«

Energisch schüttelte Greta den Kopf. »Nein, natürlich nicht. Ich werde dem Schicksal zeigen, was es heißt, sich mit Greta von Löwenstein anzulegen.« Sanft lachte sie auf.

»Was willst du jetzt wegen deiner Schwiegermutter unternehmen?«

»Ich kann es nicht beweisen, und Carl glaubt mir nicht. Also werde ich nichts tun außer mich stärker in Acht zu nehmen. Diese Frau wird nicht weiter mein Vertrauen genießen. Sie ist mir nicht wohlgesonnen, das weiß ich jetzt mehr als je zuvor, und ich werde mir dieses Wissen zunutze machen.«

»Mein Gott, Greta. Es ist so viel geschehen in den letzten Monaten. Dabei wollte ich dir eine Neuigkeit überbringen, doch jetzt traue ich mich gar nicht, dir von meinem Glück zu berichten.« Sie strich über den Ring an ihrer linken Hand, der Greta erst jetzt auffiel.

»Bist du etwa verlobt, Dörte?«, brach es aus ihr hervor.

Ein verschmitztes Lächeln zeichnete sich auf dem Gesicht ihrer Freundin ab. »Ja«, gab sie schüchtern zu, was für sie eine unübliche Reaktion war. »Jan hat mich gefragt, ob ich seine Frau werden will.«

»Na, dann muss ich dir wirklich gratulieren. Das ist ja großartig! So ganz habe ich nicht damit gerechnet, dass du jemals Ja sagen würdest. Und wolltest du nicht unbedingt einen Mann, der dir ein sorgenfreies Leben bieten kann?« Greta lachte, als sie an diesen Moment zurückdachte, damals im Mai, als sie im Alsterpavillon ein Eis gegessen haben.

»Aber das habe ich doch. Weißt du denn nicht, dass Jan der Erbe einer Stahldynastie aus dem Rheinland ist? Er hat sich zwar von seiner Familie losgesagt, weil er das Kriegstreiben nicht gutheißt, aber er ist nun mal der älteste Sohn und Erbe.«

Nein, das hatte Greta wirklich nicht gewusst. »Ich hoffe nicht, dass du irgendwann ins Rheinland ziehst. Ich brauche dich hier in Hamburg.« Greta nahm ihre Freundin in die Arme und drückte sie fest. »Ich freue mich sehr für dich.«

»Ich kann mir nicht vorstellen, Hamburg jemals zu verlassen. Nein, ich bleibe bei dir. Versprochen. Ich werde doch meine Trauzeugin nicht allein lassen.«

»Es wird mir eine Ehre sein. Wann wollt ihr denn heiraten?«

»Ich habe mir den 19. Oktober ausgesucht. An meinem zweiundzwanzigsten Geburtstag.«

Greta lehnte sich zurück und ließ von der Sonne, die sich heute hochsommerlich präsentierte, ihr Gesicht wärmen. »Ist es nicht unglaublich, wie schnell alles ging? Vor wenigen Monaten waren wir noch zwei junge Fräuleins, und bald bist du auch verheiratet, so wie ich.«

Dörte kicherte. »Ich kann es auch kaum glauben. Obwohl meine Eltern nicht so begeistert sind. Sie hätten sich lieber einen Schwiegersohn aus Hamburg oder dem Umkreis gewünscht. Aber Papa wird sich schon beruhigen. Ich werde schon meinen Willen bekommen, so wie ich ihn immer bekomme.«

Nachdenklich schüttelte Greta den Kopf. »Das hört sich ganz nach Vera an. Ich verstehe einfach nicht, warum unsere Eltern meinen, alles besser zu wissen. Lebenserfahrung ist doch nun mal nicht alles. Wir müssen doch unsere eigenen Entscheidungen treffen dürfen.«

Dörte nickte zustimmend. »Weißt du eigentlich, was du für ein Glück mit deinem Vater hast? Ich wünschte, meine Familie wäre mir auch so wohlgesonnen und einfach zu händeln. Aber wir können uns nun mal nicht aussuchen, in welche Familie wir hineingeboren werden.«

»Nein, seine Familie kann man sich nicht aussuchen, aber seine Freunde.« Greta sah Dörte liebevoll an. »Und ich habe mir die beste Freundin ausgesucht.«

Dörtes Augen füllten sich mit Tränen. »Das hast du sehr lieb gesagt. Dennoch stimmt es nicht. Die beste habe ich erwischt.«

Kapitel 38

Hamburg, Anfang September 1919

Erleichtert atmete Carl aus, als er das Automobil vor dem Eingang der Villa parkte und Greta aus dem Wagen half. Endlich war sie wieder zu Hause. Er konnte gar nicht mit Worten ausdrücken, wie sehr er sie vermisst hatte. Tilda hatte bereits die Haustür geöffnet, weil sie den Wagen gehört hatte, und begrüßte Greta freundlich. »Wir sind alle sehr froh, dass Sie gesund nach Hause kommen, Frau von Löwenstein.« Ihre weiße Haube wackelte auf eine bezaubernde Weise.

»Vielen Dank, Tilda. Ich freue mich auch sehr, wieder hier zu sein. Packst du meinen Koffer aus?«

»Natürlich, Frau von Löwenstein, ich mache mich sofort an die Arbeit. Martha kocht übrigens heute extra einen großen Topf Pfefferpotthast, das Sie doch so gerne mögen. Mit dem Malabar Pfeffer, den Sie ihr letztens erst mitgebracht haben.«

Greta lächelte. »Bitte bestelle Martha, dass ich ihr gutes Essen sehr vermisst habe.«

Tilda knickste und machte sich auf den Weg in die Küche.

»Möchtest du in den Salon oder direkt hinauf?«, fragte Carl und sah sie besorgt an.

»Nicht hinauf ins Schlafzimmer, ich habe in der letzten Zeit genug das Bett gehütet.«

Vorsichtig führte Carl sie den Flur entlang, bis zum Salon. Hier hatte sich nichts verändert.

»Carl! Bist du gar nicht im Büro?« Veras Stimme erfüllte den Raum, und Greta bekam bei diesem Klang sofort Gänsehaut Innerlich stöhnte sie auf. Es wäre auch zu schön gewesen, wenn Vera bei ihrer Ankunft in der Villa nicht zu Hause gewesen wäre.

»Nein, ich habe meine Frau aus dem Krankenhaus abgeholt.«

»Ah, Greta. Du bist wieder hier.« Vera musterte sie sorgfältig. »Ich hoffe, es geht dir besser.« Ihre Stimme klang neutral, aber auf keinen Fall besorgt oder freundlich.

»Greta! Wie schön dich wieder hier zu haben.« Cornelius erhob sich aus dem Sessel, in dem er die Tageszeitung gelesen hatte, und umarmte sie. »Wir werden dich schon wieder hinbekommen.«

»Danke, Cornelius. Mir geht es gut.« Greta kam nicht umhin, dies mit einer gewissen Genugtuung in der Stimme zu sagen. Sie streifte dabei Veras Blick, die desinteressiert aus dem Fenster sah.

»Du solltest wieder ins Kontor fahren, sonst machen die Angestellten noch, was sie wollen«, warf Vera ein.

»Jan ist für mich an Bord, um nach dem Rechten zu sehen. Ich werde mich heute um meine Frau kümmern.« Carls Stimme hatte an Schärfe gewonnen, wie Greta feststellen musste.

»Ganz wie du meinst.« Vera erhob sich und schenkte sich ein Glas Wein ein. Steckte eine Zigarette in die Spitze und zündete sie an. Warum sie im Salon rauchen durfte, während Cornelius immer ins Raucherzimmer geschickt wurde, wusste wohl nur Vera allein.

»Ich glaube, ich werde mich oben ein wenig ausruhen.« Auf dieses Theater, das Vera hier aufführte, hatte Greta einfach keine Lust. Da war ihr das Bett doch lieber. Auch wenn es ihr im Krankenhaus gut ging, die wenigen Schritte vom Auto bis in die Villa hatten sie doch mehr erschöpft, als sie erwartet hatte.

»Warte, ich bringe dich hinauf.« Carl nahm ihren Arm und führte sie zu der großen Treppe in der Halle, dann nahm er sie auf seine Arme und trug sie die Stufen hinauf. Diesmal war Greta froh, nicht selbst laufen zu müssen. Als sie endlich in ihrem eigenen Bett lag und Carl sie mit einem leichten Überwurf zugedeckt hatte, seufzte sie erleichtert auf, schloss die Augen und war wenige Minuten später bereits eingeschlafen.

Carl kehrte in den Salon zurück. Bisher war ihm gar nicht aufgefallen, wie seine Mutter mit Greta umsprang. Doch die Worte seiner Frau hatten ihn aufgerüttelt. War an ihren Behauptungen doch mehr dran, als er dachte? Er setzte sich seiner Mutter demonstrativ gegenüber.

Vera von Löwenstein saß auf dem Sofa, blätterte in einer Illustrierten und trank von ihrem Wein. Zunächst ignorierte sie Carl, doch dann hob sie den Kopf. »Kann ich dir irgendwie helfen?«

»Ja, Mutter, das kannst du. Es scheint mir, als würde es dich nicht freuen, dass Greta wieder zu Hause ist.« Er versuchte, seine Stimme im Zaum zu halten, obwohl er innerlich kochte.

»Wie könnte ich. Sie ist der Grund, warum Brutus erschossen werden musste. Das Pferd war ein Vermögen wert.« Vera zog an ihrer Zigarettenspitze.

»Greta hätte beinahe ihr Leben verloren, unser Kind ist gestorben und du machst dir Sorgen um ein Pferd, das sie fast totgetrampelt hätte? Wo bitte liegt die Schuld, die du Greta nur zu gerne zuschieben möchtest?« Er fasste es nicht.

»Verstehst du mich denn gar nicht?«, rief Vera aufgebracht.

»Nein, Mutter. Das verstehe ich weiß Gott nicht. Langsam habe ich den Verdacht, dass du deine Finger im Spiel hattest.« Er beobachtete sie bei diesen Worten genau. Ihre Wangen wurden puterrot.

»Was soll das denn heißen?« Sie zog eine Augenbraue in die Höhe, was zeigte, dass sie auf der Hut war. So gut kannte er seine Mutter.

»Wie redest du mit deiner Mutter, Carl?« Nun mischte sich auch noch Cornelius ein.

»Ich habe die Befürchtung, dass Mutter eine Lösung gesehen hat, sich von Greta zu befreien«, gab Carl offen zu.

Vera schnappte laut nach Luft. »Wie kannst du es wagen?« Sie sprang auf die Beine. »Das ist ja wirklich ungeheuerlich!«

»Wie *ich* es wage? Es ist doch wohl offensichtlich, dass du sie hasst. Was käme dir da gelegener als ein Unfall, der tödlich endet?« Nun erhob sich Carl ebenfalls. Er war rasend vor Zorn. Er war hier etwas auf der Spur, dessen war er sich nun sicher.

»Also das ist wirklich die Höhe. Ich bin der friedliebendste Mensch, den du dir vorstellen kannst.« Seine Mutter starrte ihn fassungslos an.

»Ja, solange man nicht dir untergeben ist, nicht jüdisch und vor allem nicht in deinem Salon raucht. Es sei denn, du tust es selbst.«

Vera blickte auf die Spitze ihrer Zigarette, drückte sie dann im Aschenbecher aus. »Ich habe dir bereits vor deiner Hochzeit gesagt, was ich von deiner Braut halte, und meine Meinung dazu hat sich nicht geändert.«

Carl und Vera standen sich wie zwei wütende Stiere gegenüber. Keiner von ihnen würde nachgeben.

»Gut, Mutter. Du lässt mir keine andere Wahl. Dann werden Greta und ich in ein eigenes Haus ziehen. Wir scheinen hier ja wohl nicht länger willkommen zu sein.«

»Nein, Carl! Das lasse ich nicht zu!«, rief Cornelius aufgeregt. »Du wirst nichts tun, was uns zum Gespött der Nachbarn macht.« Sein Gesicht war nun ebenfalls rot angelaufen, und Schweiß stand ihm auf der Stirn. Er war kurzatmig und verdrehte die Augen.

»Vater! Ist alles in Ordnung?« Carl war mit zwei großen Schritten bei ihm, da sackte der große schwere Mann in sich zusammen.

»Cornelius!«, schrie Vera laut und fasste sich an den Hals. »Carl, tu doch etwas!«

Carl kniete sich auf den Boden, bettete den Kopf seines Vaters in seinem Schoß. »Vater! Was ist los?«

Der Körper von Cornelius krampfte sich zusammen. »Mein Herz«, stöhnte er auf.

»Schnell, wir brauchen einen Arzt«, rief Carl und sah seine Mutter flehend an. »Beeil dich. Ruf nach Doktor Weinheimer.«

Vera lief hinaus in den Flur, rief laut nach Tilda. Ihre Stimme klang hysterisch durch die Halle.

Cornelius stöhnte laut auf. Sein Gesicht wurde zu einer schmerzverzerrten Fratze, einmal bäumte sich sein Körper noch auf, dann erschlaffte er. Starr blickte er zur Decke.

»Vater! Nein! Um Gottes willen. Du musst atmen.« Carl schüttelte ihn sanft. Er wusste nicht, was er tun sollte. Hielt seinen Vater fest, öffnete die Krawatte und das Hemd, damit er besser Luft bekam. Doch alles, was Carl unternahm, kam zu spät. Er hatte im Krieg zu viele Kameraden sterben sehen, um nicht zu verstehen, was hier gerade geschah. Das Leben war aus dem Körper seines Vaters gewichen, das war Carl sofort klar, als er dessen leeren Blick sah. Er hatte sich von der Welt verabschiedet, auf eine schnelle schmerzvolle Weise. Carl wiegte seinen leblosen Vater hin und her, als ob er damit noch irgendetwas bewirken könnte. Sein eigenes Herz schien in tausend Stücke zu zerbrechen und ließ ein dumpfes Gefühl der Leere zurück.

Vera kam zurück in den Salon geeilt. »Der Arzt ist gleich da«, rief sie aufgelöst, doch als sie Carl ansah, verharrte sie auf der Stelle. »Was ist mit ihm?« Ihre Stimme war nur noch ein Flüstern.

Greta musste gerade erst eingeschlafen sein, als sie von einem lauten Geräusch erwachte. Sie konnte nicht sagen, was genau es war, aber sie hatte kein gutes Gefühl dabei. Hatte jemand eine Tür laut zugeschlagen? Als sie laute Stimmen hörte, war sie sofort auf den Beinen. Etwas stimmte hier ganz und gar nicht. Sie schwankte leicht. Vorsichtig stieg sie in ihre Schuhe, strich ihren Rock glatt, der vom Liegen zerknittert war und sobald sie die Tür zum Hausflur öffnete, wurden die Stimmen lauter. So schnell es ihre Verfassung zuließ, lief sie die dunkle Holztreppe in das Erdgeschoss hinunter. Sie hörte Veras Schreie aus dem Salon und lief dort hinein.

Der Anblick, der sich ihr bot, nahm ihr den Atem. Sie schlug sich die Hand vor den Mund. Ihre Beine setzten sich von allein in Bewegung, als sie Carl auf dem Boden hockend vorfand, mit Cornelius in seinen Armen.

»Was ist geschehen?«, rief sie schockiert.

Tränen rannen Carl die Wangen hinunter. Sie hatte ihn noch nie weinen sehen, und es bestürzte sie, wie hilflos er wirkte. »Er ist einfach umgefallen. Sein Herz.«

»Habt ihr einen Arzt benachrichtigt?«

Carl nickte. »Ja, aber es ist zu spät. Vater ist tot.«

Bei diesen Worten gab Vera einen Ton von sich, der einem Tier nahekam. Sie musste sich auf einen Sessel stützen. »Nein! Das kann nicht sein!«, rief sie laut.

»Doch«, flüsterte Carl und sah Greta flehend an, die sich zu ihm setzte.

Sie versuchte, einen Puls an Cornelius' Handgelenk zu finden, doch ohne Erfolg, zog das weiße Oberhemd weiter auseinander, während Carl seinen Vater immer noch fest umklammerte. Greta suchte an der Halsschlagader nach einem Puls. Aber auch hier war nichts mehr zu spüren. Traurig schüttelte sie den Kopf.

Tilda kam ins Zimmer, gefolgt von einem Mann. »Der Doktor ist da«, rief sie ängstlich. Sie blickte zu Cornelius und schlug sich die Hände vor den Mund, schluchzte erstickt auf.

»Bitte machen Sie etwas Platz. Legen Sie seinen Kopf flach auf den Boden«, wies der Arzt Carl an, der nur zögerlich der Aufforderung nachkam. »Guten Tag, Doktor Weinheimer. Mein Vater ist einfach umgefallen. Er hatte Herzschmerzen.«

»Lassen wir den Doktor seine Arbeit machen.« Greta half Carl auf die Beine. Sie hatte keine Ahnung, wie lange Carl schon auf dem Boden hockte und führte ihn zu einem Sessel. Er wollte sich nicht setzen, doch Greta drückte ihn förmlich darauf nieder, weil sie wusste, dass sein Knie schmerzen musste.

Während der Arzt Cornelius untersuchte, herrschte vollkommene Stille. Er benutzte ein Stethoskop, um die Herztöne abzuhören, kontrollierte die Pupillen. Tastete den Körper weiter ab, dann schüttelte er den Kopf. Er bewegte sich geschickt. Vom Alter her schätzte Greta ihn auf Ende dreißig. Er wirkte sehr jung für einen Arzt, schien aber über eine Menge Erfahrung zu verfügen. Sein Haar war militärisch kurz geschnitten, die braunen Augen strahlten Ruhe aus. Nach einer Weile erhob er sich. »Es tut mir leid. Ich kann nichts mehr für Ihren Mann tun, Frau von Löwenstein. Ihr Mann ist vermutlich an einem Herzinfarkt verstorben. Als er letztens in meiner Praxis war, habe ich ihm die Zigarren und den Alkohol verboten. Doch ich denke, er hat nicht auf mich gehört.«

Vera schluchzte laut auf. Ihr Wehklagen hörte man im ganzen Haus.

»Mutter, bitte beruhige dich.« Carl erhob sich und nahm sie in den Arm, reichte ihr ein Taschentuch, doch sie ließ sich nicht trösten. Langsam führte er sie zu ihrem Platz auf der Couch, damit sie sich setzen konnte. In diesem Augenblick wirkte sie so klein und schutzbedürftig. Ihr Körper zitterte unkontrolliert. Sie weinte unaufhörlich, die Geräusche klangen schon nicht mehr menschlich.

»Doktor Weinheimer, bitte können Sie meiner Mutter etwas geben, ich glaube, Sie hat einen Zusammenbruch.«

Der Arzt griff nach seiner Tasche, die auf dem Boden stand, und zog eine Spritze auf. »Ich werde ihr etwas zur Beruhigung geben. Sie sollte sich danach etwas hinlegen. Mein tiefstes Beileid, Frau von Löwenstein.«

Carl half dem Arzt dabei, Vera die Injektion zu setzen. »Ich bringe Mutter nun auf ihr Zimmer, ich bin sofort zurück«, sagte er in Gretas Richtung.

»Tilda, bitte besorge eine Decke«, forderte Greta sie auf und sah den Doktor fragend an. Sie wischte schnell ihre Tränen von der Wange. »Was muss jetzt veranlasst werden?« Sie fühlte sich überfordert, weil noch nie jemand in ihrem Umfeld gestorben war, und wusste nicht genau, was zu tun war.

»Darf ich mich kurz an den Tisch setzen? Ich werde Ihnen den Totenschein ausstellen. Am besten beauftragen Sie einen Bestatter, der kümmert sich um alles und wird Ihnen zur Seite stehen.«

Greta nickte und wischte wieder über ihr Gesicht. Die Tränen waren nicht zu stoppen. Sie fühlte sich ohnmächtig, nicht Herr der Lage.

Tilda kehrte mit einer dunkelgrauen Decke zurück und zusammen breiteten sie sie über Cornelius' Körper aus. Greta konnte es nicht ertragen, dass er einfach so auf dem Boden lag.

Als Carl zurückkehrte, war Doktor Weinheimer mit dem Dokument fertig und überreichte es ihm. »Mein Beileid, Herr von Löwenstein. Ihr Vater war ein wunderbarer Mann. Er ist nicht nur für Ihre Familie ein Verlust, sondern für die ganze Stadt.« Er wandte sich Greta zu. »Auch Ihnen mein Beileid.«

Greta nickte ihm zu und trat neben Carl. Sobald der Arzt das Haus verlassen hatte, brach Carl erneut in Tränen aus. Er weinte so verzweifelt, dass Greta ihn nicht trösten konnte.

Immer wieder blickte Carl zu der Stelle, wo sein Vater zusammengebrochen war. Er hatte sich einfach so aus ihrem Leben geschlichen.

»Das ist nicht fair«, murmelte Carl, und seine Schultern bebten. »Das ist einfach nicht fair.«

Zart strich Greta über sein Haar. Er hatte den Kopf in Gretas Schoß gebettet, nachdem sie sich auf dem Sofa niedergelassen hatten. »Nein, das ist es nicht. Es tut mir so unendlich leid.«

»Ich habe ihn so sehr geliebt«, schluchzte Carl.

»Ich mochte ihn auch«, gab Greta zu. So saßen sie eine ganze Weile, bis Carl keine Tränen mehr hatte. Greta reichte ihm ihr Taschentuch. Es gab nicht viel, was sie tun konnte. Sie fühlte sich unendlich hilflos. Sie konnte einzig allein Trost spenden, obwohl es nichts gab, womit sie ihn trösten konnte, außer mit ihren eigenen Tränen, die ebenfalls nur langsam versiegen wollten.

Kapitel 39

Der Trauerzug schien kein Ende zu nehmen. Auf dem evangelischen Friedhof Diebsteich schritten hinter Vera, die von Carl, Greta und Evi begleitet wurde, die Honoratioren der Stadt. Der Erste und Zweite Bürgermeister, Werner von Melle und Otto Stolten, nahmen an der Prozession teil, genauso wie eine Delegation der Speicherstadt, der Vorstand des Bankhauses Wartburg, die Angestellten der Firma Löwenstein, unzählige Geschäftspartner, Freunde und Bekannte. Auch Levi Rosenthal kam in Begleitung von Johanna Stöver. Greta hatte ihm Bescheid gegeben. Der Sarg wurde auf einem Handkarren den Weg entlanggezogen, dessen Räder sich tief in den Boden gruben. Der Gottesdienst hatte in der Hauptkirche St. Michaelis stattgefunden. Das Geläut der Kirchenglocken hallte an diesem Dienstagmorgen über den Dächern Hamburgs. Die Sonne schien, und der schöne Tag passte so gar nicht zu dem traurigen Ereignis. Allerdings hatte es in der Nacht geregnet, sodass der Boden aufgeweicht war. In der Kirche hatte es keinen freien Platz mehr gegeben. Der Sarg aus Ebenholz war neben dem Altar aufgebahrt worden. Der Blumenschmuck war in weißen und roten Farben gehalten – den Hamburger Stadtfarben. Vera hatte es sich so gewünscht, und Greta hatte sich gemeinsam mit Evi um all diese Feinheiten gekümmert.

Die Umschläge der Trauerkarten beschriftet und verschickt. Es gab so viel zu tun, dass sie selbst nur wenig Zeit fanden, zu trauern. Carl kümmerte sich gemeinsam mit Jan um das Kontor. Auch brauchten Evi und sie jeweils ein schwarzes Kleid. Sie hatte nichts, was dem Anlass entsprechend genügte. In einem Damenmodegeschäft auf der Marktstraße fanden sie zwei Kleider, die hochgeschlossen waren, zusammen mit den passenden Hüten ähnelten sie sich zwar, aber dennoch waren die Unterschiede sichtbar. Doch das alles war ihnen vollkommen unwichtig. Es gab in diesen Tagen andere Dinge, die ausschlaggebend waren.

Carl trug einen schwarzen Anzug mit einem gestärkten weißen Hemd und einer schwarzen Krawatte, die Greta ihm ebenfalls besorgt hatte. Er war ihr dankbar, dass sie an all diese Dinge dachte, die man bei einer Beerdigung zu beachten hatte. Er war völlig überfordert. Der Verlust seines Vaters hatte ihn vollständig aus der Bahn geworfen. Er schlief kaum noch, aß nicht. Greta machte sich ernstlich Sorgen um ihn. Sie war froh, Evi an ihrer Seite zu haben, denn langsam wuchs ihr das alles über den Kopf. Die Tage bis zur Beerdigung zogen sich zäh dahin.

Vera bekam sie kaum zu Gesicht. Sie hielt sich die meiste Zeit in ihrem Schlafzimmer auf. Abgedunkelt, ohne Licht.

Greta hatte schon Sorge, dass Vera gar nicht an der Beerdigung teilnehmen würde, bis sie am Dienstagmorgen pünktlich in einem Mantelkleid und Schleier aus schwarzem Taft zur Abfahrtszeit in der Eingangshalle des Hauses erschien.

Greta hatte für die Frauen kleine Blumensträuße mit weißroten Rosen besorgt. Nun schritten sie langsam hinter dem Sarg her, um Cornelius die letzte Ehre zu erweisen. Er wurde in der Gruft der Familie von Löwenstein beigesetzt, wo bereits seine Eltern beerdigt worden waren. Seine Großeltern und Urgroßeltern waren auf dem Friedhof Alter Hammer beigesetzt worden, doch dort fanden seit Ende der 1890er-Jahre keine Beerdigungen mehr statt.

Einige Mitarbeiter der Firma waren nebst Carl und Jan die Sargträger. Der Pastor sprach noch einige bewegende Worte, schaufelte Erde auf den Sarg, nachdem er in die Erde gelassen worden war, und gab die Schaufel an Vera weiter. Als Carl sie stützen wollte, schüttelte sie unmerklich den Kopf. Mit geradem Rücken trat sie ganz allein an das Grab und ließ die Erde langsam in das Grab rieseln. Sie sprach ein kleines Gebet. Nachdem sie die Rosen an ihre Brust gedrückt und mit einem Kuss versehen hatte, warf sie diese ebenfalls auf den Sarg, trat zur Seite und gab die Schaufel an Carl weiter, der als Nächster in der Reihe stand. Mochte Greta auch nicht gerade den besten Eindruck von ihrer Schwiegermutter haben, so bewunderte sie sie in diesem Moment für ihre Kraft und Haltung. Diese Frau schien über eine unüberwindbare Stärke zu verfügen.

Carl stand am offenen Grab und starrte auf den Sarg, in dem sein Vater lag. Er konnte es nicht glauben. Vor einigen Tagen hatten sie sich noch über den Tod von Friedrich Naumann unterhalten, der Politiker war an einem Schlaganfall in Travemünde verstorben. Er hatte immer noch die letzten Worte seines Vaters im Ohr: Wenn deine Stunde geschlagen hat, mein Sohn, kann selbst das Schicksal nichts daran ändern. Wer hätte wissen können, dass nur wenige Tage später seine letzte Stunde schlug?

Kraftlos warf er das kleine Sträußchen in das Grab und blickte zu Greta, die neben ihm stand und ihre Blumen bereits hineingeworfen hatte. Sie traten zur Seite, nahmen anschließend die Beileidsbekundungen der Trauergäste entgegen. Seine Mutter stand mit versteinertem Gesicht neben ihm, schüttelte die Hände und bedankte sich mit leisen Worten. Ihre Stimme klang fremd, tonlos. Dennoch stand sie diese Prozedur durch, in gerader Haltung, ungebrochen. Doch wie es in ihr aussah, das würde sie wohl nie jemandem zeigen, selbst ihrem einzigen Sohn nicht.

Nach der Beerdigung gab es in der Villa einen kleinen Empfang. Es wurde Streuselkuchen gereicht und Kaffee oder Mokka getrunken. Carl kümmerte sich neben Greta um die Trauergäste, während Vera sich zurückzog. Evi war ihr behilflich, und nachdem Vera sich hingelegt hatte, kam sie zurück in den Salon, um Greta zu unterstützen.

Neben Tilda, die die Gäste mit warmen Getränken versorgte, und Lina, die aus der Küche ständig neue kleine Köstlichkeiten heraufbrachte, schenkte Greta ein Gläschen Cognac oder Schnaps nach. Während Carl sich mit den Bürgermeistern unterhielt, sah sie ihren Vater im Gespräch mit Bankier Wartburg, was ihr ein ungutes Gefühl bereitete. Bei dem letzten Zusammentreffen hatte er Vater das Automobil abgeluchst und ihm einen Kredit aufgebürdet. Zielstrebig steuerte sie auf die beiden zu.

»Meine Herren? Darf ich Ihnen ein Getränk anbieten?«

Wartburg griff wie erwartet direkt zu, während ihr Vater dankend ablehnte. Er trank sehr wenig, schon gar nicht am helllichten Tag.

»Was für eine Verschwendung, liebe Frau von Löwenstein«, erklärte Wartburg und trank einen Schluck. »Ich habe Ihren Schwiegervater immer sehr geschätzt.«

»Vielen Dank, Herr Wartburg. Ist Ihre liebe Frau gar nicht da?«

»Ich bitte Sie, sie zu entschuldigen. Sie wäre natürlich mitgekommen, nur befindet sie sich zurzeit in einem Sanatorium. Die Lunge. Sie brauchte dringend ein etwas milderes Klima.«

»Das tut mir sehr leid zu hören. Ich wünsche Ihrer Gattin alles Gute. Bitte bestellen Sie ihr die besten Grüße.« Greta nickte wohlwollend, dabei war ihr zu Ohren gekommen, dass Frau Wartburg in der letzten Zeit zu tief ins Glas geschaut hatte und davon wohl nicht mehr loskam.

Wartburg verneigte sich. »Das werde ich tun, lieben Dank. Ich muss mich leider auch schon verabschieden. Die Geschäfte, Sie verstehen sicherlich.«

Selbstverständlich verstand sie. Ein gutes Geschäft ließ sich selbst vom Tod nicht aufhalten. Zurück blieb ihr Vater, hinter dem Frau Stöver hervortrat.

Greta lächelte. »Frau Stöver, wie ich mich freue, dass Sie meinen Vater begleiten, auch wenn der Anlass ein so trauriger ist.« Sie reichte ihr die Hand.

»Ich muss Ihnen mein Beileid aussprechen, auch wenn ich nicht die Ehre hatte, Ihren Schwiegervater persönlich kennenzulernen.«

»Ja, er war ein außergewöhnlicher Mann, der mir sehr ans Herz gewachsen ist in der kurzen Zeit, in der ich ihn kennenlernen durfte«, erklärte Greta traurig.

»Wie geht es Ihrer Schwiegermutter? Das muss ein schwerer Schlag für sie sein.«

Greta nickte. Es fiel ihr schwer, über Vera zu sprechen. Zu viel war in der letzten Zeit vorgefallen.

Da Greta nichts sagte, räusperte sich Johanna Stöver verlegen. »Ich hoffe, Sie haben nichts dagegen, dass mich Ihr Vater in seinem Haus wohnen lässt.« Das Thema schien ihr unangenehm, denn ihre Wangen liefen rot an.

»O nein, ganz und gar nicht. Ich bin so froh, dass er Sie gefunden hat. Ich hoffe sogar, dass er Sie endlich in der oberen Etage wohnen lässt, statt des Souterrains«, erklärte Greta im Flüsterton, aber so laut, dass ihr Vater es auf jeden Fall mitbekam. »Ich habe es ihm so sehr gewünscht, nicht für immer allein zu bleiben, nachdem ich ihn nun auch verlassen habe.«

Johanna Stöver lächelte erleichtert auf. »Ich bin Ihnen so dankbar, nicht nur für die Anstellung, sondern auch, dass ich Ihren Vater kennenlernen durfte. Und wissen Sie, wir wohnen schon länger nicht mehr im Souterrain.«

»Ich bin hier derjenige, der dankbar sein muss«, erklärte Levi und nahm ihre Hand, hakte sie in seiner Armbeuge ein. »Ich finde, es ist an der Zeit, dass ihr zum Du übergehen solltet.«

Greta nickte begeistert. »Aber natürlich. Ich bin Greta.«

»Johanna.«

»Gibt es einen besonderen Grund dafür?«, fragte Greta nach. Sie kannte ihren Vater zu gut, als dass sie dies nicht als Einleitung für eine weitere Neuigkeit erkennen würde.

Er räusperte sich. »Ich habe um Johannas Hand angehalten, und sie hat zu meinem Glück und meiner Verwunderung Ja gesagt.« Ein feines Lächeln glitt über seine Züge.

»Ist das wahr? Oh, was für eine wunderbare Neuigkeit.« Gretas Herz machte vor Glück einen kleinen Hüpfer. Nicht im Traum hatte sie damit gerechnet, dass sich ihr Vater doch noch einmal verlieben würde. »Ich freue mich so sehr für euch beide. Bedeutet das nicht, dass ich nun auch zwei Geschwister bekomme?« Sie blickte Johanna mit großen Augen an.

»Und ob. Hans und Clara sind schon ganz ungeduldig, ihre neue große Schwester endlich kennenzulernen. Du musst uns unbedingt bald besuchen kommen«, lud Johanna sie ein.

»Ich freue mich schon sehr darauf, den beiden zu begegnen.«

»Komm doch am Sonntag zum Nachmittagskaffee«, schlug Levi vor.

»Sehr gern. Ich werde Martha bitten, eine ihrer wunderbaren Torten zu backen. Ich werde vermutlich bald nicht mehr in meine Kleider passen, wenn das mit Martha und ihrem guten Essen so weitergeht.« Greta lachte auf und erntete einen strengen Blick von Carl, den sie über die Schulter ihres Vaters hinweg auffing.

»Greta, wir werden uns nun auch verabschieden, die Kinder kommen gleich aus der Schule.«

Erneut schmunzelte Greta. Ihr Vater schien in den wenigen Wochen, seit er Johanna Stöver kennengelernt hat, um Jahre verjüngt und sie freute sich sehr für ihn. Sie brachte die beiden noch zur Tür, und dann erst fiel ihr auf, dass sie ganz vergessen hatte, nach dem Hochzeitstermin zu fragen.

Nach und nach verabschiedeten sich die Gäste, und endlich fand sie Zeit, Dörte zu begrüßen. Sie stand im Kreis der Angestellten, die Jan Karven mit kleinen Anekdoten aus dem Kontor unterhielt. Zu ihnen gehörten auch Bruno Klaasen, der mit den Fräuleins Klein, Hubertus und Cramer, den Stenotypistinnen, gekommen war. Manni Weseke lehnte an der Wand und sah aus, als hätte er zu tief in das Cognacglas geschaut. Ole Harms und seine Konsorten hatten ebenfalls am

Begräbnis teilgenommen, konnten aber nicht mit zur Villa fahren, da die Arbeit vorging. Evi unterhielt sich etwas abseits mit Felix Wunderlich, der ihr immer wieder ein Lächeln auf die Lippen zauberte.

»Geht es dir gut?«, erkundigte sich Dörte und küsste sie auf beide Wangen.

Natürlich wusste Greta, was Dörte meinte, und sie nickte. »Mir geht es gut, aber ich mache mir Sorgen um Carl. Für ihn ist dies ein herber Schlag, der zweite in so kurzer Zeit. Wir hatten noch nicht einmal Zeit, in Ruhe zu sprechen. Ich bin ehrlich gesagt froh, dass die Beerdigung nun hinter uns liegt und wieder Ruhe einkehrt.«

Dörte drückte ihre Hand. »Ich mag mir gar nicht vorstellen, was passiert, wenn mein Vater …« Sie behielt den Rest des Satzes für sich, schlug nur die Augen nieder.

»Frau von Löwenstein, wir wollen uns verabschieden.« Bruno Klaasen verbeugte sich.

»Herr Klaasen, danke, dass Sie alle erschienen sind.« Sie wusste nicht, ob Klaasen in die Pläne seiner Schwester eingeweiht war, ihren Vater zu heiraten, daher verabschiedete sie die Angestellten, die für den Rest des Tages freibekommen hatten, ohne ein weiteres Wort.

»Wir müssen auch schon gehen«, erklärte Dörte sichtlich zerknirscht. »Ich hätte mich gerne länger mit dir unterhalten, aber Mutter besteht darauf, dass ich sie zur Schneiderin begleite.«

Auch wenn Greta ihre Freundin liebte, so war sie doch froh, dass sie noch weitere Verpflichtungen hatte. Sie war erschöpft und brauchte dringend ein wenig Ruhe. »Das macht nichts. Ich habe auch noch eine Menge zu erledigen«, verabschiedete sie Dörte und Jan und wandte sich dann Evi und Felix Wunderlich zu.

»Ich würde mich freuen, wenn Sie meine Einladung annehmen würden, Fräulein von Domnitz«, hörte Greta Wunderlich sagen.

Evi blickte Greta errötend an, als hätte sie beide bei etwas Verbotenem erwischt. »Ich weiß nicht so recht. Ich denke nicht, nachdem Herr von Löwenstein gerade erst verstorben ist.«

»Das kann ich sehr gut verstehen«, gab Wunderlich überraschenderweise nach. Er hielt sich ohnehin sehr zurück, was sonst gar nicht seine Art war.

Greta würde nicht gerade behaupten, dass sie ihn nicht mochte. Er hatte eine charmante Art, aber sie fand ihn sonst ein wenig aufdringlich. Im Gegensatz zu Evi, die ihn immer wie ein Weltwunder ansah.

»Was meinst du, Greta?«, fragte Evi.

»Nun, ich denke, du solltest bis zum Sechswochenamt warten, dann dürfte es kein Problem sein, dass du ausgehst.«

Dem stimmte Wunderlich zu. »Das halte ich auch für eine gute Idee. Ich werde mich in Geduld üben und Sie dann erneut einladen, liebes Fräulein von Domnitz. Ich freue mich darauf und werde mich jetzt empfehlen. Ich werde mich von Ihrem Mann verabschieden, Frau von Löwenstein.« Er verbeugte sich vor den beiden Damen, strich über seinen feinen Oberlippenbart und wandte sich ab.

Greta sah Evi schmunzelnd an. »Da hast du aber einen Verehrer gefunden.«

Evi winkte ab. »Er meint es doch nicht ernst. Vermutlich hat er eine ganze Reihe von Frauen, die er abwechselnd ausführt. Niemals wartet er sechs Wochen auf mich.« Sie lächelte traurig.

»Da wäre ich mir nicht so sicher, Evi. Du bist eine sehr attraktive Frau, die eine Menge zu bieten hat.«

»Ach was, ich wäre gerne so intelligent und so gewandt wie du.«

Sachte legte Greta den Arm um die Schultern der jungen Frau.

»Du bist mehr, als du denkst. Das Schicksal hat dich bisher nicht sehr verwöhnt, aber du hast dir deinen Humor und dein freundliches Wesen bewahrt. Du darfst nicht vergessen, dass du eine der reichsten Erbinnen des Landes bist, wir müssen aufpassen, wer dir den Hof macht.«

»Du glaubst, die Männer wären nur hinter meinem Erbe her?«

»Nicht alle, aber es gibt immer ein paar Glücksjäger darunter, die gilt es herauszufiltern.«

Evi machte ein Gesicht wie sieben Tage Regenwetter. »Glaubst du, Felix ist so Mann, der mir nur Honig um den Bart schmieren will?«

»Na, na, nicht so traurig. Wir werden es herausfinden. Bis zu eurer Verabredung ist ja noch eine Menge Zeit. Lass mich mal machen. Ich werde ihm mal genauer auf den Zahn fühlen.«

Carl war noch immer ganz benommen. Der plötzliche Tod seines Vaters, das Kontor wie gewohnt weiterzuführen und alles, was bis jetzt für die Beerdigung zu regeln war, hatten ihre Spuren hinterlassen. Er hatte bisher keine Zeit gehabt, in seine Trauer einzutauchen oder mit Greta darüber zu sprechen. Wie nie zuvor brauchte er sie jetzt. Als er sich am Abend zu ihr ins Bett legte, war er erneut völlig erschöpft.

Greta drehte sich zu ihm, strich über die Bartstoppeln, die sich tagsüber auf seinem Gesicht gebildet hatten. »Du siehst sehr müde aus.«

»Das bin ich auch. Wie machst du das nur? Du bist doch gerade erst vor ein paar Tagen aus dem Krankenhaus entlassen worden, und nun siehst du schon wieder wie der blühende Frühling aus.« Er hob seinen Arm an, damit sich Greta an seine Brust schmiegen konnte.

»Mhm, das habe ich vermisst.«

»Was?« Er hob den Kopf und sah sie fragend an.

»Deinen Duft, deinen Körper, dich.«

Er lächelte und küsste ihre Nasenspitze. »Ich habe dich auch sehr vermisst.«

»Er fehlt dir, nicht wahr?«

Carl legte einen Arm hinter seinen Kopf, starrte an die Decke. »Ja, unwahrscheinlich. Ständig denke ich an zahlreiche Momente aus meiner Kindheit, die ich mit Vater verbracht habe. Es kommt mir so vor, als waren es mehr als mit meiner Mutter.«

»Zumindest waren sie intensiver, wenn sie dir deutlicher im Gedächtnis geblieben sind.«

»Weißt du, Greta. Es tut mir so leid, dass ich dich infrage gestellt habe, als du mir von deinem Verdacht bezüglich meiner Mutter berichtet hast. Ich wünschte, die Dinge lägen anders. Mein Vater ist in dem Moment zusammengebrochen, als ich verkündete, dass ich mit dir das Haus verlassen würde, weil meine Mutter scheinbar nicht gewillt ist, friedlich mit uns zusammenzuleben. Sie wird sich und ihre Meinung dir gegenüber niemals ändern, das habe ich jetzt verstanden.«

Greta legte eine Hand flach auf seine Brust, strich zärtlich darüber. »Carl, niemals würde ich verlangen, dass wir das Haus verlassen, in dem du aufgewachsen bist. Wir können die Menschen nicht ändern, nur uns selbst. Ich werde lernen müssen, mich gegen Vera zu wappnen. Sie wird mich nicht kleinkriegen. Ich werde kämpfen, für dich … für uns.«

»Das kann ich nicht von dir verlangen.«

»Doch das kannst du. Wir haben nur diese zwei Optionen. Vera wird ihre Augen nicht ewig vor der Wahrheit verschließen können. Der Wahrheit, dass wir zusammengehören.«

Carl küsste sie verlangend. »Du hast keine Ahnung, wie sehr ich dich liebe. Ich habe dich gar nicht verdient.«

»Doch, das hast du.« Greta lächelte glücklich.

»Ich habe heute mit Doktor Schumann gesprochen. Er ist unser Familienanwalt. Die Testamentseröffnung findet übermorgen statt. Ich hoffe, dass Mutter dann so weit ist, sich den Tatsachen zu stellen.«

»Glaubst du, dass das Testament eine Überraschung bereithält?« Greta hatte keine Vorstellung, was bei so einem Termin Unerwartetes geschehen könnte.

»Mein Vater war immer für eine Überraschung gut. Ihm ist alles zuzutrauen. Vielleicht hat er ja das gesamte Vermögen einer Stiftung überschrieben. Ich habe keine Ahnung, was geschehen wird. Aber wir werden sehen.«

TEIL IV

Ein wenig gewürzt schmeckt auch Liebe besser.

Achim Schmidtmann

Kapitel 40

Am nächsten Tag hatte Vera sich so weit erholt, dass sie am Abendessen teilnahm. Sie sah müde aus, bewahrte aber die Haltung, so wie man es von ihr erwartete. Als sie verkündete, dass sie nach dem Essen mit Carl sprechen wollte, nahm er diese Nachricht ohne große Reaktion entgegen. Zuerst wollte er Greta hinzubitten, doch dann entschied er sich dagegen. Er wusste, dass dies seine Mutter auf keinen Fall dulden würde, und er wollte Greta nicht einer weiteren Demütigung aussetzen.

Erleichtert hörte Carl, dass Greta Evi fragte, ob diese sie auf einen Abendspaziergang an die Alster begleiten wolle. Er verabschiedete die Frauen an der Tür und ging dann in den Salon, in dem seine Mutter bereits auf ihn wartete.

»Möchtest du dich vielleicht in den Garten setzen? Der Abend ist sehr schön, und dir wird ein wenig frische Luft guttun«, schlug er vor.

Vera überlegte einen Augenblick, dann nickte sie. »Bitte Tilda, mir mein schwarzes Schultertuch zu bringen.«

Carl machte sich selbst auf den Weg, holte das fein gewebte Tuch von der Garderobe und legte es seiner Mutter um die Schultern, die bereits im Garten Platz genommen hatte.

»Schau nur, wie wunderschön die Hortensien blühen. Ich liebe diese üppigen Blüten. Vater hatte ein gutes Händchen für die Pflanzen. Ich weiß, dass er die violetten am liebsten mochte. Sie benötigen sauren Boden, das hat er mir verraten. Er hat immer Alaun benutzt, damit sie diese Färbung annahmen. Bitte sorge dafür, dass die Blumen weiterhin so gepflegt werden, damit sie dieses wunderschöne Violett behalten.« Sie starrte gedankenverloren zu den Sträuchern.

»Natürlich, Mutter. Ich werde mit dem Gärtner darüber sprechen.«

Er kramte ein Päckchen Reitaba Zigaretten aus seiner Jackentasche und bot seiner Mutter eine an, die jedoch ablehnte. So steckte er sich selbst eine an. Zufrieden blies er den Rauch in die Luft, der Duft von Tabak verschaffte ihm ein wenig Ruhe. »Warum willst du mich sprechen, Mutter?«, fragte er nach, nachdem Vera immer noch schweigsam ihm gegenübersaß.

»Carl, ich habe einen Entschluss gefasst.« Sie verschränkte ihre Finger, legte sie auf dem Tisch ab. »Ich denke, es wird das Beste sein, wenn ich die Leitung des Kontors übernehme«, erklärte sie mit fester Stimme.

Überrascht blickte Carl auf, der die Asche der Zigarette an dem silberfarbenen Becher vor ihm abstreifte. »Kannst du mir erklären, warum du dich nach all den Jahren, in denen Vater das Unternehmen geleitet und mir letztendlich diese Aufgabe anvertraut hat, nun ins Geschäft einmischen möchtest?«

Statt einer Antwort seufzte sie nur schwer.

»Habe ich etwas getan, Mutter, dass du der Meinung bist, ich wäre der Verantwortung nicht gewachsen?«

»Ich denke, ich bin es Cornelius schuldig, dass ich mich künftig um die Belange des Kontors kümmern werde. Du bist noch jung, und deine Frau scheint dich sehr in Beschlag zu nehmen. Wir brauchen jemanden an der Spitze, dem die Firma am Herzen liegt. Du wirst zu viel von äußeren Meinungen und Umständen beeinflusst.«

Carl schnaufte laut. »Du meinst also, mir würde die Firma nicht am Herzen liegen? Greta würde mich zu sehr ablenken? Wie kommst du nur darauf?«

»Du hast immerzu andere Dinge im Kopf. Die Firma ist dir nicht so wichtig, wie ich erwartet habe. Vermutlich musst du erst richtig erwachsen werden, um dir im Klaren darüber zu sein, was es heißt, ein von Löwenstein zu sein.«

»Verdammt, Mutter! Mir ist sehr wohl bewusst, was das bedeutet. Kannst du mir erklären, warum du immer wieder einen Weg suchst, mit mir zu streiten? Wann wirst du erkennen, dass nicht alle Menschen nach deiner Pfeife tanzen? Ich bin ein erwachsener Mann mit eigenen Ideen und Weltanschauungen. Ich bin nicht deine Marionette. Und nein, ich werde keinesfalls zustimmen, dass du die Geschäftsleitung übernimmst. Übrigens hat uns Doktor Schumann zur Testamentseröffnung gebeten.«

»Wann?«, fragte sie überrascht.

»Übermorgen. Um zehn Uhr. Sie findet hier im Haus statt. Doktor Schumann hat die Familienmitglieder und das Personal dazugebeten.«

»Das Personal? Warum in Gottes Namen sollte das Personal daran teilhaben?«, spöttisch verzog Vera den Mund, was Carl so sehr an seiner Mutter hasste.

»Ich gehe davon aus, dass Vater seinen langjährigen Hausangestellten etwas vererbt hat. Wir werden es am Freitag erfahren. Dann werden wir auch endgültig darüber sprechen, wie es mit dem Unternehmen weitergeht.«

»Ich gehe davon aus, dass Cornelius mir alles hinterlassen hat. Aber gut, wir werden bis übermorgen warten, danach werde ich den Vorstand informieren, dass ich wieder die Leitung übernehmen werde.«

Das gefiel Carl ganz und gar nicht, aber er musste sich fügen. Wenn Vera wirklich zur Alleinerbin erklärt werden würde, waren ihm die Hände gebunden. Dadurch würde sie die Mehrheitsanteile des Unternehmens besitzen. Doch er hatte immer noch die Möglichkeit, den Vorstand davon zu überzeugen, dass er die bessere Wahl war, auch wenn seine Chancen nur gering waren. Er stellte sich nicht gerne gegen seine Mutter, doch sie setzte ihm quasi die Pistole auf die Brust, dass ihm nichts anderes übrig blieb. Er blickte sie an, während Vera wieder in den Garten starrte, und fragte sich, was nur in ihrem Leben geschehen war, das sie so hart hatte werden lassen.

Am nächsten Tag fuhr Greta zum Neuen Wall. Sie war auf der Suche nach ein paar passenden Geschenken, die sie den Kindern von Johanna Stöver überreichen konnte, wenn sie sie am Sonntag besuchen würde. Sie wollte als große Schwester einen guten ersten Eindruck machen. Bei Douglas erwarb sie für Clara einen schönen Flacon mit einem Duftwasser, das herrlich nach Veilchen und Rosen roch. Es war schön verpackt und würde dem Mädchen sicherlich gefallen. Für Hans war es schon schwieriger, etwas zu finden. In einem Geschäft für Anglerbedarf erstand sie letztendlich ein Taschenmesser, das man zum Schnitzen benutzen konnte. Das Schweizer Offiziers- und Sportmesser hatte einen schwarzen Griff, der gut in der Hand lag und in einer kleinen Box verstaut wurde. Greta war damit vollkommen zufrieden. Als sie ihre Geschenke am

Abend Carl präsentierte, war er von dem Messer ganz fasziniert.

»Du siehst wie ein kleiner Junge aus. Ich hätte wohl zwei dieser Messer kaufen sollen«, erklärte sie und lachte, als Carl das Messer kaum mehr aus der Hand legen wollte.

»Das ist ein wirklich schönes Geschenk für einen Jungen«, gab er zu. »Du hast mir noch gar nichts über diese Kinder erzählt.« Carl zog Greta auf seinen Schoß, und sie legte einen Arm um seinen Nacken.

»Papa wird wieder heiraten«, begann sie zu erzählen. »Und zwar Johanna Stöver. Du erinnerst dich doch an die Witwe, der ich gerne eine Arbeit bei uns verschafft hätte, doch Jan hatte ja bereits Herrn Wunderlich eingestellt. Ich habe Frau Stöver meinem Vater als Buchhalterin empfohlen, da er heillos überfordert ist mit dem Papierkram, wie du weißt. Nun haben sie sich ineinander verliebt und werden demnächst heiraten.«

»Das sind ja gute Neuigkeiten«, stellte Carl fest.

»Ja, dadurch bekomme ich zwei Halbgeschwister. Ist das nicht wunderbar. Wusstest du eigentlich, dass Johanna Stöver die Schwester von Bruno Klaasen ist?«

Carl schüttelte den Kopf.

»Nun, Klaasen wird demnächst Papas Schwager, was mir sehr recht ist. Die Familie Rosenthal kann wirklich ein paar Verwandte gebrauchen.«

»Klaasen ist ein guter Mann.«

»Klaasen ist der Beste«, stellte Greta fest. »Wenn es um Gewürze geht«, schob sie schnell nach und küsste Carl, bevor er protestieren konnte.

Zur Testamentseröffnung am nächsten Tag hatte man das Esszimmer vorbereitet. Es gab genug Stühle, damit alle geladenen Teilnehmer Platz finden konnten. Doktor Schumann, der eine Kanzlei als Anwalt und Notar betrieb, hatte am Kopfende des Tisches Platz genommen und eine lederne Kladde vor sich aufgeschlagen. Er war schon älter, wie Greta feststellte. Sie schätzte ihn auf Mitte sechzig. Sein Haar war allerdings noch dunkel, ohne grauen Ansatz. Doch der schwarze Anzug und der steife Kragen, ließen ihn wie ein Relikt aus dem letzten Jahrhundert erscheinen. Er trug einen Zwickel auf der Nase, und sein Backenbart ließ ihn noch älter erscheinen, als er vermutlich war.

Er blickte über die Sehhilfe in die Runde. »Ich denke, wir sind dann vollzählig.« Er sprach leise, nuschelte sogar ein wenig, sodass Greta sich anstrengen musste, ihn zu verstehen. Aber so erging es ihr wohl nicht allein, denn auch Vera beugte sich vor, um ihn besser hören zu können.

Mit einer langsamen Bewegung öffnete Doktor Schumann die Kladde, strich über das feine Büttenpapier. Es gab zwei Seiten. Erneut blickte er auf, räusperte sich und nahm das erste Blatt in die Hand. Er zitterte leicht, was Greta ganz nervös machte. Obwohl sie hiermit ja eigentlich nichts zu tun hatte, war sie unruhig. Und dass der Mann vor ihnen nicht mehr der Jüngste war, brachte ihren Puls aus dem Takt.

»Gut, fangen wir an. Ich werde zunächst das Testament verlesen. Bitte hören Sie gut zu, und unterbrechen Sie mich nicht. Ich werde Ihre Fragen gerne am Ende beantworten.« Er rückte den Zwicker zurecht.

Ich, Cornelius Herrmann von Löwenstein, verfüge im Vollbesitz meiner geistigen und körperlichen Kräfte, dass nach meinem Tod folgende Personen kraft dieses Testaments begünstigt werden:

-Dem gesamten Hauspersonal ist eine einmalige Zahlung in Höhe von hundert Mark auszuzahlen.

-Meinem Fahrer Wilhelm Tesch ist eine einmalige Zahlung in Höhe von zweihundert Mark auszuzahlen. Zusätzlich gewähre ich ihm lebenslanges Wohnrecht für das Zimmer über der Garage in der Villa im Harvestehuder Weg. Ebenso soll er seine Arbeit als Fahrer der Familie von Löwenstein lebenslang behalten.

- Fräulein Evi von Domnitz gewähre ich lebenslanges Wohnrecht in der Villa im Harvestehuder Weg. Bis zu ihrer Volljährigkeit ist ihr weiterhin ein jährliches Taschengeld von fünftausend Mark auszuzahlen.

- Meiner lieben Schwiegertochter Greta von Löwenstein, geborene Rosenthal, gewähre ich ebenfalls ein lebenslanges Wohnrecht in der Villa im Harvestehuder Weg. Zusätzlich vererbe ich ihr eine Summe von zehntausend Mark aus meinem Barvermögen zur sofortigen Darüber hinaus geht das Gemälde von William Turner mit dem Namen »Stonehenge« in ihren Besitz über. Ich würde es begrüßen, wenn das Bild seinen Platz im Salon behält. Hiermit würdige ich ihren Kunstverstand und hoffe, dass sie diesen weiterverfolgt.

- Meiner geliebten Frau Vera von Löwenstein, geborene Carstens, vermache ich den Familienschmuck. Sie soll eine jährliche Zuwendung von ziwanzigtausend Mark erhalten sowie ein lebenslanges Wohnrecht in der Villa im Harvestehuder Weg. Liebe Vera, ich bin dir für deine Treue sehr dankbar und überschreibe dir zehn Prozent meiner Anteile an der Firma Löwenstein Im- und Exporte.

- Meinem einzigen Sohn Carl Gustav von Löwenstein hinterlasse ich den Rest meines Erbes. Dazu gehören das Haus im Harvestehuder Weg, die Innenausstattung, bis auf das erwähnte Gemälde von William Turner, und der Familienschmuck. Weiterhin vererbe ich ihm den Fuhrpark, bestehend aus zwei Fahrzeugen, das verbleibende Barvermögen und die privaten Bankkonten mit den dazugehörigen Depots und Aktienanteilen sowie die restlichen fünfundsechzig Prozent meiner Anteile der Firma Löwenstein Im- und Exporte. Da ihm bereits zehn Prozent gehören, ist er somit im Besitz des Mehrheitsanteils von fünfundsiebzig Prozent. Ich weiß, dass du verantwortungsvoll und in meinem Sinne damit umgehen wirst, Carl. Ich war immer sehr stolz darauf, dein Vater zu sein. Ich danke dir für deine Liebe und deine unumstößliche Loyalität.

Ich beauftrage Doktor Konrad Schumacher, Anwalt und Notar mit Sitz in Hamburg, damit, mein Testament zu vollstrecken und dessen Ausführung zu überwachen.

Gezeichnet und beglaubigt am 31. Juli 1919, Cornelius von L

Doktor Schumann nahm seine Sehhilfe ab und schlug die Kladde lautstark zu, was die Anwesenden aus ihrer Starre riss. Leises Geflüster wurde hörbar. Freude war auf den Gesichtern der Angestellten zu sehen.

»Das ist sehr großzügig von Cornelius, findest du nicht?«, wisperte Evi Greta zu, die noch ganz benommen war und das Gehörte erst einmal verdauen musste.

Carl blickte Greta an. In seinen Augen stand Sorge statt Freude. Er erhob sich. »Vielen Dank, Doktor Schumann.« Er reichte dem älteren Mann die Hand.

»Ich darf Ihnen gratulieren, Herr von Löwenstein. Ihr Vater hat Sie mehr als großzügig bedacht, was zeigt, wie viel er von Ihnen gehalten hat und wie groß das Vertrauen ist, dass er in Sie setzt.« Die Männer nickten einander zu, Schumann klopfte Carl auf die Schulter.

Ein Stuhl scharrte laut über den Parkettboden, und alle Augenpaare richteten sich auf Vera, die sich erhoben hatte. »Wenn ihr glaubt, dass ich mich damit zufriedengebe, dann kennt ihr mich schlecht. Ich werde das Testament anfechten. So lasse ich mich nicht behandeln.« Mit diesen Worten verließ sie erhobenen Hauptes den Raum.

Greta warf Carl einen bekümmerten Blick zu.

»Das war zu erwarten«, murmelte Carl resigniert. »Meine Mutter hatte gehofft, dass sie die Alleinerbin ist.«

»Keine Angst, Herr von Löwenstein. Das Testament ist notariell korrekt erstellt und beglaubigt worden. Ihre Mutter hat keinerlei weitere Ansprüche. Das Vermögen stammt seit drei Generationen aus der Linie Ihres Vaters. Sie wird sich damit begnügen müssen, was ihr Mann ihr zugedacht hat.«

Das würde Vera auf keinen Fall, doch das sagte Carl lieber nicht laut.

Kapitel 41

Hamburg, Ende September 1919

Die Nachricht, dass Carl der Haupterbe von Cornelius von Löwenstein war, hatte in der Speicherstadt schnell die Runde gemacht. Greta machte sich Sorgen, dass Vera einen Rechtsstreit anstrebte, um das Testament anzufechten, doch eines Abends hatte sie beim Essen erklärt, dass sie die erste Etage des Hauses räumen werde, da das Haus ja nun Carl gehören würde. Sie brauchte nicht so viel Platz und wäre mit der zweiten Etage zufrieden. Greta nahm das wohlwollend zur Kenntnis. Schon am nächsten Tag hatte Tilda mit Linas und Wilhelms Hilfe, die Zimmer umgeräumt. Nun hatte Greta neben einem eigenen Salon und dem Schlafzimmer auch ein Ankleidezimmer, ein Badezimmer und einen zusätzlichen Raum. Er war als Kinderzimmer gedacht, doch daran wollte Greta erst einmal nicht denken. Später einmal. Ganz bestimmt.

Carl sah sich die Räume an, kehrte dann in den Salon zurück. »Wir werden alle Zimmer modernisieren lassen«, sagte er sehr bestimmt.

»Ist das denn notwendig?« Greta sah sich fragend um.

»In diesen Räumen haben meine Eltern gelebt, ich möchte etwas, das für uns steht. Etwas Neues. Kümmerst du dich darum? Neue Vorhänge, Tapeten und Teppiche. Unsere Möbel können wir ja behalten. Aber hier sollte ein frischer Wind wehen.« Er schloss Greta in seine Arme. »Ich muss noch etwas anderes mit dir besprechen.«

Dass Carl so ernst wurde, machte Greta neugierig. »Was ist los?«

»Wir haben vor einigen Monaten begonnen, in Bombay eine Dependance aufzubauen. Es gab von Anfang an Schwierigkeiten, und nun ist der Kontakt abgebrochen. Jan und ich sind der Meinung, dass wir dort nur weiterkommen, wenn wir persönlich vor Ort sind. Da Jan bald heiraten wird, bleibt mir nichts anderes übrig, als selbst dorthin zu reisen.«

»Nach Bombay?«, rief Greta überrascht und schlug sich die Hand vor den Mund. »Das ist auf der anderen Seite der Welt.«

Carl lachte. »Ja, so ungefähr.«

»Wie willst du dahin kommen?«

»Auf dem Seeweg. Ich werde ein Schiff nehmen, dass in Southampton ablegt. Aber eigentlich hatte ich nicht vor, alleine auf Reisen zu gehen. Was hältst du davon, wenn du mich begleitest?« Carl nahm ihre Hand und setzte sich mit ihr zusammen auf das Sofa, zog sie auf seinen Schoß. »Es wäre so etwas wie unsere Hochzeitsreise, die ich dir noch schuldig bin.«

Greta wurde übel. »Eine Seereise? Ich hatte eher gehofft, dass wir vielleicht nach Sylt reisen. Aber gleich Indien?«

Carl musterte sie aufmerksam. »Mir scheint, du freust dich gar nicht darüber?«

»Nun, es ist so, dass ich kein gutes Gefühl dabei habe, das Kontor allein zu lassen.«

»Es ist nicht allein. Jan ist da, ebenso wie Wunderlich und Klaasen.«

»Und nicht zu vergessen Manni Weseke«, murmelte Greta und grinste breit.

»Kann es sein, dass du die Firma nicht verlassen willst, damit sie nicht meiner Mutter in die Hände fällt?«

Er traf den Nagel auf den Kopf. Doch konnte sie das so einfach zugeben? »Womöglich hast du ein wenig recht«, gab sie zu und nagte an einem Daumennagel.

»Womöglich? Ich denke, das trifft es genau.«

Greta wollte von seinem Schoß rutschen, doch Carl ließ es nicht zu. Hielt sie fest. »Ich kann dich ja sogar verstehen. Dein Misstrauen meiner Mutter gegenüber kommt nicht von ungefähr. Und ich stimme dir zu. Mir ist auch nicht wohl dabei, sie hier allein zu lassen. Weiß der Teufel, was sie anstellen wird, wenn wir erst einmal weit weg und auch nicht so schnell zu erreichen sind.«

»Dann bleibe ich ganz einfach hier, und wir fahren später einmal auf eine der Inseln vor der Küste. Oder woandershin, wenn du die Inseln nicht magst.«

»Doch natürlich mag ich die Inseln. Ich war als Kind oft dort, mittlerweile fehlt mir die Zeit. Aber ich habe kein gutes Gefühl dabei, dass du allein hier zurückbleibst.« Er strich ihr eine Haarsträhne aus dem Gesicht.

»Ich bin doch gar nicht allein. Evi ist hier, und ich habe Dörte, meinen Vater und die Angestellten im Kontor. Außerdem hatte ich Dörte versprochen, ihre Trauzeugin zu sein. Dass sie heiratet, während wir in Indien sind, würde ich mir niemals verzeihen. Und sie mir auch nicht.« Greta nickte schuldbewusst.

»Könnte vielleicht die Möglichkeit bestehen, dass du nicht ganz seefest bist? Hast du vielleicht Angst vor einer Schiffsreise?« Unter Carls püfendem Blick schlug Gretas Herz schneller. Er hatte sie durchschaut, doch konnte sie es nicht zugeben.

»Eventuell, vielleicht ein wenig. Ab und an wird mir übel, aber nur bei starkem Seegang.«

»Greta! Du bist ein Kind des Nordens. Wie kannst du da seekrank werden?«

»Ich denke, auch nicht jeder, der in den Bergen wohnt, ist schwindelfrei. Das eine hat doch nichts mit dem anderen zu tun. Mir wäre es am liebsten, wenn du auch hierbleiben würdest. Musst du denn unbedingt so weit reisen?«, flehend blickte sie ihren Mann an, dass er seine Meinung vielleicht doch noch ändern würde.

Carl seufzte tief. »Ich wünschte, wir könnten das Problem anderweitig lösen. Aber meine Anwesenheit ist dort von Nöten. Ich verspreche dir, dass ich so schnell ich kann wieder nach Hause komme.«

Kurz schloss Greta die Augen. »Ich habe Angst, Carl.«

Sanft verteilte Carl kleine Küsse auf ihrem Gesicht. »Hab Vertrauen. Es wird alles gut gehen, und bald sind wir wieder vereint, meine geliebte Greta.«

Am Abend teilte Carl seine Entscheidung, nach Indien zu reisen, mit.

»Indien? Das ist doch unendlich weit weg«, rief Evi erschrocken auf. »Hast du denn keine Angst?«

Carl schmunzelte. »Es sind Menschen wie wir auch. Warum sollte ich also Angst haben?«

»Ich meine ja nicht vor den Menschen. Aber so eine lange Reise birgt doch Gefahren. Ich habe gehört, in Indien soll es Tiger geben.«

»Ja, aber die gibt es hier auch«, versuchte er zu beschwichtigen.

»Aber hier gibt es einen Zaun um die Tiere«, murmelte Greta und schob das Essen lustlos auf ihrem Teller hin und her. Ihr war der Appetit gänzlich vergangen, sosehr fürchtete sie sich vor Carls Abreise. Wie lange er wohl unterwegs sein würde?

»Nun, wenn ich einem Tiger begegnen werde, klettere ich einfach auf einen Elefanten.«

Sein Witz kam bei den Frauen nicht wirklich an. Seine Mutter sah ihn prüfend an. »Wirst du zum Sechswochenamt für Vater gar nicht mehr in Hamburg sein?«

»Ich reise einen Tag später ab.« Über den Tisch hinweg drückte er die Hand seiner Mutter. »Selbstverständlich bleibe ich bis zum Gedenken an Papa hier.«

Vera nickte unmerklich.

Seine Mutter schien in den letzten Wochen um Jahre gealtert zu sein. Hatte sie sonst immer auf ein tadelloses Aussehen Wert gelegt, so war ihr Haar heute nachlässig frisiert. Sie trug ein schwarzes Kleid, das ihren Teint fahl aussehen ließ. Dunkle Ringe zeichneten sich unter ihren müden, stumpfen Augen ab, und ihre Lippen waren zu einer schmalen Linie zusammengekniffen. Sie war ein Schatten ihrer selbst geworden, ganz so, als hätte Cornelius bei seinem Tod einen Teil von ihr mit ins kalte Grab genommen.

»Danke, mein Sohn«, sagte sie leise und trank einen Schluck Wein.

»Wir werden dich ebenfalls begleiten«, bekundete Greta und sprach auch für Evi, die zustimmend nickte.

»Das ist sehr freundlich von euch. Ich weiß, dass Cornelius das viel bedeutet hätte.« Vera blickte abwechselnd Greta und Evi an, versuchte sich an einem Lächeln. Dann wanderte ihr Blick zum Kopfende des Tisches, an dem Cornelius immer gesessen hatte.

Auch Carl blickte in diese Richtung. Sein Vater fehlte ihm. Nicht nur als Tischnachbar, sondern als Gesprächspartner und guter Ratgeber. Er war sich nicht ganz sicher, ob diese Reise nach Indien eine gute Idee war. Sein Vater hätte gewusst, was zu tun wäre. Doch jetzt war er das Familienoberhaupt, und sein Vater hatte enorme Fußstapfen hinterlassen, in die Carl zu treten hatte. Die Zukunft würde zeigen, ob sie nicht zu groß für ihn waren.

Am Sonntagnachmittag fuhr Greta zu der Villa ihres Vaters auf der anderen Seite der Alster. Sie hatte neben den Geschenken auch eine Schwarzwälder Kirschtorte im Gepäck, die Martha extra angefertigt hatte. Üppig hatte sie den Kuchen mit Schokoladenraspeln bedeckt, und Greta war sicher, dass sie sich damit bei den Kindern beliebt machen konnte.

Hupend hielt sie vor der Villa, und sofort stürmten zwei Kinder auf sie zu.

»Bist du Greta?«, rief der Junge schon von Weitem, lief schnell auf sie zu. Staunend blieb er vor dem Automobil stehen. »Bist du das ganz allein gefahren?«

»Ja, bin ich«, erklärte Greta nicht ganz ohne Stolz in der Stimme. »Ich habe einen Führerschein. Wenn du alt genug bist, kann ich dir auch das Fahren beibringen.«

»Kinneslüüd! Das wäre was! Aber ich bin doch erst zwölf«, rief er überschwänglich.

»Mama hat gesagt, du sollst nicht Platt schnacken.« Ein Mädchen mit blonden Zöpfen blieb neben Greta stehen, musterte sie unauffällig. »Guten Tag, ich bin Clara.« Sie reichte Greta die Hand und machte einen Knicks. Sie war ungefähr zwei Jahre älter als ihr Bruder.

»Hallo Clara, wie schön euch beide kennenzulernen. Ich bin Greta und bald eure Stiefschwester.«

»Ich bin Hans.« Der kleine Mann reichte Greta ebenfalls die Hand, machte artig einen Diener. Er sah etwas merkwürdig aus. Seine Arme und Beine schienen viel zu lang für seinen Körper. Er trug Hosen, die ihm ein wenig zu kurz waren, wohl weil sie mit Hosenträgern gehalten wurden, da er so dünn war. Das kurze dunkelblonde Haar war ordentlich gescheitelt. Sein kurzärmliges weißes Hemd hatte er bis auf den letzten Knopf geschlossen. Er sah wie ein Musterschüler aus. Clara trug eine cremefarbene Bluse zu einem dunkelblauen Rock und Kniestrümpfen. Vermutlich hatten sich die beiden so chic gemacht, um bei Greta einen guten Eindruck zu hinterlassen.

»Kommt, helft mir, die Torte ins Haus zu tragen. Clara, übernimmst du das?«

Sie reichte die Torte in einem Behälter weiter. Hans drückte sie den Korb mit den Geschenken in die Hand. Gemeinsam gingen sie um das Haus herum, direkt in den Garten. Dort war der Kaffeetisch gedeckt.

Johanna erhob sich, um Greta zu begrüßen. »Wie schön, dass du da bist. Die Kinder waren ganz aufgeregt.«

»Wir haben uns schon kennengelernt.«

»Greta bringt mir das Automobilfahren bei«, rief Hans zappelig und setzte sich auf seinen Platz.

»Hallo, Papa. Wie geht es dir?«

Greta drückte seine Hand.

»Danke gut, mein Kind. Setz dich zu uns. Du hast also Clara und Hans schon begrüßt.« Levi lehnte sich auf seinem Stuhl zurück und lächelte glücklich.

Geschickt schnitt Johanna den Kuchen an und verteilte die Stücke auf den Tellern. Hans stach sofort mit der Gabel in sein Kuchenstück und schob es sich in den Mund. »Hans! So warte doch, bis wir alle sitzen.«

»Tu isch doch«, nuschelte er mit vollem Mund.

Sanft lächelte Greta. So etwas hatte sie immer schmerzlich vermisst. Eine richtige Familie. Gern hörte sie den kleinen Streitgesprächen der Kinder zu. Wie sehr wünschte sie sich eigene Kinder, die streitend durch den Garten liefen. Unbewusst strich sie über ihren Bauch. Ob das jemals geschehen würde? Nicht, wenn Carl erst einmal für Monate nach Indien fuhr.

»Wie geht es Carl?«, unterbrach Levi ihre Gedanken. Er faltete die Serviette auseinander, legte sie auf einem Knie ab und sah sie abwartend an.

»Sehr gut. Aber er muss in den nächsten Wochen nach Indien reisen. Er hat gefragt, ob ich mit ihm komme, aber eine so lange Schiffsreise würde ich nicht überleben.« Sie lächelte entschuldigend.

»Wo ist das, Indien?«, fragte Hans interessiert.

»Das ist ein Land in Asien. Auf einem anderen Kontinent. Dort wachsen viele der Gewürze, die wir im Kontor verkaufen«, erklärte Greta gern.

»Gibt es dort wilde Tiere?« Hans rutschte unruhig auf seinem Stuhl hin und her. Sein Mund war mit Schokolade verschmiert.

»Natürlich, du Döspaddel, da gibt es Affen, Elefanten und Tiger«, erklärte Carla altklug.

»Und Schlangen«, fügte Hans hinzu.

»Ihhh, ich mag keine Schlangen. Niemals nicht würde ich eine anfassen.« Clara schüttelte sich theatralisch, um ihre Schlangenphobie zu untermalen.

»Ich wünschte, er müsste nicht fahren, ich habe ein ganz schlechtes Gefühl dabei.« Greta sah traurig in die Runde. »Ich habe Angst, dass ihm etwas zustößt. So ganz allein.«

Levi griff über den Tisch hinweg nach der Hand seiner Tochter und drückte sie. »Mach dir keine Sorgen, mein Kind. Dein Carl ist ein gescheiter junger Mann, der weiß, was er tut. Er geht keine unnötigen Risiken ein. Du musst Vertrauen haben.«

»Aber du sagst selbst immer, dass die Lage ungewiss ist. Was, wenn wieder ein Krieg ausbricht und er nicht hier ist?«

»So schnell wird es keinen Krieg mehr geben. Nicht auf deutschem Boden, Greta. Die Welt hat aus den letzten Jahren gelernt.« Levi sprach mit solcher Zuversicht, dass Greta erleichtert ausatmete.

»Ich hoffe, du behältst recht, Papa. So und nun habe ich hier ein paar Geschenke, die ich gerne verteilen möchte.«

Zuerst überreichte sie Levi eine Kiste Zigarren, die sie schnell besorgt hatte, zusammen mit einem kleinen Karton für Johanna, der gefüllt war mit einer Menge Gewürze. Die Kinder warteten geduldig ab, bis sie an der Reihe waren.

»Dann habe ich hier noch zwei kleine Päckchen.«

Hans riss als Erster das braune Packpapier auf und hielt das Schweizer Messer in den Händen. »Oh, schaut nur. So eines habe mir schon immer gewünscht. Jetzt kann ich mir endlich eine Angel schnitzen. Danke, Greta!« Er sprang auf und fiel ihr um den Hals.

»Bitteschön. Ich wusste doch, dass es genau das richtige Geschenk für dich ist.«

Hans sah seine Schwester erwartungsvoll an. Carla packte ihr Geschenk sehr behutsam aus. Als sie den schönen Flakon erblickte, hielt sie ihn in die Höhe. »Schaut mal, funkelt das Glas nicht wunderschön?«, rief sie begeistert.

»Riech mal daran, ob dir der Duft gefällt.« Greta war genauso aufgeregt wie die Kinder. Es machte ihr so viel Freude, die beiden zu beschenken und um sich zu haben.

Vorsichtig öffnete Carla den Flakon und schnupperte daran. Dann überlegte sie. »Es riecht nach Lavendel.«

»Ja, vor allem aber nach Veilchen und Rosen, wenn du dich auf die einzelnen Duftnoten konzentrierst.«

Sie gab einige Tropfen auf ihr Handgelenk, dann roch sie daran. »Es riecht himmlisch. Vielen Dank, liebe Greta.« Ihre Wangen flammten rosa auf.

»Da nicht für.«

Johanna blickte sie liebevoll an. »Danke, Greta. Das ist sehr lieb von dir.«

»Ich muss doch meine Geschwister irgendwie bestechen«, erklärte sie mit einem Grinsen auf den Lippen.

»Du kannst ja nächsten Sonntag wiederkommen«, rief Hans und rannte in den Garten, um nach einem passenden Stock zu suchen.

»Pass auf, dass du dich nicht schneidest«, rief Johanna ihm hinterher, doch er tat so, als hätte er nichts gehört.

»Hab Vertrauen. Er ist ein kluger Bursche«, beschwichtigte Levi und steckte sich genussvoll eine Zigarre an.

»Klüger, als du denkst«, erklärte Johanna, sie berührte liebevoll seine Hand. »Wenn er sich schneidet, braucht er die nächsten Wochen keine Hausaufgaben zu machen.«

Kapitel 42

Einen Tag, nachdem sie den Gottesdienst besucht hatten, um Cornelius zu gedenken, packte Carl seine Koffer.

»Ich werde nicht sehr viel brauchen. In Indien ist es warm.«

Trotzdem reichte Greta ihm einen dicken Pullover. »Vielleicht ist er ja doch von Nutzen. Auf See ist es kalt, gerade in den Nächten.« Sie schaffte es nicht, ihm dabei in die Augen zu schauen. Immer wieder rang sie mit sich, ob sie nicht doch mitreisen sollte. Doch ihre Angst vor der Überfahrt war zu groß. Sie dachte an die Worte ihres Vaters, dass sie Vertrauen haben musste.

Mit schnellen Handgriffen packte Carl zwei Koffer für den nächsten Tag, stellte sie dann neben der Tür ab.

»Greta, komm her zu mir.« Er zog sie an der Hand zu sich, schloss sie in seine Arme. »Was ist los?«

Leise seufzte Greta. »Ich habe Angst um dich, weil ich kein gutes Gefühl bei dieser Reise habe.«

Carl küsste ihre Schläfe. »Ehe du dich's versiehst, werde ich wieder hier sein. Und dann werden wir uns endlich um unsere kirchliche Trauung kümmern. Du kannst dir in der Zwischenzeit schon mal ein Hochzeitskleid schneidern lassen. Du sollst die schönste Braut sein, die die Welt je gesehen hat.« Mit flinken Fingern knöpfte er ihre Bluse auf, streifte sie ihr von den Schultern.

»Was machst du da?«, fragte Greta atemlos, obwohl sie genau wusste, worauf das hier hinauslaufen würde.

»Ich will auf diese Reise etwas mitnehmen, an das ich mich jede Nacht erinnern kann.« Kleine Küsse drückte er auf ihre zarten Schultern, löste den Büstenhalter, den sie statt eines Korsetts trug. Schnell öffnete sie den Verschluss ihres Rocks, schob ihn über ihre Hüften, dass er auf dem Boden zu ihren Füßen landete. Als Carl sie auf seine Arme nahm, stieß Greta einen überraschten Laut aus. Mit schnellen Schritten trug er sie aus dem Ankleidezimmer hinüber ins Schlafzimmer und legte sie auf dem Bett ab. Greta war nackt, wie Gott sie schuf, und fühlte keine Scham dabei. Sie war seine Frau und wollte, dass Carl sie begehrte.

»Du bist so wunderschön.« Seine Blicke schienen sie verschlingen zu wollen.

»Zieh dich aus«, forderte Greta und beobachtete ihn ausgiebig dabei. Sie wandte ihren Blick nicht mehr beschämt ab, wie sie es zu Anfang getan hatte. Sie kannten sich mittlerweile so gut, dass es keinen Raum mehr für Hemmungen gab. Sie waren ein Ehepaar und liebten sich.

Carl legte sich zu ihr ins Bett und zog sie mit einer schnellen Bewegung auf seinen Körper. »Das ist es, woran ich mich erinnern will. Deine weiche Haut auf meiner.«

Deutlich spürte Greta seine Erregung an ihrem Bauch und lächelte. »Und daran will ich mich jeden Abend erinnern, bis du wieder da bist.«

Sie rutschte höher, richtete sich auf, und mit einer sanften Bewegung drang er in sie ein.

»Tue ich dir weh?«, fragte er besorgt. Sie waren seit ihrem Krankenhausaufenthalt nicht mehr intim gewesen, weil die Ärzte ihnen geraten hatten, einige Wochen zu warten. Nun schüttelte Greta lächelnd den Kopf. »Nein, natürlich nicht. Es fühlt sich großartig an.« Sanft bewegte sie sich. Carl überließ ihr das Tempo. Er ging vorsichtig mit ihr um, was Greta ganz und gar nicht gefiel.

»Carl, ich bin nicht aus Zucker, du kannst mich ruhig anfassen. Wenn es mir zu viel wird, werde ich es dir schon sagen.« Sie legte den Kopf in den Nacken und bewegte sich schnell, sodass Carl leise aufstöhnte.

Mit den Händen umfasste er ihre Brüste, strich mit den Daumen über ihre Spitzen, die sofort hart wurden.

»Ja, fester«, hauchte sie und empfand eine Wonne, die sie schon sehr lange nicht mehr gespürt hatte.

»Ist es so gut?« Carls Stimme war tief und fordernd.

»Ja, das ist köstlich.«

»Ich könnte es nicht besser beschreiben.« Er hörte sich an, als würde er Höllenqualen leiden.

»Carl!«, keuchte Greta auf und er hob sein Becken an, sodass Greta nach vorn auf seine Brust fiel. In diesem Augenblick explodierten wieder diese bunten Lichter vor ihren Augen. Ihr Blut rauschte so laut in den Ohren, dass sie für Sekunden nichts anderes hörte als ihren eigenen Herzschlag.

Carl stöhnte laut auf, und sie spürte, wie er sich warm in ihr ergoss. Seine Arme schlossen sich eng um ihre schmale Taille. So lagen sie eine ganze Weile, und Carl hielt sie so beharrlich, als wollte er sie niemals wieder loslassen. Selbst als sie wenig später einschliefen, waren ihre Körper immer noch fest miteinander verschlungen.

Carl wurde von Greta, Evi und seiner Mutter zum Hafen gebracht, wo er ein Schiff in Richtung England bestieg. Er wusste, wie schwer es für Greta sein musste, ihn gehen zu lassen. Alle drei Frauen winkten mit weißen Spitzentaschentüchern, während er an der Reling stand und ihnen ebenfalls zum Abschied winkte.

Von Greta hatte er sich bereits am frühen Morgen in ihrem Schlafzimmer innig verabschiedet. Er hatte sie in seine Arme gezogen und immer wieder geküsst. »Die müssen für einige Wochen reichen«, erklärte er schelmisch. Doch es gab wohl nichts, was Greta an diesem Tag aufheitern konnte. Sie hatten sich liebevolle Worte und Liebesversprechungen zwischen den Küssen zugeflüstert, bis es Zeit war aufzubrechen.

»O mein Gott, das ist so aufregend«, rief Evi und strich sich das Haar aus dem Gesicht. Heute herrschte eine ordentliche Brise. Die Flaggen des Schiffs tanzten im Wind.

Greta winkte mechanisch, ihr Lächeln wirkte gekünstelt. Das ungute Gefühl, das sie in den letzten Tagen beschlichen hatte, verstärkte sich jetzt noch mehr. Es lag nicht daran, dass sie Angst vor einer Seereise hatte. Ihre Vorahnungen gingen tiefer. Etwas Unheimliches berührte ihre Seele, und ihr Instinkt warnte sie. Doch all das war völlig egal, denn Carl befand sich auf dem Schiff, das langsam den Hafen verließ und ihn von ihr fortbrachte. Viele Seemeilen von ihr entfernt, weg von ihrem beschützten und sorgenfreien Leben.

»Mach es gut, mein Geliebter«, sagte sie erneut. Das waren die Worte gewesen, die sie ihm zugeflüstert hatte. Nun verflogen die Worte ungehört im Wind. Sie winkte so lange, bis ihr Arm schmerzte und das Schiff nur noch als kleiner Punkt am Horizont zu erkennen war. Ihre Tränen hatte der Wind längst getrocknet, doch sie schmeckte noch immer das Salz auf ihren Lippen.

Überrascht stellte Greta am Montagmorgen fest, dass Vera an Carls Schreibtisch saß, als sie das Kontor um acht Uhr betrat. Sie warf Evi einen fragenden Blick zu, die hinter ihr die Tür schloss.

»Was macht denn Vera hier?«, fragte Evi flüsternd.

»Keine Ahnung, aber das werden wir gleich erfahren.« Zielstrebig stieg Greta die Holztreppe zu den Chefbüros hinauf, betrat Carls Raum, ohne an die Tür zu klopfen. »Guten Morgen, Vera! Kann ich dir irgendwie helfen?«, fragte sie freundlich, wenn auch auf der Hut.

Vera blickte auf, nachdem sie in einem Buch geblättert hatte. Wie Greta aus dem Augenwinkel erkennen konnte, war es das Geschäftsbuch, in dem alle Vorgänge festgehalten wurden. »Nein, ich komme zurecht. Kann ich *dir* irgendwie helfen? Schließlich arbeite ich seit Jahrzehnten im Kontor und hatte mich nur zurückgezogen, nachdem Carl das Ruder übernommen hatte. Doch jetzt, wo Cornelius nicht mehr lebt, und Carl auf Reisen ist, denke ich, dass es das Beste ist, wenn ich mich wieder mehr einbringe.«

Diesen Brocken musste Greta erst einmal verdauen. »Ich arbeite zwar noch nicht so lange wie du hier, bin aber auch in alle Vorgänge eingeweiht. Wir kommen gut zurecht. Ist es mit Carl abgesprochen, dass du hier seinen Posten besetzt?« Greta konnte es nicht glauben, dass Carl gefahren war, ohne sie darüber zu informieren.

»Ja«, behauptete Vera entschlossen und blickte Greta abwartend an.

Konnte das wirklich wahr sein? Vera war so überzeugend, dass sie Zweifel säte. Vielleicht hatte Carl vergessen, mit ihr darüber zu sprechen. Oder er hatte nichts gesagt, weil er wusste, wie Greta darauf reagieren würde. Wie auch immer, ihr war klar, dass dies Ärger bedeuten würde.

»Sag mal, Greta, ist dir aufgefallen, dass die Bestände nicht stimmen können?«

Wusste sie es doch.

»Nein, Vera. Es ist mir nicht aufgefallen, weil ich dafür eigentlich nicht zuständig bin.«

»So? Wer ist dann dafür zuständig?«

»Herr Klaasen und Manni Weseke, der ihn bei dieser Arbeit unterstützt.«

»Dann werde ich wohl mit Herrn Klaasen sprechen müssen. Schickst du ihn bitte zu mir?«

Innerlich schnaufte Greta auf. Sie war nicht ihre Sekretärin, dennoch nickte sie. Alle Zeichen standen auf Krieg, und sie wollte nicht noch Öl ins Feuer gießen. »Natürlich, Vera. Sobald ich ihn sehe, schicke ich ihn zu dir.«

»Ist er denn noch nicht an seinem Arbeitsplatz?« Die Entrüstung darüber stand Vera ins Gesicht geschrieben.

»Ich denke schon. Er wird im Lager sein. Vielleicht überprüft er in eben diesem Moment die Bestände.« Greta kam nicht umhin, Vera diesen Seitenhieb zu verpassen, dann machte sie auf dem Absatz kehrt und ging in ihr Büro, wo sie erst einmal tief ausatmen musste. Das konnte ja heiter werden.

Sie sah, wie Vera den Raum verließ.

»Wo will sie hin?«, rief sie Evi von der Tür aus zu.

»Ins Lager!«

Und sie hatte gehofft, dass Vera wieder nach Hause fuhr, doch das wäre zu schön, um wahr zu sein.

Kapitel 43

Dass Vera sich so lange im Lager aufhielt, versetzte Greta in Unruhe. Daher machte sie sich auf den Weg und suchte nach ihr. Im mittleren Stockwerk, wo die Gewürze gelagert wurden, die schnell umgeschlagen wurden, weil sie beliebt und gängig waren, vernahm sie Stimmen. Greta konnte nicht genau hören, was gesprochen wurde, aber es war eindeutig Vera, die auf eine andere Person einredete. Sie stand auf der Schwelle und wusste nicht, ob sie sich zurückziehen oder bemerkbar machen sollte.

»Wie Sie wünschen, Frau von Löwenstein!«, hörte Greta jemanden sagen und erkannte die Stimme. Es war Felix Wunderlich. Das veranlasste Greta dazu, sich laut zu räuspern, und sie betrat das große Lager.

»Greta! Was tust du hier?«, fragte Vera erschrocken und sah ertappt aus.

»Die Bestände überprüfen, so wie du es angeordnet hast.«

»Diese Aufgabe habe ich gerade Herrn Wunderlich übertragen.«

Greta hob eine Augenbraue. »So, er ist aber für die Buchhaltung zuständig.«

»Ich habe meine Arbeit bereits erledigt und hätte Zeit, die Bestände zu überprüfen«, sagte er schnell. Zu schnell, als dass es sich aufrichtig anhörte.

Mit bohrendem Blick sah Greta ihn an, doch er schaute weder zu Boden, noch zwinkerte er nervös. »Nun gut, dann bin ich ja entlastet.«

Greta verließ den Raum und stieg die Treppe hinauf in den sechsten Stock. Dort traf sie Ole Harms, der gerade einem jungen Mitarbeiter den Kopf wusch.

»Na, da komme ich ja gerade richtig, um den jungen Mann zu retten«, rief Greta mit einem Grinsen auf den Lippen.

»Frau von Löwenstein. Bitte retten Sie mich vor dieser Tranfunzel. Die jungen Leute von heute sind für nix zu gebrauchen.«

Der Jungspund hatte bereits das Weite gesucht und machte sich daran, Säcke aufeinanderzustapeln.

»Wie kann ich Ihnen helfen, Frau von Löwenstein?«

»Ich hätte gerne Ihre Meinung gehört, Herr Harms. Meine Schwiegermutter ist der Meinung, dass der Bestand nicht stimmen kann. Können Sie etwas dazu sagen?«

Harms nahm seine Schlägermütze ab, strich sich das verschwitzte Haar aus dem Gesicht. »Verdächtigen Sie uns Mitarbeiter?«, fragte er ernst.

»Nein, bitte verstehen Sie mich nicht falsch. Ich habe niemanden im Verdacht, weil ich der Meinung bin, dass es gar keinen Fehlbestand gibt«, erklärte Greta leise. Sie wollte verhindern, dass jemand sie belauschte. »Doch wenn es so ist, hätte ich gerne Ihre Meinung gehört, wem Sie so etwas zutrauen würden.«

Er kratzte sich den Kopf, atmet tief aus. »Nun, ich würde mal so sagen, bisher hat es nie Beschwerden gegeben, dann wird jemand Neues eingestellt und es fehlt etwas. Ist schon merkwürdig, oder?«

Greta machte große Augen. »Sie spielen auf Wunderlich an?«

»Dieser Glattsnacker. Geht der Ihnen nicht auch auf den Zwirn mit seinem Getue. Ich will ja niemanden beschuldigen und habe auch nix gesehen, aber komisch ist es schon.«

Das konnte Greta nicht widerlegen. Sie würde Felix Wunderlich genauer unter die Lupe nehmen müssen. »Halten Sie bitte Augen und Ohren offen.«

»Wird gemacht, Frau von Löwenstein.« Harms setzte die Mütze wieder auf und ging zurück an seine Arbeit.

Am Nachmittag sprach Greta auch Bruno Klaasen darauf an, doch er hatte ebenfalls bisher nichts feststellen können. Langsam begann Greta daran zu zweifeln, ob Vera überhaupt recht hatte. Sie würde am Wochenende die Bestandslisten mit nach Hause nehmen und diese selbst überprüfen.

Vorsorglich behielt Greta Wunderlich im Auge, der auffallend viel mit Evi flirtete. Sie lachten ausgelassen, und ihre Wangen waren ständig gerötet. Greta musste zugeben, der Mann sah gut aus, war extrem charmant, aber war er auch aufrichtig? Um Evis Seelenheil hoffte sie es.

Am nächsten Tag war Vera wieder als Erste im Büro. Sie hatte sich beim Abendessen entschuldigen lassen, und da Evi ins Kino gegangen war, hatte Greta das Essen in ihrem Salon eingenommen. Sie hatte ohnehin wenig Appetit, seit Carl auf See war.

Kaum hatte sie ihren Mantel an den Haken gehängt, da sah sie, wie Wunderlich das Großraumbüro verließ. Er benahm sich merkwürdig, und Greta gingen Harms' Worte nicht aus dem Kopf. Aus einem Impuls heraus machte sie sich auf den

Weg und folgte ihm unauffällig. Sie hörte seine Schritte auf der Treppe, wie er das Stockwerk darüber betrat. Dort lagerten die empfindlichen Gewürze, die vor der Sonne geschützt werden mussten.

Es waren auch die, die am teuersten gehandelt wurden.

Mit schnellen Schritten lief Greta die Treppe empor, betrat den Raum. Felix Wunderlich stand vor dem Regal, in dem sie die Safranfäden aufbewahrten.

»Kann ich Ihnen helfen«, fragte Greta laut, als sie dicht hinter ihm stand.

Erschrocken fuhr er herum und stieß Greta beinah um. Aus einem Reflex heraus griff er nach ihr, und sie hielt sich an seinen Oberarmen fest. »Bitte entschuldigen Sie, Frau von Löwenstein. Das hätte ja beinah einen Unfall gegeben. Geht es Ihnen gut?«

»Ja danke, es ist ja nichts geschehen.« Sie sollte sich losmachen, doch Wunderlich hielt sie fest.

Stimmen waren auf der Treppe zu hören.

»Bitte lassen Sie mich los«, forderte sie, doch er hörte gar nicht zu, dafür neigte er unvorhergesehen den Kopf, als die Stimmen lauter wurden, und küsste sie.

»Was machen Sie denn da?«, rief sie, doch ihre Worte wurden von seinen Lippen aufgefangen. Greta wollte sich gegen den Kuss wehren, doch Wunderlich drückte sie mit seinem gesamten Gewicht gegen das Regal und erlahmte so all ihre Gegenwehr.

»Was geht denn hier vor?«, rief Vera erschrocken aus, als die den Raum betrat.

Greta schaffte es endlich, sich von Wunderlich zu befreien. Mit schnellen Schritten ging sie auf Abstand und versuchte, ihre Kleidung zu glätten, strich sich das Haar aus dem Gesicht.

»Greta! Was ist in dich gefahren? Wieso küsst du Felix?« Evi sah sie völlig verstört an, als sie hinter Vera erschien. Mit im Schlepptau waren Fräulein Hubertus, Manni Weseke und Bruno Klaasen.

»Was machen Sie alle hier?«, fragte Greta schockiert.

»Das würden wir gerne von dir wissen! Wie kannst du es wagen, einen anderen Mann zu küssen? Kaum ist Carl aus dem Haus, da wirfst du dich dem nächstbesten Junggesellen an den Hals. Du solltest dich schämen« Vera trat drohend auf sie zu.

»Aber das stimmt doch gar nicht!«

»Natürlich stimmt das. Ich habe zum Glück Zeugen, sonst würde Carl mir deine Untreue niemals glauben. Sie haben das doch alle genau gesehen, nicht wahr?« Vera blickte sich zu den Angestellten um.

Zögerlich begann der Erste zu nicken, alle anderen folgten.

»Aber das ist ein Irrtum. Herr Wunderlich, nun sagen Sie doch auch mal was«, fuhr Greta ihn an.

»Was soll ich dazu sagen? Wir haben uns geküsst. Und das nicht zum ersten Mal.« Er grinste breit.

»Wie bitte?« Greta traute ihren Ohren nicht.

»Greta!«, rief Evi entrüstet. »Wie kannst du mir so etwas antun?« Zorn flammte in ihrem Blick auf. Und auch Fräulein Hubertus gab einen abfälligen Kommentar von sich, den Greta nicht richtig verstehen konnte. In ihren Ohren rauschte es laut, und sie hatte Schwierigkeiten, Luft zu bekommen.

»Ich werde nicht dulden, dass du meinem Sohn Hörner aufsetzt. Verschwinde aus der Firma und aus unserem Haus.« Vera baute sich bedrohlich vor ihr auf, obwohl sie kleiner als

Greta war. Greta war so überfordert mit dieser absurden Situation, dass sie dem nichts entgegenzusetzen hatte. Sie blickte erneut zu Wunderlich, hoffte, dass er das Missverständnis richtigstellen würde, dass er allen erklärte, dass das nur ein schlechter Scherz war, doch er schwieg beharrlich. Sein Blick ruhte auf Evi, die bitterlich zu weinen begann. Wunderlich wollte sie trösten, doch sie stieß ihn von sich, verließ den Raum und rannte die Treppe hinunter.

»Warum tun Sie das, Herr Wunderlich? Was haben Evi und ich Ihnen getan?«, rief Greta verzweifelt. »Ich kann Ihnen versichern. Da ist nichts zwischen uns.« Greta blickte in die Gesichter der Angestellten, und ihr wurde klar, dass niemand ihr wirklich glaubte.

Vera goss noch mehr Öl ins Feuer. »Jetzt wissen wir ein für alle Mal, dass du nur hinter Carls Vermögen her bist. So wie ich von Anfang an vermutet hatte. Aber was will man auch von der Tochter eines Juden erwarten. Geld ist euch doch immer das Wichtigste. Und nun pack endlich deine Sachen und verschwinde, bevor ich die Polizei rufe.«

Der Hass, der Greta entgegenschlug, war einfach zu viel für sie. Sie begann fürchterlich zu zittern, und Tränen rannen ihr die Wangen hinab.

»Carl hat wirklich etwas Besseres verdient.« Vera trat auf sie zu und schlug ihr mit der flachen Hand ins Gesicht.

Erschrocken schnappte Greta nach Luft. Sie fasste an ihre Wange, die wie Feuer brannte. Ganz automatisch setzten sich ihre Beine in Bewegung, sie blieb vor Klaasen stehen, hoffte, dass er ihr helfen würde. Doch dieser schüttelte nur enttäuscht den Kopf, blickte dann zu Boden. Er hatte Angst um seinen Arbeitsplatz, das wurde Greta in diesem Moment klar. Vera von Löwenstein hatte immer noch eine Menge Einfluss, auch jetzt, womöglich sogar noch mehr als je zuvor.

»Was ist denn hier los? Das Geschrei ist ja im ganzen Block zu hören!« Jetzt betrat Jan den Raum, blickte von einem zum anderen.

»Diese Frau hat meinen Carl aufs Tiefste beleidigt und betrogen. Greta hat Wunderlich geküsst und vermutlich schon länger eine Affäre mit ihm. Sie muss das Kontor augenblicklich verlassen, sonst kann ich für nichts mehr garantieren«, wetterte Vera los, bevor Greta überhaupt etwas sagen konnte.

Jan starrte sie ungläubig an. »Ist das wahr? Hast du ihn geküsst?«

Was sollte Greta dazu sagen. Stumm verharrte sie auf der Stelle.

»Verschwinde! Sofort!«, rief jetzt auch Jan.

Erschrocken zuckte Greta zusammen. Damit hatte sie nicht gerechnet. Als wäre der Teufel hinter ihr her, raffte sie ihren Rock und rannte hinaus. Im Büro holte sie ihre Handtasche, schnappte sich die Autoschlüssel und verließ auf dem schnellsten Weg die Speicherstadt.

Sie brauchte drei Anläufe, bis sie es schaffte, das Automobil anzulassen. Als es endlich lief, gab sie Gas und stieß beinahe mit einem anderen Wagen zusammen. Blind vor Tränen fuhr sie weiter. Es half ihr, dass sie sich auf den Verkehr konzentrieren musste, so konnte sie ihre Gedanken sortieren. Sie brauchte Zeit, um über all diese Dinge nachzudenken. Ihr war immer noch nicht klar, was hier geschehen war. Das war alles ein riesiger Irrtum, und sie wusste genau, wer dahintersteckte. Anders konnte es gar nicht sein. Als sie vor der Villa hielt, wusste sie zumindest, was zu tun war.

Kapitel 44

Wild entschlossen riss Greta ihren Koffer aus dem Schrank, mit dem sie hier eingezogen war, warf die Sachen hinein, die ihr gehörten. Der braune Koffer war alt und rissig, aber er gehörte ihr allein. Sie nahm nur ein paar Kleidungsstücke mit, Unterwäsche und Schuhe. Greta hatte nicht vor, für immer zu gehen.

Sie würde warten, bis Carl endlich wieder zu Hause war. Vielleicht würde sie ihm einen Brief schreiben, um ihr Handeln zu erklären. Es gab keinen Grund hierzubleiben. So würde sie sich nicht weiter behandeln lassen. Das ließ ihr Stolz nicht zu. Und da sie im Augenblick in der schwächeren Position war, blieb ihr nichts anderes übrig, als erst einmal das Haus zu verlassen. Denn Vera schien fest entschlossen, sie zu vernichten. Wie konnte ein Mensch nur so hasserfüllt sein? Das war für Greta einfach unbegreiflich.

»Wo willst du hin?«

Erschrocken zuckte Greta zusammen. Am Türrahmen stand Evi gelehnt, die Augen vom Weinen gerötet.

»Ich ziehe zu meinem Vater, solange Carl in Indien ist. Evi, du musst mir glauben, ich habe Wunderlich nicht geküsst. Er hat sich zu mir heruntergebeugt. Urplötzlich. Ich bin ihm auch vorher noch nie nahegekommen. Das ist die Wahrheit. Ich liebe Carl, sonst niemanden.« Greta sah ihre Freundin verzweifelt an.

Evi nahm eine aufrechte Haltung ein und kam langsam auf sie zu. »Weißt du was, Greta? Ich glaube dir. Gestern noch hat Felix mir seine Liebe gestanden und ich ihm meine. Ich habe keine Ahnung, was in dieser Zeit geschehen ist, doch ich bin mir sicher, da geht etwas nicht mit rechten Dingen zu. Ich bin zwar nicht so menschenerfahren, wie du es bist, aber ich bin mir sicher, dass Felix es ernst meinte, als er mir sagte, er liebte mich.«

Greta setzte sich auf das Bett, und Evi ließ sich neben ihr nieder. »Ich kann mir vorstellen, wer dahintersteckt.«

Evi nickte. »Ich auch. Vera hat schon auf der Pferderennbahn versucht, dich aus dem Weg zu räumen«, flüsterte sie.

»Was? Woher weißt du das?«

»Ich habe es gesehen. Sie hat dich gestoßen, absichtlich.« Evis Worte waren kaum zu verstehen.

»Aber warum hast du das nicht schon viel eher gesagt? Ich hatte so eine Vermutung, konnte es aber bisher nicht beweisen. Selbst Carl schenkte mir keinen Glauben.«

»Ich hatte so große Angst, etwas zu sagen. Wenn Vera mich auch vor die Tür setzt, wüsste ich nicht, wohin. Ich habe doch niemanden mehr, und solange ich nicht volljährig bin, komme ich auch nicht an mein Erbe. Bitte verzeih mir, dass ich geschwiegen habe.«

Liebevoll drückte Greta Evis Hand. »Ich kann dich doch verstehen. Sich gegen Vera aufzulehnen ist fast unmöglich. Darum werde ich auch gehen. Es hat keinen Sinn, solange Carl nicht hier ist. Kannst du mir einen Gefallen tun? Sprich mit Felix und finde heraus, warum er das getan hat. Ich bin mir sicher, dass Vera ihre Finger im Spiel hat. Vielleicht hat sie ihn erpresst, mit was auch immer. Womöglich hat sie herausbekommen, dass er dich liebt und ihm deine Hand verwehrt, wenn er ihr nicht zu ihren Diensten ist. Ich habe keine Ahnung. Aber bis Carl wieder nach Hause kommt, muss ich etwas in der Hand haben. Mein Glück und meine Ehe stehen dabei auf dem Spiel.«

Evi nickte. »Ich werde dir helfen. Aber bitte verlass mich nicht.«

»Ich muss, Evi. Sie hat mich geschlagen, das hat noch nicht einmal mein Vater jemals gewagt. Wir wissen nicht, was Vera noch alles anstellt, um mich davonzujagen. Also lassen wir sie in dem Glauben, dass sie einen Sieg errungen hat. Wenn ich bleibe, würde ich dich auch in Gefahr bringen. Dir wird nichts geschehen, denn du bist für Vera die Tochter, die sie nie hatte. Sei aber trotzdem auf der Hut. Vor allem, lass sie nicht wissen, wie du für Felix fühlst, so lange du nicht weißt, ob die beiden nicht doch unter einer Decke stecken.«

Evi schluchzte auf. »Ich werde so einsam sein ohne dich.«

Liebevoll legte Greta den Arm um Evis Schultern. »Ich würde dich am liebsten mitnehmen. Doch das geht nicht. Ich brauche dich hier, als meine Augen und Ohren.«

Tapfer nickte Evi und brachte sogar ein kleines Lächeln zustande.

Carl blickte an dem großen Dampfer empor. Er sah majestätisch aus. So ein großes Schiff war ihm bisher noch nicht untergekommen. Drei große Schlotsteine ragten in den Himmel, stießen Dampf aus. Sein weißer Anstrich war wie neu. Gegen den dunklen Abendhimmel wirkte das erleuchtete

Schiff wie ein Konstrukt aus einer anderen Welt. Menschen liefen hektisch am Kai hin und her. Das Gepäck und weitere Ladung verschwand hinter den dicken Eisenwänden. Es sah aus, als würde es jedem Wetter trotzen können. Dennoch war die See aufgepeitscht. Er war nun seit drei Tagen in Southampton und wartete darauf, dass das Schiff endlich auslief. Schon zweimal war das Ablegen verschoben worden. Heute sollte es endlich losgehen. Obwohl es stark regnete, war der Kai überfüllt. Die Passagiere zogen in langen Reihen auf dem Schiff ein. Entschlossen fügte sich Carl in einer der Reihen ein, obwohl es bei der Menge an Leuten noch Stunden dauern würde, bis alle an Bord waren und das Schiff ablegen konnte.

Sorgenvoll blickte Carl in den Himmel. Er hatte in der Zeitung gelesen, dass ein Sturm sich näherte, und fragte sich, ob es eine gute Idee war, heute auszulaufen?

Der Wind frischte auf, und Regen peitschte ihm ins Gesicht. Er musste an Gretas Worte und ihr sorgenvolles Gesicht denken. An ihre wunderschönen grünen Augen, wie die Tränen in ihnen schimmerten bei seinem Abschied. Behielt sie am Ende recht? War diese Reise wirklich notwendig? Vielleicht sollten sie lieber einen Mitarbeiter suchen, der die ständige Vertretung in Bombay übernehmen konnte. Das würde ihm diese Reise ersparen. Carl wusste nicht, was richtig war. Sein Vater hätte es gewusst. Warum zum Teufel hatte er Carl so früh verlassen müssen? Er vermisste seinen Vater mehr, als er sich eingestehen wollte. Für ihn war Cornelius immer der Mann gewesen, der im Schatten seiner Frau gestanden hatte. Doch jetzt, nach dessen Tod, zeigte sich, dass Cornelius die Fäden im Hintergrund gesponnen hatte. Es war gar nicht notwendig gewesen, sich in den Vordergrund zu spielen.

Das Rampenlicht hatte er seiner Frau überlassen. Was war er nur für ein kluger Mann gewesen. Carls Herz krampfte sich schmerzhaft zusammen. »Ich vermisse dich, Vater«, murmelte Carl und blickte erneut an dem Schiff empor. Als hätte Cornelius seine Finger im Spiel, wusste Carl durch eine Eingebung, was zu tun war. Er nahm seine Koffer auf und setzte einen Fuß auf die Gangway.

Kapitel 45

Greta rechnete es ihrem Vater hoch an, dass er sie erst einmal in Ruhe ließ, als sie am Nachmittag in der Villa Belvedere ankam. Die Kinder waren natürlich ganz aus dem Häuschen, als sie hörten, dass Greta für einige Tage bei ihnen einzog. Sie hatte erklärt, dass sie so lange bei ihnen wohnen würde, bis ihr Mann von seiner Reise zurück war. Die Wahrheit brauchten sie nicht zu wissen. Doch Levi ahnte, dass dies nur eine Ausrede war, dafür kannte er seine Tochter viel zu gut.

Das Frühstück nahm sie am Morgen nur mit Levi und Johanna ein, weil die Kinder schon zur Schule aufgebrochen waren. Diesen Zeitpunkt erachtete Greta als den richtigen, um über ihre Probleme zu sprechen.

»Ich muss euch die Wahrheit sagen«, begann Greta, faltete ihre Serviette zusammen. Sie hatte kaum etwas hinunterbekommen. Nur ein wenig Toast mit Margarine.

»Soll ich euch allein lassen?«, fragte Johanna und wollte sich erheben, doch Greta hob die Hand.

»Nein, bitte nicht. Es gibt keinen Grund, warum du nicht hören solltest, was ich zu sagen habe.« Sie blickte ihre zukünftige Stiefmutter liebevoll an.

»Gut, wenn du darauf bestehst.« Johanna setzte sich wieder, und Levi griff nach ihrem Arm, drückte ihn sanft.

In kurzen knappen Worten schilderte Greta, wie Felix Wunderlich sie geküsst hatte und fast die gesamte Belegschaft sie dabei überraschte. Auch dass Vera plötzlich Carl im Büro ersetzte, obwohl er nichts davon erwähnt hatte. Ebenso berichtete sie von ihren und Evis Vermutungen, dass Vera es darauf anlegte, dass Carl sich endlich von ihr trennte. »Sie will mich als Ehebrecherin hinstellen, offenkundig in der Hoffnung, dass die Ehe dann annulliert werden kann«, schloss Greta ihren Bericht.

Levi sagte eine ganze Weile nichts. Nahm seine Teetasse und trank einen Schluck.

»Es ist gut, dass du zu uns gekommen bist«, sagte Johanna in die Stille hinein. »Du musst aber etwas essen. Ich werde dir erst mal einen frischen Tee aufsetzen.« Nun erhob sie sich doch und ließ Vater und Tochter allein. Der Tee war vermutlich nur ein Vorwand, um ihnen ein wenig Zeit zu zweit zu verschaffen.

»Dieser Frau warst du von Anfang an ein Dorn im Auge. Aber dass sie so weit geht, dich vor die Tür zu setzen, ist wirklich die Höhe.«

Mit Bedacht faltete Greta die Hände auf dem Tisch, sah sich im Zimmer um. Alles hier war ihr so vertraut, obwohl sie nur kurze Zeit in diesem Haus gelebt hatte. Die goldene Uhr auf dem Kaminsims schlug zwei Mal, um die halbe Stunde anzuzeigen. »Sie ist sogar so weit gegangen, mich zu schlagen und hat unser ungeborenes Kind getötet.«

Bei diesem Satz betrat Johanna wieder das Zimmer und blieb wie angewurzelt stehen.

»Wie meinst du das?«, fragte Levi nach.

»Ich war schwanger. Den Unfall auf der Rennbahn hatte Vera provoziert, indem sie mich vor das scheuende Pferd gestoßen hat. Sie wollte, dass ich das Kind verliere oder sogar Schlimmeres. Ich vermute, dass sie mir nach dem Leben trachtet.«

Johanna stellte die Tasse vor Greta ab, setzte sich wieder an die Seite ihres zukünftigen Manns und schüttelte den Kopf. »Das muss ja schrecklich für dich sein, Greta. Du bist so eine mutige und starke Frau.«

Levi erwiderte nichts, kniff nur die Lippen fest aufeinander, dass alles Blut daraus wich.

»Carl wollte das natürlich nicht glauben, aber endlich habe ich einen Beweis. Evi hat es beobachtet. Sie hat vorher nichts gesagt, weil auch sie Angst vor Vera hat. Ich kann es ihr noch nicht einmal verübeln.«

»Das ist alles wirklich ungeheuerlich! Und wie kommt dieser Mann dazu, dich einfach zu küssen?« Levis Stimme war belegt vor Zorn. Sein Schnäuzer bebte dabei.

»Ich habe keine Ahnung. Niemals habe ich Wunderlich auch nur einen Anlass gegeben zu glauben, mir läge etwas an ihm.«

»Das weiß ich doch, mein Kind. Jeder kann sehen, wie sehr du Carl liebst.«

»Ich vermute, dass Vera diesen Mann mit irgendetwas in der Hand hat, das ihn dazu veranlasst, für sie als Marionette zu fungieren.« Greta trank einen Schluck Tee, und die Wärme tat ihr gut. Sie war froh, dass sie sich alles von der Seele reden konnte. »Ich weiß nicht, wann Carl von seiner Reise zurückkehrt, und hoffe, dass ich so lange bei euch unterkommen kann.«

»Aber natürlich, Greta. Du bist hier immer willkommen. Nicht wahr, Levi, nun sag doch auch mal etwas.« Johanna stieß ihn an.

»Das weiß meine Greta. Aber natürlich hast du recht, liebe Johanna, es laut gesagt zu bekommen, dass man immer erwünscht ist, stärkt das Vertrauen. Du weißt, mein Kind, dass unsere Tür immer für dich offen ist. Egal, was geschieht, wir halten zu dir. Ich kann auch verstehen, dass du uns die Nachricht über deine Schwangerschaft nicht sofort mitgeteilt hast. Aber dass du dich weiterhin in dieser Schlangengrube aufgehalten hast, erfüllt mich mit großem Unbehagen. Natürlich musst du deinem Mann folgen, doch wenn ich höre, dass dein Leib und dein Wohl in Gefahr ist, kann ich nur an deinen Verstand appellieren, hier in unserem Haus zu bleiben.« Levis Stimme war fest und entschlossen. Er sah seine Tochter eindringlich an.

»Vielen Dank, Papa und Johanna. Dafür, dass ihr mir zur Seite steht. Es bedeutet mir sehr viel.« Eine kleine Träne rann ihr die Wange hinunter, und Greta wischte sie mit dem Handrücken weg.

»Alles wird gut werden, mein Kind. Du musst daran glauben. Warte ab, bis Carl wieder im Land ist. Er liebt dich und wird eine Lösung für euch beide finden.«

Zuversichtlich nickte Greta und versuchte sich an einem Lächeln. »Ich bin froh, hier zu sein. So lerne ich meine Geschwister besser kennen, wo ich mir doch immer welche gewünscht habe.«

Johanna erhob sich und nahm Greta in die Arme. »Und ich habe mir immer schon eine große Tochter gewünscht«, sagte sie leise und strich ihr liebevoll über das kurze Haar.

Am Nachmittag holte Greta das Krocket Spiel aus dem Schuppen. Sie hatte es vor Jahren zum Geburtstag bekommen, und die Kinder waren voller Eifer dabei. Hans stellte sich äußerst geschickt an. Clara hingegen war zu zaghaft mit ihren Schlägen. Ihre Bälle blieben oft vor den Toren liegen.

»Du musst richtig zuschlagen. Stell dir vor, es wären die Franzosen«, rief Hans gut gelaunt.

»Die Franzosen? Wo hast du das denn her?«, hakte Greta nach.

»Mein Lehrer sagt, die Franzosen sind schuld, dass man uns als Kriegsverlierer sieht. Man sollte denen den Hintern verhauen«, erzählte Hans freiheraus.

»Hänschen! Du sollst doch nicht so reden. Wenn Mama das hört, wird sie *dir* den Hintern versohlen.« Clara schüttelte unverständlich den Kopf.

»Ist doch wahr«, rief Hans und schlug seinen nächsten Ball, der allerdings am Tor vorbeirauschte und im hohen Gras liegen blieb.

»Haha! Siehst du, mit Gewalt kann man nicht alles lösen«, rief Clara schadenfroh.

»Ja, Clara hat recht. Mit Gewalt lässt sich gar nichts lösen«, murmelte Greta und blickte in die Ferne.

»Du bist an der Reihe, Greta! Oder hast du schon aufgegeben?« Hans feixte.

»Ich und aufgeben?«, rief Greta laut. »Da bist du aber an die Falsche geraten. Ich gebe niemals auf.«

»Na, dann zeig mal, was du kannst.«

Greta holte aus und schoss ihren Ball durch das letzte Tor.

»Oh Mann! Du hast gewonnen! Das ist unfair. Du spielst ja schon viel länger als wir.«

»Gut, mein lieber Bruder. Dann werde ich dir morgen eine Revanche geben.«

»Erst morgen?«

»Ja, jetzt wird es Zeit, dass wir uns die Hände für das Abendessen waschen. Ich habe Hunger«, stellte Greta zu ihrer eigenen Verwunderung fest und lief mit den Kindern ins Haus.

Kapitel 46

Wenige Tage später erschien Greta gut gelaunt zum Frühstück. Die Zeit bei ihrer Familie hatte ihr die Festigkeit gegeben, die sie dringend gebraucht hatte. Hans und Carla waren bereits in der Schule, und Greta half im Laden aus. Nur zu Hause zu sitzen, um über ihre Probleme zu grübeln, war nicht ihre Art. Ihre Hände brauchten etwas, womit sie sich beschäftigen konnten.

»Guten Morgen, Papa. Guten Morgen, Mama«, rief sie gut gelaunt.

Johanna sah sie überrascht an.

»Stört es dich, wenn ich dich so nenne? Ich meine, ich hatte nie eine Mutter und habe mir immer eine gewünscht. Jetzt gäbe es eine, die ich so nennen darf, wenn ich dich denn so nennen darf.« Greta plapperte munter drauflos, sah die zukünftige Frau ihres Vaters mit großen Augen an.

Ein Lächeln glitt über Johannas Züge. Die Frau, mit den schönen brünetten Haaren und den sanften braunen Augen nickte zustimmend. »Ich würde mich sehr darüber freuen, Greta. Nichts lieber als das.«

Greta stand von ihrem Stuhl auf und schloss die Frau, die ein wenig kleiner als sie selbst war, in ihre Arme. »Ich freue mich so sehr für Papa, dass er eine so liebe Frau gefunden hat.«

»Das stimmt ja gar nicht«, rief Levi und köpfte das Frühstücksei. »Du hast Johanna für mich gefunden, und dafür werde ich dir immer dankbar sein.«

Johanna schniefte vor Rührung. »Jetzt lasst uns endlich etwas essen. Der Tee wird ganz kalt«, sagte sie, vor Verlegenheit ganz rot im Gesicht.

Levi schlug wie jeden Tag die Morgenzeitung auf und schüttelte den Kopf, als er die Schlagzeile las. »Nicht zu glauben, bei einem Sturm im Atlantik ist schon wieder ein Schiff gesunken. Der Dampfer ist vierzig Meilen vor La Rochelle in einen Sturm geraten. Die Generatoren fielen aus, was das Schiff mit fünftausendvierhundert Bruttoregistertonnen manövrierunfähig machte. Es driftete in den Golf von Biskaya ab, wo es auf einem Riff leck schlug und unterging. Von den über sechshundert Passagieren konnte keine Seele gerettet werden«, las Levi laut vor.

»Ist das nicht schrecklich?«, fragte Johanna schockiert.

»Wie ist der Name des Schiffs?« Greta hob ihre Teetasse an.

»Moment, es war …«, Levi studierte noch einmal den Artikel, »die *Prince Albert.*«

Mit einem kleinen Schrei ließ Greta die Tasse auf ihren Teller fallen, der dabei zu Bruch ging. Der Tee ergoss sich auf dem weißen Tischtuch. »Die *Prince Albert*? Das kann nicht sein. Sie muss doch schon viel weiter sein. Sie ist vor vielen Tagen ausgelaufen!«, rief sie aufgebracht.

»Hier steht, dass sich wegen des Sturms das Auslaufen um mehrere Tage verzögert hatte. Was ist denn los, Greta?« Levi half Johanna, den Tee aufzuwischen.

Greta saß mit versteinerter Miene auf ihrem Platz. »Das ist das Schiff, das Carl nach Indien bringen sollte.«

»Nein, das kann nicht sein.« Johanna ließ die Serviette einfach liegen, setzte sich auf ihren Stuhl. »Was steht da genau, Levi?«

Erneut las Levi den Artikel der Zeitung in allen Einzelheiten vor. Allerdings wurden natürlich keine Namen der Passagiere genannt.

»Bist du dir ganz sicher, dass dies das Schiff war, das Carl nehmen wollte?« Levi sah seine Tochter eindringlich an.

Sie nickte. »Ja, ganz sicher. Ich habe die Schiffspassage ja selbst gesehen.« Ihre Augen waren vor Schreck geweitet. »Er kann nicht ertrunken sein! Er darf einfach nicht!«, rief sie laut und sprang so schnell von ihrem Stuhl auf, dass dieser umkippte. »Ich muss ins Kontor. Dort werden sie etwas wissen.«

»Ich werde dich fahren. Du wirst dort nicht allein hingehen«, beschloss Levi und erhob sich. »Ich hole nur schnell meine Jacke.« Er warf Johanna einen Blick zu, damit sie auf Greta achtete, und sie nur nicht alleine losfuhr. In ihrem Zustand wäre das sicherlich keine gute Idee.

»Solange wir nichts Genaueres wissen, ist noch nichts verloren«, versuchte Levi sie zu beruhigen, als er den Wagen durch den Hamburger Verkehr steuerte.

Das Automobil parkten sie an der Brooksbrücke, liefen mit schnellen Schritten am Zoll vorbei. Der Pförtner winkte ihr freudig zu, schließlich kannte er Greta, die immer ein freundliches Wort für ihn übrighatte. Doch heute nickte sie nur kurz, für mehr war keine Zeit.

Im Kontor traf Greta auf Jan. »Wir haben es heute Morgen gehört, Greta. Es tut mir so leid. Die Reederei hat vor einer Stunde angerufen«, berichtete er.

»Was haben Sie gesagt?«

»Nicht viel. Sie haben bestätigt, dass das Schiff gesunken ist. Noch wird nach Überlebenden gesucht. Sie haben die Hoffnung noch nicht aufgegeben, jemand lebend zu finden. Allerdings konnten sie uns nicht bestätigen, ob Carl überhaupt an Bord war.«

Greta schwindelte es. »Was soll das heißen? Dass er gar nicht nach Indien gefahren ist? Aber wir haben ihn doch persönlich zum Kai gebracht.«

Jan nickte. »Ja, er ist auch in Southampton angekommen, aber es gibt keine Bestätigung, dass er seine Passage eingelöst hat. Es besteht also die Möglichkeit, dass Carl am Leben und auf dem Weg nach Hause ist.«

Greta sah sich suchend im Büro um. Die Mitarbeiter blickten sie neugierig an. »Wo ist Vera? Und wo steckt Evi?« Außerdem fiel ihr auf, dass Wunderlich ebenfalls fehlte.

»Frau von Löwenstein ist bei der Nachricht, dass das Schiff untergegangen ist, zusammengebrochen. Sie hat einen Schock. Evi bringt sie in einem Mietwagen nach Hause.«

»Und Wunderlich?«, hakte sie leise nach.

»Greta, ich muss dringend mit dir sprechen.« Jan blickte sich kurz um. »Allein. Kommst du mit in mein Büro?«

»Ja, natürlich. Papa, wartest du kurz auf mich?«

»Aber sicher doch, mein Kind. Oder soll ich lieber mitkommen?«, raunte Levi ihr im Vorbeigehen zu, doch Greta winkte ab.

Sie folgte Jan in sein Büro, wo er die Tür mit nervösem Blick fest hinter ihr schloss und dann auf einen Stuhl deutete.

»Bitte, setz dich doch.«

»Danke, ich möchte lieber stehen.«

»Wie du möchtest. Greta, ich möchte mich bei dir entschuldigen. Ich habe mich an dem gewissen Tag unmöglich benommen.« Er räusperte sich verlegen, hielt aber den Augenkontakt. »Dörte hat mir dermaßen den Kopf gewaschen, dass ich mich nicht mal mehr an meinen eigenen Namen erinnern konnte. Wieso habe ich dir nicht geglaubt? Ich kann es dir nicht sagen, und es tut mir unendlich leid. Ich müsste dich doch mittlerweile besser kennen. Niemals würde ich denken, dass du Carl betrügst. Du liebst ihn, so wie ich Dörte liebe. Nie hätte ich an dir zweifeln dürfen. Doch der Anblick, den du und Herr Wunderlich darboten und den Frau von Löwenstein mit ihren Behauptungen auch noch untermauert hatte, sprachen eine deutliche Sprache. Jetzt weiß ich, dass man niemals auf den ersten Eindruck setzen darf. Kannst du mir noch einmal verzeihen?« Er nahm ihre Hand, drückte sie fest. »Bitte.«

»Natürlich verzeihe ich dir, aber glaube mir, im Augenblick schwirren so viele Gedanken in meinem Kopf herum, dass ich mich gar nicht richtig konzentrieren kann. Was ist denn nur geschehen, seitdem ich weg war. Wo steckt Wunderlich eigentlich?«

» Er hat mir gestanden, dass Frau von Löwenstein ihn dabei erwischt hatte, wie er einige Gewürztütchen eingesteckt hat. Sie wollte dafür sorgen, dass er entlassen wird. Er hat sie angefleht, dies nicht zu tun, und so hatte sie ihn in der Hand und ihn dazu angestiftet, dich zu küssen und damit einen Skandal heraufzubeschwören. Nachdem du gegangen bist, hat sie ihn doch aus der Firma gejagt, weil sie mitbekam, dass Evi in ihn verliebt ist. Sie will zwischen die beiden ebenso einen Keil treiben wie zwischen Carl und dich.«

Greta schüttelte den Kopf. »Wie viele Leben will diese Frau eigentlich noch zerstören? Ich verstehe sie einfach nicht.« Nun ließ sich Greta doch auf die Kante des Stuhls nieder, den Jan ihr angeboten hatte. Sie hatte Angst, dass ihre Beine sie nicht länger tragen würden.

Jan lehnte sich an die Schreibtischkante, verschränkte die Arme vor der Brust. »Ich verstehe es auch nicht. Vermutlich steckt Kontrollverlust dahinter, oder die Angst, am Ende ganz alleine dazustehen. Sie ist krankhaft eifersüchtig auf jeden Menschen, der liebt oder geliebt wird. Jetzt, wo Herr von Löwenstein gestorben ist, fühlt sie sich wohl vollkommen einsam.« Es war nur eine Mutmaßung, den wirklichen Grund kannte wohl nur Vera.

»Glaubst du, dass Carl noch am Leben ist?«, fragte Greta mit zitternden Lippen.

»Ich habe keine Ahnung. Wir müssen abwarten, ob er sich meldet. Die Reederei wollte Nachforschungen anstellen. Im Moment sind sie immer noch auf der Suche nach Überlebenden. Sobald ich Neuigkeiten habe, werde ich Manni Weseke zu dir schicken. Wo kann ich dich finden?«

Greta nannte ihm die Adresse ihres Vaters. »Dort kannst du mich erreichen. Zu jeder Tages- und Nachtzeit.«

»Wirst du zu Carl zurückkehren, falls er noch am Leben ist?«, fragte Jan, als Greta sich bereits erhoben hatte.

»Jan, ich weiß es nicht. Ich werde auf keinen Fall wieder mit Vera unter einem Dach leben. Sie hat mein ungeborenes Kind auf dem Gewissen, auch wenn Carl es nicht wahrhaben will. Aber ich habe Beweise, und ich werde mich dieser Frau nicht noch einmal ausliefern. Auch wenn ich Carl noch so sehr liebe.«

»Ich soll dich übrigens von Dörte ganz lieb grüßen. Sie ist an der Grippe erkrankt. Sobald sie wieder auf den Beinen ist, wird sie dich besuchen kommen.«

»Lieben Dank. Grüße sie von mir. Ich kann meinen Vater nicht länger warten lassen.« Sie wandte sich der Tür zu.

»Greta! Ich wünsche dir, dass Carl noch am Leben ist und dass alles wieder gut wird.«

»Ich bin mir sicher, dass er lebt. Ich spüre das ganz tief in meinem Herzen. Ich weiß es so sicher wie bisher nichts in meinem Leben.«

Kapitel 47

Greta kehrte vollkommen erschöpft in das Haus ihres Vaters zurück.

»Du solltest dich ausruhen, mein Kind. Ich wecke dich, sobald wir Neuigkeit erhalten.« Levi küsste sie sanft auf die Stirn, so wie er das schon immer tat, seit sie ein Kind war.

»Danke, Papa.«

Mit langsamen Schritten lief sie die Treppe in das Obergeschoss hinauf. Sie fühlte sich wie eine alte Frau. Vermutlich würde sie kein Auge zutun, doch kaum lag sie in ihrem Bett, übermannte sie eine bleiernde Müdigkeit und sie fiel in einen traumlosen Schlaf.

Spät in der Nacht brachte ihn das Taxi zur Villa. Er bezahlte den Fahrpreis und gab ein üppiges Trinkgeld.

Carl wunderte sich, dass das Haus ganz im Dunkeln lag. Dabei hatte er doch telegrafiert, dass er am Leben war und heute am späten Abend ankommen würde. Freute sich denn niemand darauf, dass er am Leben war? Oder wollte Greta ihm eine ganz besondere Überraschung bereiten?

Noch nie im Leben war er so glücklich gewesen, auf die Intuition seiner Frau gehört zu haben. Er hatte zwar einen Fuß auf die Gangway gesetzt, doch dann hatte er innegehalten. Als hätte eine innere Stimme ihn dazu bewegt. Eine Stimme, die wie Greta klang.

»Hey, come on! Let's go«, rief jemand hinter ihm. Carl hatte sich umgedreht, war dann dem Mann aus dem Weg gegangen, ließ andere Passagiere vor. Nach einigen Minuten des Überlegens hatte er das Ticket wieder eingesteckt, seine Koffer geschnappt und sich nach dem nächsten Schiff Richtung Hamburg erkundigt. Sofort hatte er ein Telegramm aufgegeben, um Greta mitzuteilen, dass er nicht an Bord gegangen war. Sie sollte sich nicht länger Sorgen machen, als notwendig. Er würde frühestens in vier Tagen zurück in Hamburg sein.

Jetzt stand er endlich wieder vor der Villa und konnte es nicht glauben, dass er noch am Leben war. Auf der Reise zurück nach Hamburg hatte es kein anderes Thema unter den Passagieren gegeben, als dass die *Prince Albert* in der Biscaya gesunken war. Carl war wie gelähmt von dieser Nachricht. Er hätte an Bord gewesen sein sollen. Nun waren alle Menschen ums Leben gekommen. Auch der Mann, der ihn zur Eile angetrieben hatte. Alle lagen sie rettungslos verloren auf dem Grund des Meeres.

Entschlossen ging Carl auf das Haus zu und klopfte an die Tür. Als niemand reagierte, klopfte er erneut. Lauter. Endlich ging das Licht in der Halle an, und die Tür wurde geöffnet.

»Hallo, Tilda! Ich bin wieder …«

Weiter kam er erst gar nicht, denn schon musste er eine ohnmächtige Tilda auffangen, die bei seinem Anblick auf der Stelle zusammengesackt war.

»Hallo! Ist denn niemand hier?«, rief er laut, als er sie im Salon auf dem Sofa ablegte.

Martha stürzte in einem geblümten Morgenmantel ins Zimmer. Auf dem Kopf trug sie ein Haarnetz. »O mein Gott! Der gnädige Herr ist am Leben!« Sie bekreuzigte sich.

»Natürlich bin ich am Leben.«

»Aber ... aber ihre gnädige Frau Mutter hat verkündet, dass Sie mit dem Schiff untergegangen sind.« Martha holte etwas Soda und betupfte Tildas Schläfen. Langsam kam die junge Frau wieder zu sich.

»Sind denn meine Telegramme nicht angekommen?« Carl verstand die Welt nicht mehr.

»Telegramme?«, murmelte Tilda, die langsam wieder in die Senkrechte kam.

»Ja, ich habe Greta zwei Telegramme geschickt, damit sie weiß, dass ich am Leben bin.«

»Aber die gnädige Frau wohnt doch gar nicht mehr hier«, erklärte Martha und in ihrer Stimme war zu hören, dass ihr das ganz und gar nicht gefiel.

Carl entledigte sich seines Mantels, zog gleich das Jackett mit aus. »Was soll das heißen, sie wohnt nicht mehr hier? Wo ist meine Frau?« Er hatte Mühe, seinen inneren Aufruhr im Zaum zu halten. Anstatt einer glücklichen Ehefrau, empfingen ihn ein ohnmächtiges Hausmädchen und eine Köchin, die ihn böse anfunkelte.

Tilda trank einen Schluck Wasser, den Martha ihr reichte, und schluckte hastig. »Ihre Frau Mutter hat Ihre Frau aus dem Haus gejagt«, sagte Tilda mit leisen, aber sehr deutlichen Worten.

»Wie bitte?«

»Wir wissen nichts Genaues. Das sind alles nur Gerüchte, gnädiger Herr. Sie sollten wirklich mit Ihrer Frau Mutter sprechen.« Martha hatte ihre Hände in die Hüften gestemmt. »Und du legst dich wieder in dein Bett, sonst kommst du morgen nicht pünktlich raus.«

»Ist meine Mutter auf ihrem Zimmer?«, fragte Carl, als ein Schrei an der Tür laut wurde.

»Carl! Du lebst? Oh lieber Gott, danke, dass du meine Gebete erhört hast.« Vera kam auf ihn zu und warf sich ihrem Sohn in die Arme. Sie begann hemmungslos zu schluchzen.

»Brauchen Sie uns noch, gnädiger Herr?«, fragte Martha.

»Nein, gehen Sie ruhig schlafen. Es ist schon spät.«

Martha half Tilda auf die Beine. »Wir sind sehr froh, dass Sie wieder zu Hause sind. Gesund und am Leben.«

»Danke, Martha.« Carl hielt immer noch seine weinende Mutter in den Armen.

Sie schaute zu ihm auf. »Warum hast du dich nicht gemeldet?« Sie wischte die Tränen von ihren Wangen.

»Das habe ich. Ich habe Greta telegrafiert. Ich verstehe nicht, warum meine Telegramme nicht angekommen sind. Wo ist sie eigentlich?«

Vera ging auf Abstand zu ihrem Sohn, setzte sich in einen Sessel und schlug den seidenen Morgenmantel über ihren Knien zusammen. An den Füßen trug sie farblich passende Pantoffeln. »Du solltest dich auch lieber setzen, bei dem, was ich dir zu berichten habe.«

Carl zog es vor, sich lieber einen Drink einzuschütten, den er jetzt wirklich nötig hatte. Er gab Eis in einen Tumbler und goss sich einen Whiskey ein. Dann tat er seiner Mutter den Gefallen und setzte sich ihr gegenüber.

»Greta?«, warf er den Namen seiner Frau in den Ring. Er wollte jetzt wissen, was hier los war.

»Sie hat dich betrogen, kaum dass du aus dem Haus warst.«

Die Worte seiner Mutter trafen ihn wie eine Ohrfeige.

»Wie bitte?«, seine Stimme schien zu versagen, es kam nur ein merkwürdiges Krächzen heraus.

Vera nickte. »Ich habe Sie erwischt. Sie hat Felix Wunderlich im Lager geküsst. Wenn ich nicht zufällig vorbeigekommen wäre, wer weiß, was noch alles geschehen wäre. Aber vielleicht ist ja schon mehr geschehen. Ich habe sie jedenfalls aus dem Haus geworfen.«

»Und wo ist Greta jetzt?«

Vera hob die Schultern. »Ich habe keine Ahnung, und es ist mir auch egal. Du kannst froh sein, dass du diese Frau los bist. Wir sollten uns so schnell wie möglich darum kümmern, dass diese Ehe annulliert wird.«

Carl schwirrte der Kopf bei dem Tempo, das seine Mutter an den Tag legte. Dabei waren ihre Tränen, die sie gerade noch vergossen hatte, schon wieder getrocknet.

»Halt! So weit sind wir noch nicht. Wieso warst du im Kontor?«, war die erste Frage, die ihm in den Sinn kam.

Vera schloss kurz die Augen. »Ich konnte doch dieser Frau nicht allein das Feld überlassen. Und es hat sich auch als richtig herausgestellt. Wenn ich nicht gewesen wäre, wer weiß, wie weit sie es noch getrieben hätte. Du willst dir doch wohl keine Hörner von dieser Frau aufsetzen lassen? Womöglich wären wir die Firma schon los!«

Das, was Carl hier zu hören bekam, konnte er einfach nicht in Einklang mit seiner Frau bringen. Das war nicht seine Greta. Sie würde ihn niemals hintergehen. Dessen war er sich sicher. Oder?

»Mit Wunderlich, sagst du?«

»Ja, ich habe diesen Kerl sofort entlassen.«

»Aber soweit ich weiß, hatte er ein Auge auf Evi geworfen. Wo ist sie übrigens?«

Schwer atmete Vera aus. »Sie ist heute nicht nach Hause gekommen. Ich habe keine Ahnung, wo das Kind sich rumtreibt. Dabei bin ich für sie verantwortlich. Hier scheint eine Katastrophe nach der anderen zu folgen. Ich bin so froh, dass du am Leben und gesund zurückgekehrt bist.« Sie zog ein Spitzentaschentuch aus der Tasche ihres Morgenmantels, wischte über ihre Augen. »Erst dein Vater, dann verliere ich dich fast auch noch, und die Dinge um uns herum geraten völlig aus dem Ruder.«

Carl konnte das alles nicht fassen. Er kippte seinen Drink in einem hinunter und stellte das Glas auf dem Tisch ab. Das Eis, das noch nicht geschmolzen war, klirrte dabei laut. Schwungvoll erhob er sich aus dem Sessel.

»Wo willst du hin?« Vera sprang ebenfalls auf die Füße.

»Ich muss hier raus. Ein wenig frische Luft schnappen.«

»Aber du bist doch gerade erst wieder angekommen.«

»Ich muss nach meiner Frau suchen.« Und als er sah, dass Vera dagegen protestieren wollte, hob er seine Hand. »Nein! Danke, Mutter. Es reicht. Ich treffe meine eigenen Entscheidungen, und ich lasse mir nichts von dir vorschreiben. Halt dich bitte aus meinem Leben heraus.« Er schnappte sich seinen Mantel und lief aus dem Haus.

Carl hatte das Gefühl zu ersticken. Was war nur während seiner Abwesenheit geschehen. Das, was seine Mutter Greta vorwarf, konnte niemals der Wahrheit entsprechen. Er kannte sie so gut, dass er sich dessen sicher war. Doch er brauchte weitere

Informationen. Er ging zur Garage und stieg in seinen Bugatti, startete ihn. Das satte Geräusch des Motors beruhigte seine aufgewühlten Nerven. Langsam fuhr er von dem Grundstück auf die Straße, die um diese Uhrzeit fast leer war.

Er fuhr in Richtung Altona, wo Jan eine Wohnung auf der Kleine Mühlenstraße bewohnte, nahe der Polizeistation. Carl parkte den Wagen und suchte nach dem Klingelknopf, fand Jans Namen. Er drückte auf Karven. Direkt drei Mal hintereinander. Es dauerte nicht lange, da wurde die Tür geöffnet.

»Mein Gott! Wer klingelt denn da wie ein Verrückter? Das ganze Haus wird wach!« Jan riss wütend die Tür auf und erstarrte. Eine Geste, mit der Carl an diesem Abend zum wiederholten Mal empfangen wurde.

»Ich hoffe, du fällst jetzt nicht auch in Ohnmacht, denn dich aufzufangen, dazu fehlt mir die Kraft.«

»Carl! Mensch, Junge! Verdammt, du lebst.« Jan lachte laut auf und zog seinen Freund in eine feste Umarmung.

»Darf ich kurz reinkommen? Ich störe dich nur ungern um diese Uhrzeit.«

Jan zögerte. Erst jetzt fiel Carl auf, dass sein Freund in einem Schlafanzug vor ihm stand.

»Ich bin nicht allein. Dörte ist bei mir«, sagte er sehr leise.

Carl war klar, dass das niemand wissen durfte. Jan und Dörte waren noch nicht verheiratet, und es war sittenwidrig und per Gesetz verboten, dass sie die Nacht zusammen verbrachten.

»Ich verstehe, ich bleibe auch nicht lange.«

»Komm mit, hier können wir nicht sprechen. Das Treppenhaus hat Ohren.« Jan blickte besorgt nach oben. Er zog

Carl in seine Wohnung und schloss die Tür hinter ihm, führte Carl in das kleine Wohnzimmer. »Willst du dich setzen?«

Carl winkte ab. »Nein, ich gehe gleich wieder. Warum ist Dörte hier?«

»Ihr Vater hat sie vor die Tür gesetzt«, presste Jan leise hervor.

»Wie bitte? Aber warum das denn?«

»Scheiße, sie ist schwanger und ihre Mutter ist ihr auf die Schliche gekommen. Wir haben gedacht, wenn wir so schnell wie möglich heiraten, wird es niemand bemerken, doch ihrer Mutter ist aufgefallen, dass es Dörte seit Wochen nicht gut geht und hat den Arzt gerufen. Der hat natürlich sofort gesehen, was los ist. Ihr Vater ist furchtbar wütend geworden und hat sie geschlagen. Jetzt ist sie hier bei mir. Wir wollen nächste Woche heiraten, du kommst genau zum richtigen Zeitpunkt zurück.«

»Ach du liebes bisschen, das sind ja Neuigkeiten. Geht es Dörte gut?«

Jan nickte. »Ja, sie muss sich nur noch morgens übergeben, aber langsam wird es besser. Doch ich werde sie nicht mehr zu ihrer Familie lassen. Nur hier kann sie auch nicht wohnen bleiben, solange wir nicht verheiratet sind.«

»Bring Dörte morgen zu uns in die Villa. Wir haben mehr Zimmer, als wir brauchen können. Dort kann sie bis zu eurer Hochzeit wohnen«, bot Carl an.

»Wirklich? Danke, Carl. Du bist ein wahrer Freund.«

»Jan, sag mir, was mit Greta los ist. Wo steckt sie? Meine Mutter hat mir eine abenteuerliche Geschichte erzählt, die ich einfach nicht glauben kann.«

»Nichts davon ist wahr. Greta hat kein Verhältnis mit Wunderlich! Sie hat ihn auch nicht geküsst. Ich habe es selbst zuerst geglaubt und bin deiner Mutter auf den Leim gegangen. Doch deine Mutter hat Wunderlich erpresst und wollte ihn aus der Firma jagen, weil Evi sich in ihn verliebt hat. Wenn du mich fragst, hat deine Mutter das alles eingefädelt, weil ihr langsam, aber sicher die Felle davonschwimmen.«

Carl hatte aufmerksam zugehört, schüttelte den Kopf. »Das sind fürchterliche Anschuldigungen. Ich kenne meine Mutter. Sie kann schlecht die Kontrolle abgeben, aber dass sie zu solchen Mitteln greift, das ist schwer zu glauben.«

»Dann wirst du sicherlich auch nicht glauben, dass sie versucht hat, deine Frau zu töten, weil sie dein Kind unter dem Herzen trug.«

Überrascht drehte Carl sich um und sah Dörte im Türrahmen stehen. Ihre Füße waren nackt, aber sie trug einen langen Morgenmantel, der wohl Jan gehörte. Ihr Haar stand wirr um ihren Kopf. Dunkle Augenringe zeugten davon, dass es ihr nicht gut ging. Sie war blass, und das sonst so fröhliche Lächeln fehlte.

»Guten Abend, Dörte. Bitte entschuldige, wenn ich dich geweckt habe.«

»Ich freue mich, dass du hier lebend vor uns stehst. Greta wird es sicherlich kaum glauben können.«

»Worauf hast du gerade angespielt?« Jan versenkte eine Hand tief in seine Hosentasche. Er war nervös, wusste nicht mehr, wohin mit seinen Händen.

»Frau von Löwenstein hat Greta vor das Pferd gestoßen und ihr Leben aufs Spiel gesetzt, damit sie das Kind verliert. Ich habe keine Vorstellung, wie man damit fertigwerden soll.« Dörte verschränkte die Arme vor der Brust. Aus ihren Worten war eine Anklage zu hören.

»Das hat Greta dir sicherlich erzählt. Sie hat mir auch von ihrer Vermutung berichtet.«

»Es ist nicht nur eine Vermutung. Carl, sieh endlich den Tatsachen ins Auge. Greta hat einen Beweis. Evi kann alles bezeugen, sie hat das Geschehen beobachtet, aber aus Angst vor deiner Mutter hat sie geschwiegen. Doch nachdem Vera sich auch in ihr Leben eingemischt hat, ist sie endlich mit der Wahrheit herausgerückt. Jetzt muss sie sich vor ihr in Sicherheit bringen. Keine Ahnung, was sich deine Mutter sonst noch alles einfallen lässt.«

Carl wurde schwarz vor Augen, er musste sich an der Couchlehne festhalten. »Wo kann ich meine Frau nun finden?«

»Sie hat bei ihrem Vater Unterschlupf gesucht, nachdem Vera sie auf die Straße gesetzt hat«, erklärte Jan. »Ich bin so froh, dass du nicht mit diesem verdammten Schiff untergegangen bist. Du musst dein Leben ins Reine bringen, mein Freund. Und wenn du mich fragst, solltest du ein ernstes Wort mit deiner Mutter sprechen. Für mich sieht es aus, als wäre sie ein Fall für die Geschlossene. Du solltest einen Arzt konsultieren. Sie ist gefährlich für Leib und Seele. Wenn es nicht sogar ein Fall für die Polizei ist. Du musst Greta schützen!«

»Lass bitte die Polizei aus dem Spiel. Das klären wir unter uns.« Carl fuhr sich mit der Hand über das schweißnasse Gesicht. »Danke, dass ihr mir die Augen geöffnet habt. Meine Mutter hat die Geschichte ganz anders erzählt. Ich kann ihr einfach kein Wort mehr glauben. Ich muss zu Greta und meine Ehe retten. Mein Gott, was hat sie nur durchmachen müssen. Und ich habe ihr nicht geglaubt.«

Jan schüttelte den Kopf, hielt Carl an der Schulter fest. »Carl, es ist fast ein Uhr nachts. Lass ihr ihren Schlaf. Sie ist am Boden zerstört, weil sie der Meinung ist, dass du tot bist. Du musst vorsichtig sein. Renn nicht mitten in der Nacht zu ihr. Morgen früh ist auch noch Zeit. Die Überraschung wird überwältigend für sie sein. Gibt ihr die Möglichkeit, sich daran zu gewöhnen, dass ihre Welt nicht mit dir untergegangen ist. Einer Sache kannst du dir auf jeden Fall sicher sein: ihrer Liebe. Die wirst du niemals verlieren.«

Carl wollte protestieren, doch dann dachte er daran, wie Tilda ihm in die Arme gefallen war. »Ja, vermutlich hast du recht. Ich werde morgen zuerst ihren Vater anrufen und dann zu ihr fahren. Er wird wissen, wie man Greta die Nachricht am besten schonend übermittelt.«

»Das ist eine gute Idee.« Jan nickte zustimmend. »Levi Rosenthal ist ein guter Mann, er wird wissen, was zu tun ist.«

»Danke für eure Hilfe, ich werde euch jetzt schlafen lassen. Und Dörte, du kannst ab morgen bei uns in der Villa wohnen. Dort bist du herzlich willkommen, so lange du möchtest. Und sei unbesorgt, um meine Mutter kümmere ich mich.«

»Danke, Carl. Das ist sehr freundlich von dir.« Dörte gähnte hinter vorgehaltener Hand.

»Bring deine zukünftige Frau ins Bett. Ich werde mir einen Plan zurechtlegen, wie ich meine zurückbekomme.« Damit verabschiedete sich Carl von seinen Freunden.

Kapitel 48

Carl konnte nicht abwarten, dass es endlich dämmerte und ein neuer Tag begann. Kurz bevor die Sonne den Himmel eroberte und mit ihren warmen Strahlen den Tag ankündigte, nickte er doch kurz ein. Er schreckte auf, als im Haus eine Tür laut ins Schloss fiel.

Er brauchte einige Minuten, um sich zu orientieren, wo er eigentlich war. Er war mit seiner Kleidung eingeschlafen, die nun ganz verknittert war. Schnell machte er sich frisch, rasierte sich sogar, denn er wollte für Greta passabel und nicht wie ein Schiffbrüchiger aussehen.

Heute würde er nicht ins Kontor gehen, er hatte Wichtigeres zu tun. Dafür wählte er ein weißes Hemd und einen dunkelblauen Anzug mit einer hellblauen Krawatte. Er wusste, dass diese Farben sich in seinen Augen widerspiegelten und Greta das liebte.

Er bereitete sich darauf vor, was er heute tun musste. Lange hatte er darüber nachgedacht, doch es gab einfach keinen anderen Ausweg.

Im Speisezimmer wartete bereits seine Mutter auf ihn. Sie war fertig angezogen und perfekt frisiert. Evi schien die Nacht über tatsächlich nicht mehr nach Hause gekommen zu sein, denn ihr Platz war leer. Darum würde er sich später kümmern.

Eines nach dem anderen. Er musste wieder Ordnung in ihrer aller Leben bringen.

»Guten Morgen, Mutter«, begrüßte er sie kühl. »Ist Evi noch oben?« Er wollte sichergehen.

»Guten Morgen, mein Sohn. Nein, Evi ist heute nicht nach Hause gekommen. Keine Ahnung, was sich das Kind erlaubt. Vermutlich hat sie die Nacht bei diesem Wunderlich verbracht. Es ist mir schleierhaft, was alle Frauen an diesem Tunichtgut finden. Sobald Evi nach Hause kommt, werde ich sie wohl in ihrem Zimmer einschließen müssen. So kann das einfach nicht weitergehen.«

Carl goss sich eine Tasse Kaffee ein. »Da hast du recht. Nur denke ich, du wirst in diesem Haus gar nichts mehr tun, Mutter.«

»Wie meinst du das?« Vera rührte in ihrem Tee, obwohl der Kandis sich bereits aufgelöst hatte.

»Ich hatte Zeit, mir inzwischen mein eigenes Bild zu machen, ergänzend zu dem, was du mir berichtet hast.«

»Und zu welchem Entschluss bist du gekommen? Ist dir nun endlich klar geworden, wie deine Frau dich hat vor der Welt aussehen lassen?« Die Stimme seiner Mutter wurde eisig. Sie reckte das Kinn, was sie immer tat, wenn sie merkte, dass sie an Boden verlor.

»Ich bin zu dem Entschluss gekommen, dass du in meinem Leben keine weitere Rolle mehr spielen wirst.« Carl versuchte, keine Regung zu zeigen.

Vera stieß einen merkwürdigen Ton aus. Als hätte man einer Katze auf den Schwanz getreten. »Wie willst du alleine klarkommen? Willst du mich etwa aus meinem eigenen Haus werfen?« Sie lachte freudlos.

Carl nickte zustimmend. »Du scheinst den Ernst der Lage wohl immer noch nicht zu begreifen. Das hier ist nicht mehr länger dein Haus. Es gehört mir und meiner Frau. Denn alles, was mir gehört, gehört gleichzeitig auch Greta. Du wirst also noch heute deine Sachen packen und die Villa verlassen. Ich werde meine Frau nicht hierherbringen, solange du noch da bist. Greta soll nicht länger deinem Hass und deinen abscheulichen Intrigen ausgesetzt sein. Du bist ein Risiko für sie und meine zukünftigen Kinder! Finde dich damit ab. Mit deinen Spielchen hast du dich selbst auch aus meinem Leben hinauskomplimentiert. Niemand anderer trägt daran die Schuld.«

Vera sah ihn entgeistert an, dann lachte sie erneut auf. »Du bist ja verrückt. Wo soll ich denn hin? Das ist wohl ein fürchterlicher Scherz, den du dir mit mir erlaubst.« Vera war vollkommen außer sich. Schien seine Worte nicht ernst zu nehmen.

»Ich werde dir ein Hotelzimmer buchen, dort wirst du einige Zeit wohnen können, bis wir eine geeignete Wohnung für dich gefunden haben. Ich bin bereit, mich für dich darum zu kümmern. Das ist aber auch das Letzte, was ich für dich tun werde.«

»Ich kann es nicht fassen, dass du mich so behandelst. Ich habe immer nur das Beste für dich gewollt. Nur scheinst du das nicht zu sehen.«

Jetzt reichte es Carl. Wütend sprang er auf. »Das Beste! Für mich? Was bist du doch nur für eine Heuchlerin! Du hast mein Kind getötet! Nicht einmal davor bist du zurückgeschreckt, aus Angst, die Kontrolle über mich zu verlieren. Das werde ich dir niemals verzeihen. Du hast immer nur dein

Wohlergehen im Fokus gehabt. Ab sofort habe ich keine Mutter mehr.« Er machte sich auf den Weg zur Tür.

»Du verlässt mich wegen einer jüdischen Hure?«, schrie Vera wie von Sinnen.

»Meine Frau mag einen jüdischen Vater haben, aber das tut überhaupt nichts zur Sache. Sie hat mehr Verstand, als du es jemals haben wirst. Sie ist großherzig, charmant, sie besitzt meine Achtung und meine Liebe, und ich danke Gott, dass Vater diese Farce nicht mehr erleben muss.« Damit verließ Carl den Raum. Er lief Wilhelm, dem Fahrer der Familie, in die Arme. »Wilhelm, bitte sorgen Sie dafür, dass meine Mutter das Haus bis heute Nachmittag verlassen hat. Im Hotel Vier Jahreszeiten steht eine Suite für sie bereit.«

»Wie meinen der gnädige Herr?« Er sah ihn unverständlich an.

»Ich möchte, dass meine Mutter das Haus verlassen hat, bis ich wieder zurück bin. Sorgen Sie dafür, wenn Ihnen Ihre Arbeit lieb ist, Wilhelm. Egal, was meine Mutter sagt.« Dann ging er in das Arbeitszimmer, er hatte ein wichtiges Telefonat zu führen.

Entschlossen nahm er den Hörer von der Gabel. »Vermittlung! Verbinden Sie mich bitte mit Hamburg 3211.«

Greta hörte das Telefon klingeln und öffnete die Tür einen Spaltbreit, um mithören zu können. Hedwig nahm das Gespräch an.

»Ist es für mich?«, rief Greta über die Brüstung nach unten.

»Nein, für Ihren Vater«, kam es zurück. Enttäuscht ging Greta zurück in ihr Zimmer. Sie hatte gehofft, dass Jan sich melden würde. Oder vielleicht jemand anderer aus dem Kontor.

Mit jeder Stunde, die verging, schwanden ihre Hoffnungen, dass Carl noch am Leben war. Greta schleppte sich wieder ins Bett. Sie hatte keine Kraft, sich anzukleiden. Sollte die Welt da draußen doch weitergehen. Für Greta war sie stehen geblieben, und sie hatte keine Ahnung, ob sie sich je wieder weiterdrehen würde. Erschöpft zog sie die Decke über sich. Sie wollte weder etwas sehen noch hören. Die halbe Nacht hatte sie wach gelegen, sich alle möglichen Szenarien ausgedacht, wie Carl doch überlebt hatte. Vielleicht war er auf ein Rettungsboot gelangt. Wurden die Boote überhaupt zu Wasser gelassen? Es gab bisher kaum Informationen. Wenn das Schiff auf ein Riff aufgelaufen war, hatte Carl sich vielleicht dort retten können? Was genau war ein Riff? Sollte sie im Lexikon nachschauen? Mitten in der Nacht hatte das wohl keinen Sinn gemacht. Nicht einmal mehr Tränen hatte Greta, dabei war Carl jede einzelne wert. Sie war so durcheinander, ihre Gedanken drehten sich im Kreis und verursachten ihr hämmernde Kopfschmerzen.

Das Klopfen an ihrer Tür überhörte sie, gab keine Antwort. Selbst als sich die Tür öffnete, kam sie nicht unter ihrer Decke hervor. Sie wollte hier versteckt bleiben, wenn möglich für den Rest ihres Lebens, denn es hatte mit dem Tod von Carl ohnehin seinen Sinn verloren. Ihr war übel. Die Kopfschmerzen gingen in eine stechende Migräne über. Warum konnte sie nicht auch einfach sterben, dann wäre sie wieder mit Carl vereint.

»Greta?«

Es war die Stimme ihres Vaters. »Greta, bist du wach?«, fragte er leise.

»Ja«, gab sie zurück, und ihre Stimme wurde von der schweren Daunendecke gedämpft.

»Würdest du bitte mal aus den Kissen auftauchen?«

»Warum? Kann ich nicht mal im Bett bleiben, wenn es mir nicht gut geht? Ich will nicht aufstehen, ich will nichts essen und ich will auch mit niemandem sprechen.« Sie hörte sich wie ein unerzogenes Kind an.

Das Bett knarrte unter dem Gewicht ihres Vaters, der sich auf die Kante setzte. Er hatte also nicht vor, einfach wieder zu gehen.

Laut seufzend setzte Greta sich auf, klemmte die Decke unter ihren Armen ein. Ihr Haar war ganz zerzaust, doch das war ihr egal. »Was ist denn Papa, mir geht es nicht gut. Ich möchte schlafen.«

Levi starrte sie an. »Ich weiß, mein Kind, aber ich habe dir etwas Wichtiges zu sagen.«

Greta hielt den Atem an. Was auch immer es war, da er persönlich in ihr Zimmer gekommen war, war es mit Sicherheit eine Nachricht, die sie nicht hören wollte. Schnell schüttelte sie den Kopf. »Nein, Papa. Sag es nicht. Ich will es nicht hören.« Sie hielt sich die Ohren zu, damit sie diese todbringende Nachricht nicht hören musste. Sie wollte jetzt noch keine Gewissheit haben, wollte die Möglichkeit, dass Carl noch am Leben war, ein wenig länger aufrechterhalten können.

Anders als erwartet, lächelte ihr Vater. »Doch, Greta. Diese Nachricht möchtest du hören.« Er umfasste sanft ihre Handgelenke und zog sie von ihren Ohren. Sie musste jedes einzelne Wort, dass er ihr nun zu sagen hatte, klar und deutlich verstehen können.

»Carl ... er lebt und ist schon in Hamburg. Dein Mann! Er ist am Leben, ich habe gerade selbst mit ihm telefoniert. Du brauchst dir keine Sorgen zu machen. Er ist nicht ertrunken.«

Nachdenklich zog Greta die Stirn in Falten. Nein, das konnte nicht sein. Ihre Augen wurden ganz groß. War das ein Tagtraum? Schlief sie eventuell noch. Träumte sie einen dieser schönen Träume, aus denen man am liebsten nicht mehr erwachen würde. Deren Wärme man den ganzen Tag mit sich trug und am liebsten nie wieder vergessen wollte.

Ihr Vater musste sich täuschen. Das Telefonat eben war doch für ihn gewesen. Carl hätte mit Sicherheit direkt nach ihr gefragt.

»Das kann ich nicht glauben. Das war vielleicht ein Betrüger, oder jemand machte sich einen üblen Scherz ... vielleicht Vera, die mich weiter quälen will.«

»Nein, Greta«, unterbrach ihr Vater sie, »Carl wird in einer halben Stunde hier sein. Er hat angerufen, damit du nicht in Ohnmacht fällst, wenn er so einfach vor der Tür steht. Er ist quietschlebendig und auf dem Weg zu dir.«

Ihre Unterlippe begann unkontrolliert zu zittern. »Wie ist das möglich?«, flüsterte sie. Sie war kreidebleich.

»Er ist gar nicht erst an Bord gegangen. Er hat mir erzählt, dass er sich an deine Worte erinnert hat, und auf halbem Weg wieder umgekehrt ist. Er hat dir Telegramme geschickt, die aber wohl nicht angekommen sind. Seit gestern Nacht ist er zurück in Hamburg. Du solltest dich ankleiden, wenn du ihm nicht im Nachthemd unter die Augen treten willst. Und dich vielleicht kämmen, dein Haar sieht aus, als wärst du in einen Fleischwolf geraten.« Levi lächelte milde.

»Ach du meine Güte! Schnell, Papa! Verlass mein Zimmer. Ich muss mich rasch anziehen. Wo sind denn nur meine Sachen?« Sie scheuchte ihn von ihrem Bett.

Laut lachte Levi auf. »Ich bin ja schon weg.«

»Papa!«, rief Greta, bevor ihr Vater die Tür von außen schloss.

»Ja, mein Kind?«

»Ich habe es gewusst. Ich habe es tief in mir gespürt«, flüsterte sie, und nun hatte sie doch wieder Tränen übrig, diesmal waren es jedoch Tränen der Freude.

Kapitel 49

Sie konnte es nicht abwarten, dass Carl mit dem Automobil vorfuhr. Unruhig lief sie im Flur auf und ab, knetete ihre Finger, die feucht vor Anspannung waren. Als ein feines Motorengeräusch erklang, das noch weit entfernt lag, riss Greta die Haustür auf und lief die Treppe hinunter.

Carl bog in die Einfahrt ein, parkte den Wagen und stieg aus. Greta rannte auf ihn zu, blieb dann aber vor ihm stehen, sah ihm sekundenlang in die Augen. Wie hatte sie sein schönes Gesicht vermisst. Die blauen Augen, die geradezu strahlten.

»Greta«, sagte er leise, und dies war wie der Startschuss, der die Welt sich wieder drehen ließ. Mit einem kleinen Laut warf sie sich in seine Arme, hielt ihn fest, als wollte sie ihn nie wieder loslassen.

»Ich habe es gewusst. Ich wusste, dass du zu mir zurückkommst«, wisperte sie an seinen Lippen und küsste ihn stürmisch.

Carl hielt sie so fest, dass sie kaum noch Luft bekam, aber das war ihr egal. Sie wäre bereit zu sterben, wenn sie ihn nur in den Armen halten könnte. Selbst der einsetzende Nieselregen war ihr egal.

»Komm, lass uns reingehen, sonst wirst du noch krank.« Carl zog sie ins Haus, schloss die Tür hinter ihr. Greta führte ihn in den Salon, wo sie in Ruhe reden konnten. Levi schaute kurz vorbei.

»Carl, was für eine Freude, dich lebend zu sehen.« Die Männer umarmten sich.

»Danke, Levi, dass du meine Frau bei dir aufgenommen hast. Das weiß ich sehr zu schätzen.« Carl drückte fest die Hand seines Schwiegervaters.

»Das ist nicht der Rede wert, und das weißt du. Ich werde euch jetzt mal allein lassen.« Damit verließ er den Salon und schloss leise die Tür hinter sich.

»Ich bin gekommen, um dich nach Hause zu holen. Dort wartet eine Überraschung auf dich.«

Skeptisch blickte Greta ihn an. »Carl, ich werde nicht zurück nach Hause kommen. Es sind so viele Dinge vorgefallen. Ich kann es einfach nicht.«

»Ich weiß, mein Liebling. Ich habe davon gehört und muss mich entschuldigen, dass ich dir nicht geglaubt habe, als du mit deinen Vermutungen gegen meine Mutter zu mir gekommen bist. Ich hätte der Sache nachgehen müssen, doch ich habe es nicht getan. Bitte vergib mir, obwohl es unverzeihlich scheint.« Er griff nach ihrer Hand, führte sie an seine Lippen. In seinen Augen stand die Angst, dass sie keine Nachsicht walten lassen könnte.

»Du musstest dich deiner Mutter gegenüber loyal verhalten, das verstehe ich, Carl. Aber ich werde nie mehr mit dieser Tyrannin unter einem Dach leben. Die Gefahr für Leib und Leben ist mir einfach zu groß.« Sie konnte ihm keine andere Antwort geben, auch wenn sie ihn noch so sehr liebte. »Evi ebenfalls nicht. Sie hat die Nacht hier im Haus verbracht. Auch sie wird nicht zurückkehren.«

»Du wirst nie wieder mit meiner Mutter unter einem Dach wohnen müssen, mein Liebling. Ich habe meine Mutter gebeten, die Villa zu verlassen.«

Mit diesen Worten hatte Greta nicht gerechnet. »Wie meinst du das?«

»Nun, es ist mein Haus, also besser gesagt unseres. Nach allem, was Mutter sich geleistet hat, habe ich sie ...« Er verstummte.

»Du hast sie aus dem Haus geworfen?« Greta konnte es nicht ganz glauben. Es war eher ein Schuss ins Blaue, doch er nickte.

Verblüfft setzte sich Greta auf den nächstbesten Stuhl. »Ehrlich gesagt, hätte ich nicht gedacht, dass du dazu in der Lage bist. Ich hätte es auch nicht von dir verlangt.«

»Greta, was hätte ich denn sonst tun sollen? Sie hat unser Kind auf dem Gewissen. Du weißt genauso gut wie ich, dass sie niemals einlenken würde. Egal welche Frau ich geheiratet hätte. Keine wäre meiner Mutter gut genug gewesen. Wenn wir ein glückliches Leben wollen, ist dies der einzige Ausweg. Ich glaube, Vater hat es genauso gesehen, sonst hätte er mir nicht alles allein hinterlassen.« Er kniete vor ihr, und Greta wusste, was ihm das abverlangte. »Ich bitte dich. Komm zu mir zurück. Ich liebe dich und kann und will ohne dich nicht leben.«

»Warum hast du das Schiff nicht betreten?«, fragte sie mit tränenerstickter Stimme.

»Aus genau diesem Grund. Ich konnte die Liebe meines Lebens nicht verlassen. Nicht für so lange Zeit.«

»Oh Gott! Bitte steh auf, Carl. Ich weiß, dass dein Bein schmerzen muss.« Sie zog ihn auf die Füße. »Ich liebe dich so sehr, dass es wehtut. Ich kann nicht fassen, dass du am Leben bist, dass ich dich zurückhabe. ... Ja, ich komme zu dir zurück.«

Carl umarmte Greta und küsste sie begierig.

»Darf ich auch wiederkommen?«

Die Stimme an der Tür ließ beide auseinanderfahren.

»Evi! Mein Gott! Ich habe dich schon vermisst, als du heute Nacht nicht nach Hause gekommen bist.« Carl sah sie überrascht an.

»Bitte entschuldigt, ich habe an der Tür gelauscht. Ich weiß, das macht man nicht. Aber ich musste doch wissen, wie es jetzt weitergeht.« Sie sah aus wie ein begossener Pudel.

»Natürlich kommst du zurück in die Villa«, erklärte Carl bereitwillig.

»Aber wo wird Vera denn in Zukunft wohnen?« Greta traute dem Ganzen noch nicht.

»Ich habe ihr ein Hotelzimmer gebucht, bis wir etwas Passendes gefunden haben. So und nun will ich endlich die zukünftige Frau deines Vaters und meine zukünftige Schwiegermutter kennenlernen.«

Sobald Greta die Villa betrat, bemerkte sie eine Veränderung. Nicht, dass sich äußerlich etwas verändert hätte, es war etwas ganz anderes. Sie atmete tief ein. Etwas lag in der Luft, neben dem feinen Duft der Gewürze, die aus der Küche heraufströmten. Eine Leichtigkeit, die sie hier so noch nie verspürt hatte. Als hätte jemand einen Schleier von diesem Haus gezogen, der es all die Jahre verdeckt gehalten hatte. Nun konnte man atmen, unbeschwert, ohne dass man Angst hatte, Vera könnte jeden Augenblick um die Ecke schleichen und einem ein Messer in den Rücken stoßen. Sie schämte sich sofort für diesen Gedanken. Doch es war die Wahrheit.

Carl ließ es sich nicht nehmen, Gretas Gepäck selbst ins Haus zu tragen. Er schickte sie in den Salon. »Dort wartet jemand auf dich.«

Zögerlich betrat Greta den Salon, weil sie keine Ahnung hatte, auf wen sie dort treffen würde.

Ihre Freundin Dörte saß im Salon auf dem Sofa.

»Dörte! Wie geht es dir? Ist deine Grippe abgeklungen? Was für eine Freude, dich hier anzutreffen.« Sie nahm ihre Freundin in die Arme.

Dörte winkte ab. »Wenn es das nur wäre.«

»Was ist geschehen?« Greta erkannte sofort, dass etwas mit ihrer Freundin nicht stimmte. Ihr Haar war nachlässig frisiert, die Kleidung zerknittert. Sie sah aus, als hätte sie auf einer Parkbank übernachtet und nicht in ihrem Zuhause, wo sie hingehört. Sie setzte sich zu ihrer Freundin.

»Ich bekomme ein Kind«, platzte Dörte heraus. Sie war nicht der Typ, der lange um den heißen Brei herumredete.

»Wirklich? Das ist ... sehr überraschend. Was sagt Jan dazu?«

»Er freut sich, wir wollen so schnell wie möglich heiraten. Nächste Woche schon, sobald ich einundzwanzig bin. Das Problem sind eher meine Eltern.«

Greta hatte so etwas vermutet. »Freuen sie sich nicht für dich?«

Dörte schüttelte den Kopf. »Sie haben mich aus dem Haus geworfen. Kannst du dir das vorstellen? Sie wollen nichts mehr mit mir zu tun haben. Ich kann ja noch nicht bei Jan wohnen, das ist zu gefährlich und verboten ist es auch. Aber Carl hat mir angeboten, bis zur Hochzeit hier bei euch in der

Villa zu bleiben, wenn es dir recht ist.« Sie sah unendlich traurig aus, fasste sich aber schnell wieder.

»Aber natürlich ist es mir recht, wie könnte es nicht? Wir werden bis zu eurer Hochzeit eine schöne Zeit haben. Glaubst du, dass deine Familie es nicht irgendwann bereuen wird, wenn das Kind erst auf der Welt ist?«

Dörte presste die Lippen aufeinander. »Nein, mein Vater hat mich geschlagen und gesagt, ich wäre nicht mehr seine Tochter. Du weißt, wie wichtig ihm unser guter Ruf ist.« Sie reckte ihr Kinn vor. Tränen sah man nicht bei ihr, dafür war Dörte zu stark. »Ich werde nach der Hochzeit mit Jan ins Rheinland gehen. Er hat sich mit seiner Familie versöhnt und wird dort die Leitung der Firma übernehmen.«

»Was? Du willst Hamburg verlassen? Und Jan auch?« Greta wollte es nicht glauben.

»Ja, manchmal muss man neue Wege gehen. Vielleicht ist es dort ja auch schön. Jans Familie freut sich auf jeden Fall auf uns. Das ist mehr, als ich von meiner Familie sagen kann. Wir werden direkt nach der Hochzeit fahren. Aber ich wollte nicht auf dich als meine Trauzeugin verzichten.«

Sanft zog Greta sie in ihre Arme. »Das ist sehr lieb von dir. Ich freue mich sehr für dich und Jan, auch wenn die Umstände derzeit etwas verfahren sind.«

Dörte blickte sie vorsichtig an. »Und du bist nicht böse, dass ich nun ein Kind bekomme?«

Leise lachte Greta auf und ergriff die Hand ihrer Freundin. »Soll ich jetzt auf jede Frau eifersüchtig sein, die ein Kind erwartet? Das wäre nicht gesund, oder? Ich will doch nicht zu einer Vera mutieren. Nein, ich freue mich sehr für dich, Dörte. Wirklich.«

Dankbar lächelte Dörte. »Nein, vermutlich wäre das nicht sehr gesund. Ich bin sicher, dass du auch bald ein Kind bekommen wirst. Es wird alles gut werden, das muss es einfach. Jetzt, wo dein Mann lebend zu dir zurückgekehrt ist.«

»Ja, er ist da und am Leben. Ich kann dir gar nicht sagen, wie froh ich darüber bin. Ich weiß nicht, was aus mir geworden wäre, wenn ich dich und Carl verloren hätte. Doch diese Gedanken sind alle unnötig. Das Schicksal hat es gut mit uns gemeint. Endlich mal. Und wie geht es dir? Ist mit dem Kind alles in Ordnung? Was sagt denn der Arzt«, fragte Greta neugierig.

Dörte winkte ab. »Mir ist ständig übel. Aber mittlerweile nur noch morgens.«

»Das kenne ich, warte ab, es wird mit jedem Tag besser. Ich werde Martha bitten, dir einen Ingwertee aufzusetzen, der hilft ganz bestimmt. Es wäre doch gelacht, wenn wir dich nicht wieder auf die Beine bekämen. Du musst doch an deinem Geburtstag gesund und munter sein.«

Kapitel 50

Hamburg, Mitte Oktober 1919

Es tat Greta im Herzen weh, ihre Freundin ziehen zu lassen. Sie war eine wunderschöne Braut gewesen, wenn auch ein wenig blass. Greta hatte ihr ein Kleid zur Hochzeit geschenkt. Aus weißer Spitze mit einem cremefarbenen Unterrock. Ihr rotes Haar trug Dörte hochgesteckt, mit kleinen Blüten verziert. Greta konnte sich nicht erinnern, wann sie ihre Freundin je so glücklich gesehen hatte wie heute. Selbst das Verlassen der Schule hatte ihr nicht solch ein Lächeln auf das Gesicht gezaubert.

Jan sah als Bräutigam sehr stattlich aus. Der dunkle Anzug mit der silbernen Krawatte stand ihm ausgesprochen gut. Carl und Greta fuhren die beiden nach der Trauung zum Bahnhof, wo sie den Zug in Richtung Rheinland nahmen. Sie würden bis nach Düsseldorf durchfahren können.

Wie verrückt winkte Greta mit einem weißen Taschentuch dem Zug hinterher, bis er nicht mehr zu sehen war.

Carl legte fürsorglich den Arm um ihre Schultern. »Nicht weinen. Die beiden haben versprochen, uns zu besuchen, wenn das Kind erst einmal auf der Welt ist.«

»Aber das dauert noch so lange«, schniefte Greta und rückte ihren Hut zurecht, der ihr auf dem Kopf verrutscht war.

»Na komm, im Kontor wartet eine Menge Arbeit auf uns, jetzt wo Jan nicht mehr da ist.«

In der Nacht wachte Greta auf, weil ihr unwohl war. Es rauschte in ihren Ohren, und ihr war schwindelig. Sie setzte sich auf die Bettkante. Vielleicht würde ihr etwas frische Luft guttun. Langsam erhob sie sich und verließ das Schlafzimmer. Carl schlief mit tiefen Atemzügen. Es gab keinen Grund, ihn zu wecken.

Auf nackten Füßen lief sie die Stufen ins Erdgeschoss hinunter. Die Treppe war mit einem Teppich ausgelegt, sodass sie keine Geräusche verursachte. Nur ab und an knarrte eine Holzstufe.

Erschrocken zuckte sie zusammen, als sie plötzlich ein Klopfen hörte. Im ersten Augenblick dachte sie, es wäre vielleicht ein Tier, doch dann vernahm sie eine leise Stimme. Es war ein Wimmern. Ein jämmerliches Jaulen, das auch von einer Katze hätte stammen können. Zumindest im ersten Moment, doch dann klopfte es wieder so fest, dass das nur von einem Menschen stammen konnte. Greta war unsicher, ob sie Carl wecken sollte. Aber wenn es falscher Alarm war, hatte sie ihn ganz umsonst aus dem Schlaf gerissen.

Erschrocken schrie sie auf, als das Licht plötzlich aufflammte und Tilda in Nachthemd und Morgenmantel auf der Treppe erschien. »Haben Sie das auch gehört, gnädige Frau?«

»Mein Gott, Tilda! Haben Sie mich erschreckt!«

»Was sind das für Geräusche?«, wollte Tilda wissen.

»Da ist jemand an der Tür. Lassen Sie uns nachsehen.« Greta wollte die Tür öffnen, doch Tilda hielt sie auf.

»Nein, warten Sie, gnädige Frau! Sollten wir nicht lieber Ihrem Mann Bescheid geben?«

Nun war das Hämmern so laut, dass man es im ganzen Haus hören konnte. Aber niemand schien vor der Tür zu stehen, zumindest konnte man niemanden durch die Milchglasscheiben erkennen.

»Was ist denn da los?« Carl erschien auf der Treppe, band gerade seinen gestreiften Bademantel zu. Er trug Pantoffeln an den Füßen, passend zu seinem Pyjama.

»Es ist jemand an der Tür«, erklärte Greta und wartete darauf, dass Carl am unteren Ende der Treppe ankam.

»Wer kann das denn sein? Es ist halb drei in der Nacht.« Entschlossen drehte Carl den Schlüssel, der von innen im Schloss steckte, und öffnete vorsichtig die Tür. »O mein Gott!«

Er riss die Tür weiter auf, und eine Gestalt fiel Carl direkt in die Arme. Eine Frau, die nur mit einem dünnen Nachthemd bekleidet war. Das graue Haar stand ihr wirr vom Kopf ab.

»Mutter!«, rief Carl und stützte seine Mutter, so gut es ging. »Schnell, wir müssen sie ins Warme bringen.«

»Um Himmels willen!« Tilda schlug sich die Hände vor den Mund. »Die gnädige Frau!«

Greta rannte vor, machte im Salon Licht und holte eine Decke, die sie über Vera ausbreitete, nachdem Carl sie auf dem Sofa abgelegt hatte. Sie legte ihr die Hand auf die Stirn, die glühend heiß war. Ihre Augen waren geschlossen, sie warf den Kopf hin und her.

»Sie hat hohes Fieber! Wir müssen Sie sofort ins Krankenhaus bringen«, erklärte Greta und sah Carl auffordernd an.

»Soll ich nach einem Krankenwagen telefonieren?«, fragte Tilda.

Carl schüttelte den Kopf. »Nein, das dauert zu lange. Ich ziehe mich schnell an und fahre selbst.« Carl war schon auf dem Weg nach oben. »Wilhelm soll den Wagen vor das Haus fahren«, rief er vom Flur aus.

»Tilda, sagen Sie Wilhelm Bescheid und dann bleiben Sie bei ihr, ich fahre mit ins Krankenhaus.« Mit schnellen Schritten lief Greta hinauf ins Schlafzimmer, um sich anzuziehen.

»Was ist denn nur geschehen?«, fragte sie Carl, der bereits fertig angezogen war und seine Schuhe zuschnürte.

»Ich habe keine Ahnung, aber sie ist total unterkühlt. Vermutlich ist sie den ganzen Weg vom Hotel Vier Jahreszeiten bis hierher barfuß gelaufen. Wir haben draußen höchstens drei Grad. Wie konnte sie so am Concierge vorbei, ohne dass man sie aufhielt?«

»Ich werde eine dicke Decke besorgen.« Greta kleidete sich nur notdürftig an, einen einfachen Rock mit Bluse, schlüpfte in ihre Schuhe und zog einen Regenmantel über, sie sollten nicht noch mehr Zeit verlieren.

Wilhelm hatte das Automobil bereits vorgefahren. Sie legten Vera auf die Rückbank, und Greta setzte sich zu ihr, hielt Veras Kopf auf ihrem Schoß.

»Soll ich Sie fahren, Herr von Löwenstein?«, fragte Wilhelm, der vollkommen angekleidet war, als hätte er in seiner Fahreruniform geschlafen.

»Nein danke, Wilhelm. Ich fahre selbst. Gehen Sie wieder schlafen, ich habe keine Ahnung, wie lange es im Krankenhaus dauern wird.«

Wilhelm tippte sich an die Mütze und warf die Autotür zu. Carl gab Gas, und sie rauschten davon.

Mit quietschenden Reifen hielten sie vor dem Haupteingang des Krankenhauses in Eppendorf.

»Ich sage schnell an der Pforte Bescheid.« Carl stieg aus und rannte los.

»Greta«, murmelte plötzlich Vera, die die ganze Fahrt über die Augen geschlossen hatte.

»Ja, Vera, ich bin hier. Wir sind jetzt am Krankenhaus. Dir wird gleich geholfen. Dann wirst du wieder gesund.« Sie strich ihr zart über die eingefallene Wange. Was auch immer diese Frau ihr angetan hatte, in diesem Augenblick empfand Greta Mitleid mit ihr.

»Nein, ich will nicht mehr«, flüsterte Vera leise. »Hier, nimm das. Er soll dir gehören.« Sie hielt etwas in den Händen, das Greta nicht genau erkannte.

»Vera, wir müssen jetzt aussteigen.«

»Bitte nimm es.« Sie griff nach Gretas Hand, und Greta war erstaunt darüber, wie kräftig ihre Finger waren. »Er soll dir gehören. Bitte vergib mir.«

Die Wagentür öffnete sich, und vorsichtig hob Carl seine Mutter aus dem Wagen.

»Carl«, wisperte sie, hielt aber die Augen geschlossen.

»Ja, Mutter, ich bin hier. Es wird alles gut, wir bringen dich jetzt ins Krankenhaus.« Er lief mit schnellen Schritten auf die Pforte zu.

»Ich will ... zu Hause sterben. Horst du? Zu Hause. Es tut mir so leid, Carl. Bitte verzeih mir. Greta ist eine gute Frau.« Ihre Stimme war so schwach, dass man sie kaum verstehen konnte. Sie öffnete kurz ihre Augen und blickte Carl flehentlich an. Die Frau in seinen Armen wog so gut wie nichts. Ihre Haut war fahl, die Augen hatten ihren Glanz verloren. Vera von Löwenstein, seine einst so stolze Mutter, war nur noch ein Schatten ihrer selbst.

Greta öffnete die Tür der Pforte, und als man Vera in Carls Armen sah, kam schon eine Krankenschwester, die eine Trage heranrollte, auf der Carl seine Mutter vorsichtig ablegte.

»Was ist geschehen?«, fragte die Schwester.

»Meine Mutter irrte verwirrt durch die Nacht. Ich habe sie vor unserer Tür gefunden.«

»Wie ist der Name der Patientin?«

»Vera von Löwenstein.«

»Bitte warten Sie hier, wir müssen sie untersuchen.« Die Schwester schob die Trage durch eine Tür, die sich automatisch hinter ihnen schloss. Carl und Greta nahmen auf den Holzstühlen im Wartebereich Platz.

»Ich mache mir Vorwürfe«, murmelte Carl und stützte seinen Kopf in die Hände. »Ich hätte nach ihr sehen müssen, anstatt sie sich selbst zu überlassen.«

Greta ergriff seine Hand. »Wer hätte denn damit rechnen können?«

»Sie wirkte so verwirrt, aber gleichzeitig war sie auch klar. Sie bat um Verzeihung und sagte, du wärst eine gute Frau.«

»Was wollte sie nur mitten in der Nacht bei uns?«, überlegte Greta laut.

Carl hob seinen Blick und sah Greta traurig an. »Sterben«, murmelte er und begann zu weinen.

Sie warteten über eine Stunde und mit jeder Minute, die sie dort saßen, schwand Gretas Hoffnung. Carl hatte sich irgendwann beruhigt, lief ein paar Schritte, setzte sich dann wieder.

Als ein Mann in einem weißen Kittel zu ihnen trat, erhoben sie sich.

»Sind Sie die Verwandten von Frau von Löwenstein?«

»Ich bin ihr Sohn, Carl von Löwenstein und meine Frau, Greta«, stellte Carl sie vor.

»Ich bin Doktor Kreuzer. Herr von Löwenstein, es tut mir leid. Ihre Mutter ist vor einer Viertelstunde verstorben. Sie litt an einer schweren Lungenentzündung. Wir konnten nichts mehr für sie tun.«

Greta schlug sich die Hand vor den Mund, um ein Schluchzen zu unterdrücken.

»Ich möchte Ihnen mein aufrichtiges Beileid aussprechen. Möchten Sie sich noch von Ihrer Mutter verabschieden?«, fragte Doktor Kreuzer.

Carl nickte. Er war weiß wie die Wand, alles Blut schien aus seinem Körper gewichen, seine Schritte waren schwer, als müsste er alle Last der Welt auf seinen Schultern tragen.

Greta begleitete Carl, als man sie in den Raum führte, wo man Vera aufgebahrt hatte. Der Raum war mit gelben Kacheln gefliest, Boden und auch die Wände. Das Licht brannte kalt von der Decke auf sie nieder.

Vera war so weiß wie das Laken, mit dem man sie zugedeckt hatte. Nur ihr Kopf war noch zu sehen und die Fußspitzen, die schwarz vor Dreck waren. Ihre Lippen hatten alles Blut verloren. Tiefe Falten hatten sich an Augen und um den Mund gebildet. Das war nicht mehr die Vera, die die Welt gekannt hatte. Wo war die Frau geblieben, die verachtend auf jeden hinuntergeblickt hatte. Wo die eiskalte Schwiegermutter, die nur verachtende Worte für den Rest der Welt übrig hatte? Die Frau, die hier vor ihnen lag, war nichts davon. Sie war eine einsame, verlassene Frau, die am Leben gescheitert war.

»Lebe wohl, Mutter«, flüsterte Carl und beugte sich hinunter, küsste ihre Stirn, strich mit einem Daumen über ihre Wange. »Du hast jetzt deinen Frieden gefunden.«

Dann wandte er sich ab und sah Greta an. »Lass uns nach Hause fahren. Wir können nichts mehr für sie tun.«

Greta trat zu Vera, strich ihr eine verirrte Haarsträhne aus dem Gesicht. »Lebe wohl, Vera. Pass gut auf Cornelius auf und … ich vergebe dir.« Sie beugte sich hinunter und küsste die Wange der Frau, die ihren letzten Atemzug für immer ausgehaucht hatte. Dann wandte sie sich ab und folgte Carl zum Automobil.

Die Beerdigung von Vera von Löwenstein fand in einem wesentlich kleineren Rahmen statt, als es bei Cornelius der Fall gewesen war. Jan kam aus Köln angereist, allerdings ohne Dörte, weil ihr die Schwangerschaft nach wie vor zu schaffen machte. Levi und Johanna nahmen teil sowie die gesamte Belegschaft der Firma. Der Pastor fand freundliche Worte, die die Verstorbene ehrten.

Carl musste seinen Freund Jan bereits nach der Beerdigung verabschieden, weil er zurück nach Düsseldorf zu seiner Frau wollte, wofür er natürlich Verständnis hatte. Die wenigen Gäste, die nach der Beerdigung noch anwesend waren, lud er zu einem anschließenden Kaffeetrinken in die Villa ein. Er hielt Ausschau nach einem besonderen Gast, den er persönlich eingeladen hatte, und fand ihn neben Manni Weseke, der den Mund voller Butterkuchen hatte.

»Meine Herren.«

»Mein Beileid, Herr von Löwenstein«, nuschelte Weseke mit vollem Mund.

»Manni! Was hältst du davon, wenn du deinen Kuchen mit einem Tee hinunterspülst?«, fragte Carl lächelnd und schnippte ihm einen Krümel von der schwarzen Anzugjacke, die ihm ein wenig zu groß schien.

»Jawoll, Chef«, erklärte der junge Mann und machte sich auf den Weg. Er hatte verstanden, dass er hier im Moment nicht gebraucht wurde.

»Darf ich Ihnen auch mein Beileid ausdrücken, Herr von Löwenstein?«

Carl nickte. »Danke, dass Sie gekommen sind, Herr Wunderlich. Wir wissen beide, dass meine Mutter weiß Gott kein Engel gewesen ist und unser aller Leben ganz schön durcheinandergewirbelt hat. Sagen Sie, haben Sie eigentlich schon eine neue Anstellung gefunden?«

Felix Wunderlich schüttelte den Kopf. »Nein, leider nicht. Ich warte noch auf eine Antwort, allerdings ist das eine Anstellung, die ich nur annehmen würde, um etwas Geld zu verdienen. In diesen Zeiten darf man nicht wählerisch sein.« Sein Blick wanderte kurz zu Evi, die mit Levi und Johanna in ein Gespräch vertieft war.

»Da haben Sie recht, Wunderlich. Was halten Sie davon, wenn Sie ab morgen wieder ins Kontor kommen?«

Wunderlich hob überrascht eine Augenbraue. »Sie meinen, dass ich meine Stelle als Buchhalter wieder aufnehmen soll?« Hoffnung schwang in seinen Worten mit.

Carl lächelte milde. »Sie und ich wissen, dass Sie für diese Stelle überqualifiziert sind. Sie haben Wirtschaft in Marburg studiert, nicht wahr?«

Wunderlich nickte. »Das ist richtig. Und dann kam der Krieg.«

»Ich halte Sie für einen sehr klugen Kopf, Wunderlich, und möchte Ihnen eine Stelle in der Geschäftsführung anbieten. Wären Sie interessiert?«

Wieder wanderte sein Blick kurz zu Evi, bevor er Carl ein überraschtes Lächeln schenkte. »Das wäre wunderbar, Herr von Löwenstein. Ich weiß ehrlich gesagt gar nicht, was ich sagen soll.«

»Sagen Sie Ja. Ich denke, wenn Sie um die Erbin einer Bankendynastie werben wollen, sollten Sie eine gute Anstellung vorweisen können.« Carl schlug ihm auf die Schulter. »Ich denke, Evi würde sich über eine Einladung von Ihnen sehr freuen.«

»Glauben Sie? Trotz des ganzen Wirbels, den ich verursacht habe?«

»Sagen Sie, warum haben Sie eigentlich die Gewürzproben stehlen wollen?«

Wunderlich schüttelte den Kopf. »Es war kein Diebstahl. Ich wollte Herrn Klaasen bitten, mir die Muster zu überlassen, damit ich mich mit dem Sortiment vertraut machen kann. Aber Ihre gnädige Frau Mutter hat das falsch verstanden und die Situation für sich genutzt. Mir hätte niemand geglaubt.«

Carl nickte. Das war einleuchtend. Was hätte Wunderlich auch mit den wenigen Gramm verschiedener Gewürzproben anfangen sollen. Sie waren so gut wie nichts wert.

»Nun gut. Wir sehen uns morgen im Kontor. Und solange Sie meine Frau nicht noch einmal küssen, werden wir bestens miteinander auskommen.«

Wunderlichs Wangen färbten sich rot. »Darauf können Sie sich verlassen, Herr von Löwenstein.«

»Carl. Nennen Sie mich in Zukunft Carl.« Er reichte dem Mann die Hand zur Versöhnung.

Wunderlich ergriff diese und nickte dankbar. »Felix, aber das wissen Sie ja.«

Kapitel 51

Hamburg, Anfang November 1919

Es war ein ungewohntes Bild, Felix Wunderlich in dem Büro zu sehen, in dem Jan bis vor Kurzem noch gearbeitet hatte, doch mit der Zeit gewöhnte Greta sich daran. Sie genoss jeden Morgen den Duft, der über den Räumen lag, wenn sie das Büro betrat. Wunderlich hatte sich auch bei Greta für sein Verhalten entschuldigt, und sie war so großherzig, ihm nichts nachzutragen. Sie alle sollten diese ganze Geschichte so schnell wie möglich ad acta legen. Die Tage im Kontor zählten zu den glücklichsten seit langer Zeit.

Am heutigen Tag war es allerdings anders. Der sonst so geliebte Duft bereitete ihr Übelkeit, und sie atmete flach, als sie die Stufen zu ihrem Büro hinaufstieg.

»Ist alles in Ordnung?«, fragte Evi, die an ihrem Schreibtisch saß und sie aufmerksam beobachtete. »Du bist ganz grün im Gesicht.«

Greta winkte ab. »Mir geht es gut. Es ist nur so unglaublich kalt draußen.« Ihre Nasenspitze war ganz rot gefärbt von den kühlen Temperaturen. Sie kam später ins Büro, weil sie am Morgen etwas zu erledigen hatte.

Anstatt ihr eigenes Büro anzusteuern, klopfte sie an die Tür von Carl. Er telefonierte und winkte sie hinein.

»Ja, dann werden wir am Samstag anreisen. Ich werde den Schlüssel schon finden. Ich danke Ihnen. Auf Wiederhören, Herr Hansen.«

»Mit wem hast du gesprochen?«, fragte Greta, weil Carl so ein gewisses Lächeln auf den Lippen hatte.

»Das ist eine Überraschung. Aber du solltest einen kleinen Reisekoffer packen. Nicht viel, nur für das Wochenende.«

»Wo geht es denn hin?« Sie lehnte sich mit den Hüften an seinen Schreibtisch.

»Das will ich noch nicht verraten. Aber ich muss dich warnen. Wir werden in See stechen.«

Greta wurde schwindelig. »O nein, bitte. Das darfst du mir nicht antun.«

»Es wird nicht lange dauern, aber es wird sich lohnen. Vertraue mir.«

Gretas Unterlippe bebte. »Du weißt, was ich von der Seefahrt halte.«

»Es ist ja nicht so, als würde ich erwarten, dass du mit mir nach Indien segelst.«

Greta atmete tief ein. »O mein Gott!«, rief sie und rannte aus dem Raum.

Als sie von der Damentoilette kam, wartete Carl vor der Tür auf sie. »Was ist mit dir los?«, fragte er besorgt.

Greta lächelte. »Komm mit, ich will dir etwas zeigen.« Sie nahm seine Hand und führte ihn in das Stockwerk, wo die losen Gewürze gelagert wurden. Vor einem Regal blieb sie stehen. »Ich denke, wir sollten davon in der nächsten Zeit eine Menge zu Hause haben.«

Carl zog die Stirn kraus. »Ingwer? Aber warum?«

Greta hob eine Augenbraue. »Du weißt doch, dass Ingwer gegen Schwangerschaftsübelkeit hilft.« Sie grinste.

Man sah Carl förmlich an, wie es in seinem Kopf arbeitete, bis er begriff, was Greta ihm gerade mitteilen wollte. »Nein!«, rief er laut.

»Doch«, bestätigte Greta. »Ich war heute Morgen bei Doktor Weizmann, und er hat es bestätigt. Wir bekommen ein Kind.«

»Du machst mich zu einem sehr glücklichen Mann.« Er zog sie in seine Arme und küsste sie zärtlich.

»Das ist meine Absicht«, murmelte Greta an seinen Lippen.

»Kommen Küsse zwischen den Regalen jetzt in Mode?«, brummte Ole Harms, der überraschend im Kontor auftauchte.

»Klappe, Harms. Sorgen Sie bitte dafür, dass ein ganzer Sack Ingwer an unsere Hausadresse geliefert wird.«

»Einen ganzen Sack?« Harms schob seine Mütze aus der Stirn.

»Ja, Mann, und zwar hopp, hopp. Ich werde schließlich Vater!«

Greta lehnte an der Reling und blickte auf den Horizont hinaus. Es war kalt oben an Deck des kleinen Kutters, der sie Richtung Sylt brachte. Aber hier oben in der Kälte war es immer noch besser, als unter Deck zu sitzen und die Wellen am Fenster auf und ab wippen zu sehen, was Gretas Übelkeit noch mehr förderte.

»Geht es dir gut?« Carl trug einen dicken Wintermantel und stellte sich schützend vor Greta, damit sie in seinem Windschatten die frische Luft genießen konnte. Diese Frage stellte er ihr bestimmt schon zum fünften Mal, und auch diesmal lächelte Greta.

»Ja, mir geht es gut. Ich konzentriere mich auf den Horizont, um meine Angst in den Griff zu bekommen. Dem Kind geht es gut, und mir ist auch nicht übel. Zumindest nicht besonders.«

»Dann bin ich ja beruhigt.« Er zog ihr die dicke Strickmütze tiefer über die Ohren. »Damit du dich nicht noch erkältest.«

»Ich erkälte mich nicht, ich bin ein Kind des Nordens.«

Die Überfahrt von Hoyer dauerte mehr als eine Stunde, und als die Fähre endlich anlegte, konnte Greta gar nicht sagen, wie erleichtert sie war.

»Findest du die Anreise über Dänemark nicht ein wenig umständlich?«

Carl schüttelte den Kopf. »Das wird nicht immer so bleiben. Es soll ein Damm gebaut werden, der die Anreise über Deutschland vereinfacht. Warte mal ab, auf dieser Insel wird es bald vor Touristen nur so wimmeln.«

Dennoch wusste Greta nicht, was sie hier wollten. Ein schönes Wochenende? Im November? Im Augenblick nieselte es, und die Temperatur lag unter zehn Grad. Das lud nicht gerade dazu ein, hier seinen Urlaub zu verbringen.

Ein Pferdekarren brachte sie vom Hafen aus quer über die Insel zur anderen Seite. Der Mann, der das Fuhrwerk lenkte, sprach nur wenig. Außer einem Moin bei der Ankunft hatte er noch nichts gesagt.

»Was für ein scheußliches Wetter«, stöhnte Greta.

»Et gibt keun Schitt Wedder, nur falsche Kleidung«, erklärte der Mann auf dem Bock und sah Greta mürrisch an.

Greta nickte und hielt für den Rest der Fahrt lieber den Mund. Als sie abstiegen, sah sie zu dem Haus hinüber, das hinter einer Düne lag. Das Gras wurde vom Regen und vom Wind aufgepeitscht, wehte wild hin und her.

»Komm, gehen wir ins Haus.« Carl nahm ihre Hand, in der anderen trug er den kleinen Koffer, den Greta für sie beide gepackt hatte.

»Hast du das Haus gemietet?«, fragte sie neugierig und blickte an dem roten Klinkerstein hinauf, zu dem reetgedeckten Dach. Von Nahem sah es gar nicht so klein aus. Unter einem Stein holte Carl den Schlüssel hervor, den jemand dort deponiert haben musste.

»Ist das nicht ein wenig gefährlich, die Schüssel einfach draußen zu hinterlassen?«

»Wer sollte denn hier schon einbrechen wollen?«, fragte Carl. Er hatte recht. Bisher waren sie niemandem begegnet, bis auf diesem merkwürdigen Kutscher. »Warte, ich werde gleich mal den Kamin anschüren, dann wird es uns schnell warm werden.« Carl warf die Tür mit dem Fuß ins Schloss.

In aller Ruhe sah sich Greta die Räume an, während Carl mit dem Kamin beschäftigt war.

Unten gab es nur drei Räume. Eine gute Stube mit dem Kamin, eine Küche, inklusive Abstellkammer und eine kleine Wäschekammer, so nahm Greta an. Die Küche und die Stube waren spärlich eingerichtet, aber es gab alles, was man für den täglichen Bedarf brauchte. In der Küche gab es einen Holzofen, auf dem man kochen konnte, einen Tisch mit vier Stühlen. Der Buffetschrank beherbergte ein Geschirr mit einem Indisch Blau Dekor. Ein Fenster, das von kurzen senfgelben Vorhängen eingerahmt war, ging aufs Meer hinaus. Auf dem

Ofen stand ein Wasserkessel, der einige Dellen aufwies. Ansonsten wirkte alles sauber und gepflegt.

Eine Holztreppe führte in das Obergeschoss. Hier war die Deckenhöhe niedriger. Carl würde aufpassen müssen, sich nicht den Kopf am Gebälk zu stoßen. Auch hier gab es drei Räume. Ein großes Schlafzimmer, ein kleines mit einem Etagenbett und das Badezimmer mit Toilette und einer Badewanne aus Emaille. Ein Spiegel hing über dem Waschbecken. Greta sah sich kritisch an. Ihre Wangen hatten eine leichte Röte angenommen, aber ihre Lippen waren blass. Das Haar war zerzaust. Die Mütze hatte es statisch aufgeladen, und so stand es jetzt in alle Himmelsrichtungen von ihrem Kopf ab. Sie hätte doch einen Hut aufsetzen sollen. Doch ihre Angst, dass der Wind ihn über Bord wehen würde, war zu groß gewesen. Erleichtert atmete sie aus. Die Überfahrt war nicht so schlimm wie erwartet. Womöglich weil Carl an ihrer Seite war. Unbewusst strich sie über ihren Bauch. Was wohl Dörte sagen würde, wenn sie ihren Brief las. Sie hatte ihr geschrieben, dass sie nun auch schwanger war. Ihre Kinder würden im gleichen Jahr zur Welt kommen.

Carls Schritte waren auf der Treppe zu hören. Er brachte den Koffer nach oben. »Und wie gefällt dir das Haus?« Den Koffer stellte er auf dem Bett ab. Das Bett war bereits mit frischer karierter Bettwäsche bezogen.

In dem großen Schlafraum gab es außer dem großen Doppelbett einen Schrank und zwei Nachttische. Auch dieses Fenster zeigte in Richtung Meer. Vom Bett aus konnte man geradewegs hinaussehen.

»Ich finde es wunderschön hier.«

»Warte erst einmal ab, bis du es im Sommer siehst. Ich war als Kind mit meinen Eltern hier, und als ich erfahren habe, dass das Haus verkauft werden soll, dachte ich mir, es wäre genau das richtige Geschenk zur Geburt unseres Kindes.«

Überrascht wandte Greta sich um. »Wie bitte? Warum willst du mir ein Haus schenken?«

»Weil du mich so unendlich glücklich machst. Du schenkst mir ein Kind, und ich möchte dir etwas schenken, das ganz allein dir gehört.« Er legte einen Arm um ihre Hüften.

»Aber Carl, ist das nicht viel zu teuer?«

»Nimm es als kleinen Vorschuss auf unsere Liebe für die nächsten Jahre. Deine Liebe und Fürsorge kann man nicht mit Geld aufwiegen.« Er küsste sie kurz. »Schau mal, es hat aufgehört zu regnen. Lass uns kurz an den Strand gehen.«

Der Regen hatte wirklich aufgehört, aber es wehte eine steife Brise. Nun war Greta doch froh, dass sie sich für die Mütze entschieden hatte. Hand in Hand liefen sie am Strand entlang, sahen den aufpeitschenden Wellen dabei zu, wie sie das Treibgut an Land spülten.

Carl hielt an, sah eine Weile auf das Meer hinaus. Dunkle Wolken hingen tief und stießen am Horizont aufeinander, wo sie sich zu einem einheitlichen Grau vermengten.

»Ich habe hier glückliche Tage verbracht«, sagte er laut gegen den Klang des Meeres. Dann verstummte er wieder.

»Du denkst an deine Mutter?«

Er nickte.

»Ich glaube, ich war kein guter Sohn.«

»Doch, das warst du. Vera war keine einfache Frau. Man kann von den Menschen nicht immer nur nehmen, man sollte auch geben können. Zu einem friedlichen Leben gehört, dass man Kompromisse eingehen muss. Deine Mutter war nicht bereit, diese Zugeständnisse zu machen.«

Carl presste seine Lippen zusammen. »Ja, vermutlich hast du recht. Ich hoffe, ich werde mein schlechtes Gewissen irgendwann überwinden.«

»Wir müssen das Beste daraus machen und für die Zukunft lernen. Ich hoffe, wir werden nicht die gleichen Fehler bei unseren Kindern machen.« Gedankenverloren strich sie über ihren Bauch, wo noch nichts zu sehen war, sie aber das neue Leben spürte.

»Das werden wir nicht, mit dir an meiner Seite.« Carl lächelte, nahm ihre kalte Hand in seine und drückte einen warmen Kuss darauf. Er blickte auf den Ring, den Greta am Finger trug. »Ist das der Siegelring meiner Mutter?«, fragte er baff.

Langsam nickte sie. »Ja, Vera hat ihn mir kurz vor ihrem Tod geschenkt. Im Wagen, als wir vor der Klinik hielten. Sie wollte unbedingt, dass ich den Ring annehme. Ich werde ihn in Ehren halten«, versprach Greta.

»Das ist eine wirklich nette Geste von dir.« Carl blickte über das Meer. »Ich wünschte, wir könnten für immer hierbleiben.«

»Oh, das wird leider nicht funktionieren. Mein Vater heiratet am nächsten Wochenende, dieses Ereignis will ich auf keinen Fall verpassen. Wo wir doch ein ganz besonderes Hochzeitsgeschenk für ihn haben.«

Carl sah sie fragend an.

»Großvater wird man ja nicht alle Tage. Ich bin sicher, darüber wird er sich sehr freuen. Und Hans und Clara werden Onkel und Tante. Ich bin schon auf ihre Gesichter gespannt, wenn wir ihnen diese Neuigkeit verkünden.«

»Ich habe übrigens auch ein kleines Geschenk für dich. Das kann zwar nicht mit deinem mithalten, aber es kommt von Herzen.« Sie zog eine kleine Schachtel aus der Manteltasche und überreichte sie Carl, der neugierig den Deckel öffnete.

»Oh, wie wunderbar! Das ist ja ein Schweizer Messer! Dass du dir das gemerkt hast. Danke! Das ist wirklich ein erstklassiges Geschenk.« Carl klappte das Messer auseinander und sah es bewundernd von allen Seiten an. Er sah aus wie ein kleiner Junge, dem man einen lang gehegten Wunsch erfüllt hatte.

»Jetzt kannst du mit Hans zusammen Angeln schnitzen. Oder Pfeil und Bogen.« Sie lachte laut.

»Ich beneide dich, dass du nun Geschwister hast«, gab Carl zu. »Ich habe mir auch immer welche gewünscht.«

»Ja, so habe ich endlich mal jemand, mit dem ich streiten kann.«

Carl lachte laut auf, dass er sogar die Wellen übertönte. »Ich glaube nicht, dass man mit dir streiten kann.«

»Na, da scheinst du mich doch nicht so gut zu kennen, wie du denkst. Warte mal ab, wenn wir einen Namen für unser Kind aussuchen müssen.« Ihre Augen funkelten wie Edelsteine.

»Darüber brauchen wir nicht streiten. Es wird eindeutig ein Junge, den wir Paul nennen.«

»Paul? Auf keinen Fall. Ich weiß, dass es ein Mädchen wird.«

»Gut, dann nennen wir sie Paula«, überlegte Carl laut und küsste Gretas Lippen, bis diese gar nicht mehr kalt waren.

»Auf keinen Fall Paula, aber Helene würde mir gefallen«, murmelte sie und küsste ihn so zärtlich, dass Carl vergaß zu widersprechen.

Danksagung

Ich danke allen, die mir geholfen haben, dass dieser Roman das Licht der Welt erblickt. Angefangen von meiner Agentur bis hin zum Heyne Verlag, der so mutig war, das Risiko mit mir einzugehen.

Zudem gibt es noch eine Reihe an Menschen, denen ich zu noch mehr Dank verpflichtet bin, weil sie mich so wundervoll unterstützen: Da wäre bei Heyne Sarah Mainka. Danke für die liebevolle Betreuung. Danke, dass du dich dafür eingesetzt hast, dass es mit Greta und Carl in einem zweiten Teil weitergehen wird. Du hast mir einen großen Herzenswunsch erfüllt.

Ebenso danke ich meiner wunderbaren Lektorin Michelle Stöger. Ich bin so dankbar für deinen kritischen Blick, die vielen Anregungen und den sprachlichen Feinschliff. Ohne deine Hilfe wäre ich aufgeschmissen gewesen.

Ebenso möchte ich an dieser Stelle meine Tante Renate Riegel erwähnen. Du hast immer an mich geglaubt und mich bestärkt, was viele andere nicht getan haben. Wenn man nach einem halben Jahr telefoniert und man das Gefühl hat, der letzte Kontakt war erst gestern, dann hat man es mit einem Herzensmenschen zu tun. Danke auch an Andrea Reichert, die Frau, die mir zeigte, wie Figuren funktionieren, und die mir die richtige Sicht der Perspektive erklärte. Ich werde Dir immer dankbar sein.

Und natürlich gibt es noch sechs wundervolle Kinder, die ich an den Schluss setze, weil sie mir die Wichtigsten sind. Ihnen ist dieses Buch gewidmet. Ihr ertragt all meine Romanideen mit unerschöpflicher Geduld. Danke für euer Interesse an meiner Arbeit, danke für eure Liebe. Wie sagt man doch so schön, das Beste kommt immer zum Schluss.

Susanne Rubin

Starke Frauen, tief liegende Familiengeheimnisse und große Gefühle

978-3-453-42546-0
E-Book: 978-3-641-27305-7

978-3-453-42386-2
E-Book: 978-3-641-25069-0

978-3-453-42313-8
E-Book: 978-3-641-23879-7

Leseproben unter **www.heyne.de**